뮤지컬
드림

맘마미아!, 아이다, 댄싱 섀도우 프로듀서 박명성의 뮤지컬 인생

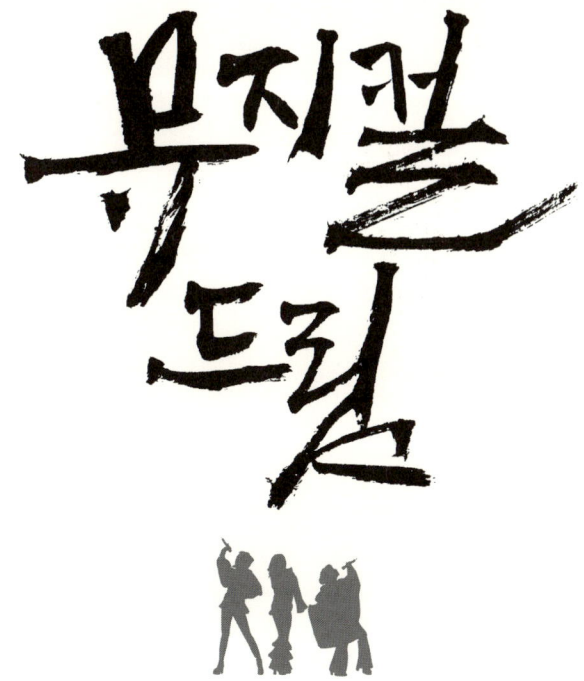

뮤지컬 드림

북하우스

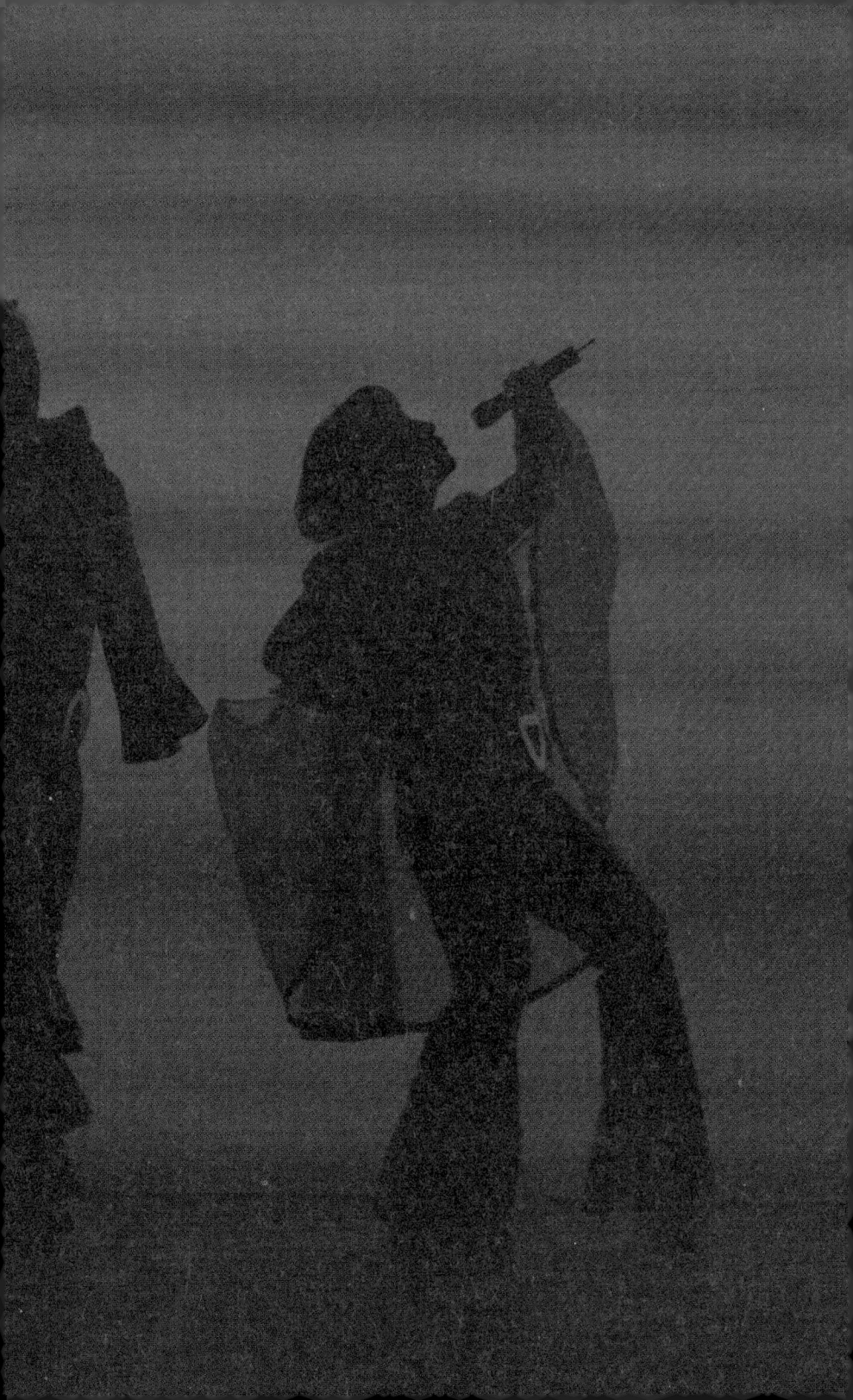

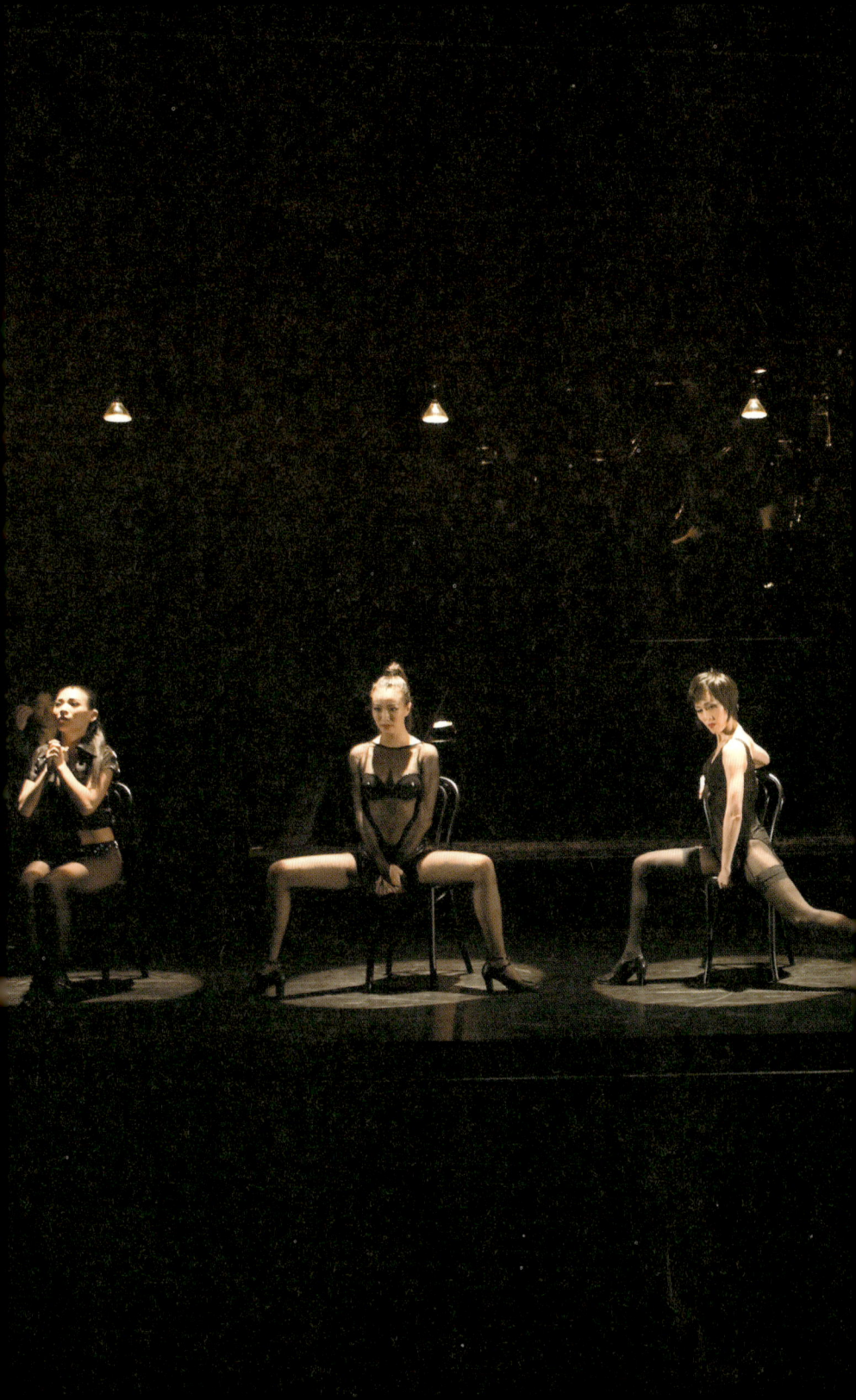

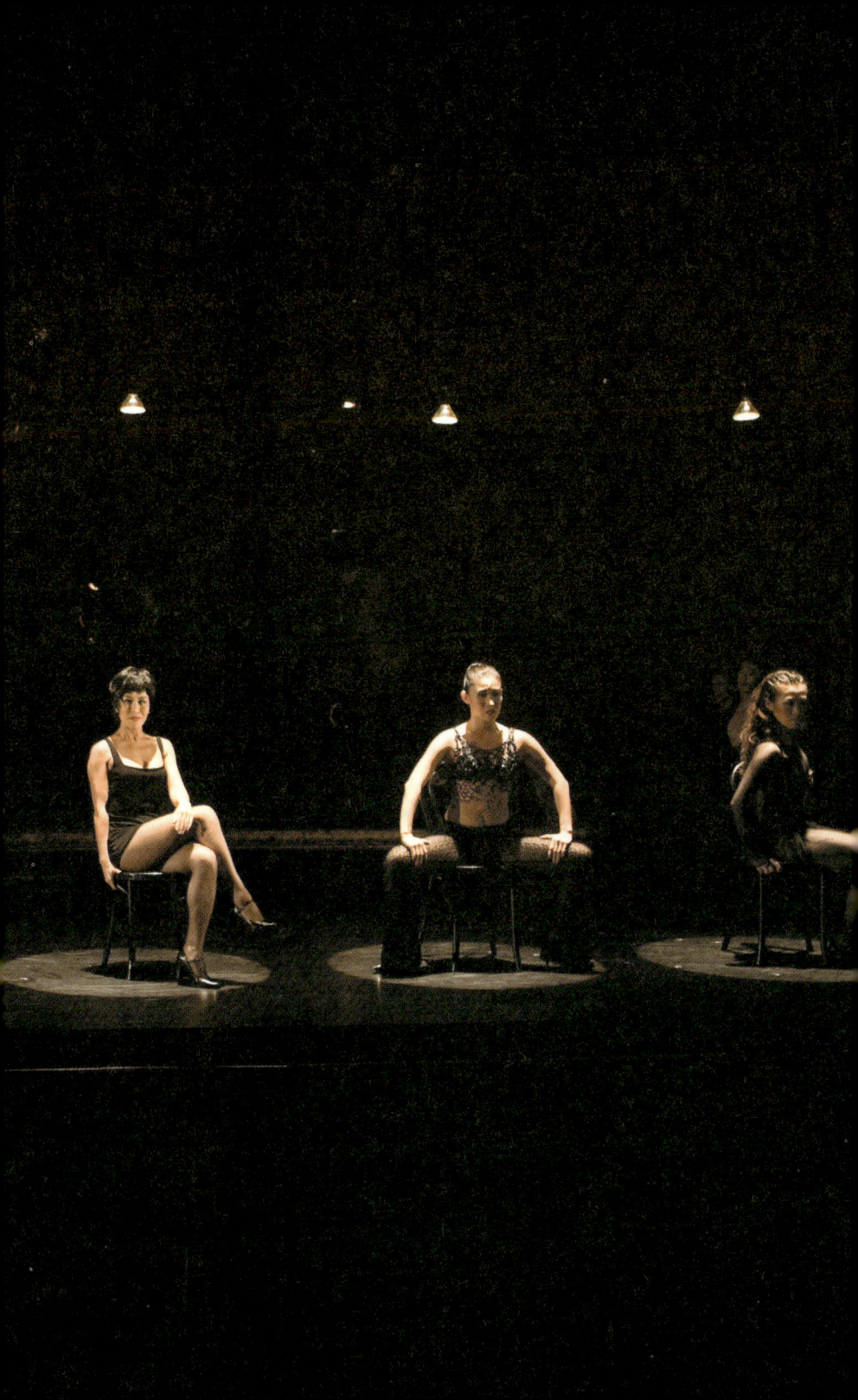

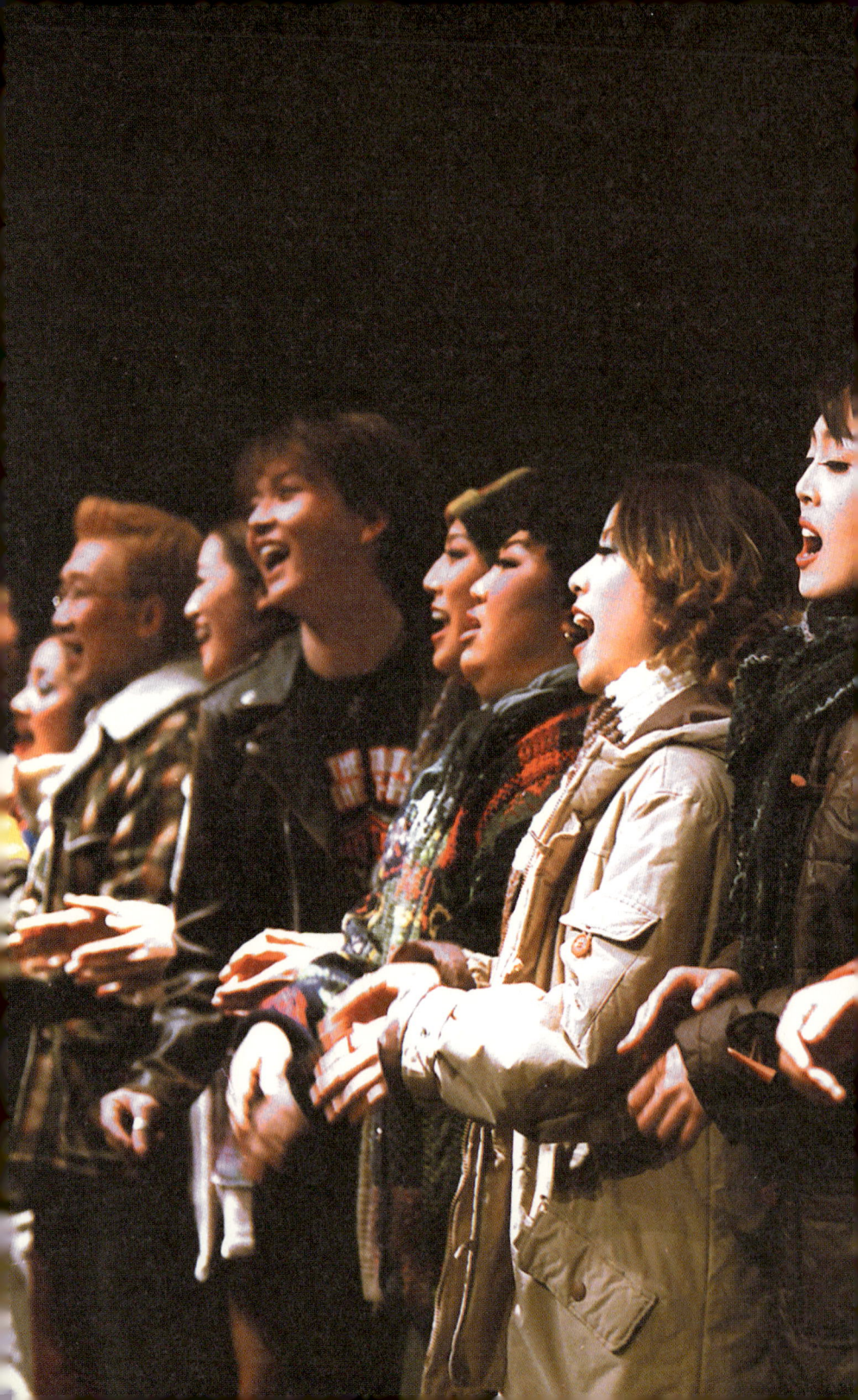

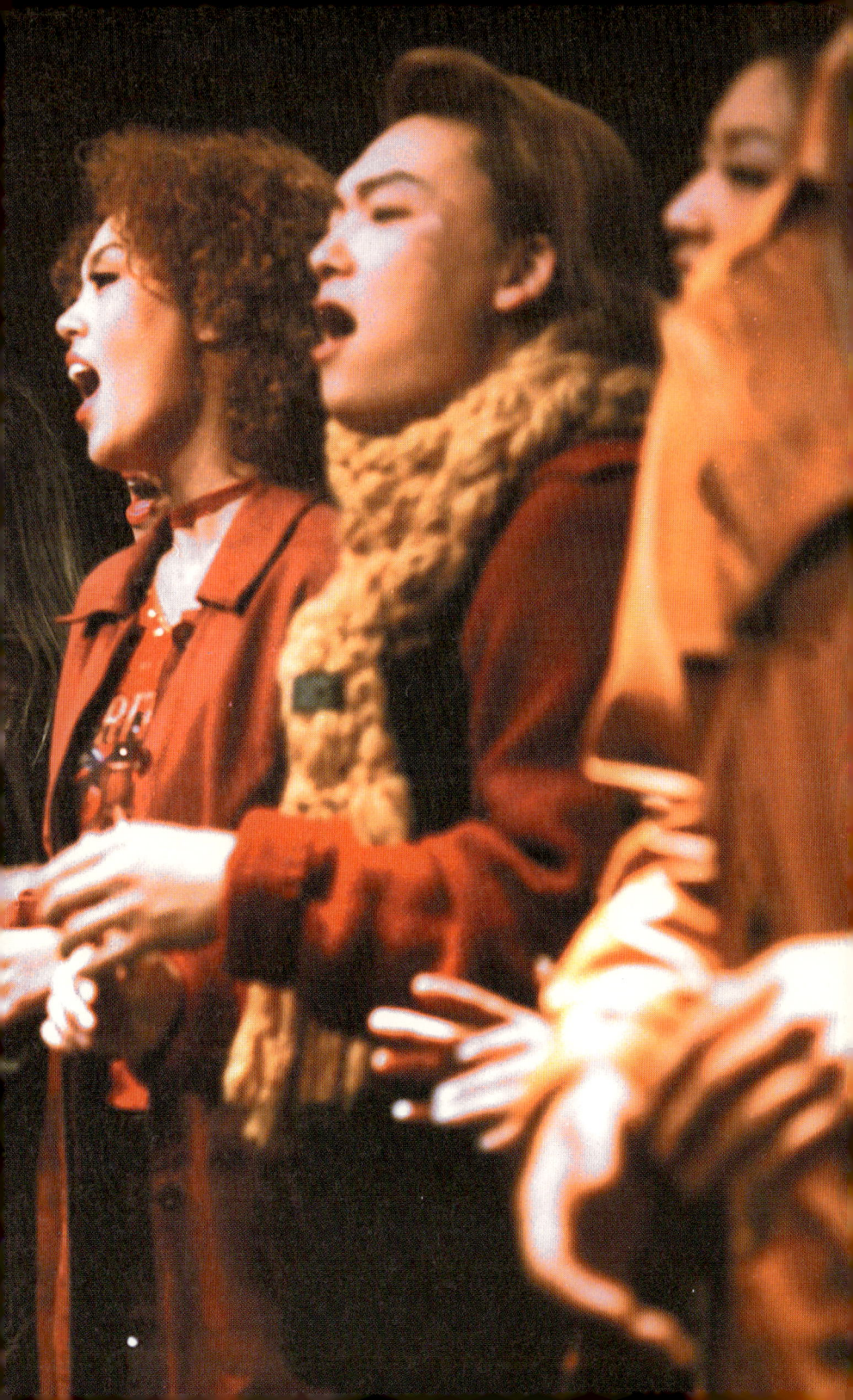

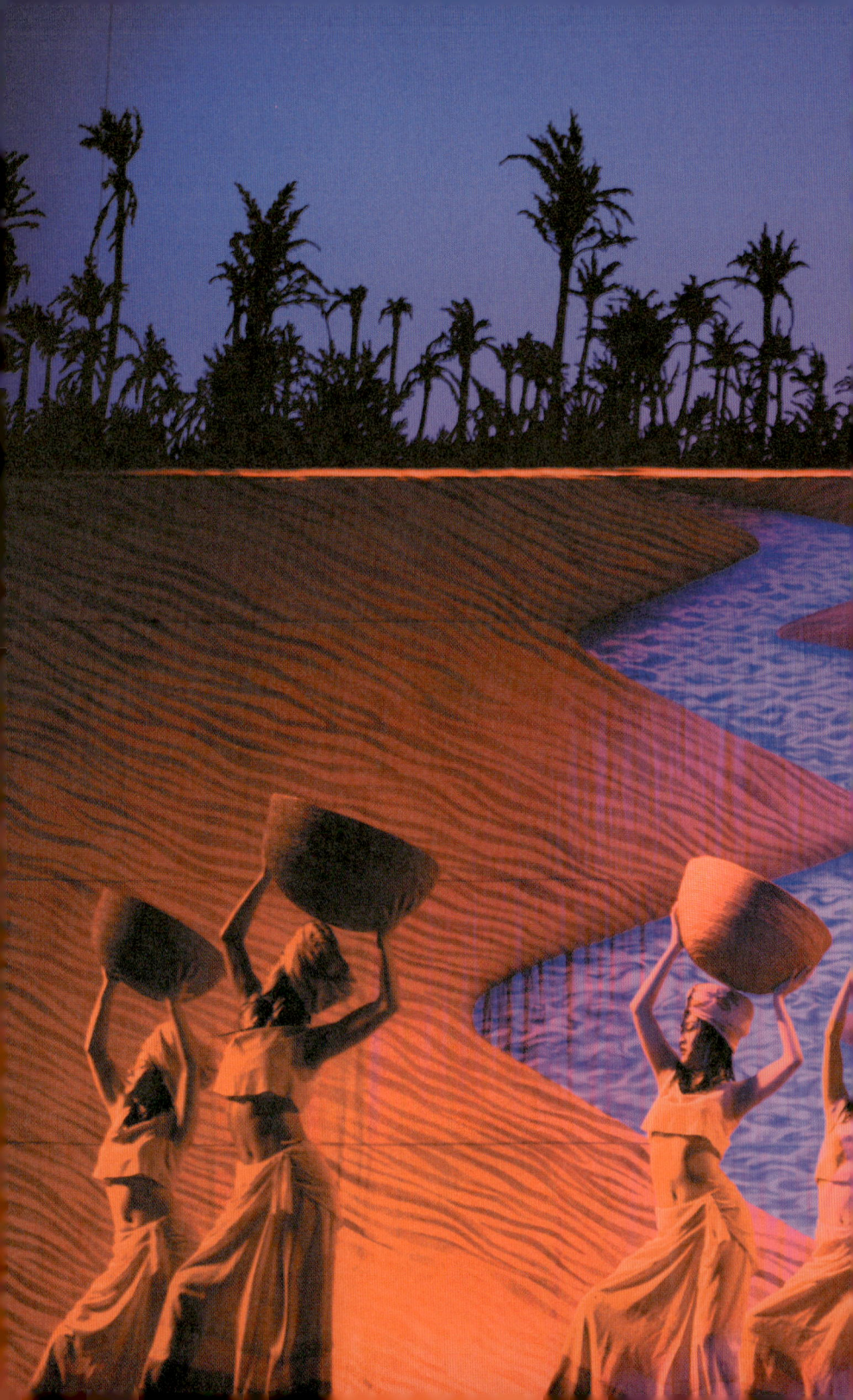

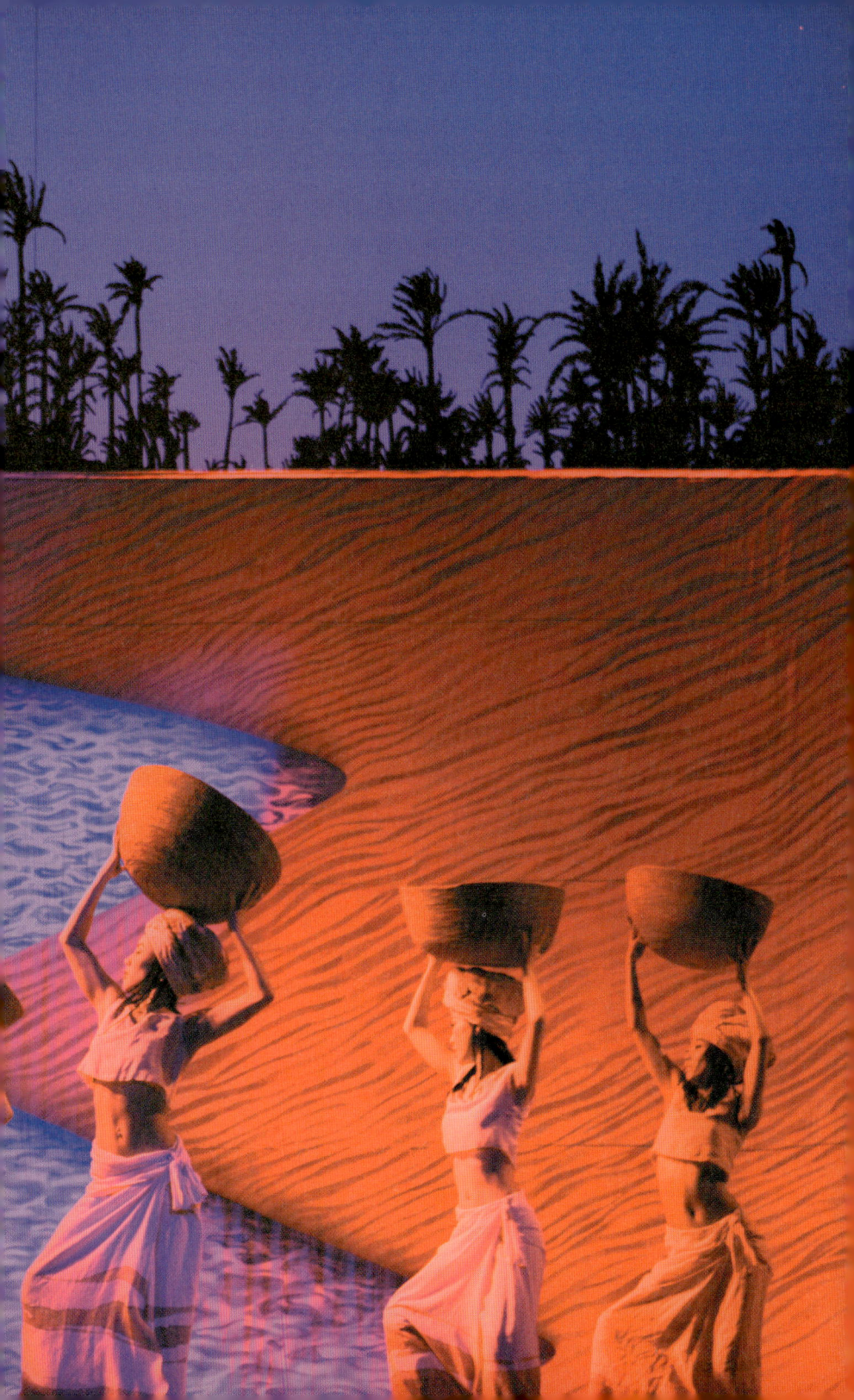

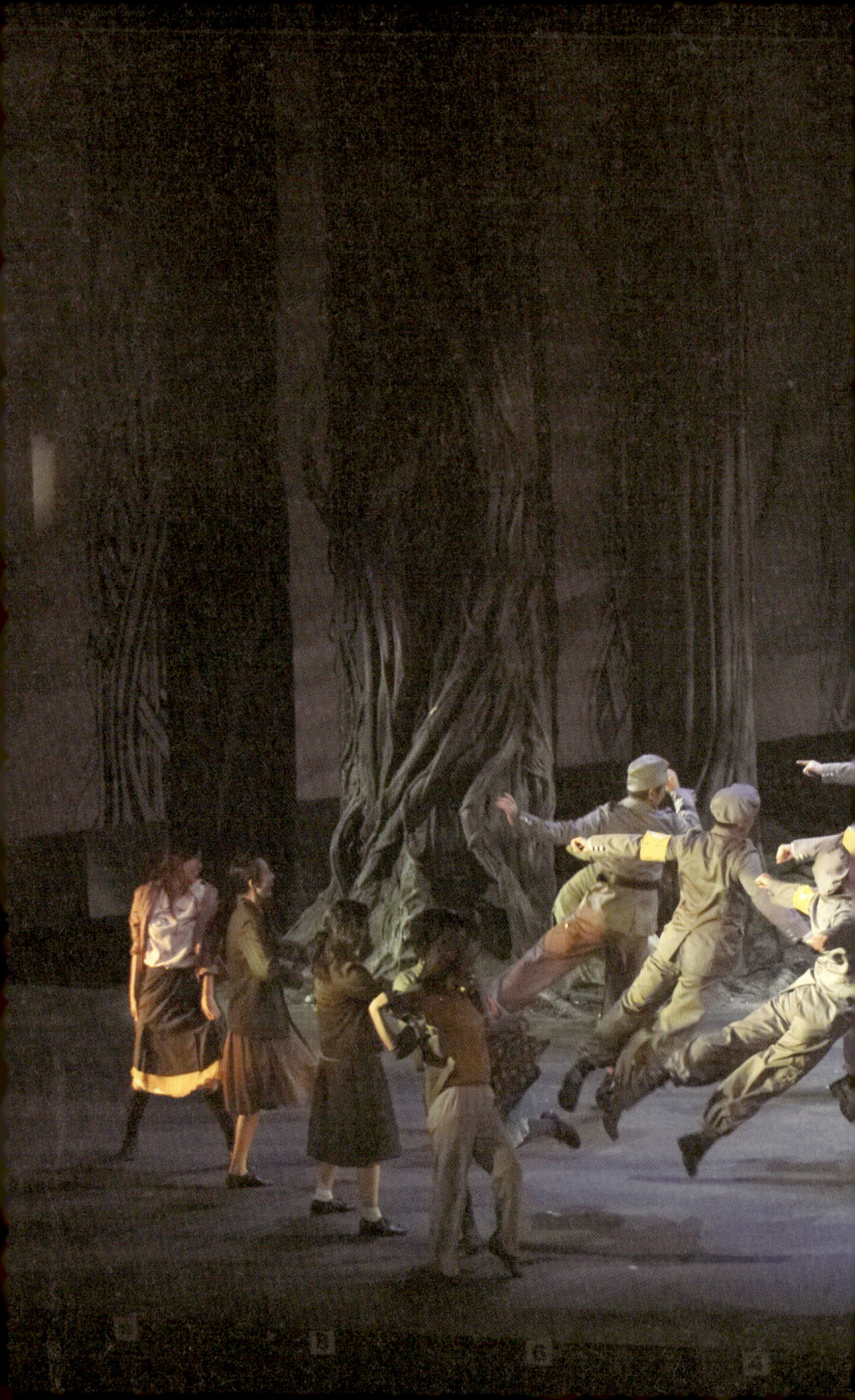

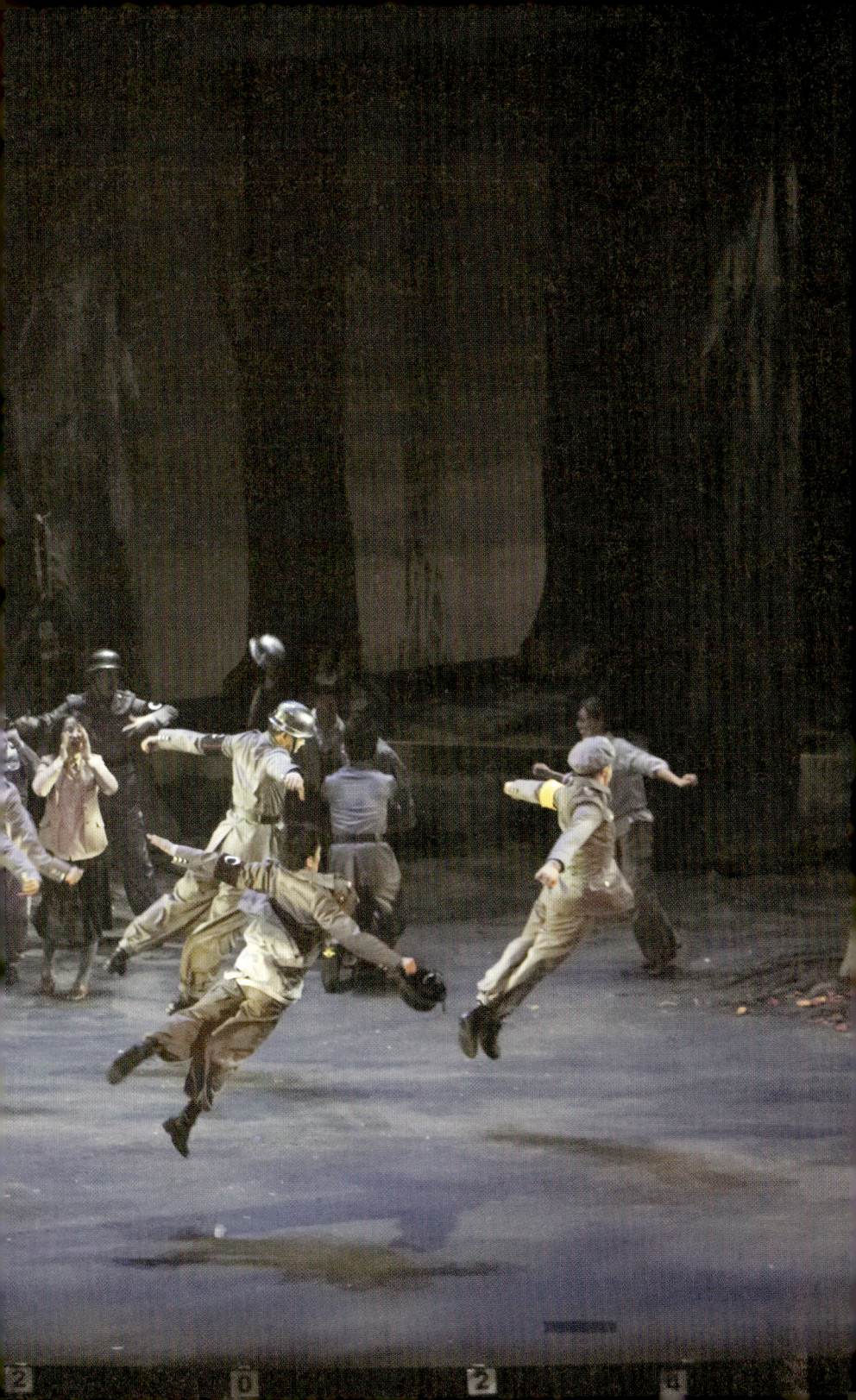

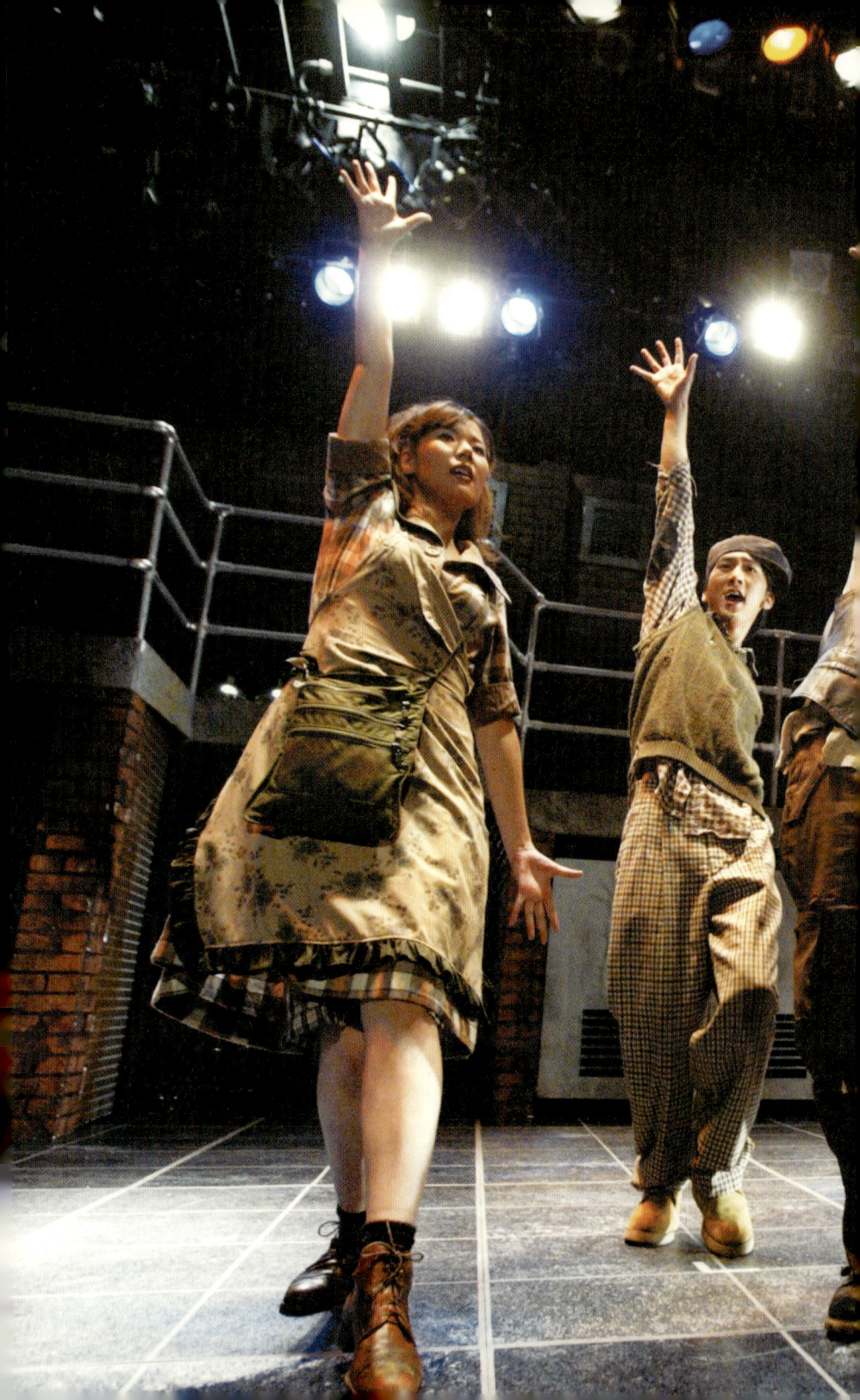

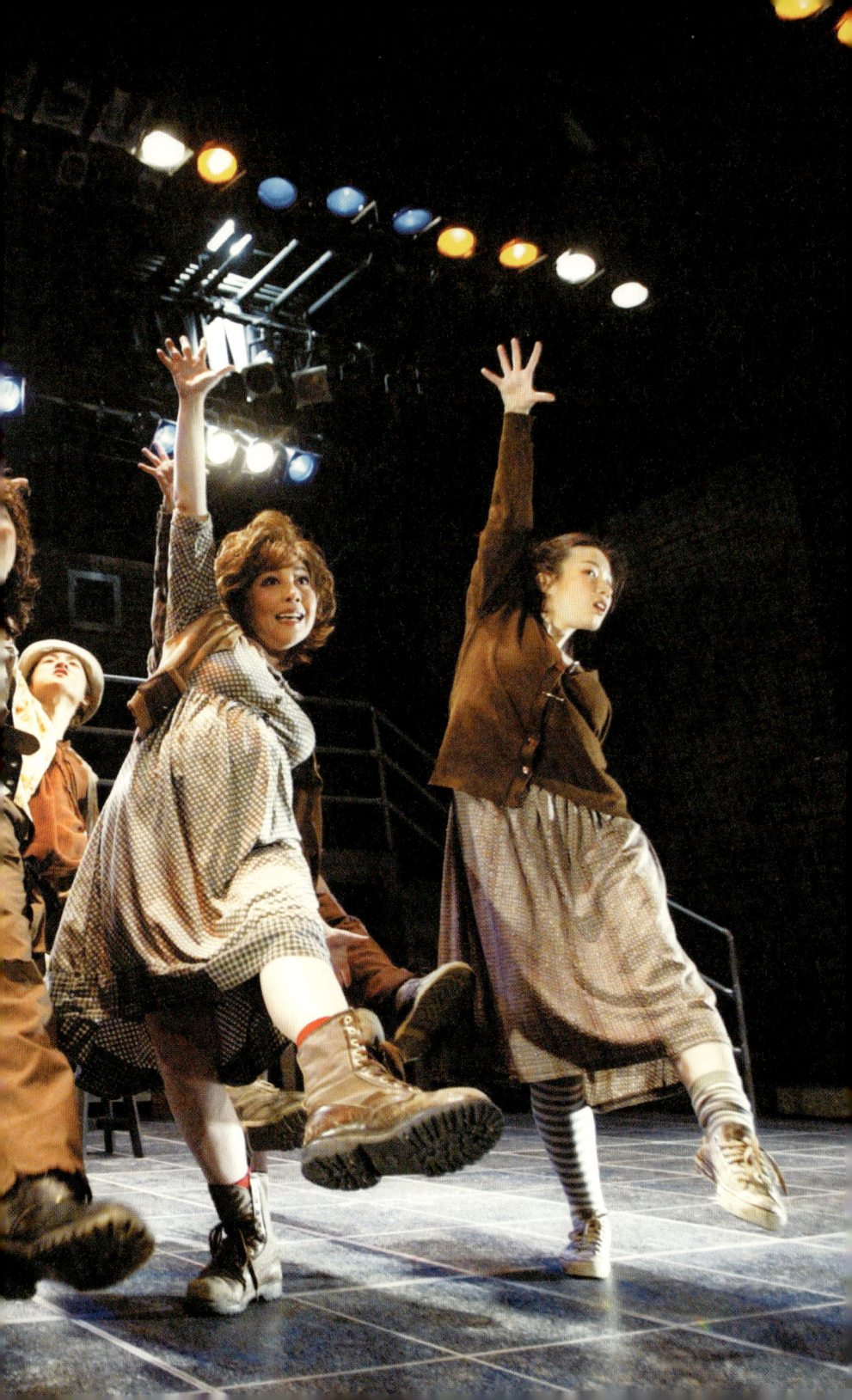

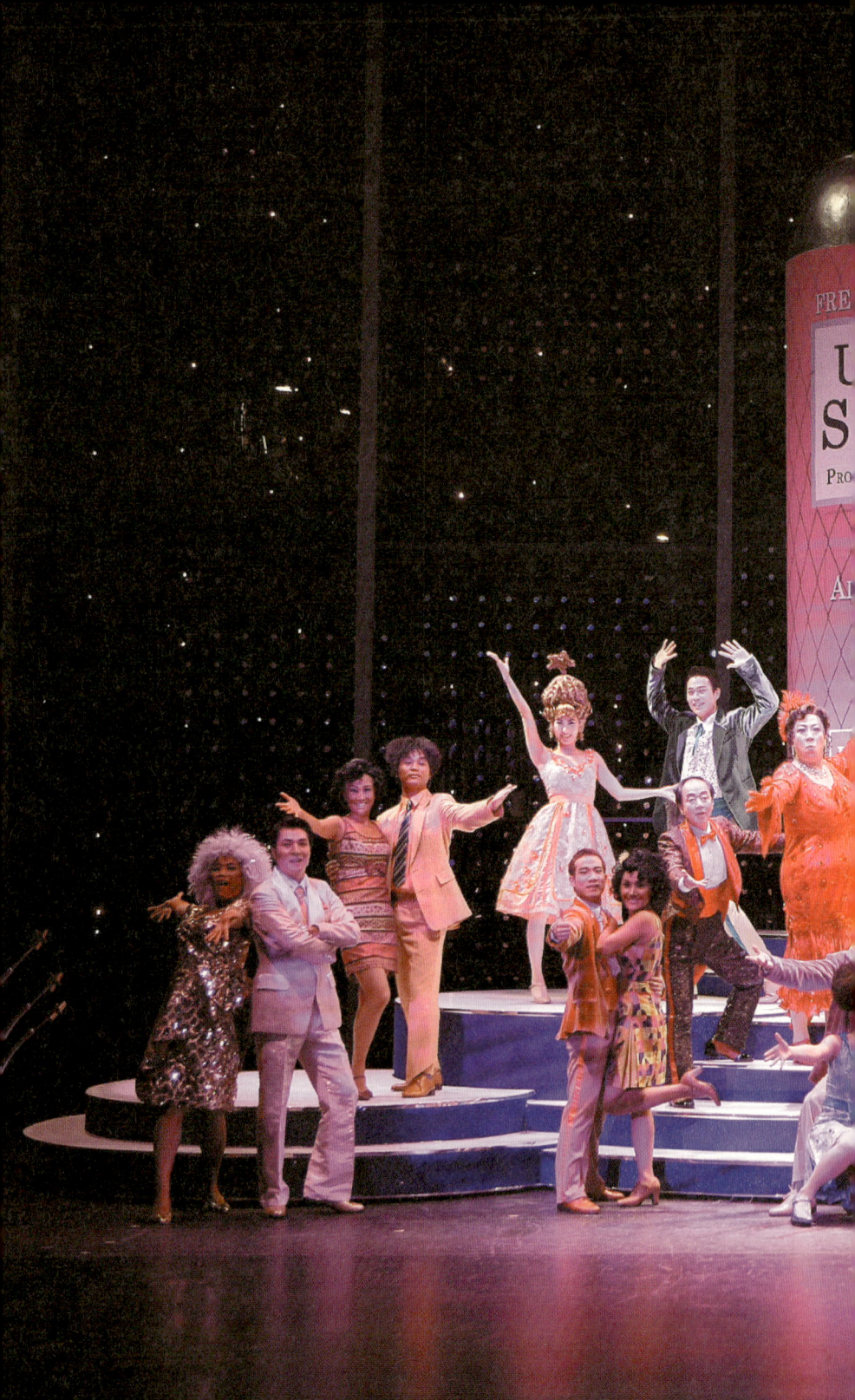

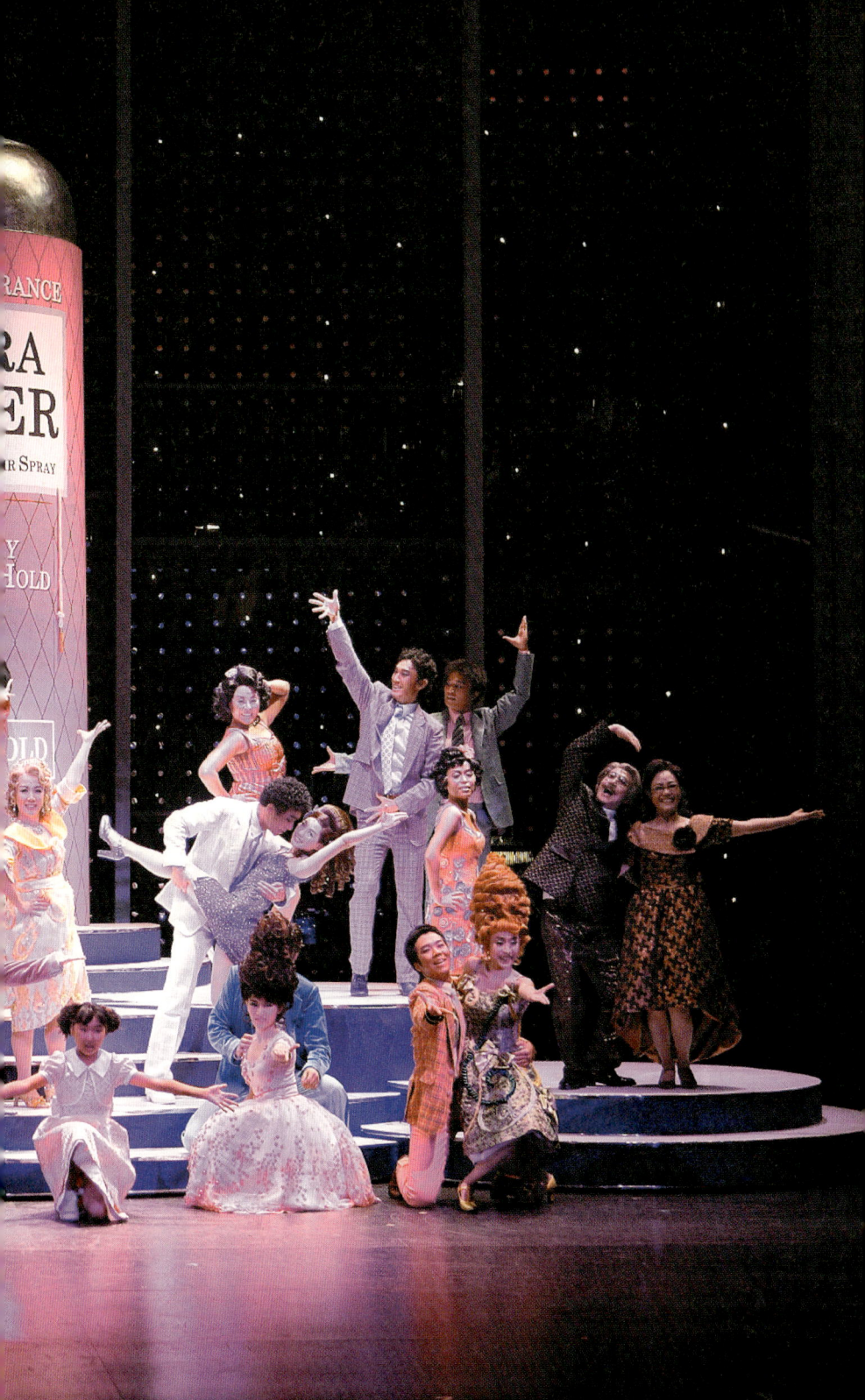

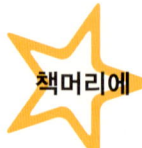

가장 낮은 곳에서
가장 먼 꿈을 꾸는 사람

나는 뮤지컬 프로듀서다. 이 땅에서 고작 40여 년의 역사를 지닌 뮤지컬! 연륜이 짧은 만큼 가장 젊고 싱싱한 대중예술 장르이기도 하다. 그래서 뮤지컬 프로듀서의 일은 늘 모험과 개척의 새로움으로 가득하다. 프로듀서에게 무대는 설렘과 위험이 동시에 존재하는 공간이며, 그 환상과 현실의 교차지점에 프로듀서의 자리가 있다.

어떤 예술 장르든 프로듀서, 혹은 제작자라고 하면 손익계산을 먼저 따지는 사람으로 인식되고 있는 듯하다. 예술이 산업화 과정을 거치면서 예술적 가치나 존엄성보다는 흥행에 예민해져 있는 것 또한 사실이다. 그래서인가, 제작자는 흥행만 된다면 작품성은 문제 삼지 않는 사람, 작품성을 추구하는 연출가를 닦달해 '저급한 대중성'을 강요하는 사람으로 오해를 받기도 한다. 연출가, 작가, 배우가 '저는 꿈을 꾸는 일을 하고 있어요'라고 하면 모두들 고개를 끄덕이면서도, 제작자가 꿈을 꾼다고 하면 고개를 갸웃거리는 것도 이런 이유 때문일 것이다.

그러나 내가 생각하는 제작자는 '꿈을 꾸는 사람'이다. 다른 분야의 제작자는 몰라도 뮤지컬 제작자라면 꿈을 꿔야 한다. 뮤지컬은 무대 위의 꿈, 두 시간의 꿈, 스토리와 음악과 춤의 총체적 앙상블이 빚어내는 꿈의 세계이기 때문이다. 꿈을 꾸지 않는다면 장사꾼에 지나지 않을 것이다.

그렇다고 꿈만 꾸는 몽상가는 아니다. 지금까지 경험에 비추어 내가 만든 제작자의 정의는 '가장 낮은 곳에서 가장 먼 꿈을 꾸는 사람'이다. 제작자는 공연의 기획부터 '쫑파티'까지 책임져야 한다. 흥행요소도 따지며 손익계산도 한다. 홍보와 광고는 물론이고 회계에도 능통해야 한다. 일반 대중들의 생각과 정서를 읽을 줄도 알아야 하고 세상을 읽는 선견지명도 가지고 있어야 한다. 공연이 임박할수록 예민해지는 아티스트들의 감정도 세밀하게 살펴야 하고, 공연이 히트하면 팀을 후원해주는 것도 프로듀서의 몫이다. 그러나 공연이 실패했을 때 위로를 해주고, 모든 공연이 끝났다는 공고를 붙이는 것도 프로듀서가 할 일이다.

이 모든 제작자로서의 일을 처음부터 끝까지 아우르고 끌고 나가는 힘은 바로 꿈에서 시작된다. 이 꿈은 새로운 도전, 관객의 감동, 춤과 음악의 절묘한 조화, 한국 뮤지컬의 발전 등으로 부를 수 있겠지만 정확한 설명은 아니다. 모든 예술이 그렇듯, 뮤지컬도 정확하게 설명하려 하면 할수록 본질에서 멀어져버린다. 화가가 물감으로 꿈을 그리듯, 음악가가 음표로 꿈을 연주하듯, 나는 뮤지컬이라는 질료로 꿈을 꾼다며 폼을 잡고 있는지도 모르겠다.

지금까지 〈더 라이프〉〈갬블러〉〈렌트〉〈헤어스프레이〉〈시카고〉〈아이다〉〈맘마미아!〉〈댄싱 섀도우〉 등으로 꿈을 꾸었다. 이런 작품들은 뮤지컬에 문외한인 사람들에게도 낯설지 않은 제목들일 것이다. 독자들에게는 별개의 작품이겠지만 나에게는 연속선상에 있는 꿈들이다. 한 시인이 꽃 한 송이를 피우려면 소쩍새도 울고 천둥도 울고 무서리도 내려야 한다고 했던 것처럼 하나의 작품은 그 다음 꿈의 씨앗이 되었다.

이러한 연속적인 꿈의 정점에 〈댄싱 섀도우〉라는 작품이 있다. 2007년 공연된 이 작품은 제작자로서의 내 꿈이 응축되어 있는 작품이며 동시에 고교시절부터 지금까지 내 인생을 정확하게 관통하고 있다. 나에게는 하나의 분기점인 셈이다.

〈댄싱 섀도우〉는 45억 원의 제작비를 들여 7년 동안 준비한 대형 창작 뮤지컬로 극본, 연출, 음악, 안무 등을 해외 유명 아티스트에게 맡기는 시도를 했다. 국내 원로작가의 원작을 기초로 국내 뮤지컬 제작자가 꿈을 꾸고 그것을 뮤지컬 본토의 선진시스템으로 실현한 작품인 것이다.

막대한 비용이 들어가는 창작뮤지컬을 제작하는 것부터 해외 시스템을 도입하는 것까지 제작사의 명운을 걸어야 하는 모험이다. 그러나 현재 국내 뮤지컬계는 모험을 하지 않는다. 양적으로 많은 소극장 뮤지컬이 제작되고 있지만, 안타깝게도 로맨틱 코미디가 대다수이다. 소극장 뮤지컬일수록 스토리 중심의 기발한 아이디어를 동원해 좀더 실험적이고 좀더 도전적인 시도를 해야 한다. 그래야 화제작이 탄생하고 이것이 대형 창작뮤지컬의 토대가 된다. 대형 창작뮤지컬이 관객들의 사랑을 받으면 뮤지컬 관객의 저변이 확대되고 다시 소극장 뮤지컬의 시장이 확대되는 선순환 구조가 갖춰지는 것이다.

〈댄싱 섀도우〉는 보여주는 쇼 중심이 아니라 진중한 주제의식을 갖춘 이야기 중심의 뮤지컬이다. 비록 관객들의 폭넓은 사랑을 받는 데는 실패했지만 또다른 관객층을 확대하는 역할을 했다. 또 해외 선진시스템 도입은 다른 뮤지컬 제작자에게 충실한 교본이 되고 한국 뮤지컬의 미래를 위한 징검다리가 될 것이라고 자부한다.

이 책은 〈댄싱 섀도우〉를 향해가는, 내 그림자를 찾아가는 꿈의 여행이다. 〈댄싱 섀도우〉라는 꿈을 꾸기까지 어떤 울음을 울었고 어떤 천둥과 먹구름이 휘몰아쳤는지, 그리고 어떤 무서리를 맞았는지를 그간의 작품을 중심으로 말해줄 것이다. 가장 할 말이 많고, 해야 할 말도 많기에 〈댄싱 섀도우〉에 많은 분량을 할애했다. 그렇다고 다른 작품들을 소홀히 여기지는 않았다. 그 모든 작품이 내게는 환상적인 꿈속에서 피어나는 꽃이었기 때문이다.

이 꽃들을 가꾸고 빛을 보게 하는 과정에서 겪었던, 그야말로 맨 밑바닥에서 온 몸뚱이로 체험했던 것들은 그 무엇으로도 살 수 없는 소중한 것이었다. 궁극적으로 원하는 것을 하나 얻었을 때는 또다른 좌절과 슬픔이 뒤따랐다. 컴컴한 커튼 뒤에서 희로애락이 완성되듯 인생이라는 무대에서도 그러했다. 기다림과 땀을 배우고 눈물과 상처를 경험하고, 포기에 대한 유혹을 느끼고, 또다시 추스르는 삶을 톡톡히 배웠던 것이다. 인생살이의 모든 것, 그 익숙한 것들의 힘을 뮤지컬의 꿈에서 나는 찾고 있었다.

오랜만에 대극장 연극 〈침향〉을 제작하면서 이 책을 마무리해야겠다고 결심했다. 연극계 원로 어른들을 모시고 작업하면서 많은 것을 배우고 느낄 수 있었다. 어른들이 연극을 만드는 정신은 나태해진 내 정신을 후려쳤다. 뮤지컬 한답시고 너무 폼 잡고 사는 건 아닌지, 너무 풍요롭게 사는 건 아닌지, 너무 있는 척하고 사는 건 아닌지. 옛날을 잊어버리고 자만심에 빠져 살고 있다는 생각이 문득 들었다. 10년 만에 연극을 만들면서 얻은 것이 있다면 '연극정신'이었다. 그리고 수수한 옛날의 꿈이었다. 연극을 시작한 초심으로 돌아감으로써 스스로를 반성하는 계기가 된 것이다.

이 책이 뮤지컬 애호가들과 함께 즐길 수 있는 즐거운 여행이 되었으면 한다. 고통스러운 작업과정과 재미있는 에피소드를 소개함으로써 무대 뒤에서 어떤 일이 벌어지는지 상상할 수 있는 실마리를 제공하고 뮤지컬을 좀더 재미있게 즐기고 이해할 수 있도록 하는 데 도움이 되었으면 한다. 뮤지컬을 공부하는 후배들과 현장에서 일하고 있는 젊은 뮤지컬 제작자에게는 그들의 꿈을 찾아가는 안내서가 되고, 참고서가 되어주었으면 좋겠다.

적지 않은 시간을 바친 뮤지컬에 대한 나의 꿈이, 앞으로 우리 뮤지컬을 사랑하는 사람들의 큰 꿈을 실현하기 위한 작은 울림이 되었으면 한다.

뮤지컬 프로듀서
박명성

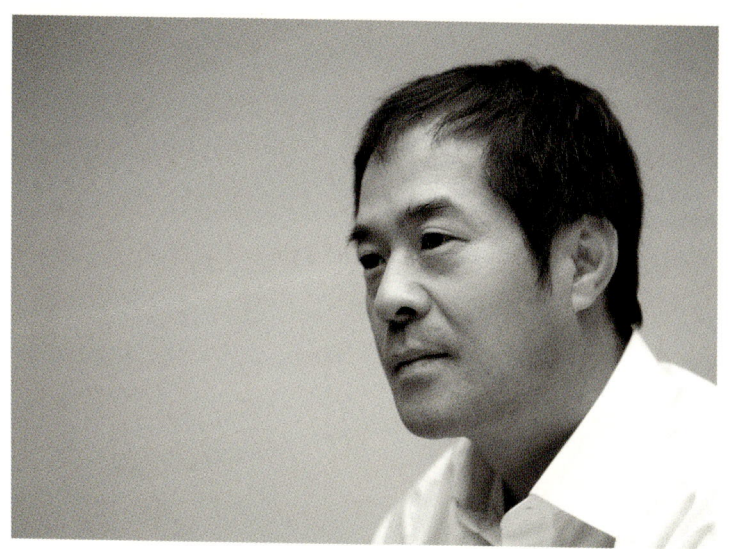

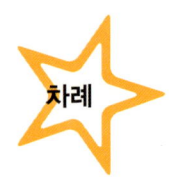
차례

제 2 부

〈댄싱 섀도우〉,
한 송이 영혼의 꽃을 피우다

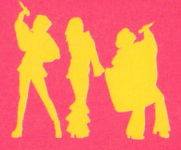

제1부

한 송이 불꽃을
피우기 위해

어린 새의 꿈

생전 처음 연극을 보면서, 영화에서는 느껴본 적 없었던 가슴의 두근거림을 경험했다. 코앞에서 펼쳐지는 생생한 무대와 땀방울과 눈물까지 서슴지 않는 배우들의 에너지. 전라남도 해남의 시골 소년은 연극에 완전히 빠져버렸다. 한 편의 연극 관람은 내게는 혁명에 버금가는 일대사건이었다.

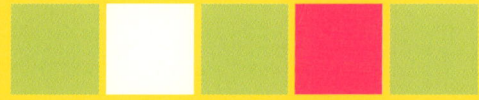

어린 소쩍새, 가슴에 불이 붙다

2007년 10월 23일, 한국뮤지컬대상 시상식. 모든 부문상은 이미 발표되었고 감동적인 수상소감도 끝났다. 이제 그해 공연된 뮤지컬 중 최고의 작품에 주는 최우수작품상만을 남겨두고 있었다. 나는 이미 만족하고 있었다. 출품작 〈댄싱 섀도우〉는 이미 앙상블상, 남우조연상, 안무상, 음악감독상 등 4개 부문의 상을 받은 터였다. 긴장을 고조시키는 오케스트라의 음악이 흐르고 최고의 상, 단 하나를 남겨둔 시상자는 떨리는 목소리로 크게 외쳤다.

"제13회 한국뮤지컬대상 최우수작품상, 신시뮤지컬컴퍼니의 〈댄싱 섀도우〉!"

천둥 같은 함성과 박수소리가 터져나왔다. 나는 천천히 단상으로 걸어갔다. 이 작품을 기획해서 공연하기까지 7년여 동안의 일들이 순간 머리를 스치며 휙 지나갔다. 7년! 어쩌면 혹독한 꿈을 꾼 시간인지도 모른다.

발걸음은 단상을 향해 가는데 시간은 점점 더 과거로 흘렀다. 어느 순간, 중년의 뮤지컬 제작자는 까까머리 고등학생이 되어 전라도 광주의 낡은 극장에 앉아 있었다.

진짜 촌놈이었던 나는 극이 시작되자 넋을 잃고 빠져들었다. 공산당이라면 무조건 때려잡거나 물리쳐야 했던 시절, 극의 내용은 충격적이었다. 전쟁으로 인해 여자들만 남겨진 마을에 낙오된 북한군이 숨어들고 두 여자가 그에게 사랑을 느낀다. 때려잡지는 못할망정 '괴뢰군'과 사랑에 빠지다니, 감히 상상도 하지 못할 일이었다.

이야기에 빠져 가슴을 졸이며 극을 지켜보는 사이, 배우와 함께 울고 웃는 사이, 내 마음에는 서서히 불꽃이 피어나고 있었다.

'배우가 되면 진짜 근사하겠다. 분장하고 무대에 서면 어떤 기분일까? 정말 구름 위를 나는 기분일지도 몰라.'

사실 이 연극을 보기 전에 동명의 영화를 본 적이 있었다. 지금은 치과의사가 된 친구와 함께한 서울 나들이 때였다. 그의 누나가 우리를 명보극장에 데리고 간 것이다. 김수용 감독 작품으로 당대의 스타였던 신성일 선생과 선우용녀 선생이 주인공이었다. 그때도 충격과 감동을 받기는 했지만 그것은 어디까지나 관객의 입장이었다. 생전 처음 연극을 보면서, 영화에서는 느껴본 적 없었던 가슴 두근거림을 경험했다. 코앞에서 펼쳐지는 생생한 무대와 땀방울과 눈물까지 서슴지 않는 배우들의 에너지.

전라남도 해남의 시골 소년은 연극에 완전히 빠져버렸다. 지방이라 공연이 많지도 않았다. 한 시즌에 두세 편이 고작이었다. 그래도 그걸 보려면 평소에 용돈을 아끼고 아껴야 했다. 1979년 당시 입장료는 천오백 원, 학생인 내게는 적지 않은 액수였지만 그래도 즐거웠다. 돈이 조금씩 모일 때마다 가슴이 설렜다. 고교 시절 본 몇 편의 연극으로 내 장래는 자연스럽게 배우로 결정되었다. 많은 사람들이 한 권의 책이, 한 마디의 말이, 한 사람과의 만남이 자신의 인생을 바꾸었다고 말하는 것처럼 내게는 한 편의 연극이 내 인생을 바꾸었다. 진부한 말이지만 한 편의 연극

관람은 내게는 혁명에 버금가는 일대사건이었다.

　나를 연극의 길로 이끌었던, 내 가슴에 연극의 불을 지른 작품은 차범석 선생의 〈산불〉이었다. 그리고 바로 이 작품이 〈댄싱 섀도우〉라는 뮤지컬로 재창조된 것이다. 소년의 가슴에 불이 타오르고 그것이 세계 최고의 아티스트들에 의해 뮤지컬로 재탄생되기까지는 26년이라는 세월이 걸린 셈이다.

어 린 소 쩍 새 의 첫 번 째 울 음

나는 배우가 되고 싶었다. 그래서 고등학교를 졸업하고 곧바로 연극판에 뛰어들었다. 군대 3년을 제외하고 이십대를 오롯이 연극에 바쳤건만 이렇다 할 대표작이 없다. 모두 작은 역할이었다. 그나마도 김갑수 형과의 인연 덕분에 가능한 일이었다. 그는 자신에게 출연 섭외가 들어오면 작은 배역이나마 내게 돌아갈 수 있도록 배려해주었다. 이 극단 저 극단 다니며 많은 경험을 할 수 있는 기회가 됐지만 그것이 배우로서의 자리매김을 할 수 있도록 해주지는 못했다.

　그런 내가 안타까웠던 것일까. 하루는 김갑수 형이 나를 불렀다. 이번에는 어떤 배역일까 궁금해하며 갔는데 다른 소리를 했다.

　"김상열 선생이 나를 부르셨는데, 같이 가자. 그분 마음에 들면 거기서 연극을 할 수도 있을 거야."

　세상에! 김상열 선생이라니. 80년대 연극판에 조금이라도 기웃거린 사람이라면 모두가 그분과 작업을 하고 싶어했다. 연극계에서 그를 추종하는 연극인들을 일컬어 '김상열 사단'이라고 부를 정도였다. 1983년 말쯤이었던 것으로 기억된다. 그때 김상열 선생은 마당세실극장의 대표로 계셨다. 운이 좋으면 연극계의 거물이 이끌고 있는, 실력파 연극인들이 모여 있는 극단에서 제대로 배울 수 있는 기회가 될지도 몰랐다.

거물 앞에 서 있다는 사실만으로도 나는 충분히 긴장하고 있었다. 면담 때 몇 가지 짤막한 질문을 던지셨는데 무엇을 물으셨는지도, 어떻게 대답했는지도 기억이 나지 않는다.

"연극해서 먹고산다는 게 만만치 않은 일인데, 왜 이렇게 어려운 일을 하려고 해? 그래도 꼭 연극을 계속하겠다는 생각이면 여기서 해봐. 그 대신 담배 사러 가듯 아무 생각 없이 왔다갔다 하는 건 시간낭비야. 난 그 꼴 못 봐! 열심히 해라."

내 대답이나 짧은 경력이 그분을 만족시켰을 것 같지는 않다. 모두 김갑수 형이 말을 잘해준 덕분일 것이다. 입단하자마자 준비하고 있던 뮤지컬 〈님의 침묵〉에 배우로 출연하게 되었다. 맡은 역할은 코러스. 모든 장면에 출연하는 일인다역이었다. 눈에 띄지 않는 역이지만 잘하고 싶은 마음에 밤잠을 설쳐가며 연습을 했다.

공연을 위한 총리허설이 시작되었다. 모든 조명이 꺼진 컴컴한 어둠 속에서 장면전환은 막노동 수준이었다. 특히 이 작품은 장면전환이 많아 연습을 별도로 할 정도였다. 그것은 순전히 우리 코러스들의 몫이었지만, 그래도 즐거웠다. 공연은 성공적이었다. 1984년 3월부터 장장 3개월 동안 공연이 이어졌다. 그러나 공연의 성공이 나의 배우로서의 성공으로 이어지지는 못했다.

〈님의 침묵〉을 끝으로 극단 운영 방침이 바뀌면서 배우가 적게 나오는 작품만 공연작으로 선정하기 시작했다. 배역이 적으니 후배들에게는 기회가 오지 않았다. 나는 〈님의 침묵〉 이후로 단 한 차례도 배역을 맡지 못했다.

이쯤 되면 누구라도 고민을 하게 된다. 노력이 부족했던 것도 아니고 세월이 부족했던 것도 아니다. 언감생심 큰 배역은 기대하지도 않았다. 그래도 작은 배역이나마 꾸준히 들어와야 하는 것 아닌가. 나는 배우로 대성하기는 힘들다고 판단했다. 노력하면 안 되는 일이 없다고 하지만 연극배우에게는 어느 정도 타고난 재능이 있어야 한다는 것을 뼈저리게 느꼈다. 결국 배우가 되고 싶어 상경한 소쩍새는 배우의 길을 포기하고 말았다.

그렇다고 연극판을 떠나고 싶지는 않았다. 고민 끝에 김상열 선생께 스태프를 하겠다고 말씀드렸다. 순순히 승낙하신 선생은 내게 조연출이라는 '거창한' 직책을 주셨다. 이름은 조연출이지만 하는 일은 허드렛일. 배우의 길을 접으며 잠시 의기소침했던 나는 잘나가는 연출가가 되겠다는 포부로 다시 불탔다. 허드렛일에 익숙해지고 점점 연출공부에 재미를 붙여갈 때쯤 입영통지서가 날아왔다.

어 린 소 쩍 새 의 두 번 째 울 음

3년 동안 연극을 그리워하던 나는 제대 후 고향에도 가지 않고 곧바로 대학로를 찾았다. 불효막심한 일이지만 그만큼 목이 말랐다. 며칠째 연극판을 기웃거리며 다시 연극을 하기 위해 어느 단체를 선택해야 하는지 알아보고 있었다. 그러다가 대한민국연극제 개막식 행사장에서 한보경 선배에게 딱 걸렸다. 얼마나 다행인가, 하필 그 선배에게 걸리다니. 선배는 김상열 선생의 부인이다. 한보경 선배에게 박명성이 한 행사장에 '얼쩡거리더라'라는 말을 들은 김상열 선생은 당장 나를 불렀다.

"왜 엉뚱한 데서 기웃거려. 제대했으면 빨리 올 일이지."

내가 원했던 게 바로 이거였다. 찾아가고 싶은 마음은 굴뚝같았지만 혹시 달가워하지 않으면 어쩌나 하고 찾아뵙지 못하고 있었다. 혹시라도 '아직 미련을 못 버렸냐. 너는 안 된다니까'라고 하실까봐 겁이 났던 것이다. 평소 불같은 성정으로 '악명(?) 높은' 분이라 두려움은 더 컸다. 한보경 선배의 고마운 '고자질' 덕분에 다시 김상열 사단에서 일할 수 있게 되었다. 김갑수, 이도경, 최정우, 조용태, 이창훈, 이혜영, 우명옥, 한보경, 이용녀 등 소위 실력 있는 배우들과 한솥밥을 먹는다는 생각에 잠까지 설쳤던 기억이 생생하다.

내가 하는 일은 다시 조연출. 곧바로 현대극장의 대한민국연극제 출품작 〈로미오 20〉의 조연출을 맡으면서 예전과 다름없이 극단의 소소한 일을 처리하며 연출을 배웠다. 그렇게 몇 년이 지났을 때 사건이 발생했다. 배우들과 마당세실극장 사이에 출연료 문제로 큰 마찰이 생긴 것이다. 그 일로 김상열 사단은 극장에서 전부 철수하고 흩어졌다.

이후 김상열 선생을 중심으로 몇몇 단원들이 모여 구룡사로 정우 스님을 찾아갔다. 지금은 양산 통도사의 주지로 계신 정우 스님은 〈님의 침묵〉으로 인연을 맺은 분이다. 〈님의 침묵〉 당시 정우 스님은 대한불교 조계종 교무국장으로 계셨다. 정우 스님은 〈님의 침묵〉 3개월의 공연 동안 거의 매일 많은 관객들을 모시고 공연을 보러 오셨다. 오실 때마다 간식거리를 챙겨주시는 바람에 우리는 스님이 오시기만을 눈 빠지게 기다린 적도 있었다.

그렇게 인연을 맺은 정우 스님은 대학로에 사무실을 마련해주시고 임대료에 전화비까지 전폭적인 지원을 해주셨다. 정우 스님은 구룡사가 완공되자 절 지하 1층에 100석 규모의 소극장과 사무실 공간을 마련해주셨다. 나와 같이 오갈 곳 없는 후배들은 정우 스님이 마련해주신 방에서 기거하고 절 공양간에서 식사까지 해결했다. 정우 스님의 배포가 아니면 감히 상상조차 할 수 없는 특별한 혜택이었다.

부처님께 누가 안 된다면, 나는 그때 정우 스님을 부처님이라고 부르고 싶었다. 오랫동안 이승과 저승의 수행을 다니시다가 대한민국 서울의 연극쟁이들을 위해 머무시는 부처님이라고. 그런데 절에서 춤추고 노래를 불러도 되는 것일까.

"불법의 수호자 중 건달바는 사찰에 상주하며 음악과 춤을 즐겼다고 해요. 신시는 그런 건달바의 상징이니 구룡사에 자리를 트는 것은 자연스러운 일입니다."

정우 스님은 한마디로 이 궁금증을 풀어주셨다. 구룡사가 너무 외진 곳에 있어 나중에는 소극장을 연습장으로 이용했다.

정우 스님의 넓은 아량을 보여주는 일화가 있다. 뮤지컬이 서양아이콘이다보니 기독교적 색채를 띠는 장면이 종종 등장했다. 이상하게 정우 스님이 연습장에 들어오실 때마다 '할렐루야'를 노래하고 있는 경우가 많았다. 배우들의 목소리는 점점 기어들어가기 마련이었다.

"어휴, 괜찮아. 노래가 좋네. 어서들 해."

스님이 마련해준 공간에서 할렐루야를 부르고 그 경건한 절에서 아슬아슬한 연습복 차림으로 다녔지만 한 번도 싫은 소리를 하지 않으셨다.

어느 연극인이 정우 스님에게 "왜 그렇게 연극을 좋아하시고 무슨 연유로 신시 후원을 열심히 하십니까?" 하고 물은 적이 있다. 스님의 답은 한결같이 간단명료하셨다.

"종교와 예술은 한 몸이고 형제지간입니다. 조금은 넉넉한 형님이 동생을 보살피고 챙기는 것은 당연한 일입니다. 난 그저 공연을 좋아하고 예술인들을 존중하는 관객일 뿐입니다."

그렇게 순전히 정우 스님 덕분에 신시가 탄생했다. 신시란 이름도 김상열 선생과 정우 스님의 제안에 따른 것이다. 삼국유사에 '환웅천왕이 태백산 신단수 밑에 3천 명의 무리를 거느리고 내려와 신시(神市)를 열었다'라는 구절이 있다며 '신시'란 개벽이요 시작을 의미하는 말이라고 설명을 해주셨다. 신시의 선배들도 각각 제 역할을 했지만 정우 스님의 큰 자비로 극단 신시는 제법 골격을 갖추었고 구성멤버도 탄탄하게 짜였다. 창단멤버는 대표를 맡은 김상열 선생을 비롯해 김갑수, 조용태, 이용녀, 권범택, 한보경 등 선배들이었다. 물론 막내인 나도 포함되었다. 극단 신시를 창단하자 빅 이벤트가 생겼다. 당시 MBC에 재직중이던 고석만 선생의 아이디어로 올림픽 성화봉송 기념 〈길놀이 마당놀이〉 전국 순회공연을 MBC에서 하게 되었는데 극단 신시가 이 행사를 통째로 맡게 된 것이다. 이 대규모의 공연이 갓 태어난 극단의 살림살이에 큰 힘을 실어주었다. 1987년의 일이었다.

1989년, 조연출 겸 극단 살림살이 담당으로 열심히 일하고 있을 때 기회가 찾아왔다. 김상열 선생이 단원 워크숍을 위한 작품을 직접 연출해보라고 하신 것이다. 비록 정식 데뷔작은 아니지만 그간 갈고 닦은 기량을 인정받을 수 있는 무대라고 생각했다. 잘하면 정식 연출로 데뷔할 수 있는 기회가 될 수도 있을 것 같았다.

작품은 조지 오웰의 〈동물농장〉. 나는 백 년 만에 먹이를 발견한 짐승처럼 의욕적으로 덤볐다. 그러나 무대장치, 조명, 의상 등 어깨너머로 볼 때와 실제로 연출을 하는 것은 전혀 달랐다.

'어른들은 쉽게 풀어가던데, 정말 쉽지 않네. 연륜이라는 것이 무섭고 무시할 수 없는 것이구나.'

혼자서 중얼거리기도 했다. 그래도 어떻게든 잘해보고 싶었다. 악마에게라도 연출력을 빌리고 싶었다. 한 달의 연습 기간 동안 나는 점점 더 날카로워졌다. 굶주린 짐승은 점점 더 허기에 시달렸다. 늘 머리가 지끈지끈거렸다.

'과연 내가 제대로 해낼 수 있을까.'

'어쨌든 해내야 한다. 나에게는 처음이자 마지막 기회다. 끝까지 최선을 다해보자.'

회의와 다짐이 반복되었다. 드디어 나의 첫번째 연출작이 공연되었다. 어떤 심판이 이보다 더 불안하고 두려울까.

"연출이 만만한 작업이 아니야. 농사를 짓든지 기술을 배우는 게 낫겠어. 배우는 텄다 싶어서 연출을 시켰더니 그것도 젬병이군. 이걸 연극이라고 만들었어? 연출은 아무나 하는 게 아니야."

선생은 실망스럽고 답답한 표정으로 말씀하셨다. 차라리 평소처럼 호되게 호통을 치셨으면 그렇게 비참하지는 않았을 것이다. 더 열심히 하라는 뜻이 아니라 '너는 정말 안 되겠다'라는 뜻이었다. 이의를 달 수 없었다. 내가 생각해도 형편없었다. 최선을 다했다. 할 수 있는 것은 다했다. 그런데도 결과는 엉망이었다.

나 자신에 대한 실망감이 마음을 아프게 했다. 배우로서도 실패했고, 연출가로서도 실패다. 어떻게 해야 하는가. 그렇다고 연극판을 떠나고 싶지는 않았다. 연극을 떠나서 나는 결코 행복할 자신이 없었다. 아니, 연극을 떠나면 철저하게 후회할 것 같았다. 하지만 고교 시절 붙은 산불은 아직도 타고 있었다. 그 불을 연극에서 태우지 못하면 어떻게 감당할 것인가. 고민 끝에 김상열 선생을 찾아갔다.

"배우가 안 된다는 것 알겠습니다. 연출도 안 된다는 것 알겠습니다. 배우도 연출도 포기하라면 포기하겠습니다. 하지만 연극판만은 못 떠나겠습니다. 다른 길을 찾도록 해주십시오. 연극판에 있게만 해주십시오."

잠시 뜸을 들인 후 기획자의 일을 하면 어떻겠느냐고 제안을 드렸다. 지금은 기획·제작을 통틀어 프로듀서라는 이름이 익숙하지만 당시는 기획자라는 말조차 어색한 시대였다. 신시는 창단 초기였고 극단 살림과 행정적인 모든 부분을 총괄할 기획자가 필요한 시점이었다. 김상열 선생도 '성실하고 부지런한 사람에게 제격인 일'이라며 찬성해주셨다. 그리고 "연극계에서 가장 취약한 분야가 기획이야. 기획자가 많을수록 연극이 활성화되는 거야. 연구 단원들을 잘 관리해서 기획실을 꾸려봐라. 넌 훌륭한 기획자가 될 수 있을 거야'라며 나에게 믿음과 확신을 주셨다. 다른 단원들도 내가 기획일을 맡는 것을 믿음직스러워했다.

나는 배우에서 조연출로, 조연출에서 다시 기획자가 되었다.

어린 소쩍새의 가출

신시 역시 '연극은 가난한 예술'이라는 명제에서 벗어나지 못했다. 빠듯한 살림을 가지고 기획과 제작을 하기는 쉬운 일이 아니었다. 제작비를 줄이기 위해 포스터와 티켓, 프로그램 등을 전부 내 손으로 만들었다. 인쇄소에 일괄로 맡기면 일은 쉽지만 비용이 많이 들었다. 직접 출력소, 인쇄소, 지업사를 찾아다니며 비용을 절감했다. 발품을 팔면 거의 1백만 원 가량이 절약되었다. 당시 극단 살림으로서는 엄청난 액수다.

힘들었지만 미래의 기획자로서 '바닥 정서'를 체험하며 탄탄한 기초를 쌓을 수 있는 시간이 되었다. 포스터도 열심히 붙이고 홍보전단도 살포하러 다녔다. 김상열 선생도 그런 나를 보시고 점점 더 많은 부분을 믿고 맡겨주셨다. 나름대로 새로운 아이템을 구상해보기도 했고 보도자료를 만들고 마케팅까지 했다. 배우와 조연출은 할수록 오리무중이더니 기획일은 할수록 자신감이 붙었다.

열심히 했고 발전도 있었건만, 그럼에도 불구하고 가장 많은 꾸지람을 듣는 건 나였다. 당시 김상열 선생의 꾸지람을 피해갈 수 있는 사람은 아무도 없었다. 한번 화가 나시면 어찌나 거칠게 꾸중을 하시는지 모두가 무서워했다. 저녁에 약주라도 한잔 걸치시면 잘못한 사람은 몇 시간 동안 야단을 맞아야 했다. 식당에서 젓가락 한 번 대보지 못한 삼겹살이 하염없이 숯덩이가 되어가는 것을 바라보는 일이 많았다.

극단 살림을 맡은 나는 '꾸지람계의 이단아'였다. 너무 자주 혼났기 때문에 웬만한 호통은 무디게 받아들일 만큼 단련이 되어 있었다. 그런데 그날은 달랐다. 성좌소극장에서 연극을 준비하는데 제작 진행이 마음에 들지 않으셨던 모양이다. 연출을 맡은 남칠현 선생과 의사소통이 원활하게 되지 않는다는 것이었다. 그렇다고 심각한 마찰이 있는 것은 아니었고 그저 일상적으로 있는 일들 중 하나였다. 그러거나 말거나 선생은 혼을 내셨고 그 말미에 입버릇처럼 하시던 말씀을 덧붙이셨다.

"그 따위로 할 거면 관둬, 인마! 뭔가 쿵짝이 맞아야 일을 해먹지! 말이 좋아 기획자지, 그까짓 일 하나 해결을 못하면서 무슨 기획자라는 거야!"

객지에 나와 고생하면서, 따뜻한 말을 해줘도 모자랄 판에 늘 욕이나 먹고 있는 내 신세가 한탄스러웠다. 사소한 일은 사소하게 넘어가주시면 좋으련만 작은 실수에도 불호령을 하시는 김상열 선생에게 섭섭한 마음이 들었다. 원래 극본대로라면 '죄송합니다. 열심히 잘하겠습니다'라고 답해야 한다. 그런데 마음 상한 내가 NG를 내고 말았다.

"네, 그렇게 하겠습니다."

잘못된 대사가 나오자 모두들 눈이 휘둥그레졌다. 나를 향한 선생의 꾸지람에 고개를 숙이고 이제나 저제나 삼겹살을 먹을 수 있을까 군침을 삼키고 있던 단원들은 일제히 나와 김상열 선생을 번갈아 바라보았다.

나는 NG를 바로잡지 않고 자정이 넘은 시간에 차를 달려 목포로 내려갔다.

'연극이고 뭐고 다 끝났다. 기획이고 뭐고 다 때려치우자.'

그러나 딱히 무슨 계획이 있어서 목포로 간 것은 아니었다. 그냥 목포로 간 것인데 가니까 유달산이 있었고 마땅히 갈 곳도 없어 유달산으로 올라갔다. 날이 채 밝지 않아 어둠에 잠긴 유달산은 내 앞날처럼 깜깜했다. 날이 조금씩 밝아지자 멀리 안개에 묻힌 섬들이 내 앞날처럼 흐리게 보였다. 나는 안개에 둘러싸인 섬들을 멍하니 바라보며 그냥 앉아 있었다.

'날이 밝으면 고향 해남으로 들어가버릴까. 그러면 오랫동안 서울 땅을 밟기는 힘들겠지. 지나가는 길이라도 다시 대학로에 갈 수 있을까.'

한숨도 자지 못했지만 정신은 또렷했다. 그간 고생했던 일들이 자꾸 떠올랐다. 처음 무대에 설 때 설레서 잠을 자지 못한 기억, 화장실에서도 대사를 반복하던 기억, 홍수로 인해 철길이 떠내려가 막힌 길을 세 시간 걸어서 연습장에 도착했던 조연출 시절, 다리가 욱신거리는데도 제작비를 아꼈다는 기쁨에 뿌듯하게 장부를 펴던 기억. 따뜻했다. 새벽 유달산의 차가운 온도 때문에 몸은 떨리는데 기억은 따뜻했다. 따뜻한 곳으로 돌아가고 싶었다.

"어디냐?"

날이 밝기를 기다렸다가 김상열 선생께 전화를 드렸더니 아무 일 없었다는 듯이 태연하게 물으셨다.

"목폽니다."

"목포? 지금 시간에 왜 목포에 있어?"

나는 대답을 하지 못했다.

"그래, 이왕 간 김에 며칠 쉬고 올라와라. 고향 간 김에 부모님도 뵙고."

선생의 불같은 성정에 '집'을 떠났던 단원들은, 뒤끝 없는 성정 때문에 다시 돌아왔다. 가출을 경험한 단원이 그렇지 않은 단원들보다 많았다. 연극에 미친 사람들에게 극단은 집이었고 그곳을 나온다는 것은 꿈의 터전을 포기한다는 뜻이었다.

김상열 선생은 번뜩이는 재치와 감성이 풍부한 극작가 겸 연출자셨다. 그 시절 예술의전당 오페라극장을 쓰는 연출가들 중 가장 연출력이 출중하다는 평가를 받을 정도였다. 소박하고 조촐하게 시작했던 신시는 김상열 선생의 능력과 정우 스님의 지원으로 어느새 〈그리스〉〈웨스트사이드 스토리〉〈7인의 신부〉 등 규모가 큰 대형 뮤지컬을 올리고 있었다.

이 시기 잠실 롯데예술극장이 문을 닫았다. 롯데예술극장에서 작업해온 멤버들은 뮤지컬을 만들 수 있는 대안이 신시라고 판단했다. 김용현 대표, 설도윤 대표, 배해일 감독, 김영수 감독 등이 신시에서 한솥밥을 먹었다.

신시에서 더운밥 찬밥, 진자리 마른자리 마다하지 않으며 현장 감각을 익힌 나는 새로운 시도를 계획했다. 1997년이었다. 연극 기획자에서 뮤지컬 기획자로의 일대변신이었다.

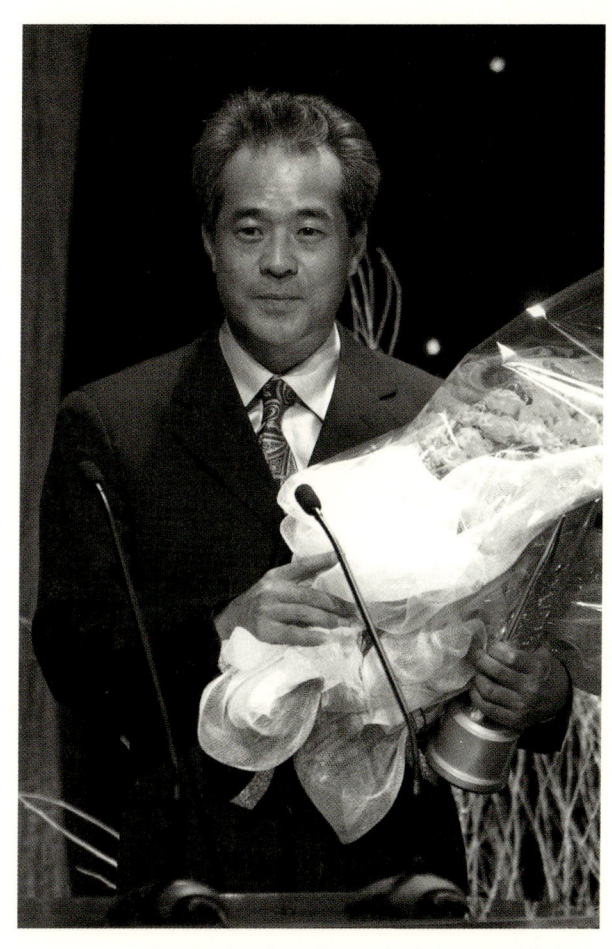

〈댄싱 섀도우〉로 제13회 한국뮤지컬대상 최우수작품상을 받았다.

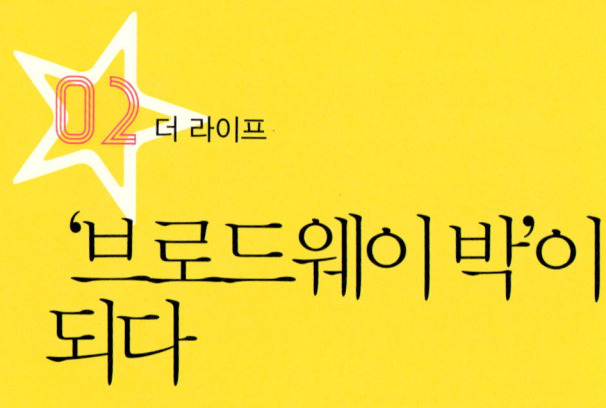

02 더 라이프

'브로드웨이 박'이
되다

"여태까지 한국이 한 일은 신뢰를 잃어 마땅합니다. 그렇다고 언제까지 이대로 내버려둘 겁니까? 한국의 뮤지컬 시장은 기회의 땅입니다. 당신의 결단은 저에게 큰 기회가 될 것입니다. 그러나 저 역시 당신에게 기회가 될 겁니다. 이번 건으로 인해 한국에서도 정식계약을 맺는 풍토가 조성될 것입니다."

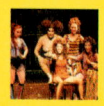

한국은 도둑고양이로소이다

왜 우리 관객들은 브로드웨이의 30년 전, 40년 전 레퍼토리만 봐야 하는 걸까. 뮤지컬의 본고장에서는 지금도 수십 편의 작품들이 공연되고 있는데도 말이다. 그런데 국내에서는 그 소식조차 모르고 있는 게 말이 되는가.

의문은 쉽게 풀렸다. 정답은 라이선스였다. 저작권료를 지불하지 않고 얼렁뚱땅 오래된 작품을 베껴 무대에 올리고는 문제가 생기기 전에 내려 버리는 비양심적 관행이 판을 치고 있었다. 의문은 이내 불만으로 바뀌었고 불만은 도전정신을 불러일으켰다. 지금 브로드웨이에서 공연되고 있는 작품을 정당한 저작권료를 지불하고 국내에 들여오는 것이다.

내 뜻을 김상열 선생께 말씀을 드렸더니 방법을 모색해보라고 하셨다. 그런데 방법이라니? 내가 알기로 국내에서 정식계약을 맺고 들여온 작품은 하나도 없었다. 도대체 어디서 어떻게 배운다는 말인가. 겨우 알아낸 사실은 라이선스 관련 업무는 해당 프로듀서가 아닌 별도의 대행사가 관리하고 있다는 것 정도였다.

일단은 부딪혀봐야 했다. 계약할 작품이 없으면 뜬구름 잡는 것밖에 되지 않는다. 우선 브로드웨이로 가서 작품을 선택하는 것이 먼저였다. 거기서부터 뚫어보자고 생각했다. 김상열 선생은 한진섭, 김순영, 한보경 선배와 함께 나를 뉴욕으로 보냈다.

우리는 만장일치로 〈더 라이프〉라는 작품을 선택했다. 이 작품은 1980년대를 배경으로 사창가 사람들의 사랑과 배신을 그린 뮤지컬이다. 창녀와 포주들의 소외된 삶을 다루고 있지만 강한 상징성과 보편성을 갖고 있다. 뉴욕 뒷골목이라는 특정장소의 이야기가 아니라 사람이 사는 모든 공동체가 가지고 있는 모진 사회의 속성을 보여준다. 한계상황을 벗어나 떠나려는 사람과 안주하려는 사람, 그리고 극한 상황을 이용하려는 사람들이 벌이는 삶의 투쟁과 갈등구조가 상징성을 갖는다.

탄탄한 스토리도 좋았고 사이 콜맨의 음악 또한 훌륭했다. 현지 관객들의 반응 또한 좋았다. 이미 3년 넘게 공연되고 있었고 권위 있는 뮤지컬어워즈인 토니상 4개 부문을 석권한 수작이었다.

돌아와서 김상열 선생께 뮤지컬 넘버가 담긴 시디 한 장과 대본을 드렸다. 일단 음악부터 들어보시더니 힘이 넘치는 게 귀에 쏙쏙 들어온다고 하셨다. 우리 관객들도 좋아할 만한 요소가 많다고 했을 때는 내 선택이 그르지 않았다는 확신이 들어 뿌듯했다.

"괜찮겠다. 해봐라. 대본은 내가 각색을 할 테니 번역부터 해봐. 많이 손질을 해야겠어. 우리 정서에 맞게 고쳐야 관객들이 공감하고 감동해. 그리고 내가 예술감독을 맡을 테니 걱정들 하지 말고 잘 준비해봐. 그런데 조건이 있다."

"조건이라뇨?"

"지금 신시는 그 작품을 뒷받침해줄 여력이 안 된다. 너도 이제 홀로 서기를 할 만큼 많은 경험을 쌓았으니까 정 하고 싶다면 네가 직접 제작해봐. 단, 네가 제작자니까 네가 알아서 하되 모든 책임을 져야 한다."

그러면서 무시무시한 계약서를 내밀었다. 수익을 내면 전액을 극단에 준다. 그러나 실패하면 제작자가 모든 책임을 진다는 것이 골자였다. 참

억울하고 불공정한 계약인데도 나는 흔쾌히 서명을 하고 그것도 모자라 각서까지 따로 써드렸다. 혼자 힘으로 큰일을 도모한다는 것에 열정이 활활 타올랐다.

'내 마음대로 한다'라는 자유를 대가로 엄청난 결과를 부를 수 있는 모험이 시작되었다. 우선 〈더 라이프〉의 저작권자에게 작품을 계약하고 싶다는 메일을 보냈다.

'당장은 당신들에게 이 작품을 팔 수 없다. 계약조건을 지킬 수 있겠는가? 당신들을 신뢰할 수 있는지 체크해보고 연락을 주겠다.'

한마디로 한국 사람들은 못 믿겠다는 거였다. 아니나 다를까 연락은 오지 않았다. 나는 메일을 보내고 또 보냈다. '거부하는 건 좋다. 그러나 내가 메일을 보내는 것까지 막을 수는 없을 것이다'라는 심정이었다. 한참 만에 답장이 왔다. 귀찮아져서인지 공을 다른 곳으로 넘겼다. '당신들이 약속을 이행하지 못했을 경우 보증을 서줄 대행사를 소개할 테니 그쪽과 협의하길 바란다'라는 짤막한 내용이었다.

그들이 소개해준 대행사는 일본에 있는 '네일러 하라 인터내셔널'이라는 곳이었다. 나는 연락을 받자마자 일본으로 갔다. 사장인 마틴 네일러는 영국 사람으로 런던이나 뉴욕에서도 신뢰가 두터운 저작권 전문가였다. 〈오페라의 유령〉〈미스 사이공〉〈캣츠〉 등 일본에서 공연되는 대다수의 뮤지컬의 저작권 계약이 마틴 네일러를 통해 이뤄지고 있었다.

그는 한국의 상황을 잘 알고 있었다. 도둑고양이 같은 행태로 인해 브로드웨이에서 한국의 신뢰도는 빵점이었다.

"한국은 단 한 차례도 정식 라이선스 계약을 맺어본 적 없으면서도 브로드웨이 공연을 하고 있습니다. 현지에서 공연되고 있는 작품을 도용했다면 바로 소송이라도 했겠지만, 구닥다리 레퍼토리만 무대에 올려서 그러지 않았던 겁니다. 하긴 공연기간이 1, 2주밖에 되지 않아서 소송을 준비하기도 전에 끝나버리니까 그것도 쉽지 않겠네요. 아무튼 계약은 곤란합니다."

대행사 입장에서는 그럴 수밖에 없었다. 만약 신시와 계약을 했는데 우리 측에서 로열티를 제대로 지불하지 않으면 대행사가 고스란히 변상을 해야 했기 때문이다.

얼굴이 화끈거렸다. 깔끔한 건물에는 쥐구멍도 없었다. 그렇다고 물러설 수도 없어서 내 생각을 이야기했다.

"제가 왜 뉴욕에 가서 직접 공연을 보고 저작권자에게 저작권을 문의하고 여기까지 왔다고 생각하십니까? 도둑질할 사람이 왜 대낮에 집주인에게 찾아오겠습니까? 여태까지 한국이 한 일은 신뢰를 잃어 마땅합니다. 그렇다고 언제까지 이대로 내버려둘 겁니까? 한국의 뮤지컬 시장은 기회의 땅입니다. 당신의 결단은 저에게 큰 기회가 될 것입니다. 그러나 저 역시 당신에게 기회가 될 겁니다. 이번 건으로 인해 한국에서도 정식계약을 맺는 풍토가 조성될 것입니다."

그후 마틴 네일러는 한국에 많은 뮤지컬과 연극을 공급하게 되었고 지금 우리는 좋은 친구가 되었다.

'브로드웨이 박'이 되다

섭섭합니다, 선생님

드디어 계약이 성사되었다. 그제야 약간의 두려움이 생겼다. 1998년 당시 이 공연의 제작비는 6억8천만 원이었다. 제작자로서 첫 작품 치고는 너무 엄청났다. 그야말로 초대형 뮤지컬이었다. 그 많은 제작비를 어떻게 댈 것이며 설혹 구한다고 해도 흥행이 되지 않으면 어떻게 할 것인가. 이건 단순히 제작자뿐 아니라 내 인생이 걸려 있는 문제였다.

작업이 본격적으로 진행되자 공연계의 이슈가 되었다. 국내 최초로 브로드웨이와 동시 공연이라는 것도 화제였지만 극단 대표가 아닌 기획자가 책임 프로듀서가 되는 것 또한 전례가 없는 일이었다. 그들에게는 흥미로운 과정이지만 내게는 일생을 건 도박이었다. 나는 두려움을 이기고자 스스로에게 잘될 거라는 최면을 걸었다.

연출은 배우 출신의 한진섭 형에게 맡겼다. 〈더 라이프〉가 그의 연출 데뷔작이었다. 경험 없는 연출에게 예술의전당 오페라극장에 올릴 작품을 맡기는 게 말이 되느냐는 말도 많았지만 밀어붙였다. 그는 오랜 시간 김상열 선생 밑에서 실력을 갈고 닦은 차세대 인재였다. 다른 사람은 몰라도 나는 그의 숨은 능력을 알고 있었다. 집요하고 꼼꼼하게 파고드는 그의 성격을 믿었다. 캐스팅은 허준호, 전수경, 이영자, 박영미, 조남희, 김선동, 방주란 등 훌륭한 멤버들로 구성됐다.

개그우먼 이영자가 흑인 창녀 역으로 뮤지컬에 데뷔한다는 언론보도는 많은 사람들의 이목을 집중시켰다. 그는 브로드웨이에서 직접 공연을 관람했는데 웃음을 주는 뚱뚱한 흑인 창녀 역이 하고 싶었다고 소감을 피력했다.

진한 우정을 나누는 두 창녀 퀸과 소냐는 강변가요제 대상을 받고 가수로 활동했던 박영미와 뮤지컬배우 전수경이 맡았다. 두 주인공은 이 작품의 큰 기둥이었다. 박영미는 가창력만큼 뛰어난 연기를 보여주며 배우로 훌륭히 변신했다. 전수경은 시원스런 창법과 구부정한 모습으로 늙고 지친 창녀 역을 완벽하게 소화했다. 그리고 허준호는 악랄하고 비열한 포주 역을 신들린 듯 연기해냈다.

번역된 대본으로 연습에 들어갔다. 그런데 브로드웨이 것을 그대로 본뜨고 보니 우리 정서와는 맞지 않는 부분이 많았다. 연습이 진행되면 좀 나아질 거라고 기대했지만 어색함은 그대로 남았다. 깔끔하게 정리되지 않은 번역부터가 문제였다. 난감해하고 있을 때, 어둠을 뚫고 김상열 선생이 연습장에 나타나셨다.

구세주인들 이렇게 반가울까. 선생은 도착하자마자 대본 여기저기를 손봐주셨고 밤을 새워 연출 지도를 해주셨다. 과연 베테랑의 솜씨는 마법 같았다. 약간 삐걱거리는 대사, 조금 어색한 무대가 그의 손길을 거치자 매끄럽게 흘러갔다. 알아서 하라며 계약서를 내밀 때는 섭섭했지만, 숙련된 연출력을 보여준 그날 이후 그 섭섭함을 모두 잊어버렸다. 이런 내 마음을 읽기라도 한 것인지, 김상열 선생은 이내 내게 훨씬 더 강력한 서운함을 심어주셨다.

공연이 임박할수록 내 스트레스는 한계를 넘어서고 있었다. 연습이 한창일 무렵 밤마다 대학동기이자 친구인 허준호를 불러세웠다. 돈이 없어 늘 구룡산 아래 있는 선술집이 고작이었다. 파라솔 아래 마주앉아

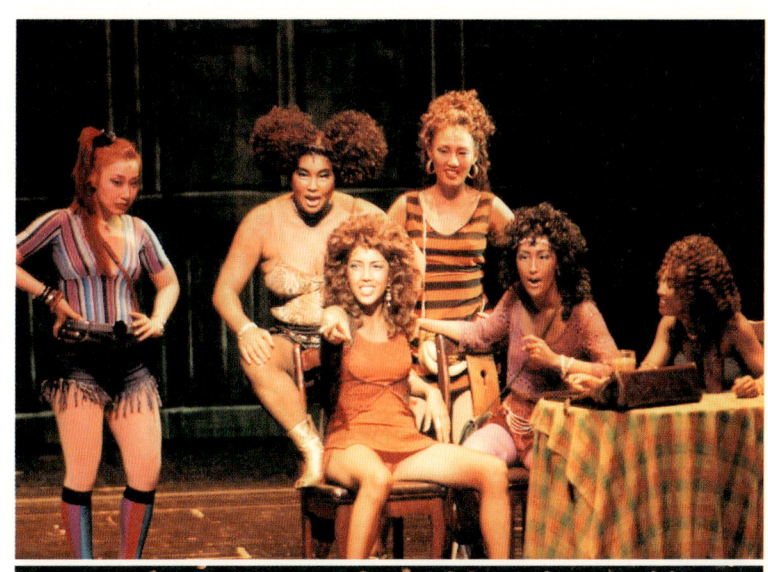

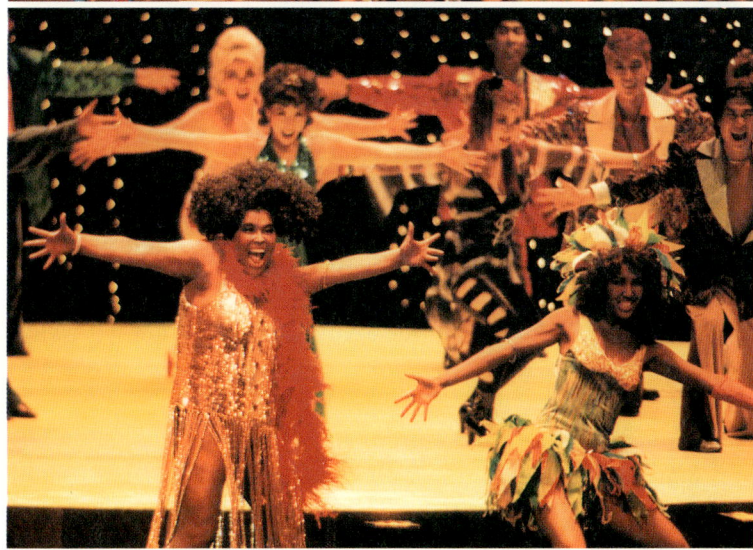

전수경은 늙고 지친 창녀 역을 완벽하게 소화했다.
이영자가 뮤지컬에 데뷔한다는 언론보도는
많은 사람들의 이목을 집중시켰다.

소주를 들이켰다. 낮에는 이미 작품이 성공한 것처럼 허세를 부렸지만 친구 앞에서는 속내를 드러냈다. 어찌나 힘에 부치던지 번번이 그 앞에서 하소연을 늘어놓고 신세타령을 하기가 일쑤였다.

"분명 잘될 거야. 우리가 어려운 것 모르고 시작했어? 조금만 더 힘내자."

허준호는 그때마다 내 어깨를 다독이며 함께 눈물을 훔쳤다. 그의 주문이 통했던 것일까. 태풍 로지가 한반도를 쓸고 지나간 것을 감안하면 예매성적은 좋은 편이었다. 모든 준비가 차근차근 마무리 단계로 향하고 있었다. 그런데 대관료 5천만 원이 부족했다. 대관료를 완납하지 않으면 공연에 필요한 무대장치를 들여놓을 수가 없다는 극장 규정이 있었다. 6억 원을 쏟아붓고 5천만 원이 없어서 공연을 못할 판이었다. 참으로 난감했다.

돈을 구하지 못해 발을 구르다가 김상열 선생을 찾아갔다. 극단 살림은 누구보다 내가 잘 알고 있다. 그 정도 여유 자금은 있었다. 알아서 하라고 하셨고 그래서 알아서 잘 진행하고 있었다. 거의 다 알아서 했는데 마지막 5천만 원이 부족했다. 기특해서라도 빌려주실 줄 알았다.

"야! 그 정도 각오도 없이 일을 벌였어? 네가 알아서 하기로 하고 시작한 거 아냐? 극단 예산은 한 푼도 손댈 수 없으니 다른 데서 융통해봐라."

"예, 알겠습니다. 어디서 한번 구해보겠습니다."

담담한 척했는데, 목소리가 조금 떨렸을지도 모른다. 돌아오는데 얼마나 섭섭했던지 '거, 너무 그러시는 거 아닙니다'라고 소리라도 지르고 싶었다.

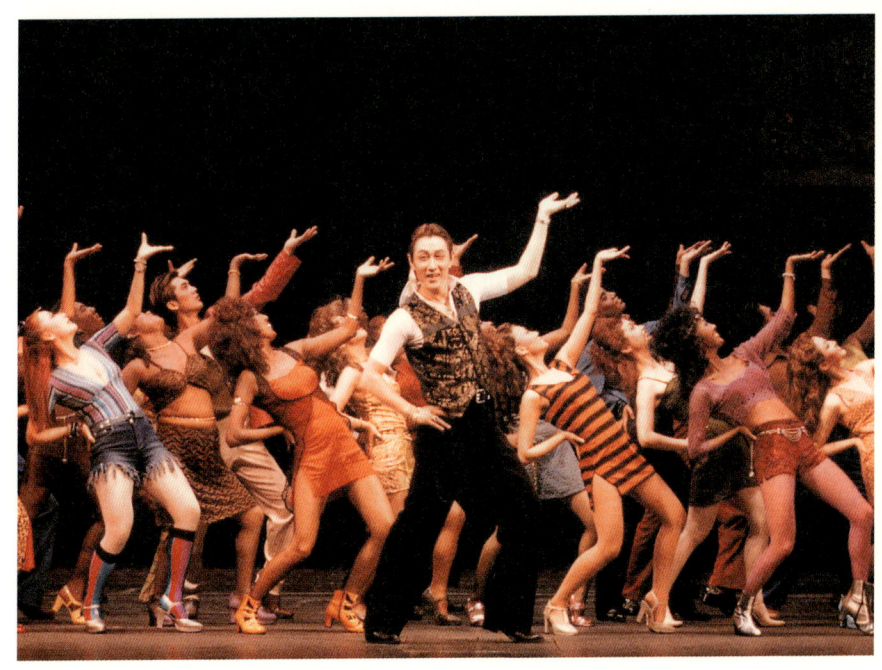

허준호는 악랄하고 비열한 포주 역을 신들린 듯 연기해냈다.
대학동기이자 친구로서 힘들 때마다
내 어깨를 다독이며 함께 눈물을 훔쳤다.

다음날 한 언론사에 지분 25퍼센트를 넘기고 6천만 원을 투자받았다. 공연 5일 전이었다. 예매 상황이 좋았기에 어렵지 않게 투자를 받았지만, 자금이 급했던 상황이라 불리한 계약조건을 감수해야 했다. 공연 날짜가 다가올수록 성공할 거라는 확신이 생겼기에 지분 양도 조건의 투자는 안타까웠다.

1998년 7월, 예술의전당에서 마침내 〈더 라이프〉의 막이 올랐다. 당시는 IMF의 영향을 실감하고 있을 때였고, 최근 몇십 년 동안 유래 없던 홍수로 대한민국 전역이 떠들썩하던 때였다. 잠수교가 물에 잠긴 지는 오래되었고, 다른 다리들도 위험할 것이라는 이야기도 돌았다. 그러나 관객들은 빗속을 뚫고 몰려들었다. 2200석 오페라하우스가 연일 가득 찼다. 불편함을 무릅쓰고 오는 관객들에게 절이라도 하고 싶은 심정이었다. 예상했던 것보다 훨씬 많은 관객을 유치했다. 앙코르 공연까지 이어진 대성공이었다. 공연이 끝난 뒤 정산을 해보니 투자한 언론사에 300퍼센트 정도의 수익이 돌아갔다.

〈더 라이프〉는 단순히 정당한 저작권 계약의 의미만 있는 것은 아니었다. 그것은 한국 뮤지컬의 질적 발전의 계기가 되었다. 작품에 대한 정보와 자료를 정식으로 요청해 받았고 우리 크리에이티브팀을 뉴욕으로 보내 작품을 탐독하고 제대로 해석할 수 있는 기회도 얻었다. 원작이 갖고 있는 재미와 감동을 국내 관객들에게 그대로 전달하는 노하우를 공부한 것이다.

공연 흥행에 따라 얼마만큼의 작품 제작능력이 있고 제대로 된 홍보 마케팅 능력을 갖추고 있는지에 대한 판단이 좌우되므로 저작권 계약에서 흥행의 결과는 대단히 중요하다. 나는 이 계약을 발판으로 외국 프로듀서들에게 돈독한 신용을 쌓겠다고 마음먹었다. 당시는 외환위기로 달러와 환율이 고공행진해 1달러에 1700원이 넘을 때였다. 큰돈이었지만 계약금과 공연정산 로열티를 깨끗이 지불하고 공연결과 보고서를 꼼꼼히 챙겼다.

일본에서 저작권 대행을 했던 마틴 네일러가 국내 공연의 제작 수준을 확인하기 위해 직접 한국에 왔다.

"한국에 이렇게 훌륭한 극장이 있는 것이 놀랍군요. 예상보다 작품의 완성도가 뛰어납니다. 이런 수준의 공연은 일본에서도 하지 못해요. 사이 콜맨의 어려운 창법의 노래가 훌륭하게 소화된 것과 더불어 신시의 훌륭한 제작 능력에 박수를 보냅니다."

이만하면 극찬이다. 한국 공연 수준을 칭찬하고 돌아간 그는 런던, 뉴욕, 독일 등의 공연 관련 지인들에게 메일을 보내 한국에 '미스터 박'이라는 신뢰할 만한 프로듀서가 있다고 알렸다. 그때부터 저작권에 관한 일들이 쉽게 풀려나갔다. 외국에 출장 갈 때마다 해외의 유명한 공연 관계자들을 만날 수 있었고, 만나는 사람마다 작품을 소개해줄 정도로 그들에게 믿음 가는 프로듀서가 되어 있었다. 이후 브로드웨이와의 동시 공연에 관심을 쏟기 시작했다. 〈렌트〉 〈시카고〉 〈캬바레〉 〈키스미 케이트〉 등 브로드웨이에서 한참 인기절정인 작품들만 선별해 저작권 계약을 체결해나갔다. 외환위기 이후라 경쟁자가 거의 없었기에 국내 뮤지컬 시장의 반 이상을 신시가 책임질 정도였다.

〈더 라이프〉는 런던, 뉴욕과의 시간격차를 줄이는 견인차 역할을 했다. 지적재산권 도둑 국가라는 오명을 벗는 데 조금이나마 도움이 되었고 우리나라의 저작권 문화가 지금처럼 성숙하게 정착되는 데 힘을 보탤 수 있었음에 대해 여태껏 큰 자부심을 갖고 있다.

브로드웨이의 공연물들을 중점적으로 계약하다보니 뉴욕 공연계에서는 나를 '브로드웨이 박'이라는 닉네임으로 부르기 시작했다. 덕분에 뉴욕 현지에서 최고의 화제작으로 손꼽히는 작품들을 수월히 국내에 소개할 수 있었다.

국내 언론의 시선도 차츰 '브로드웨이 박'을 향했다. 척박했던 공연계 현실에서 브로드웨이가 먼저 알아보고 현지 작가들도 예우해주는 국내 프로듀서는 꽤 쓸 만한 기삿감이었나보다. '브로드웨이 박'이라는 퍽 괜찮은 별명과 함께 내 뮤지컬 인생은 제2막을 열어가고 있었다.

큰 별, 지 다

"아, 그때 돈 빌려줄걸 그랬지?"

〈더 라이프〉 공연이 끝난 후 한 술자리에서 김상열 선생이 농담처럼 말씀하셨다. 나는 대답을 하지 않았다. 섭섭함이 남아 있기도 했지만 딱히 대답할 말도 없었다.

"나는 누구에게도 절대 신세 안 진다. 돈 거래 안 하는 게 내 철칙이야. 너한테도 그런 생활방식을 가르쳐주고 싶었다."

겨우 섭섭한 마음이 풀렸다. 그리고 얼마 뒤 내 마음속에는 김상열 선생에 대한 감당할 수 없는 서운함과 죄송함이 생겼다. 선생께서 췌장암 진단을 받으신 것이다. 연습할 때 밤을 새워가며 작품을 고쳐주실 때 이미 췌장암 말기였다. 그 정도로 몸이 안 좋은 상태에서도 후배들의 작품을 위해 마지막 열정을 불사르신 것이다.

병문안을 갔을 때였다. 호랑이도 벌벌 기게 만들 것 같은 우렁우렁한 목소리는 없어지고 조용하고 낮게 말씀하셨다.

"너 혼자 알아서 하라고, 계약서 쓰라고 할 때 섭섭했지? 혼자 책임질까봐 불안했지? 뻔히 돈 있는 줄 아는데 안 빌려줬을 때는 얼마나 야속했겠니? 그런데 내가 정말 너한테 그 큰 짐 다 떠맡겨놓고 모른 척할 줄 알았니? 제작자가 된다는 건 늘 그런 책임감이 필요해. 하나의 작품을 선택하는 건 또 얼마나 위태로운 일이냐. 혼자 힘으로 극복하는 방법을 배웠으면 했다. 첫 작품, 성공해줘서 고맙다. 큰 경험을 한 거야. 이번 일을 잊지 마라. 목숨 걸고 해도 뜻대로 안 되는 게 연극이야. 그야말로 최선을 다해야 성공한다는 걸 잊지 마. 그래, 애썼다. 고맙다."

그리고 수익금 중 꽤 많은 액수의 돈을 건네주셨다. 자꾸 눈물이 났다. 대답을 해야 하는데 말이 나오지 않았다. 마음속으로만 하염없이 대답을 했다.

'예, 섭섭했지요. 불안해서 잠도 오지 않았어요. 얼마나 야속했는지 모릅니다. 이제야 선생님 뜻을 알겠습니다. 고맙습니다, 선생님.'

선생은 입원 중임에도 마지막 공연을 보시고 '쫑파티'까지 참석해 단원들과 마지막 시간을 보냈다. 그리고 얼마 후 작고하셨다. 지나고 생각해보니 김상열 선생은 제작자로서의 자세와 현장 감각을 실전을 통해 공부시켜주셨다. 김상열 선생의 안목과 혹독한 훈육이 없었다면 오늘날 프로듀서 박명성은 결코 존재하지 않았을 것이다.

신시 극단은 '김상열 사단'이라 불릴 정도로 선생께 의지하는 비중이 컸다. 누가 대표가 되어야 신시를 예전처럼 이끌어나갈 수 있을까. 위기 감이 얼마나 컸던지, 신시가 이대로 없어지는 것은 아닌가 하는 걱정도 많았다.

선생의 사십구재를 모신 후 전 단원들이 모였다. 후원회장이신 정우 스님도 함께하셨다. 후보로 여러 사람이 물망에 올랐다. 나는 김갑수 형 을 추천했다. 그런데 김갑수 형은 대표직을 고사했다. 배우는 여러 극단 을 옮겨다녀야 할뿐더러 방송과 영화 스케줄까지 소화하려면 극단에 충 실할 수 없다는 것이 이유였다. 도리어 〈더 라이프〉를 성공시킨 내가 적 임자라고 추천했다. 여태껏 극단 살림을 챙겨왔고 김상열 선생을 근거리 에서 모셔왔으니 나보다 신시를 잘 지켜낼 사람은 없다고 설명했다.

의견은 둘로 나뉘었다. 열정과 패기가 넘치는 젊은 세대에게 맡기자 는 의견과 그래도 무게감 있는 중견 연극인에게 맡기자는 것이 또 하나 의 의견이었다. 어느 것이 좋다, 나쁘다 할 수 없었다. 일장일단이 있을 것이다. 마라톤 회의에서도 결론을 내지 못하고 결국 거수를 통해 결정 하기로 했다.

그렇게 해서 내가 신시의 대표가 되었다. 몇몇 사람은 이런 회의 자체 를 못마땅해했다. 그러나 단원들이나 후원회 측은 극단은 모두의 것이 지 특정 개인의 소유가 아니라는 생각을 같이했다. 당시 내가 대표가 되 는 것에 반대했던 분들에게 인정을 받기까지 오랜 세월이 걸렸다. 혼자

'브로드웨이 박'이 되다

서 마음고생을 많이 했는데 얼마나 다행인지 모른다.

대표가 된 후 극단 경영을 어떻게 할 것인가에 대해 고민하지 않을 수 없었다. 극단 살림이 엉망이었다. 그래도 잘 해낼 수 있으리라는 믿음이 있었기에 마음은 풍요로웠다. 대표가 된 후 가장 먼저 개인사업체였던 신시를 법인으로 바꾸었다. 〈더 라이프〉를 만들면서 법인체로 등록되어 있어야 투자 유치나 기업 후원을 수월하게 받을 수 있음을 절실히 느꼈다. 또 공공의 사업체라는 인식이 확실해져야 극단 살림이 투명해질 것이라고 판단했다.

그러면서 극단명을 '신시뮤지컬컴퍼니'로 바꾸고 뮤지컬에만 전념키로 했다. 아직 뮤지컬이 대중들에게 인기 있는 장르는 아니었지만 머지 않은 훗날 공연 예술의 꽃으로 피어날 것이라는 확신이 있었다.

"나는 연출가도 아닙니다. 배우도 아닙니다. 내 능력은 여러 가지를 모두 잘해낼 만큼 뛰어나지 못합니다. 연극, 뮤지컬, 마당극, 악극 등 다양한 메뉴를 뮤지컬 하나의 단일 메뉴로 통합하겠습니다. 뮤지컬 하나에만 집중합시다."

극단 식구들은 내 뜻을 따라주었다. 가슴에 산불이 난 까까머리 고등학생이 한국 뮤지컬의 대표적인 컴퍼니를 탄생시킨 것이다. 1999년이었다.

THE LIFE

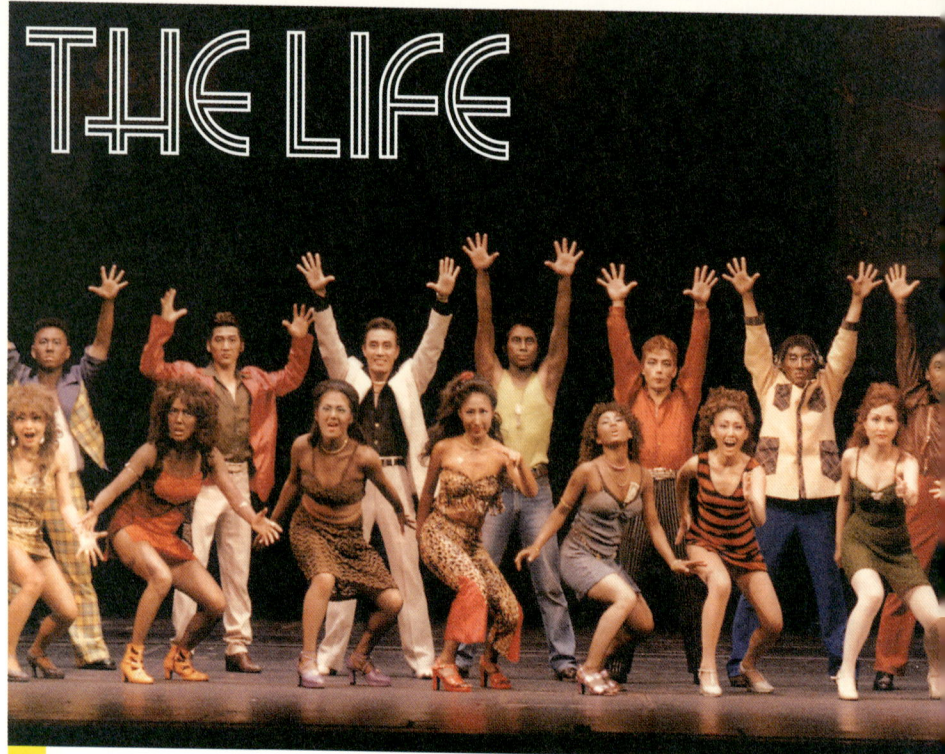

비애 서린 정통 재즈음악으로
진지한 삶의 단면을 엿보기

〈더 라이프〉

작품 정보

1980년대를 배경으로 사창가 사람들의 사랑과 배신을 그린 뮤지컬. 창녀와 포주들의 소외된 삶을 다루고 있지만 사람이 사는 모든 공동체가 가지고 있는 모진 사회의 속성을 보여주는 강한 상징성과 보편성을 갖고 있다. 한계상황을 벗어나 떠나려는 사람과 안주하려는 사람, 그리고 극한 상황을 이용하려는 사람들이 벌이는 삶의 투쟁과 그 갈등구조가 인상적이다. 『뉴욕포스트』에서 극본과 작곡을 맡은 사이 콜맨에게 "더이상의 훌륭한 작품은 만들 수 없을 것"이라며 극찬했을 정도로 탄탄한 스토리와 감각적인 음악이 장점이다. 신시뮤지컬컴퍼니에서 1998년 국내 최초로 브로드웨이와 동시에 한국 무대에 선보임으로써 뮤지컬 본산지와의 시차를 줄인 작품. 한국에 저작권 문화를 안착시키고 신시뮤지컬컴퍼니가 완성도 높은 뮤지컬의 메카로 자리잡는 데 기여한 의미 있는 작품이기도 하다.

☆
☆☆
☆☆
☆
☆ ☆ ☆ ☆ ☆

줄 거 리

작품의 배경은 1980년대 초 뉴욕 타임스퀘어의 현란한 거리. 월남전 영웅이었던 플릿우드와 그의 여인 퀸은 사반나를 떠나 뉴욕에 온 지 6개월이나 되었지만 그들의 꿈과 희망은 자꾸 희미해지면서 플릿우드는 마약 상습복용자로, 퀸은 매춘을 하는 거리의 창녀로 전락하고 만다.

그러던 중 플릿우드와 매춘업자 조조는 뉴욕에 갓 올라온 순박한 시골처녀 메리를 만나게 되고 플릿우드는 그녀를 통해 큰돈을 벌어들일 것을 계획한다. 매춘부 생활을 청산하고 평범한 노력으로 꿈을 이루려는 퀸은 그런 플릿우드와 점점 거리감이 생긴다.

그 거리에서 가장 큰 매춘사업을 하는 멤피스가 이 틈을 타고 퀸과 계약을 맺게 되고, 플릿우드는 순진한 소녀로만 알았던 메리의 돌발적이고도 과감한 쇼를 통해 많은 돈을 벌게 되자 메리에게 관심을 보이며 퀸에게 더욱 소홀해진다. 퀸은 멤피스와의 계약이 악랄한 계약임을 알게 되자 저항해보지만, 멤피스는 플릿우드를 죽여버리겠다고 협박한다. 이러한 사실을 플릿우드에게 알려주려고 조조에게 부탁하지만 조조는 플릿우드가 아닌 멤피스를 데려와 퀸은 그 죗값으로 조직에 의해 모욕적인 강제매춘을 당하게 된다.

한편 플릿우드 역시 '황금알을 낳아주는 천사' 인 줄

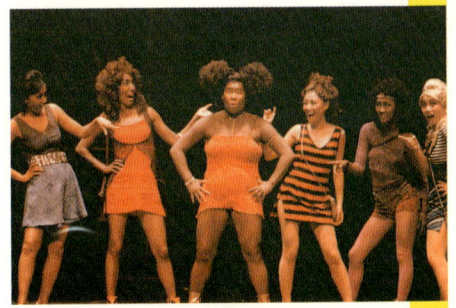

로만 알았던 메리가 에로영화를 찍기 위해 그를 배반하고 LA로 떠나게 되는 상황에 놓인다. 퀸은 도망치기를 결심하고 그녀를 돕는 늙은 창녀 소냐는 퀸에게 가방과 버스 티켓을 건네준다. 그러나 뜻밖에 플릿우드가 나타나 그녀에게 사죄하며 새 출발을 하자고 제안도 하지만, 그녀는 냉정하게 떠나려 한다. 그 순간 멤피스가 나타나 두 사람을 협박한다. 플릿우드가 권총을 뽑아 대항하지만 조조가 총을 빼앗는다. 멤피스가 플릿우드를 칼로 살해하자 퀸은 떨어진 총을 주워 멤피스를 향해 쏜다. 소냐는 자신이 멤피스를 쏘았고 그것이 정당방위임을 주장하기로 한다. 그리고 퀸이 자유로운 새 삶을 찾도록 버스에 태워 보낸다. 남은 소냐는 퀸이 평온한 삶을 찾길 바라면서 대신 경찰에 체포되어 감옥으로 향한다.

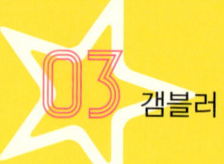

03 갬블러

주인공의 혹독한 교훈을
함께 배우다

앙코르 공연은 처참한 실패를 불러왔고 신시는 7억 원이라는 손실을 떠안았다. 모두 내가 부른 재앙이었다. 재앙은 폭풍처럼 나를 덮쳤다. 마치 맨몸으로 바다 한가운데서 태풍을 맞는 것 같았다. 오랜 세월 다져온 자신감, 신시, 나의 가정이 한꺼번에 침몰했다.

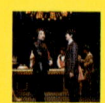 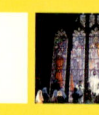

내가 부른 재앙

주변의 시선들이 부담스러웠다. 공연계는 기대 반 우려 반으로 신시 대표인 나의 행보를 주목하고 있었다. 김상열 선생의 빈자리를 표 나지 않게 메우고 싶었고 그들의 근심도 기우였음을 증명하고 싶었다. 대표로서의 내 첫 작품, 과감하고도 새로운 시도로 공연계를 놀라게 해주리라 다짐했다.

일본 저작권 회사의 마틴 네일러는 새로운 작품을 찾는 내게 몇 편의 뮤지컬을 소개했다. 〈더 라이프〉 때처럼 이번에도 결정은 어렵지 않았다. 진중한 주제의식과 특색 있는 무대장치로 유럽 뮤지컬만의 매력을 물씬 풍기고 있는 〈갬블러〉를 선택했다.

뮤지컬 〈갬블러〉는 미지의 한 카지노를 배경으로 카지노 보스와 갬블러, 쇼걸, 백작부인이 풀어내는 드라마를 통해 인간사의 사랑과 배신, 성공과 좌절, 욕망과 파멸을 담아낸 유럽 뮤지컬이다. 특히 'Eye in the sky' 'Time' 등으로 유명한 알란 파슨스 프로젝트 멤버인 에릭 울프슨의 음악은 매혹적이었다. 그는 국내에서도 유명한 팝아티스트였다. 내로라하는 국내 음악인들 중에서도 그의 팬이 많았다. 음악인 배철수 씨가 그를 처음 본 순간 심장이 요동쳐 혼이 났다고 할 만큼 세계적인 음악가이다. 에릭 울프슨과의 인연은 이후 〈댄싱 섀도우〉로 이어졌다.

진행은 순조로웠다. 이미 신뢰를 쌓은 터라 저작권 계약도 쉽게 성사되었다. 당시 문화예술진흥원장으로 재직 중이던 차범석 선생께서는 지금의 아르코대극장의 기획공연으로 〈갬블러〉를 선정해주셨다. 오랜 시

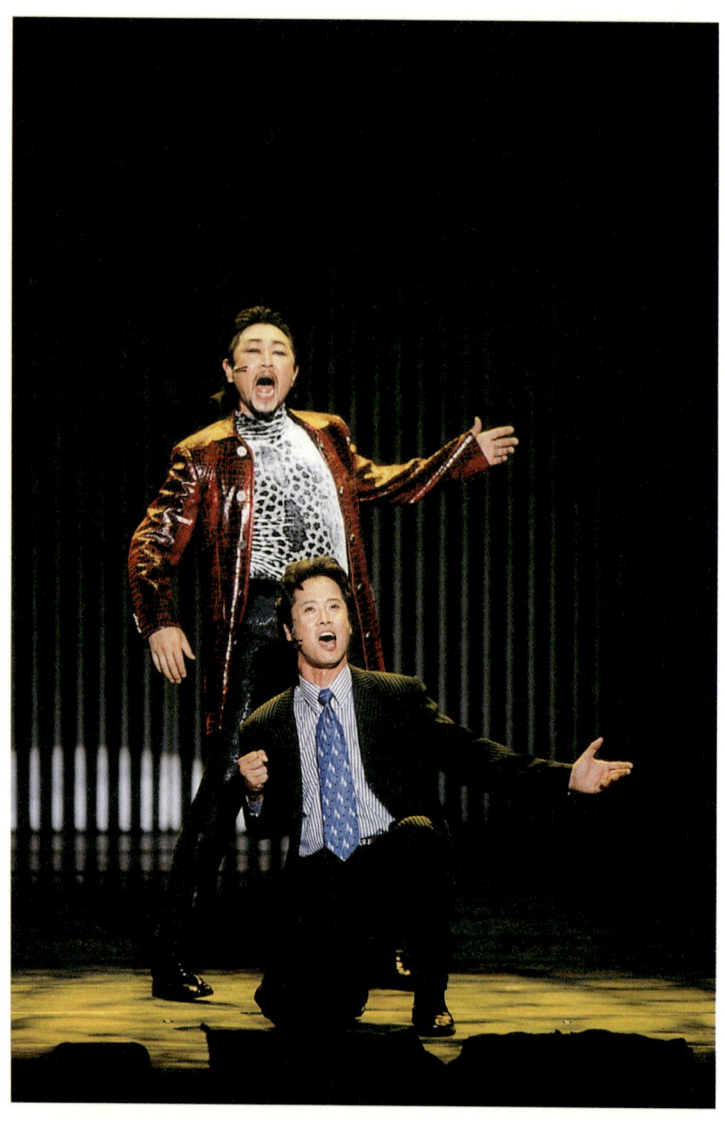

국내 초연은 남경주, 허준호 등 호화 캐스팅으로
만족할 만한 성과를 이뤄냈다.

간 모셔온 데 대한 배려에서인지 내게 처음으로 특혜를 주신 셈이다. 차범석 선생에 대한 자세한 이야기는 〈댄싱 섀도우〉에서 매우 '적나라하게' 할 것이다. 연출은 〈더 라이프〉의 한진섭 형이 맡았고 남경주, 허준호, 이정화, 주원성, 전수경 등 호화 캐스팅이었다.

한 달간 이어진 〈갬블러〉의 국내 초연은 비교적 만족할 만한 성과를 이뤄냈다. 객석 점유율이 70퍼센트를 웃돌았으니 실패작은 아니었다.

문제는 그 다음에 벌어졌다. 순전히 내 욕심이 부른 참극이었다. 국립극장의 최진용 극장장이 공연을 보고 난 후 작품성을 칭찬했다. 그러면서 국립극장이 두 달간 빌 예정이니 〈갬블러〉를 무대에 올려보자고 제안했다. 앙코르 공연에 욕심이 있던 나는 깊은 생각 없이 받아들였다.

초연이 막을 내린 지 불과 두 달도 안 되어서 재공연을 하는 것은 명백한 실수였다. 기본적으로 재공연에 대한 기획과 홍보에 주어진 시간이 한 달도 채 되지 않았다.

뮤지컬 관객의 저변이 넓지 않은 상황에서 어느 정도 흥행이 되었다는 것은 달리 말하면 볼 만한 사람은 다 봤다는 뜻이다. 그런데 그것을 몰랐다. 〈더 라이프〉의 성공에 이어 〈갬블러〉 초연의 순항으로 나는 자만심에 빠져 있었다.

앙코르 공연은 처참한 실패를 불러왔고 신시는 7억 원이라는 손실을 떠안았다. 모두 내가 부른 재앙이었다. 재앙은 폭풍처럼 나를 덮쳤다. 마치 맨몸으로 바다 한가운데서 태풍을 맞는 것 같았다. 오랜 세월 다져온 자신감, 신시, 나의 가정이 한꺼번에 침몰했다.

배우들의 출연료부터 시작해 이것저것 지불해야 할 것들이 산더미였다. 전세로 살고 있던 집을 월세로 돌렸다. 전세를 선호하던 때여서 집주인을 겨우 설득했다. 그렇게 만든 돈이라고 해봐야 5천만 원이 전부였다.

마침 문화예술위원회에서 공연예술인 중 한 명을 선정하여 해외연수를 보내주는 프로그램을 운영하고 있었다. 거기에 뽑힌 나는 연수비용 1만 달러를 선불로 받아 빚 갚는 데 보탰다. 대표가 되자마자 찾아든 크나큰 고비에 혼비백산이었지만 그간 쌓아올린 신뢰만큼은 깨고 싶지 않았다. 모든 재정은 나와 신시의 신뢰를 지키는 일에 쓰였다.

그러니 가정이 온전할 리 없었다. 동료들과의 의리를 위해 가족들에게 희생을 강요했던 것이다. 카드대금을 지불하지 못해 신용카드는 정지되었다. 집에는 동전 한 닢 없었다. 아내와 두 살배기 딸아이 정윤이를 볼 낯이 없었다. 결혼한 지 2년, 아내는 심한 충격을 받았다. 그리고 4개월 동안 품고 있던 둘째 아이를 유산하고 말았다. 이후 아내는 심각한 우울증으로 고통을 받았다. 그런데도 그런 아내를 보살피지 못했다. 나는 부끄러운 남편, 아버지가 되어 뉴욕으로 가야 했다. 연수비를 받았으니 가지 않으면 돈을 반납해야 했기 때문이다. 가정을 풍비박산 낸 가장은 무책임하게 6개월간의 연수 길에 올랐다.

'미안하다. 미안하다. 미안하다.'

소쩍새, 울고 울고 또 울다

연수비용을 빚잔치에 써버린 것을 아신 차범석 선생이 2천 달러를 쥐어

주인공의 혹독한 교훈을 함께 배우다

주셨다. 정우 스님도 3천 달러가 든 봉투를 건네주셨다.

"아껴쓰면 공연도 많이 볼 수 있을 거다."

어른들이 마련해주신 5천 달러는 내 전 재산이었다. 뉴욕에는 유학을 가 있던 몇몇의 우리 단원들이 있었다. 그들이 내가 온다는 소식을 듣고 달려와 지낼 집도 알아봐주고, 뉴욕 생활에 필요한 것들을 장만해주었다. 미국은 집세를 선불로 내야 한다. 6개월치 집세를 내고 나니 수중에 남은 돈이 별로 없었다.

그나마 다행이라면 하숙집에서 삼시세끼는 해결해준다는 점이었다. 남은 돈으로는 매일매일 관람료가 저렴한 오프브로드웨이(브로드웨이 지구 외곽에 퍼져 있는 비교적 작은 규모의 극장들) 공연만 골라 보았다. 타임스퀘어 근처에 티켓부스가 있었는데, 10시부터 할인 티켓을 팔았다. 아침 일찍 서둘러 가 줄을 서면 당일 티켓을 저렴하게 살 수 있었다. 운이 좋으면 절반 값에도 티켓을 구할 수 있어서 아침마다 거기 가서 줄을 서곤 했다. 틈틈이 메트로폴리탄미술관과 구겐하임미술관 등을 둘러보며 뉴욕 생활에 적응해갔다. 하숙집이 아니었다면 나는 굶어죽고 말았을 것이다.

아끼고 아꼈는데도 두 달이 지나자 수중에 8달러밖에 남지 않았다. 돈이 없으니 꼼짝할 수 없는 상황이 되었다. 그래도 밖으로 다닐 때는 괴로움을 잠시나마 잊을 수 있었다. 혼자 방 안에 있으니 가두어두었던 걱정, 두려움, 미안함이 목을 죄는 듯했다.

'왜 그랬을까. 왜 그렇게 자만심에 들떴던 것일까. 왜 좀더 신중하지 못했을까.'

울다가 잠이 들었다.

'아내와 아이는 어떻게 지내고 있을까.'

울다가 잠이 깼다. 꿈속에서만큼은 거짓이나 위선의 눈물이 아닌 마음속 깊이 흐르는 눈물이었다.

그해 겨울 뉴욕은 유난히 춥고 눈도 많이 왔다. 하루는 아침에 깨어보니 폭설이 세상을 하얗게 뒤덮어 옴짝달싹 못하게 했다. '방콕' 신세를 져야 하는데 그날치 핑곗거리가 생긴 셈이었다.

이런저런 핑계로 보름 넘게 방 안에만 틀어박혀 있는 걸 이상하게 생각했는지 단원들이 찾아와 왜 꼼짝도 하지 않고 집에만 있냐고 묻기 시작했다. 돈 떨어진 내색을 하기 싫어 심한 몸살이 났다고 둘러댔다. 단원들의 유학생활 또한 고단하기는 매한가지였다. 학비와 생활비를 벌기 위해 식당에서 10시간 넘게 일하는 그 친구들이 내 주머니 사정까지 걱정해야 하는 상황을 만들고 싶지는 않았다.

대학로 연극판에 있다 유학 가 있던 룸메이트 양문수와 안무 공부를 하고 있는 정은정이 많은 도움을 주었다. 양문수는 대동면옥이라는 식당에서 매니저로 일하고 있었다. 간혹 주인이 퇴근하고 난 뒤에 나를 식당으로 불렀다. 그날은 소주에 고기를 원 없이 먹을 수 있는 날이었다. 서민의 술, 소주가 미국에서는 어찌나 비싸던지, 한국에서 고급 취급 받던 위스키가 더 쌌다. 하지만 위스키는 마실 수 없었다. 한국에서 정말 죽고 싶은 심정에 유리잔에 위스키를 가득 부어 세 잔을 연거푸 마셨다. 이후 탈이 났고 한동안은 위스키 냄새만 맡아도 속이 뒤집혔다.

주인공의 혹독한 교훈을 함께 배우다

기사회생, 다시 꿈을 꾸다

그렇게 시간이 지났다. 어느 날, 신시 사무실 식구 최은경에게서 전화가
왔다.

"대표님, 신용카드 쓰세요."

목소리가 떨리는 것 같았다.

"야, 다짜고짜 무슨 말이야?"

갑자기 목소리가 지구에서 가장 즐거운 비명인 듯 높아졌다.

"표 팔린 돈으로 카드 결제했으니까 이제 신용카드 맘대로 쓰셔도 된
다고요!"

내가 뉴욕에 있는 동안 남아 있던 극단 식구들은 〈사운드 오브 뮤직〉
을 기획하고 있었다. 스태프라고 해봐야 극단의 정직원은 나를 포함해
네 명뿐이었다. 신시에서 16년 동안 일하고 있는 최은경 부대표, 정소애
기획실장, 이훈 관리팀장이 그들이다. 그들은 극단을 살리겠다는 의지
로 안간힘을 쓰고 있었다. 나에게 전화로 〈사운드 오브 뮤직〉을 올리겠
다고 보고를 했고 나는 전화로 일일이 제작상황을 지시했다. 제작비가
없었지만 배우들이 도와주었다. 전세금까지 빼서 배우들의 출연료를 먼
저 챙겨준 것이 빛을 발했다. 극단 사정이 최악이었음에도 불구하고 단
원들은 두둑한 선금이라도 받은 양 연습에 몰두했다.

특히 〈사운드 오브 뮤직〉에서 대령 역을 맡은 허준호는 '신시를 살리
자'는 구호를 앞장서 외치고 다녔다고 한다. 이미 〈갬블러〉가 크게 망했
을 때 출연료를 반납하겠다고 선언한 바 있는 그였다. 단원들의 우두머

리였던 허준호는 〈사운드 오브 뮤직〉이 또다시 흥행에 실패할 경우 출연료를 받지 말자고 배우들을 설득하고 다녔다.

그렇게 올린 〈사운드 오브 뮤직〉의 티켓이 '폭풍처럼' 팔려나갔던 것이다. 거의 매일 매진 행렬이 이어졌다고 한다. 극단 식구들은 돌아가면서 수화기를 붙잡고 나와 통화했다. 우리는 아무 말도 못하고 꺼이꺼이 울기만 했다. 곧이어 허준호가 전화를 받았다. 또 말을 하지 못했다. 허준호도 겉으로는 웃는 척했지만 말을 하지 못했다. 말 몇 마디 하지 못했어도 그렇게 깊은 대화를 나눠본 적이 없다.

전화를 끊고 나는 너무 너무 기쁜 마음에 뉴욕 거리로 뛰쳐나갔다. 차갑고 매서운 강바람이 옆구리를 시리게 했지만 가슴은 뜨거웠다. 나의 가족들과 신시 식구들이 너무나 보고 싶어졌다. 모두에게 짐만 남겨두고 달랑 떠나온 내 자신이 그렇게 미울 수가 없었다. 한참을 걷는데 갑자기 잿빛으로 변한 하늘에서 눈발이 날리기 시작했다. 열심히 표 팔아 뉴욕생활을 편하게 해준 신시 식구들이 고마웠다. 너무 기뻐서 술까지 한잔 마셨다. 그리고 마냥 또 걸었다. 신시 멤버들의 마음과 정신력에 얼마나 감동했는지 모른다. 그리고 얼마나 행복했는지 녹아내린 눈보다 더 많은 눈물이 하염없이 흘렀다.

생각하면 미쳐버릴 것 같아 외면하고 있었던 나의 가족. 뭘 먹고 사는지, 생활비가 있는지 없는지도 모른 척했다. 전화 한 통으로 가족들 걱정을 마음껏 할 수 있었다. 그리고 억지로 앓고 있던 몸살도 씻은 듯이 나았다.

다음날부터 다시 브로드웨이를 활보하며 공연을 봤다. 브로드웨이에

주인공의 혹독한 교훈을 함께 배우다

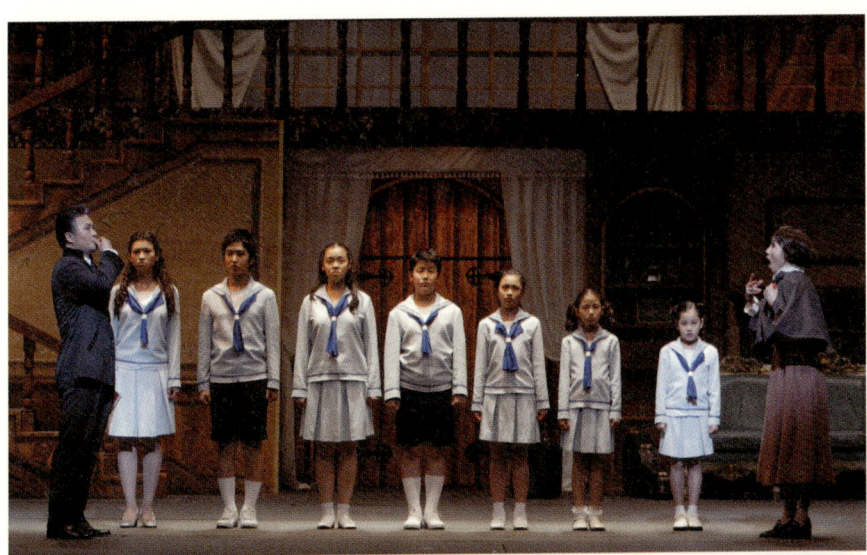

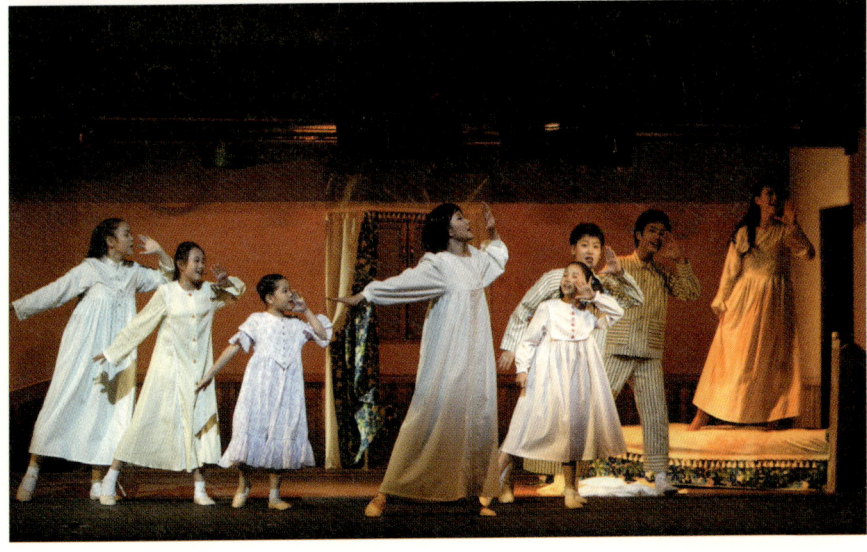

서 공연하던 모든 작품은 물론 오프브로드웨이에서 하는 공연들도 대부분 보았다. 한국과는 비교할 수 없이 다양하고 실험적인 무대를 접할 수 있는 기회였다.

특히 〈시카고〉 프로덕션이 만든 〈스윙〉이란 작품의 제작과 기획, 리허설 과정에 참여함으로써 뮤지컬 본고장에서는 어떻게 제작하는지 충분히 배우며, 실전훈련을 할 수 있었다. 선진 뮤지컬에 대한 새로운 지식과 노하우를 배우는 계기가 되었던 것이다. 대단한 행운이었다. 시기가 맞지 않거나, 프로덕션과 인연이 없으면 결코 견학할 수 없는 코스였다.

주먹구구식으로 만들던 당시 우리의 뮤지컬 제작시스템과 브로드웨이의 선진 시스템은 차이가 컸다. 그들의 방식은 과학적이고 합리적이었다.

우리 배우들은 3개월 전부터 모여 연습을 했는데, 이리저리 시간만 잘라먹고 연습은 고작 두세 시간밖에 하지 않았다. 성과 없이 길기만 한 연습기간은 배우들의 진만 빼놓을 뿐 아니라 제작비의 낭비로 이어지기 일쑤였다.

브로드웨이의 제작사들은 잘 짜인 스케줄에 맞춰 4, 5주 정도만 집중적으로 연습을 시킨다. 오디션 과정을 거쳐 애초에 그 배역을 제대로 소화할 수 있는 배우를 선발하기 때문에 장시간 무리하게 연습할 필요가 없는 것도 큰 차이였다. 그때까지만 해도 우리나라에는 오디션이란 개념이 도입되어 있지 않은 상태였다.

뉴욕 연수를 마치고 돌아와 가장 먼저 한 일은 우리의 제작시스템을 정비하는 것이었다. 본토에서 배운 노하우를 접목시킨 작품을 기획했

주인공의 혹독한 교훈을 함께 배우다

고, 최초로 오디션을 실시하며 차근차근 선진 뮤지컬 시스템에 접근해 갔다.

　뉴욕에서의 연수시절은 프로듀서로서의 내 삶에 상당한 영향을 끼쳤다. 그전에도 뉴욕에 간 적이 있었지만 연수 형식으로 갔기 때문인지 마음가짐부터가 달랐다. 무엇이든 반드시 배워가야 한다는 마음이 컸던 것 같다.

　뉴욕은 고급문화와 저급문화가 공존하는 문화의 강이었다. 왜 소극장에서는 실험적이고 화제성 짙은 뮤지컬이 나와야 하는지도 그때 깨달았다. 정형화된 무대와 실험적인 무대가 서로 영향을 주고받으며 흐르고 있었다. 대형이며 정형화된 뮤지컬은 실험적인 무대가 없으면 고인 물처럼 썩게 될 것이고 실험적인 무대는 대형 뮤지컬이 없으면 고사하고 말 것이다. 한국에도 실험적이며 도전적인 소극장 뮤지컬이 많이 나와야 한다고 주장하는 이유도 거기에 있다.

　뉴욕 연수는 나를 겸손하게 만들었다. 거대한 브로드웨이, 오프브로드웨이, 오프오프브로드웨이(실험적인 연극을 해온 오프브로드웨이 연극이 60년대 말에 이르러 점차 브로드웨이 진출의 등용문으로 변해가는 징조를 보이게 되자 여기에 불만을 품은 젊은 예술가들이 시작한 새로운 연극운동) 공연을 보기 위해 하루 저녁에도 수만 명의 관객들이 오가는 것을 보면서 내가 한국에서 하는 뮤지컬이 정말 왜소하게 느껴졌다. 인구가 다르고 역사가 다르니 그것은 어쩌면 당연하다. 문제는 내가 뮤지컬 합네 하고 너무 폼 잡고 살았다는 것이었다. 우물 안에서 큰소리치던 개구리가 호수를 보고 입이 떡 벌어진 느낌이랄까, 쑥스럽고 창피했다.

지금까지 뮤지컬을 할 수 있는 힘을 뉴욕 연수에서 얻었다. 내 꿈, 뮤지컬을 잘 만들고 싶은 내 꿈의 기반이 되었던 곳이 바로 뉴욕이다.

갬블러, 불효막심한 효자

〈갬블러〉는 내 뮤지컬 인생에 최대의 위기를 불러왔다. 정확하게 말하면 나의 서툰 판단이 〈갬블러〉를 탈선의 길로 접어들게 만들었다. 그렇지만 돌아온 탕자처럼, 초연이 있은 지 3년 만에 효자가 되어 돌아왔다.

2002년, 초연을 본 민주음악협회라는 일본 공연기획사가 한일월드컵 기념으로 25억 원이 넘는 예산을 투자해 〈갬블러〉를 초청하겠다고 했다. 월드컵 기간 동안 13개 도시를 순회공연하는 제법 큰 프로젝트였다. 협상조건도 나쁘지 않았다. 순수 개런티만 60만 달러, 당시 환율로 6억8천만 원에 달하는 액수였다.

허준호, 남경주, 최정원, 이건명, 김선경, 성기윤 등 일본 진출을 위해 새로운 배우들을 보강했고 임영웅 선생이 연출을 맡아주셨다. 이미 일본에서도 인지도가 있었던 임영웅 연출은 몇 안 되는 일본통이시다. 새롭게 진영을 꾸린 〈갬블러〉는 국내 최초의 장기공연 해외수출작이라는 기념비를 세우며 일본으로 향했다.

스태프와 배우를 포함해 70명이 움직이는 대장정이었다. 도쿄, 나가노, 나고야, 후쿠오카, 오이타 등 13개 도시를 순회하는 50일간의 공연은 순조로웠다. 공연 시작 전에 이미 70퍼센트의 티켓이 팔려나갔다. 일

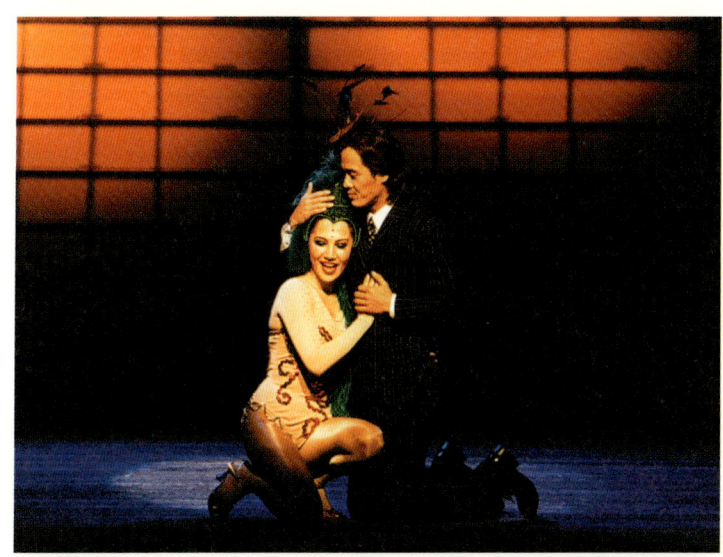

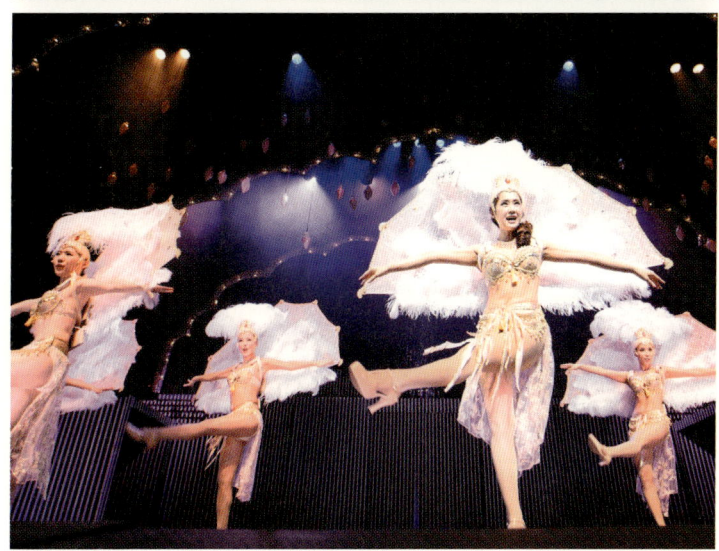

〈갬블러〉는 내 뮤지컬 인생에 최대의 위기를 불러왔다.
그렇지만 돌아온 탕자처럼,
초연이 있은 지 3년 만에 효자가 되어 돌아왔다.

본 요코하마에서 첫 선을 보인 〈갬블러〉는 일본 관객들의 열렬한 환호와 박수를 받았다.

공연장을 찾은 일본 관객들은 배우들의 파워 있는 가창력에 매료된 듯 노래가 끝날 때마다 박수가 끊이질 않았다. 전천후 스타 허준호를 비롯해 뮤지컬 톱스타 남경주와 최정원 등 일본 열도를 흔들기에 충분한 캐스팅이었다. 특히 허준호는 한류의 덕으로 일본에서도 인지도가 있어서인지 관객들의 많은 관심과 박수를 받았다.

일본의 『월간 뮤지컬』 편집장 마사히사 세가와는 "균형 잡힌 연출, 뛰어난 가창력과 무대장치 등이 놀랍다. 일본 관객들이 기립박수를 하면서 커튼콜을 다섯 번씩이나 하는 경우는 극히 드문데 오늘 공연은 이례적이다. 일본에서도 한국 뮤지컬이 통할 수 있다는 것을 보여준 좋은 공연이었다"라고 호평했다.

작곡가인 에릭 울프슨은 재창조된 〈갬블러〉를 "철학적 주제의식과 장중함이 돋보이는 유럽 뮤지컬을 세련된 음악과 안무, 끈끈한 앙상블로 채색해 원작 이상의 재미를 더했다. 일부 음악은 편곡하고 내용을 수정했는데 100퍼센트 마음에 든다. 한국 배우들의 가창력과 파워에 놀랐다. 오늘 공연은 마술(magic)이었다"라고 평했다.

또 연출을 맡은 임영웅 선생은 "한 작품으로 일본 13개 도시를 순회하는 공연은 한국 뮤지컬 사상 처음 있는 일이다. 역사와 자본에서 일본 뮤지컬보다는 뒤지지만 가창력만큼은 절대 뒤지지 않는다"라고 했다.

리뷰도 좋았지만 나는 일본 관객들의 뜨거운 반응에 더 깜짝 놀랐다. 평균 객석 점유율 95퍼센트 이상, 짧은 기간 동안 5만 명 이상의 관객이

주인공의 혹독한 교훈을 함께 배우다

모이는 일은 흔치 않은 일이기 때문이다. 일본 순회공연의 대성공은 한국 뮤지컬의 위상을 드높여 만족스러웠고 문화교류의 가능성을 확인하는 중요한 경험을 했다.

일본 순회공연을 가게 한 〈갬블러〉는 나를 또 나쁜 가장으로 만들었다. 내가 일본에 있는 동안 둘째 아이가 태어난 것이다. 일본인 스태프들은 비행시간도 얼마 되지 않으니 서둘러 다녀오라고 등을 떠밀었다.

"옛날에는 더 어려운 일도 겪었는데, 이번 일은 좋은 일이잖아. 공연 잘 끝내고 돌아가서 만나면 돼."

말로는 한사코 거절했지만 어찌 가보고 싶지 않았겠는가. 어찌 내가 3년 전에 지은 죄를 조금이나마 갚고 싶지 않았을 건가. 하지만 우리 측 공연단만 70명에 달하는 대규모 이동에 수장인 내가 자리를 비울 수는 없었다. 그 사이 문제나 사고가 생기면 그 책임을 누가 지나 싶은 생각에서였다. 극단 대표로서의 책임감은 가족들만 희생양으로 내몰았다.

일본 제작사 측은 그런 내 행동에 크게 감동을 받은 듯했다. 그 일로 신시뮤지컬컴퍼니와 박명성에 대한 믿음이 돈독해졌다. 그 신뢰 덕분이었는지 2005년 13억을 받고 또 한번 일본 진출에 성공할 수 있었다.

그 무렵 일본 공연을 보겠다고 한진섭 형이 왔다. 그는 나를 만나자자 사진 한 장을 슬며시 건네주었다. 고물고물, 갓 태어난 아들의 사진이었다. 내게 보여주려고 병원을 들렀다 온 것이다. 사진을 보고 있자니 눈물이 투둑 떨어졌다.

"복도 없는 녀석, 애비도 없는데 급하게 세상에 나왔구나. 고맙다."

아들 찬웅이가 태어난 지 17일째 되던 날, 일본 공연을 무사히 마치고 귀국했다. 만사 제치고 아내와 아들을 보러 처가로 달려갔다. 누구 아들인지 참 잘생긴 놈이 제 엄마 옆에 누워 꼼지락거린다. 또 눈이 뜨거워졌다.

뮤지컬 〈갬블러〉는 내게 특별한 작품이다. 어려움을 겪은 초연 때는 뱃속에 있는 아이를 빼앗더니 일본 공연의 성공은 둘째 찬웅이를 안겨주었다. 결과적으로 다시 한번 가족에게 미안한 짓을 하고 말았다. 일본 공연을 핑계로 분만의 고통을 거들어주지도 못했고 아들의 탄생을 함께 기뻐하지도 못했으니 말이다.

아내는 여태껏 불평 한 마디 뱉은 적이 없다. 내가 한 일을 생각하면, 바가지는 물론이거니와 백만 번 쫓겨나도 할 말이 없다. 그런데도 묵묵히 남편을 믿고 지지해주었다.

'고맙다. 고맙다. 고맙다.'

그런데 나는 한 번도 아내의 얼굴을 보고 고맙다는 말을 한 적이 없다.

일본 진출 기념으로 예술의전당에서 한 달간 귀국 축하공연을 가졌다. 일본에서의 성공 때문일까, 대박행진이었다. 초연 때와는 달리 대성공을 거뒀다. 이제 〈갬블러〉는 극단 살림을 뒷받침해주는 효자가 되었다. 〈갬블러〉는 내게 큰 공부가 되었다. 위기에 봉착할 때마다 그 어려운 시절을 떠올리며 마음을 추스를 수 있었고, 어떤 고난 앞에서도 희망과 용기를 잃지 않게 해준 작품이다. 그러나 다시는 그런 공부를 하고 싶지는 않다.

주인공의 혹독한 교훈을 함께 배우다

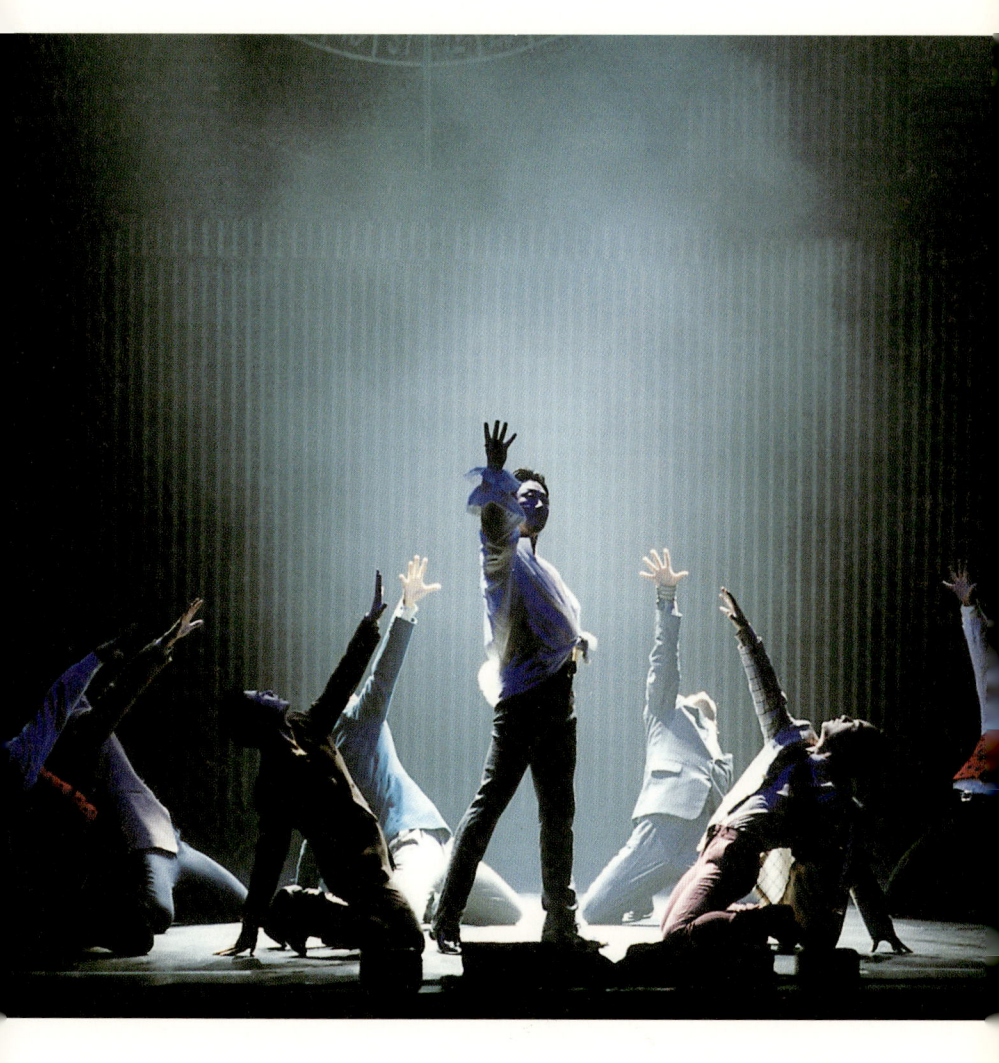

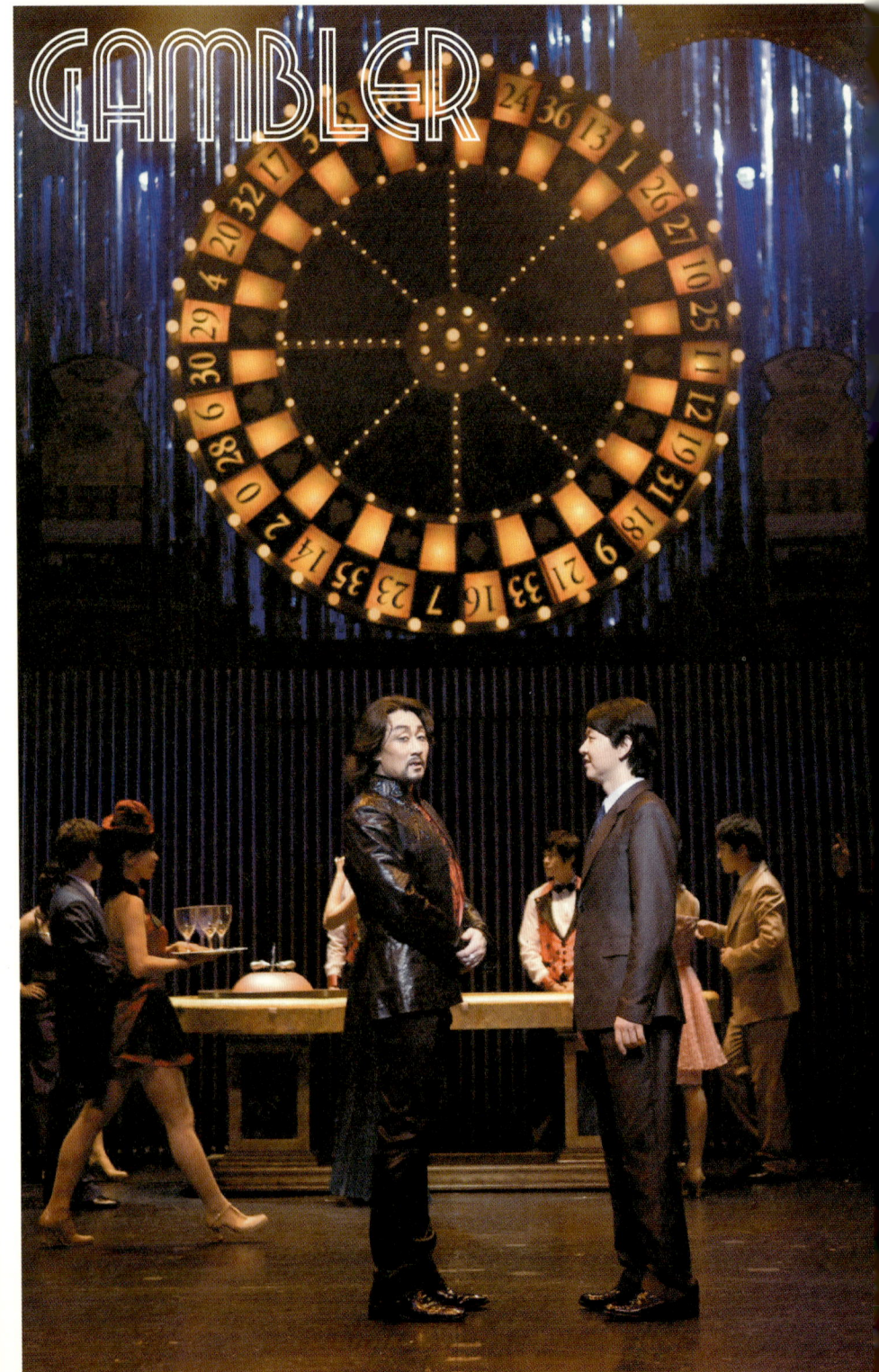

성과 속을 오가는
장엄한 카리스마의 향연

〈갬블러〉

작 품 정 보

뮤지컬 〈갬블러〉는 세계적인 팝 그룹 '알란 파슨스 프로젝트'의 작곡자이자 리더 에릭 울프슨이 작사와 작곡, 극본을 전체 구성한 작품이다. 푸시킨의 단편 소설 〈스페이드의 여왕〉을 원안으로 한 〈갬블러〉는 미지의 한 카지노를 배경으로 인간사의 사랑과 배신, 성공과 좌절, 욕망과 파멸의 인생역정을 보여준다. 이 작품은 특히 우리 귀에 익숙한 알란 파슨스 프로젝트의 히트곡 'Time' 'Eye in the Sky' 'Lime Light' 'Games People Play' 등 주옥같은 팝 명곡으로 구성되어 있다. 아름다운 음악과 흥미진진한 줄거리를 이끌어가는 작품의 구조는 장중하면서도 독특한 장면으로 구성되는데, 화려하고 품위있으면서도 도박이라는 통속적인 소재를 유럽의 철학이 담긴 진지한 주제로 승화시키고 있다. 〈갬블러〉는 1999년 한국 초연 이후, 국적을 뛰어넘는 대중성과 작품성으로 2002년과 2005년 두 번이나 일본에 수출되었다. 평균 객석점유율 85%의 경이로운 기록으로 일본 전역에서 공연되며 일본 관객들을 한국 뮤지컬에 열광하게 만든 대표적인 한류 1세대 뮤지컬이다.

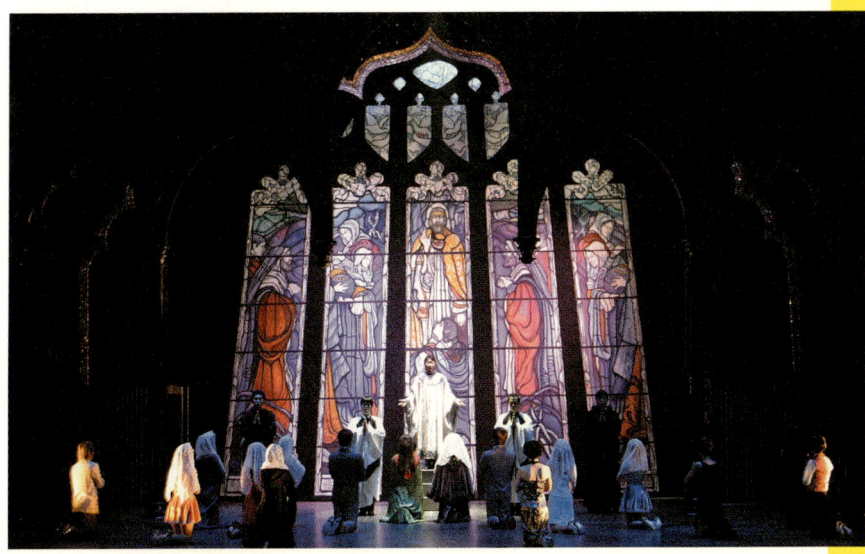

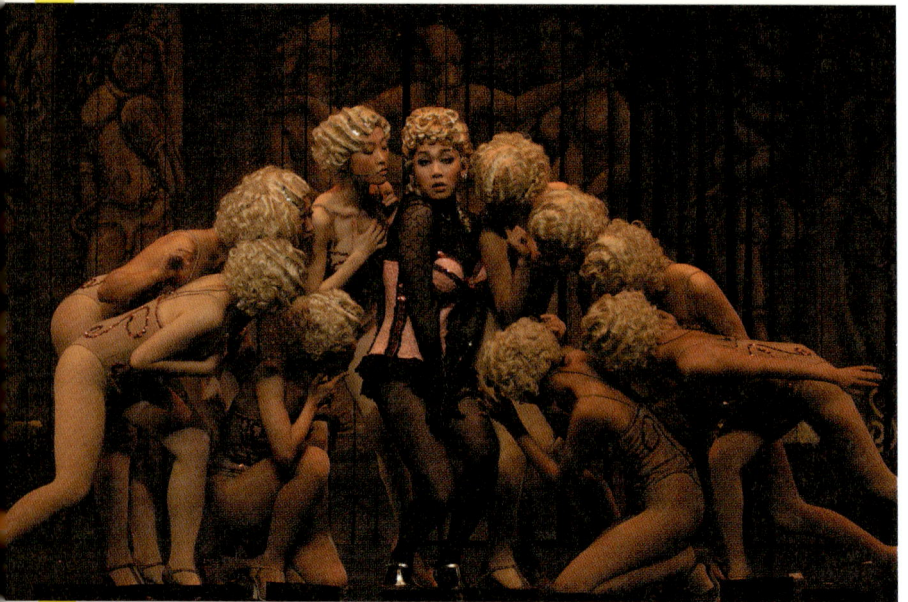

줄 거 리

화려한 카지노, 도박에 빠져 있는 사람들 사이에서 모습을 드러낸 카지노 보스. 그는 막 카지노 문을 열고 들어온 평범한 한 젊은이를 도박사로 변화시키겠다는 게임을 관객들에게 제안한다. 젊은이에 대한 신상을 파악한 보스는 다양한 방법들로 도박의 달콤함을 맛보게 해주려 하지만 젊은이는 쉽게 도박에 접근하지 않고 구경만 한다. 그때 카지노 안의 무대에서 쇼가 시작되고, 젊은이는 무희들의 화려하고 요염한 율동에 현혹된다. 그가 무희들 중에서 특히 아름다운 쇼걸에게 특별한 관심을 갖는다는 것을 알아차린 카지노 보스는 쇼걸에게 그 젊은이가 영향력 있는 영화제작자라는 인상을 주면서 두 사람을 소개시켜준다. 두 사람은 순간 서로에게 이끌리고 그날 밤늦게 밖에서 만날 것을 약속한다. 쇼걸이 도박사와 사랑에 빠지는 것을 경계하는 후견인 백작부인은 젊은이를 탐탁지 않게 생각하고 쇼걸은 갈등한다. 그러나 결국 젊은이에게 끌리는 마음을 거부하지 못한 쇼걸은 젊은이와 사랑에 빠지고 만다.

카지노 보스는 골든키가 모든 게임에서 승리를 보장하는 비밀의 열쇠임을 알려주자 젊은이는 자신을 영화제작자로 알고 있는 쇼걸을 실망시키지 않기 위해 골든키를 소유하고자 결심한다. 늦은 밤 백작부인은 도박사와는 절대로 사랑에 빠지지 말라는 강력한 충고와 함께 골든키를 쇼걸에게 준다. 젊은이를 사랑하는 쇼걸은 성공에 대한 갈망과 젊은이에 대한 감정

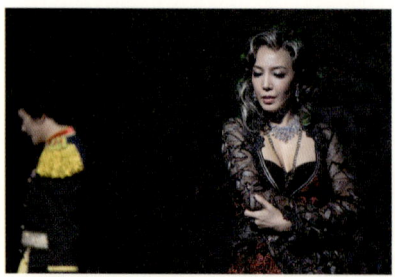

사이에서 갈등을 한다. 그러나 젊은이는 괴로워하는 쇼걸의 마음도 모르는 채 그녀에게서 골든키를 빼앗고 만다.

골든키를 손에 쥔 젊은이는 베팅을 시작하고 위험한 도박사의 길로 들어선다. 골든키를 이용해 쉽게 게임에 이기기 시작한 젊은 도박사는 점점 도박에 흥이 오르고 자기도 모르는 사이에 도박의 노예가 되어버린다. 골든키를 이용한 게임의 말로를 잘 알고 있는 쇼걸은 위험한 도박을 그만두라고 도박사에게 간청하지만 그는 이미 탐욕에 사로잡혀서 이성을 잃고 사랑하는 쇼걸마저 밀쳐버린다. 마침내 이 도박사는 마지막 판에 자신이 딴 돈과 자기가 가진 모든 것을 건다. 그러나 그 게임에서 도박사는 패하게 되고 패배자에게는 냉정한 시선만이 있을 뿐이다. 이때 보스는 백작부인에게 자신들의 계략에 또 한 사람이 완벽하게 파멸되었다는 것을 보고하고, 관객은 카지노의 실질적인 소유주가 백작부인이며 결국 이 모든 계략의 배후에 백작부인이 있었음을 알게 된다. 자신이 허무한 모험을 했다는 것과 인생에서 골든키란 처음부터 존재하지 않는다는 것을 깨닫게 된 순간, 도박사는 권총을 들고 돌이킬 수 없는 결심을 한다.

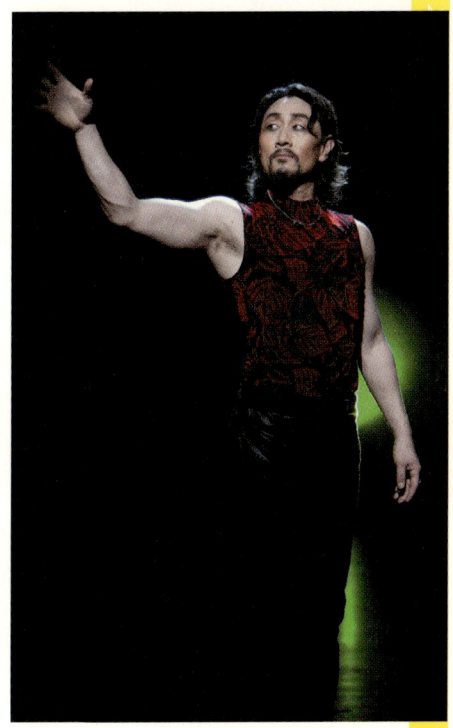

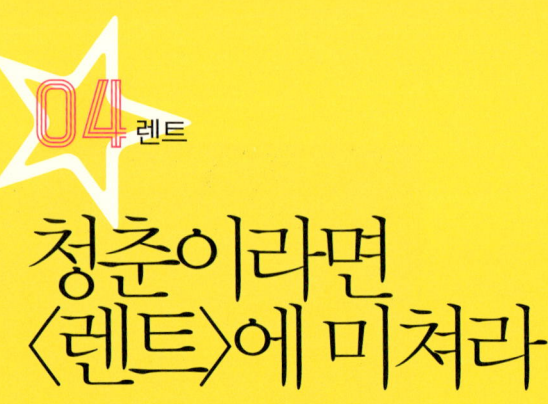

04 렌트

청춘이라면
〈렌트〉에 미쳐라

내가 공연을 보고 미쳤던 것처럼 관객들은 쇼케이스를 보고 난 후 〈렌트〉에 미칠 준비를 마쳤다. 자신들이 제작자인 양 열심히 입소문을 퍼뜨리고 다녔다. 〈렌트〉에 미친 모든 사람들이 홍보요원이 되어버린 셈이었다. 쇼케이스 이후 티켓은 미친 듯이 팔려나갔다.

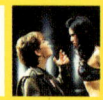

그 작품 봤어?

2000년, 지옥과 천당을 경험한 뉴욕 연수에서 돌아왔다. 그때 나는 비장의 무기를 가슴에 품고 있었다. 연수기간 동안 네 번이나 본 작품, 〈렌트〉였다.

당시 한국 연극계에서는 뉴욕에 다녀온 사람에게 '그 작품 봤어?'라는 게 하나의 인사처럼 될 정도였다. 그 작품이란 당연히 〈렌트〉다. 미국에 다녀온 연출가들이며 연극계 사람들은 하나같이 〈렌트〉라는 뮤지컬을 화두로 삼아 구구절절 말보따리를 풀기 바빴다. 많이 본 사람일수록 할 말이 많은 법이므로, 나 역시 많은 말보따리를 풀었다.

〈렌트〉는 1990년대 뉴욕 이스트 빌리지에 사는 젊은 예술가들의 삶을 노래한 작품이다. 무명 가수와 스트립댄서는 서로 사랑하는 연인이고 에이즈에 감염된 젊은이들이다. 또한 다큐멘터리 영화를 찍는 마크와, 동성애자인 철학자 콜린스는 이들과 함께 지내는 친구들이다. 이들은 집세를 내지 못해 거리로 쫓겨날 신세에 처하자 집주인을 향해 시위를 벌인다. 언제 생을 마감할지 모를 에이즈 환자들의 불안한 마음과 예술가들의 집념, 사랑과 질투 그리고 죽음과 희망까지 다룬 이 뮤지컬은 경쾌한 록뮤지컬 형식을 취하고 있지만 결코 가볍지만은 않은 작품이다.

〈렌트〉의 경력을 말하자면 숨이 찰 정도다. 토니상 최우수뮤지컬상 등 4개 부문, 연극협회상 6개 부문, 오비상 3개 부문, 퓰리처상 드라마부문, 전미비평가상 등을 받았다. 더 놀라운 것은 96년 브로드웨이에서 초연한 이래 매년 매진을 이어가고 있었다는 것이다.

〈렌트〉를 한마디로 정의하면 '파격 그 자체'다. 전형적인 브로드웨이 뮤지컬의 흥행 원칙들을 깡그리 무시했다. 중산층 정서, 휴머니티 넘치는 구성이어야 한다는 작품 패턴을 철저히 무시했다. 대신 마약, 동성애, 에이즈라는 소재를 중심에 두고 흑인과 동양인 등 소외된 유색인종 배우들을 주연과 앙상블에 기용했다. 막대한 물량 투자, 해피엔딩이라는 공식도 무시했다. 이 작품은 대작의 10분의 1에 불과한 제작비만으로 완성되었다.

MTV를 보고 자란 신세대를 겨냥해 록음악을 활용했다. 이것은 흥행을 생각한다면 미친 짓이었다. 뮤지컬 역사상 록뮤지컬이 성공한 사례는 극히 드물다. 〈헤어〉〈지저스 크라이스트 슈퍼스타〉〈그리스〉가 고작이다. 물론 〈렌트〉가 이들을 이어 네번째 성공작이 되었다.

일반적으로 주 관객층이 공연의 형식과 내용을 결정하는데 〈렌트〉의 경우는 달랐다. 공연이 뮤지컬의 관객층을 바꿔버렸다. 브로드웨이 극장가를 찾는 대다수 관객들은 관광 온 중장년층이었다. 그런데 〈렌트〉가 등장하자 발길이 뜸했던 신세대들이 극장가로 몰려왔다. 신세대의 특징은 좋아하는 것을 위해서라면 물불을 가리지 않는다는 것이다. 미국 젊은이들은 연일 매진행렬을 만들어냈다. 예약이 취소된 티켓을 사기 위해 침낭을 짊어지고 온 젊은이들이 극장 앞에 장사진을 치는 진풍경이 연출됐다. 어렵게 티켓을 구한 젊은이는 애인에게 '자기가 최고'라는 찬사를 들었을 법하다. '젊은이'인 나도 그 무리에 끼어 네 번을 봤다. 참신함과 기발함은 아무리 봐도 싫증이 나지 않았다. 그 젊은이들처럼 나도 〈렌트〉에 미쳤다.

국내에도 〈렌트〉에 미친 연극계 사람들이 많았다. 그렇지만 그들에게 한국에서 〈렌트〉를 공연하겠다고 하자 '미쳤다'는 반응들이 나왔다.

"아직은 시기상조야."

감상평을 말할 때는 모두들 최고라며 칭찬일색이더니 정작 한국에서 공연을 하겠다고 하자 모두들 말렸다.

당시 한국 관객들은 〈아가씨와 건달들〉 〈웨스트 사이드 스토리〉 등 뮤지컬의 고전들을 겨우 인지하고 있는 형편이었다. 뮤지컬이라는 장르 역시 대중적 인기를 확보하지 못하고 있었다. 냉정하게 생각하면 말리는 것이 당연하다.

"이 사람, 네 번이나 봤다더니, 도대체 뭘 본 거야? 한국에서 동성애, 마약, 에이즈가 통할 것 같아?"

"렌트라니? 차 렌트하는 것도 아니고 미국 임대빌딩 외벽에서나 볼 수 있는 그 모호한 제목에, 대사도 없이 노래만 하는 오페레타 형식의 뮤지컬을 한국에서 올린다고? 아직 시기상조야!"

그러나 원래 미친 사람에게는 다른 사람의 말이 들리지 않는다. 오히려 내가 나를 설득하려는 그들을 설득하기에 바빴다. 나는 〈렌트〉에 미쳤으므로, 뉴욕 브로드웨이, 런던 웨스트엔드, 일본에 이어 네번째로 라이선스 계약을 해버렸다. 로열티 계약금은 5만5천 달러. 한화로는 약 7천6백만 원으로 국내에서 계약한 로열티로는 최고금액이었다. 〈시카고〉가 3만 달러, 〈갬블러〉가 2만 달러였으니 거의 두 배에 이르는 액수다. 시기 또한 브로드웨이 초연 후 3년 만의 일이다.

관객도 미치다

나는 제작자다. 따라서 단순히 내가 작품에 미쳤다는 이유 하나만으로 공연을 결정하지는 않는다. 보수적인 우리 정서를 생각하면 〈렌트〉 공연 결정은 무모한 도전임에 틀림없다.

그러나 소재는 자극적이고 우리에게 낯선 것이지만 그것이 전달하고자 하는 본뜻은 젊은이들의 사랑과 우정, 희망의 메시지였다. 여기까지는 나와 공연을 반대하는 사람들의 생각은 같다. 그런데도 그들은 공연을 말렸고 나는 추진을 했다. 그 차이는 관객에 대한 믿음에서 나왔다. 나는 관객들이 소재에 눈이 멀어 작품의 메시지를 읽어내지 못할 거라고 생각하지 하지 않았다. 우리 관객들은 틀림없이 그 안에 있는 〈렌트〉의 진짜 의미를 알아낼 거라고 굳게 믿었다. 그렇기에 남들이 무모하다고 말려도 확신을 가지고 도전할 수 있었다.

젊은 관객들이 주 타깃이었기에 작품 속에 표현된 거친 속어나 금기어들을 하나도 윤색하지 않고 그대로 살렸다. 뮤지컬로는 다소 낯선 오페레타 형식을 그대로 가져간 것도 같은 이유였다.

내가 확신에 차 진행을 하자 '뭘 믿고 제작하느냐' 하는 지인들의 걱정은 이내 흥미로운 시선으로 바뀌어갔다. 딱히 시선을 끌자고 한 일은 아닌데, 〈더 라이프〉 때와 마찬가지로 늘 새로운 시도를 하다보니 또 주목을 받았다. 나는 〈렌트〉를 기점으로 연수기간 동안 브로드웨이 현장에서 배워온 제작과 홍보 마케팅 노하우를 실전에 도입해볼 작정이었다.

모두 반대했던 그 공연에 예술의전당의 안호상 국장, 고희경 팀장은 뚝심을 가지고 나를 지지해주었고, 예술의전당 기획작품으로 선정하여 함께 이끌어나갔다. 브로드웨이에서 시작한 지 얼마 안 된 최신작을 예술의전당 오페라극장의 큰 무대에서 공연한다는 것은 모험이었다.

그때 예술의전당 기획팀에서 내놓은 홍보 아이디어가 신선했다. 극장 전면 가장 잘 보이는 외벽에 'Rent'라는 제목만을 부착해놓고 보는 사람들에게 궁금증을 일으켰다.

"예술의전당 내놓았나요? 건물의 몇 층을 임대합니까?" 등의 엉뚱한 문의전화가 꽤 왔다고 한다. 궁금증이 충분히 무르익었을 때 과감한 카피를 사용했다.

"〈렌트〉가 온다!"

브로드웨이를 깜짝 놀라게 한 작품이라는 점에 초점을 맞춰 대대적인 홍보를 시작했다. 효과의 극대화를 위해 부수적인 아이콘을 개발하는 데도 힘썼다.

국내 최초의 배우 공개오디션이 대표적이었다. 오디션에서도 배우들의 유명세에 의존하지 않고 신인을 과감하게 기용한 것이 〈렌트〉의 성공비결이었다. 지금이야 캐스팅에 앞선 오디션이 일반화되어 있지만, 당시에는 오디션이라는 용어 자체가 생소했다. 오디션은 그 자체로 성공적이었다. 남경주는 뉴욕에서 〈렌트〉를 보고 난 후 뮤지컬 넘버를 모조리 외워버릴 정도로 작품에 푹 빠져 있었다. 결혼과 출산으로 공백기를 가졌던 최정원이 〈렌트〉로 컴백한다는 사실 또한 흥미로운 화제가 되었다. 전수경, 주원성 부부가 한 무대에 선다는 점도, 여장남자로 분한 주원성의 연기 변신도 뉴스거리가 되었다. 황현정의 파격적인 엉덩

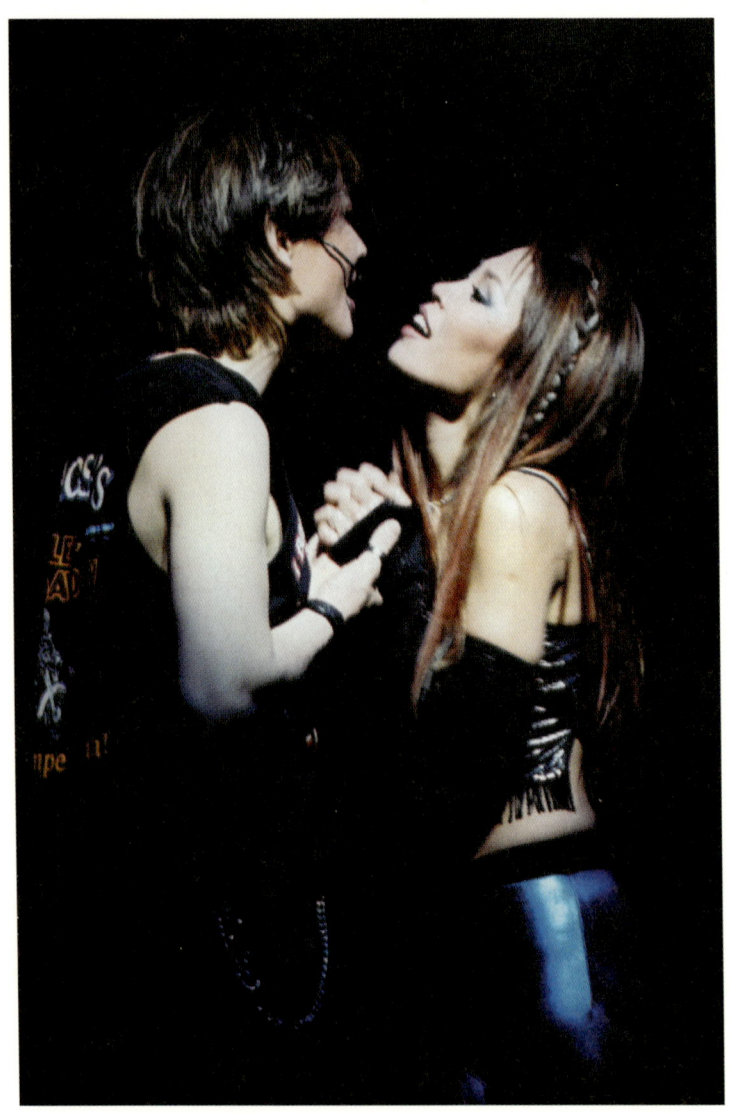

오디션에서 캐스팅까지 모든 언론의 관심을 받으면서
대중에게 〈렌트〉라는 작품명을 확실하게 각인시킬 수 있었다.

이 노출도 관객들의 탄성을 자아내기에 충분했다. 오디션에서 캐스팅까지 모든 언론의 관심을 받으면서 대중에게 〈렌트〉라는 작품명을 확실하게 각인시킬 수 있었다.

그 다음은 쇼케이스. 이 역시 국내 최초였다. 공연 한 달 전, 예술의전당 자유소극장에 뮤지컬 동호회 회원 2백여 명을 초청했다. 연출을 맡은 윤우영 형이 작품 해설을 맡았다. 그는 "7억이 넘는 제작비를 쏟은 〈렌트〉는 전혀 새로운 체험이다. 그래서 처음 연극을 시작할 때처럼 긴장된다"라고 했다. 작품 해설을 곁들여 1시간 30분가량 주요 뮤지컬 넘버를 선보였다. 내가 공연을 보고 미쳤던 것처럼 관객들은 쇼케이스를 보고 난 후 〈렌트〉에 미칠 준비를 마쳤다. 자신들이 제작자인 양 열심히 입소문을 퍼뜨리고 다녔다. 〈렌트〉에 미친 모든 사람들이 홍보요원이 되어버린 셈이었다. 쇼케이스 이후 티켓은 미친 듯이 팔려나갔다. 이미 성공한 것이나 다름없었다.

공연이 시작되기도 전에 객석 점유율 68퍼센트, 이 수치는 예술의전당이 생긴 이래 처음 있는 일이었다. 후에 뮤지컬 대중화의 일등공신이라고 칭찬받는 〈맘마미아!〉 초연 때보다도 더 높은 수치였다. 물론 〈렌트〉는 공연기간이 짧았기 때문에 '공정한' 비교는 아니다. 2300석에 달하는 예술의전당 오페라극장은 〈렌트〉 공연 내내 관객들로 북적거렸다. 공연이 시작된 후에는 2층과 3층 구석자리까지 매진될 정도로 그 인기는 어마어마했다.

주 관객층인 20대와 30대 초반의 젊은 사람들 사이에서는 〈렌트〉를 보지 않고는 젊음을 논하지 말라는 말까지 유행했을 정도다. 세상에는 두 종류의 젊은이가 있는데, 〈렌트〉를 본 사람과 보지 않는 사람이 있다는 식이었다. 그만큼 젊은 세대들에게 폭발적인 화제였고 그들의 열정에 대한 욕구를 채워주었던 것이다.

제대로 미친 관객들은 '렌트를 사랑하는 팬카페'를 만들었다. 국내 최초 뮤지컬 동호회다. 그리고 〈렌트〉를 계기로 뮤지컬배우들의 개인 팬클럽까지 형성되었다. 나는 이것이 한국 뮤지컬 성장의 밑거름이 됐다고 믿는다. 실제로 이 동호회의 회장을 맡았던 친구는 뮤지컬을 위해 일하고 싶다며 찾아왔다. 2년간 실무진으로 함께 일하다 지금은 런던에서 유학 중이다.

미쳐주셔서, 미치게 해주셔서 감사합니다

젊은 관객들의 안목을 믿고 시작한 무모한 베팅, 죽기 아니면 까무러치기로 도전했다. 그 도전정신에 힘을 실어준 관객들에게 깊숙이 머리를 숙인다. 관객들의 격려 덕분에 용기를 충전했고, 더욱 적극적으로 새로운 작품을 국내에 소개할 수 있었다. 이후 〈렌트〉는 신시뮤지컬컴퍼니의 고정적인 레퍼토리로 정착했다. 한 해도 거르지 않고 매년 무대에 올리는데, 매번 흥행불패다. 이제는 과거에 공연을 봤던 관객들과 이십대를 맞이한 새로운 관객들이 나란히 객석에 앉아 작품을 관람한다.

〈렌트〉는 관객 문화를 새롭게 만들기도 했지만 뮤지컬계 내부에도 긍정적인 역할을 하고 있다. 바로 신인배우들의 등용문이 되고 있다는 사

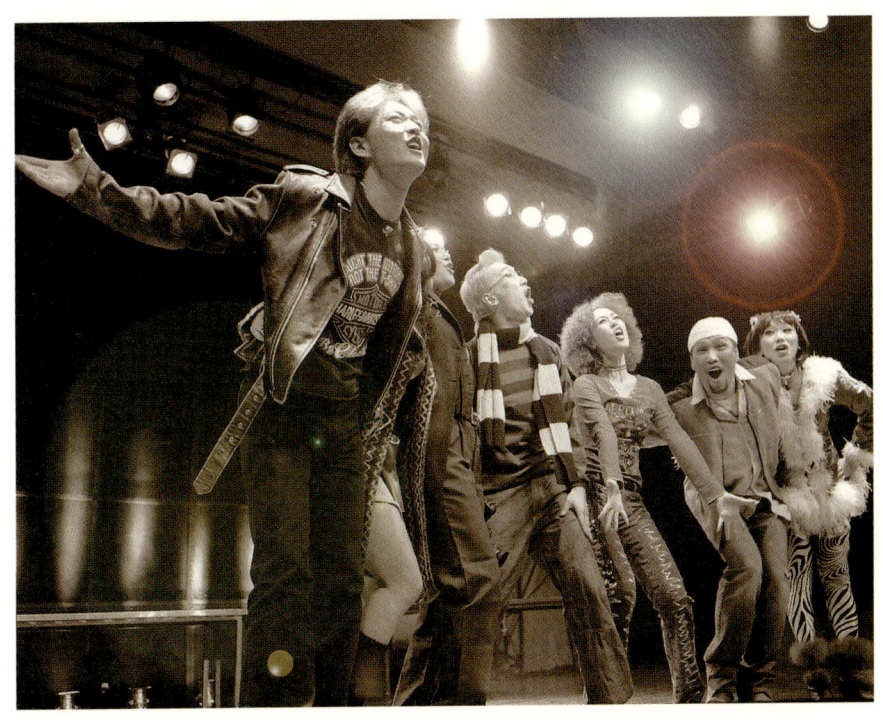

〈렌트〉는 신시뮤지컬컴퍼니의 고정적인 레퍼토리로 정착했다.
한 해도 거르지 않고 매년 무대에 올리는데, 매번 흥행불패다.

실이다. 해마다 무대에 올릴 때 신인 배우들에게 기회를 주고 있다.

초연 때 최정원, 남경주, 전수경 등 대선배들 사이에 끼어 있던 신인 이건명을 마크 역에 과감하게 기용했다. 마크라는 역은 극을 이끌어가는 해설자로서 비중이 상당한 역할이다. 이를 계기로 이건명은 2001년 한국뮤지컬대상 신인상을 수상, 뮤지컬 스타로 자리를 굳혔다. 그밖에도 초연에서 두각을 드러낸 황현정, 성기윤, 김선영 등이 있다. 신인이었던 그들은 지금 한국 뮤지컬의 대표적인 배우들로 성장했다.

손익계산을 따지자면 신인 육성은 그들보다 나에게 더 이익이다. 작품을 하고 싶은데 그 역에 어울리는 배우가 없어 공연을 하지 못한다면 누가 더 억울한가. 배우층이 두터울수록 나에게는 더 좋다. 〈렌트〉가 등용했던 신인 배우들은 곧장 뮤지컬의 주축 멤버로 성장해갔다. 김수용, 김호영, 고명석, 김보경, 김영주, 정선아 등 여러 배우들이 〈렌트〉를 시작으로 주목받았다.

2007년, 신시뮤지컬극장에서 〈렌트〉를 다시 준비했다. 이때도 캐스팅으로 고심하고 있었는데, 한국 뮤지컬을 이끄는 영향력 있는 인물 10인 중 한 명이 〈렌트〉에 출연하고 싶어한다는 소식을 들었다. 그는 박칼린 감독에게 꼭 출연시켜달라고 '부탁'했다. 서른이 되기 전에 꼭 〈렌트〉에 출연하고 싶다는 것이 이유였다. 나는 그의 겸손한 제안을 거절할 이유가 없었다. 그는 다름 아닌 바로 배우 조승우다.

조승우의 〈2007 렌트〉를 보고 싶은 관객이 한꺼번에 몰리면서 홈페이지 서버가 다운되어버렸다. 조승우 신드롬은 티켓 오픈 20분 만에 매진되는 '장관'을 연출했고, 이후 동호회 카페마다 프리미엄을 얹은 티켓이

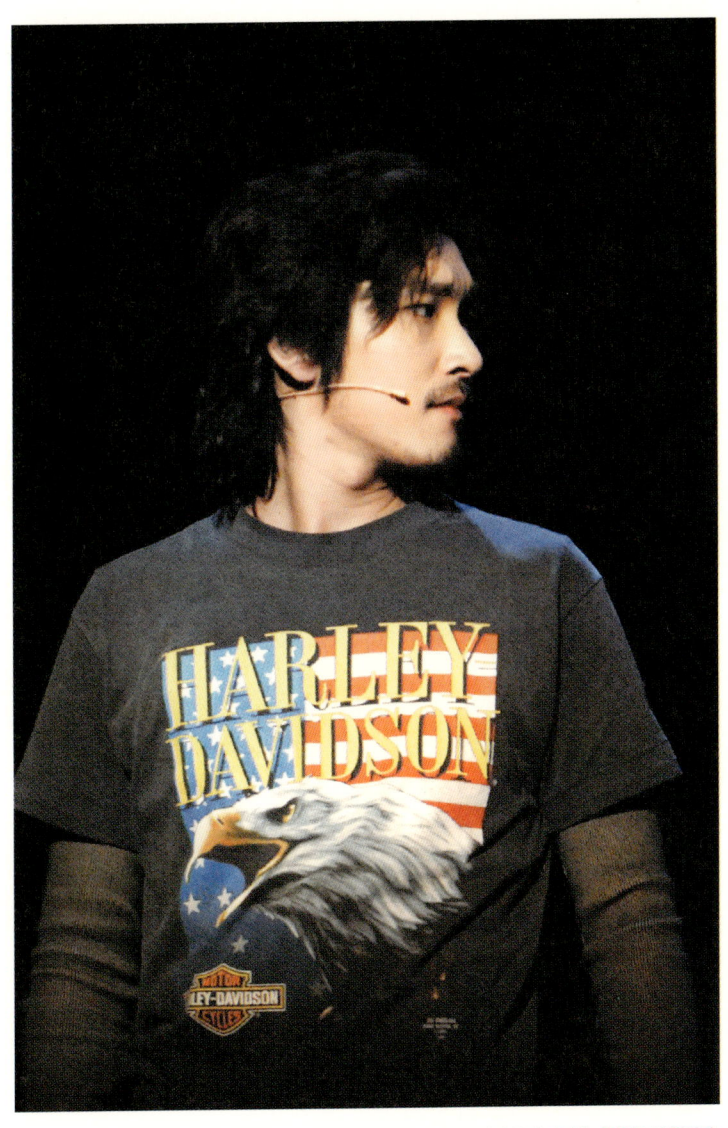

내가 본 조승우는 발성, 연기, 가창력, 무대 매너는 물론 인간성까지 갖춘 출중한 배우였다.
무대에서의 몸놀림은 강렬한 카리스마와 에너지를 뿜어냈다.

등장했다고 한다.

내가 본 조승우는 발성, 연기, 가창력, 무대 매너는 물론 인간성까지 갖춘 출중한 배우였다. 무대에서의 몸놀림은 강렬한 카리스마와 에너지를 뿜어냈다. 그는 항상 무대 위에서 이름값을 했다. 연습에 임하는 정신이나 태도도 충분히 스타 자격이 있었다. 언제나 성실한 연습벌레였고 어린 배우들과도 스스럼없이 어울렸다. 또 〈2007 렌트〉는 조승우의 누나 조서연이 함께 출연하여 더 눈길을 끌었다. 남매를 한 무대에서 볼 수 있다는 것은 관객들에게 색다른 재미를 주었다.

이쯤에서 원작자 조너선 라슨 이야기를 하지 않을 수 없다.

〈렌트〉는 2008년 9월 브로드웨이에서 5124번째 공연을 끝으로 막을 내렸다. 100년이 넘는 미국 뮤지컬 역사에서 일곱번째로 롱런한 작품이란다. 미국과 한국 젊은이들을 통틀어, 우리는 왜 〈렌트〉에 미칠 수밖에 없었을까. 핵심은 한 젊은 예술가의 열정과 도전에 있었다. 이 작품으로 천재 작곡자라 불리게 된 조너선 라슨은 브로드웨이 뮤지컬의 구태의연함에 환멸을 느껴 미래의 뮤지컬을 만들어야겠다고 결심했다. 그 결심을 푸치니의 오페라 〈라보엠〉을 모티브로 5년 이상의 장고 끝에 〈렌트〉로 탄생시켰다. 우리가 미치기 전에 그 스스로 〈렌트〉에 미쳐 있었던 것이다.

안타깝게도 그는 젊은이들이 자신의 작품에 열광하는 장면을 보지 못했다. 그는 공연 3일 전 혼자 살고 있던 아파트에서 갑작스럽게 생을 마감했다. 병명은 대동맥혈전. 그의 나이 고작 36세였다. 연습 중이던 배우들은 그의 죽음을 안타까워했고 그의 넋을 위로하는 마음으로 〈렌트〉

의 삽입곡 'Seasons of Love'를 함께 불렀다고 한다. 2005년 영화로 다시 태어난 〈렌트〉는 텅 빈 극장에서 배우들이 이 노래를 부르면서 시작된다.

나는 개인적으로 조너선 라슨의 아버지를 두 번 만나 그의 짧고 파란만장한 삶을 들을 수 있었다. 그리고 〈렌트〉 등장인물들의 모델이 된 그의 친구들과도 오랜 친분을 유지하고 있다. 〈렌트〉를 공연할 때마다, 원작자의 젊은 열정이 내 뼛속으로 파고듦을 느낀다. 이것이 내가 〈렌트〉를 사랑하고, 〈렌트〉를 공연할 때마다 항상 새로운 정신으로 나 스스로를 이끌어 뮤지컬에 대한 새로운 정열을 불태우는 이유이다.

〈렌트〉의 대성공으로 〈갬블러〉의 실패로 곤궁해진 극단 살림은 안정을 찾았다. 〈사운드 오브 뮤직〉으로 간신히 늪에서 발을 뺐다면, 〈렌트〉로 마른 땅에 올라선 것이다. 더불어 나도 공연계의 요주의인물이 되었다. 〈더 라이프〉를 시작으로 새로운 시도를 하는 '프로듀서 박명성'의 행보를 주목하는 눈이 늘어갔다. 마음껏 자만하여 말하자면 '신시뮤지컬 컴퍼니의 박명성이 아니라 한국뮤지컬계의 박명성'이 되었다. 나의 선택이 한국 뮤지컬에 많은 영향을 미치게 된 것이다.

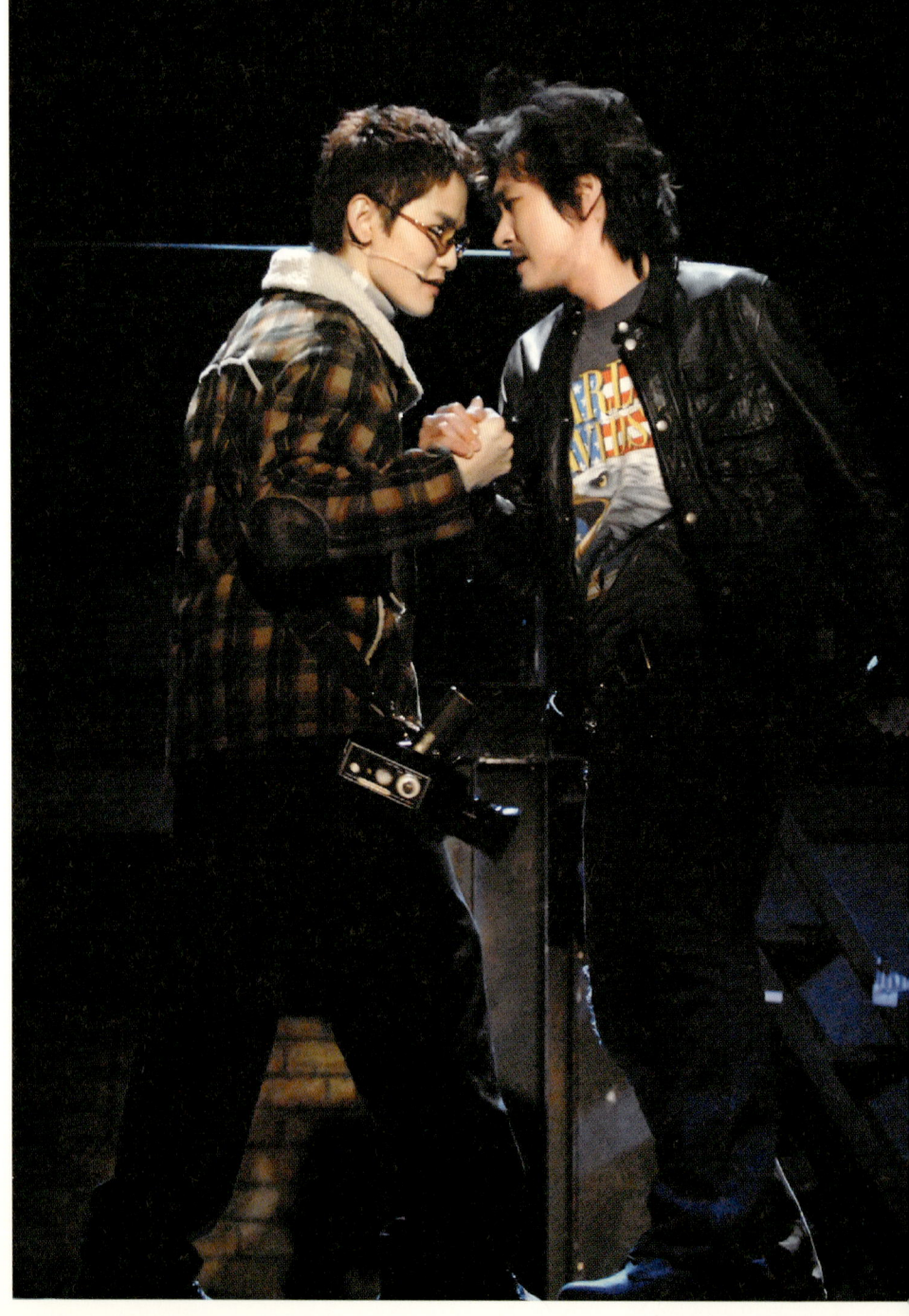

RENT

무한한 젊음의 자유를
노래하는 록뮤지컬

〈렌트〉

작 품 정 보

뮤지컬 〈렌트〉는 푸치니의 오페라 〈라보엠〉을 현대
화하여 뉴욕 이스트빌리지에 모여 사는 가난한 젊은
예술가들의 꿈과 열정, 사랑의 갈등과 우정, 그리고
삶에 대한 희망을 그린 작품이다. 〈렌트〉는 뮤지컬에
서는 금기시되어온 소재인 에이즈, 동성애, 마약중독
등을 파격적으로 채용하고, 현대 젊음의 상징인 록,
R&B 그리고 탱고, 발라드, 가스펠 등의 다양한 음악
장르를 오페레타 형식으로 배치하는 파격성으로 전
세계 젊은 관객들의 시선을 단숨에 사로잡았다. 〈렌
트〉는 1996년 브로드웨이에서 초연되어 토니상 4개
부문을 수상하며 브로드웨이의 총아로 자리매김하
였고, 2008년까지 공연되어 브로드웨이 역사상 일
곱번째로 롱런한 작품으로 기록되었다.

우리나라에서는 지난 2000년 예술의전당 오페라하
우스에서 초연되어 뮤지컬 매니아와 뮤지컬배우들
의 팬클럽이 만들어지는 시발점이 되었으며, 2001
년, 2002년, 2004년, 2007년, 2009년 지속적으로
공연되면서 수많은 스타들이 주인공으로 등장했고,
대표적인 베스트셀러 뮤지컬로 자리잡았다.

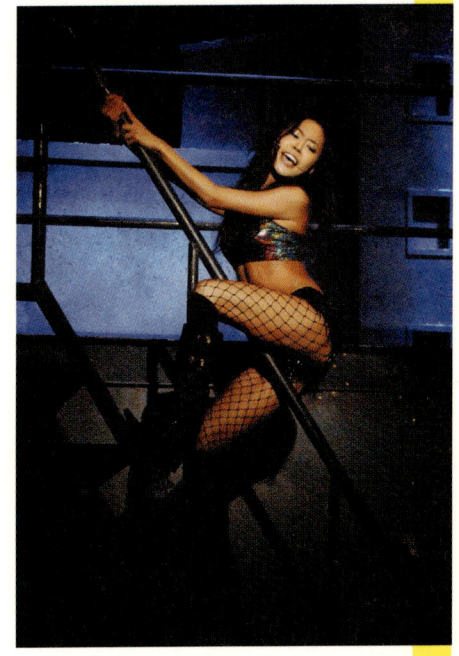

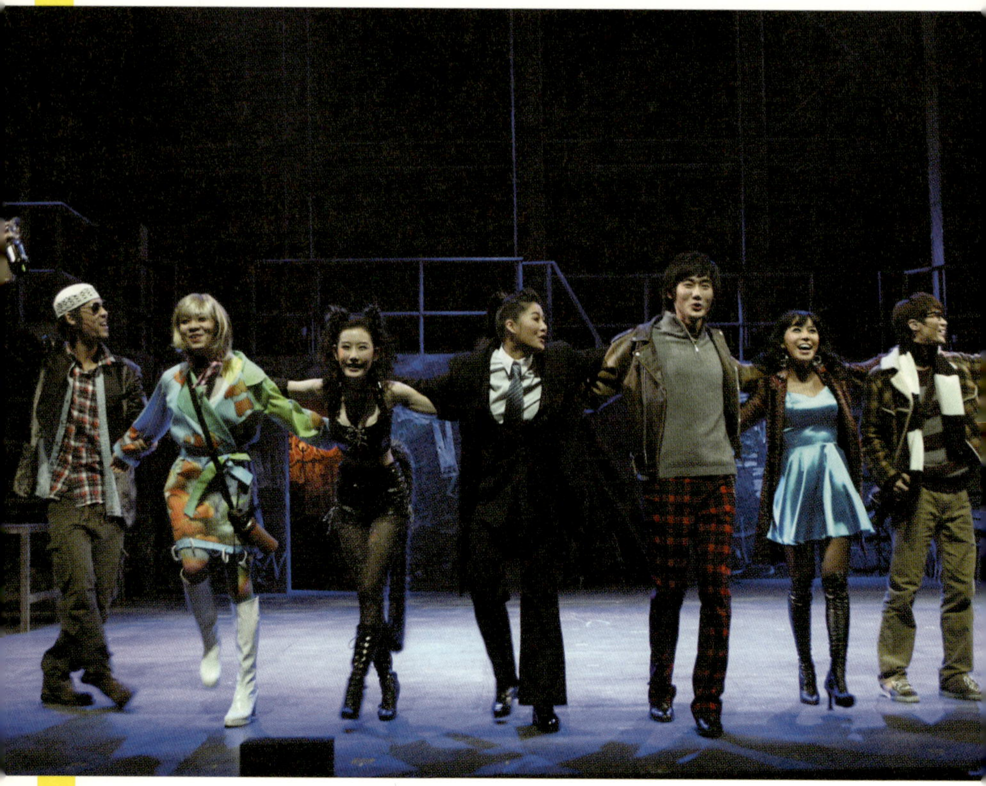

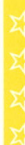

줄거리

집세도 못 내고 전기마저 끊긴 채 지내는 가난한 비디오 아티스트인 마크와 작곡가 로저. 자신들의 영화 시나리오와 로큰롤 포스터를 연료로 태우면서 크리스마스이브를 앞두고 있다. 한편 그들의 친구이자 컴퓨터 천재인 콜린은 거리에서 강도에게 뭇매를 맞고는 거리의 드러머인 여장남자 엔젤의 도움을 받는다. 마크가 외출하고 홀로 남겨진 로저는 에이즈에 걸린 자신을 비관하고 자살한 옛 애인을 생각하며 곡을 구상하고 있는데 아래층에 사는 댄서 미미가 성냥을 구하기 위해 문을 두드린다. 로저는 옛 애인을 닮은 미미에게 첫눈에 끌린다. 미미가 돌아가고 마크는 콜린, 엔젤과 함께 먹을 것과 돈을 갖고 들어온다. 분위기가 금방 즐거워지고 있는 가운데 집주인인 베니가 들어온다. 베니는 건물 철거 반대 시위 공연을 막아준다면 집세를 봐주겠다고 말하지만 마크와 로저는 거절한다. 거기에는 마크의 옛 애인인 모린이 관계되어 있기 때문이다. 엔젤과 콜린은 사랑하는 관계로 발전한다. 또한 로저는 미미 역시 에이즈 보균자라는 것을 알게 되고 그녀와 같이 살기로 한다.

마크, 로저, 미미, 엔젤, 콜린 등은 신년맞이 파티를 연다. 파티장에 불쑥 나타난 베니가 훼방을 놓자 파티는 엉망이 된다. 몇 개월 후, 미미와 로저는 다투고 미미가 집을 나가버린다. 한편, 엔젤은 에이즈로 결국 세상을 떠나고 만다. 로저는 미미가 베니와 함께 지낸다는 사실을 알고 크게 질투하며 싸우고는 뉴욕을 떠나고, 마크 역시 돈벌이 때문에 TV에 일자리를 얻는다.

1년 후 친구들은 다시 모인다. 마크는 자신만의 영화를 완성하기 위해 방송국 일자리를 그만두었고, 로저는 다시 돌아와 곡을 완성하며, 콜린은 창의적인 컴퓨터 프로그램을 완성하여 큰돈을 번다. 그 프로그램의 패스워드는 '엔젤'이다. 이때 친구들이 죽어가는 미미를 데리고 들어온다. 로저는 자신이 완성한 노래를 들려주고 절규하는 가운데 미미가 깨어난다. 그녀는 의식불명 속에서 엔젤이 살려줬다고 고백한다. 이에 모두는 미래를 예측할 수 없는 삶의 경이로움을 노래한다. "세상에서 가장 위대한 것은 사랑"이며, 또 "우리에게는 오직 오늘뿐!(No day but today!)"이라고.

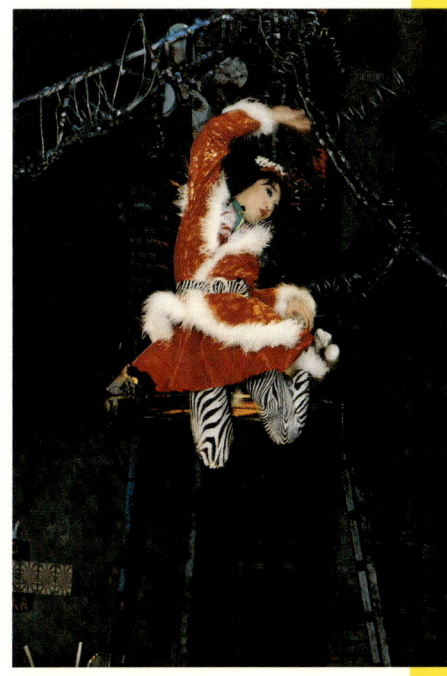

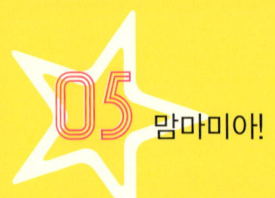

05 맘마미아!

뮤지컬의
진정한 챔피언

〈맘마미아!〉의 '혐의'는 중년들의 가슴에 불을 지른 것이었다. 술을 마시지 않으면 노래방에서 노래 부르는 것조차 쑥스러워하던 중년들이 객석에 앉아 어깨를 들썩거렸다. 공연이 끝날 즈음에는 자신도 모르게 일어나 춤을 췄다. 스스로 흥에 겹고 감동에 취해 자신도 모르게 가슴에 불이 붙은 중년의 관객들은 친구들의 가슴에도 불을 질렀다.

 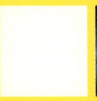 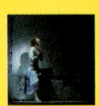 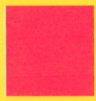

누님들의 가슴에 불을 지르다

〈맘마미아!〉의 '혐의'는 중년들의 가슴에 불을 지른 것이었다. 불길이 워낙 거세 같이 있던 젊은 사람들의 가슴에도 불이 번질 정도였다. 술을 마시지 않으면 노래방에서 노래 부르는 것조차 쑥스러워하던 중년들이 객석에 앉아 어깨를 들썩거렸다. 공연이 끝날 즈음에는 자신도 모르게 일어나 춤을 췄다. 공연이 끝나자 모두들 일어나 기립박수를 쳤다. 슬픈 내용이 아닌데도 일부 관객들은 눈물을 흘렸다. 입으로는 웃으면서도, '왜 자꾸 눈물이 나지?'라며 고개를 갸웃거렸다. 그러면서 계속 울었다. 스스로 흥에 겹고 감동에 취해 자신도 모르게 가슴에 불이 붙은 중년의 관객들은 친구들의 가슴에도 불을 질렀다. 이렇게 모여든 〈맘마미아!〉 중년 관객의 비율이 70퍼센트였다. 2004년, 연쇄적 방화에 성공한 나는 행복했다.

방화범이 되려면 먼저 자신의 가슴에 불이 붙어야 한다. 〈맘마미아!〉 가 내 가슴에 불을 지른 것은 1999년 여름, 〈갬블러〉 초연을 마친 직후 였다.

〈갬블러〉의 원작자이자 후에 〈댄싱 섀도우〉의 작곡가가 된 에릭 울프 슨이 허준호와 나의 가족을 런던에 초청했다. 일주일 일정이었다. 초청을 해준 것만도 고마운데 뮤지컬 티켓까지 미리 구입해놓았다. 〈노트르 담 드 파리〉와 〈맘마이아!〉. 그는 둘 중 〈맘마미아!〉를 시쳇말로 '강추' 했다. 웨스트엔드에서 흥행돌풍을 일으키고 있는 뮤지컬이라며 흥분을 감추지 못했다. 도대체 무엇이 이 점잖은 예술가를 이렇게 만든 것일까.

극장 앞은 관객들로 인산인해를 이루고 있었다. "혹시 남는 티켓 있어요?"라고 물으며 극장 주위를 서성이는 사람들이 눈에 많이 띄었다. 티켓을 구하지 못해 다른 극장으로 발길을 돌리는 관광객들도 있었다.

공연이 시작되었고, 귀에 익은 아바의 음악들이 쉴 새 없이 이어졌다. 마치 음악과 한 몸인 듯 짜임새 있는 스토리, 단순하지만 기발한 무대장치는 임팩트 있으면서도 매우 아름다웠다.

공연이 진행되는 동안 의자에 편하게 등을 기대고 앉아 있는 관객들은 거의 없었다. 22곡의 아바 히트곡들이 어깨를 들썩이고 박수를 치게 만들었다. 특히 모든 배우들이 등장해 'Dancing Queen' 'Waterloo'를 부르는 커튼콜 장면에서는 무대와 객석이 함께 뜨겁게 달아올랐다. 남녀노소 할 것 없이 모든 관객이 일어나 춤을 추고 노래를 불렀다. 나는 '역시 대중 뮤지컬의 매력이 바로 이런 작품이구나' 하며 무릎을 쳤다.

황홀하고 흥분 가득한 2시간 45분.

제작자이기에 망정이지 내가 일반 관객이었다면 이렇게 말하지 않았을까.

"〈맘마미아!〉? 봐! 무조건 봐! 설명? 그걸 어떻게 말로 해? 그래도 해달라고? 〈맘마미아!〉 끝에 느낌표 하나가 붙어 있지? 그거야."

'맘마미아'라는 말 자체가 '어쩜 좋아' '어머나' '맙소사'라는 뜻의 감탄사다. 그러니 뒤에 '!'가 붙는 건 당연하다. 그래도 공통 기호인 '!'가 이 뮤지컬을 잘 나타내는 것 같다.

도대체 누구야? 어떤 사람들이 이런 엄청난 작품을 만든 거야? 공연이 끝나자 나는 프로그램에서 영국 관객들의 가슴에 불을 지른 원조 방

뮤지컬의 진정한 챔피언

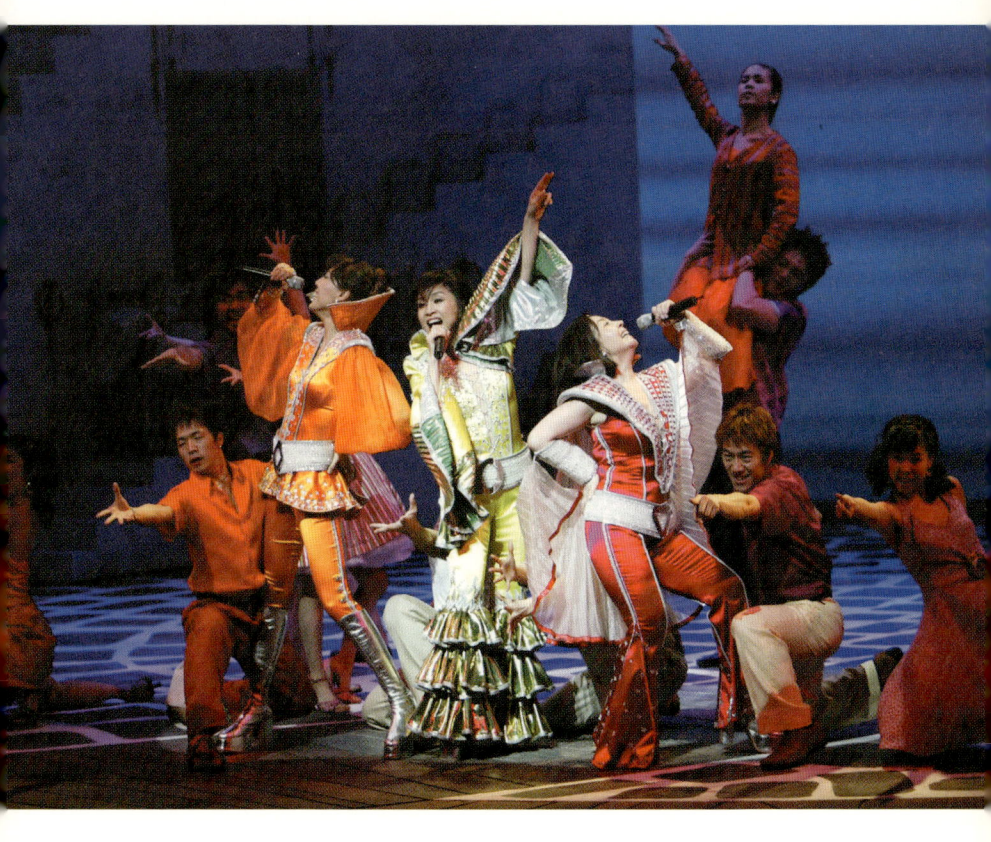

화범을 찾아보았다.

그 동네에서는 세 살짜리도 그들의 노래를 따라 부른다는 아바를 제외하고는 온통 낯선 이름뿐이었다. 프로듀서 주디 크레이머, 작가 캐서린 존슨, 연출 필리다 로이드. 그들은 뮤지컬이라는 영역에서는 아직 어린 소쩍새들이었다. 세 사람은 모두 동갑내기 여성들이었으며 항상 연극에 대한 열정을 가슴에 품고 있었던 사람들이었다.

프로듀서 주디 크레이머는 아무도 '감히' 범접할 수 없었던 아바 멤버들을 설득해 그들의 히트곡을 뮤지컬 넘버로 사용하는 새로운 뮤지컬 기법을 만들어냈다. 〈맘마미아!〉의 주인공 도나처럼 싱글맘인 작가 캐서린 존슨은 특유의 유머감각으로 아바의 음악과 완벽하게 어울리는 멋진 스토리를 만들어냈다. 연극과 오페라 무대만 연출했던 필리다 로이드는 섬세하고 신선한 아이디어로 자신만의 독특한 무대언어를 찾아냈다. 여성 소쩍새 세 명의 집념이 전지구를 불태운 방화범 〈맘마미아!〉를 탄생시킨 것이다.

나는 이 멋진 여성들처럼 적극적인 시도로 한국 뮤지컬 시장에 한판 큰 불을 질러보기로 마음먹었다.

라 이 선 스 는 브 로 드 웨 이 박 에 게

고전 뮤지컬의 아성을 뛰어넘은 최신작이다보니 라이선스 경쟁이 치열했다. 나중에 들은 이야기지만 열 개가 넘는 한국의 프로덕션이 유치경쟁을 벌였다고 한다.

한국에서는 물밑으로 난리가 났는데 정작 결정권을 쥔 쪽은 평안했다. 국내의 치열한 유치경쟁은 허무하게 끝났다. 너무나 쉽게 신시뮤지컬컴퍼니의 손을 들어준 것이다. 그들은 재정적인 측면보다는 지금까지 무슨 작업을 어떻게 해왔느냐를 중요하게 따지는 사람들이다.

그들 모두가 연극에서 출발한 경력이 있어 어쩌면 나와 정서가 비슷했는지도 모른다. 그래서 그 동안 다양한 공연경력과 두터운 신용을 쌓아온 신시가 유리했던 것이다. '브로드웨이 박'이라는 내 별명도 조금은 영향을 미치지 않았을까.

다음 숙제는 장기공연이 가능하며 메커니즘이 풍족한 공연장 섭외였다. 이 작품을 관람한 사람들은 무대장치가 단순해 제작비 부담이 없어 보인다고 말한다. 나도 공연을 보면서 그렇게 생각했다. 그러나 실제로는 그렇지 않았다. 가장 심플한 무대공간을 창출해낸 복잡한 메커니즘, 아이디어의 승리다. 게다가 공연 내내 흐르는 아바의 히트곡들을 표현해내는 데는 까다로운 아바의 승인을 받은 음향시스템이 반드시 뒷받침되어야 했다.

커튼콜 한 장면을 위한 의상, 조명 등 제작비만도 2억5천만 원이 들어간다고 하니, 〈맘마미아!〉의 제작비가 100억 원 규모인 것은 당연할 수밖에 없었다.

막대한 제작비를 회수하기 위해서는 장기공연을 해야 한다. 그래야 관객들에게도 좀더 저렴한 가격의 티켓을 제공할 수 있다. 흥행에도 자신이 있었다. 나는 고민 상담 겸 극장 섭외를 위해 당시 예술의전당 공연

사업국의 안호상 국장을 찾아갔다. (안호상 국장은 지금은 서울문화재단 대표로서 기초·순수 예술지원에 힘쓰고 있다.) 그 역시 토론토에서 〈맘마미아!〉를 보고 이미 매료되어 있었다.

"내 개인 소유의 극장이라면 1년 365일 〈맘마미아!〉에 극장을 내주고 싶은데, 안타깝네요. 〈맘마미아!〉 정도면 몇 년을 해도 흥행에 성공할 수 있는 작품이에요."

예술의전당 입장에서 보면 한 작품에 3개월이 넘는 기간을 할애하는 것은 큰 부담이자 모험이었다. 공연계는 이러쿵저러쿵 말이 많은 동네인지라 이해가 되었다. 특정한 단체와 작품에 대한 특혜 논쟁이 벌어질 게 불 보듯 뻔했다. 공공성을 띠는 극장의 한계 탓에 모두들 조심스러웠다. 꽤 오랜 시간 극장 내부에서 많은 논의가 있었다. 그리고 결국 안호상 국장의 결단과 설득으로 〈맘마미아!〉가 예술의전당 사상 최장기 공연 작품으로 결정되었다. 이런 결정이 나게 된 데에는 예술의전당을 〈맘마미아!〉 열풍의 발화점으로 삼고 싶었던 당시 김순규 사장과 안호상 국장의 역할이 컸다. 우리는 공연의 성공에 대한 확신이 있었고 서로에 대한 믿음이 있었다.

공연 일정이 확정된 후 귀한 손님이 한국을 방문했다. 〈맘마미아!〉의 빅 히트로 세계 뮤지컬의 황녀로 불리는 프로듀서 주디 크레이머가 인터내셔널 수석 프로듀서 앤드류 트레거스와 줄리앙 스톤맨을 대동하고 온 것이다. 한국 공연 발표 기자회견에 오리지널 프로듀서의 방한은 이례적이었다. 기자회견을 하루 앞두고 앤드류 트레거스와 나는 역사적인 〈맘마미아!〉 한국공연 계약서에 사인을 했다. 얼마나 설렜는지 사인하는 펜이 미세하게 떨렸다. 사인된 계약서를 교환할 때는 목이 메고 심장 박동이 빨라질 정도였다. 이제야 비로소 그 유명한 〈맘마미아!〉를 내 가슴속에 품은 것이다.

모든 행정적인 절차를 끝마치고 홀가분하게 〈맘마미아!〉의 공동주최 사인 에이콤의 윤호진 선생, 예술의전당 안호상 국장, 주디 크레이머를 포함한 런던 식구들과 저녁 축하연을 벌었다. 식사를 기다리는 동안 주디 크레이머는 나에게 장난스럽게 말을 건넸다.

"미스터 박, 오늘 앤드류 트레거스와 둘이서 무슨 짓을 저지른 거지요?"

나는 곧바로 대답했다.

"오늘 역사적인 한국 공연에 사인을 했지요. 오늘밤 원 없이 행복하고 날아갈 듯한 기분, 그 이상입니다."

그 자리에 함께한 모두는 화기애애한 분위기 속에서 저녁을 마쳤다.

다음날 기자회견에서 주디 크레이머는 "한국의 신시뮤지컬컴퍼니와 5년 계약을 했으며 예술의전당과 에이콤이 공동으로 한국 공연을 추진하기로 했다"라고 발표했다.

그는 아바의 히트곡이 한국말로 불린다는 불리함에 대한 기자의 질문에 이렇게 말했다. "대사와 노래가 연결되면서 줄거리로 발전하기 때문에 모두 한국말로 해야 합니다. 한국 배우와 한국말을 통해 한국적 분위기를 담아야 합니다. 〈맘마미아!〉는 아바에 대한 뮤지컬도, 아바를 추종하는 뮤지컬도 아닙니다. 그럼에도 불구하고 아바의 향수를 느끼는 팔십대에서 다섯 살 어린아이까지 좋아하는 작품입니다. 특히 이 작품은 뮤지컬 역사상 최초로 여성이 작품을 쓰고 제작과 연출을 맡은, 새롭고 가슴 훈훈한 이야기로 한국인 정서에 크게 어필할 것입니다. 서울은 전 세계에서 열두번째로 〈맘마미아!〉를 만든 도시가 될 것입니다."

주디 크레이머는 조근조근 말하면서도 뭐라 표현하기 힘든 카리스마를 느끼게 했다.

2003년 6월, 드디어 배우 선발을 위한 공개오디션이 시작되었다. 3주 동안의 심사에서는 런던의 크리에이티브팀이 대거 심사위원으로 참여했다. 배우들의 관심은 폭발적이었다. 중년 배우가 주인공이었기 때문에 4백 명 남짓의 배우들만 모였지만, 한국의 대표적 뮤지컬배우들은 모두 참여해 배역을 거머쥐기 위한 혈투를 벌였다.

우리 한국 스태프들에게는 주연으로 많이 활동하는 배우들의 모습이 더 눈에 띄기 마련이었지만 런던의 크리에이티브팀에게는 모든 배우가 낯선 사람들이었다. 그렇기 때문에 지명도나 스타성에 얽매인 편견을 갖지 않고, 각 배역에 맞는 연기력과 이미지를 가진 배우를 뽑는 공정한 심사를 할 수 있을 것이라 판단했다. 나는 프로듀서로서 간섭을 하지 않기로 했다.

주역들은 지옥 오디션이라는 표현이 걸맞을 정도로 엄격한 심사를 거쳤다. 여섯 차례 이상의 리콜을 받았고 지속적으로 파트너를 교체하며 토너먼트 식의 바늘구멍을 통과해야 했다. 도나 역에 지원했던 스타들이 줄줄이 고배를 마셨다. 배우에 대한 사전 정보 없이 오로지 오디션에서 보여준 모습만으로 판단했기 때문일까, 많은 거물들을 제치고 의외의 배우가 최종 후보에 올랐다.

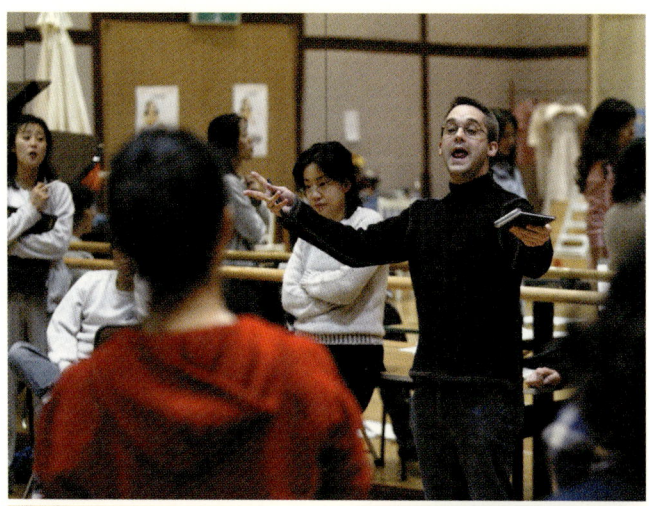

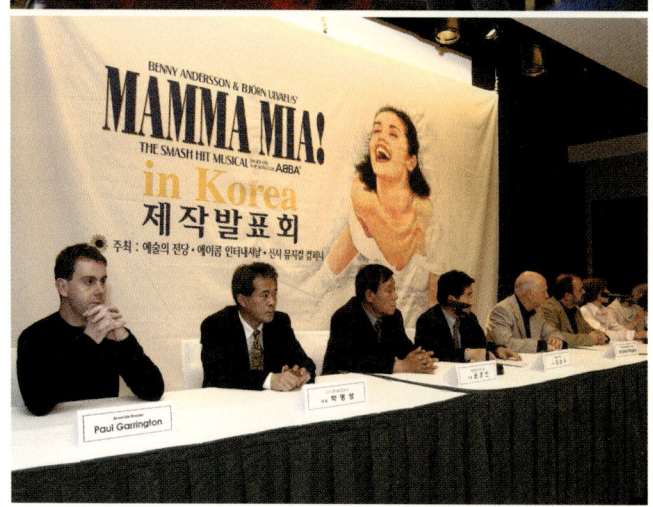

오디션과 제작발표회.
다행히도 방송과 언론에서 큰 관심을 보였고
〈맘마미아!〉의 긴 여행은 산뜻하게 출발할 수 있었다.

이태원의 노래실력이 워낙 뛰어나 결과 발표 마지막 순간까지 고민했지만 결국 주연은 박해미에게 돌아갔다. 해미 씨가 이 글을 보면 섭섭하다고 할지 몰라도 나는 런던팀에 재고를 요청했다. 나는 조연출 시절부터 그를 봐왔다. 자유분방한 성격, 어디로 튈지 모르는 예술가적 기질. 이건 배우로서 장점이 분명하다. 그런데 동시에 돌발행동이 가능하다는 의미이기도 하다. 박해미가 배우로서 도나 역을 충분히 소화할 것이라는 생각은 있었다. 그러나 7주의 집중적인 연습기간 동안 유기적으로 돌아가야 하는 스케줄 속에서 다른 팀원들과 잘 융화될 수 있을지 솔직히 불안했다. 나는 런던팀에 그녀의 자유분방한 예술가적 기질 때문에 같이 작업하기 어려울 수 있다고 말했다. 아직 인지도가 낮다는 설명도 덧붙였다.

"걱정하지 마라. 우리가 충분히 만들 수 있다. 〈맘마미아!〉는 스타가 필요하지 않다. 이 작품을 통해서 스타가 탄생할 뿐이다. 미스터 박이 허락한다면 그녀를 도나로 인정하고 싶다."

나는 연출가 폴 게링턴의 말에도 일리가 있다고 생각했고 함께 모험을 해보기로 했다.

박해미의 상대역이었던 샘 역의 성기윤은 당시 삼십대 중반이었다. 딸인 소피가 스무 살인데, 아버지 역으로는 너무 어리지 않을까…….

그러나 런던팀은 "괜찮다. 어리지 않다"라며 나를 설득했다. 그들의 자신감과 실력을 존중하며 배역을 결정했지만, 한편으로는 검증되지 않은 배우들을 100억 원 규모의 뮤지컬에 주연급으로 캐스팅하다니 걱정스러웠다. 그들에게 키를 쥐어줬으니 이제 내가 할 수 있는 일은 그들의 안목과 선발 기준을 신뢰하는 것뿐이었다.

　도나의 친구들이자 코믹한 아줌마 콤비는 전수경과 이경미 선배가 뽑혔다. 도나의 딸 소피 역에는 성실한 배우로 정평이 난 배해선이 발탁됐다. 남자 주역 중 유일한 이십대였던 스카이는 이건명이, 도나의 옛 애인들로는 성기윤 외에 박지일, 주성중이 캐스팅됐다. 박지일 형은 대표적인 연극배우로 인지도가 한참 높을 그 당시에, 첫 뮤지컬 오디션에 도전해 더욱 주목을 끌었다.

　배우 선발이 끝난 후 배우, 영국의 크리에이티브팀, 한국 제작진은 조선호텔에서 제작발표회를 열었다. 다행히도 방송과 언론에서 큰 관심을 보였고 〈맘마미아!〉의 긴 여행은 산뜻하게 출발할 수 있었다. 그렇다고 해서 내 마음까지 산뜻한 것은 아니었다. 100억 원 규모의 프로덕션을 운영하는 것은 긴장의 연속이었다. 챙겨야 할 일도 끝이 보이지 않았다. 그나마 예술의전당, 에이콤 등 3개사의 공동주최 형식이어서 막대한 제작비에 대한 부담을 조금이나 덜 수 있었던 것이 유일한 위안이었다.

고맙습니다, 정우 스님

본격적인 제작에 들어가자 두번째 숙제가 기다리고 있었다. 무대장치의 디자인을 선택해야 했다. 내게 필요한 건 쉽고 빠르게 설치, 철거가 가능한 것이었다. 짧은 공연기간(한국에서 3개월은 장기공연이지만 외국에서는 단기공연에 속한다) 동안 무대장치 설치와 철거에 많은 시간을 할

애할 수는 없다. 장치의 기본은 똑같지만 나라마다, 공연의 기간과 규모에 따라 디자인이 달랐기 때문에 세계의 모든 공연을 다 봐야 했다. 런던과 뉴욕, 미국의 소도시 애플턴, 도쿄 등을 들락거리며 여러 기술 파트너들과 힘겨운 싸움을 끊임없이 치러야 했다. 오리지널에 가깝되 설치기간은 짧아야 한다는 나의 요구와 둘 중 하나는 포기해야 한다는 기술진의 주장이 부딪쳤다. 그렇게 3개국을 돌며 무대장치 선택에 대한 '싸움'을 하고 다녔다.

이런 저런 우여곡절을 겪고 난 뒤 시드니와 애플턴 버전의 장점을 뽑아 한국의 무대 디자인으로 결정했다. 오리지널과 거의 같되 설치와 철거가 용이한 디자인이었다.

무대가 단순해 보이지만, 그 단순함은 기술에 의해 가능한 것이었다. 오토메이션 무대시스템을 국내 기술로는 제작할 수가 없었다. 어쩔 수 없이 영국과 호주에 제작을 의뢰했다. 바다를 상징하는 파란 물결 배경은 영국의 오리지널 디자이너가 손수 제작해야 한다는 조항이 있었기 때문에 세계 어느 나라의 공연이든 그 부분은 영국에서 공수를 해야 했다.

무대, 조명, 음향 등 기술적인 파트의 협의가 끝나고 리허설이 시작되었다. 이와 함께 런던과 호주에서 무대장치, 의상, 음향 콘솔이 속속 서울에 도착하기 시작했다. 공연이 다가오고 있다는 설렘과 흥분이 나를 감쌌지만 그것도 잠시, 제작자로서 자금에 대한 걱정이 앞섰다. 항상 필요한 돈의 액수가 개인적 용도로는 본 적도 만져본 적도 없는 억 단위였으니 오죽했겠는가.

고민에 고민을 거듭하다 마지막으로 찾아간 곳은 언제나 그렇듯이 정

뮤지컬의 진정한 챔피언

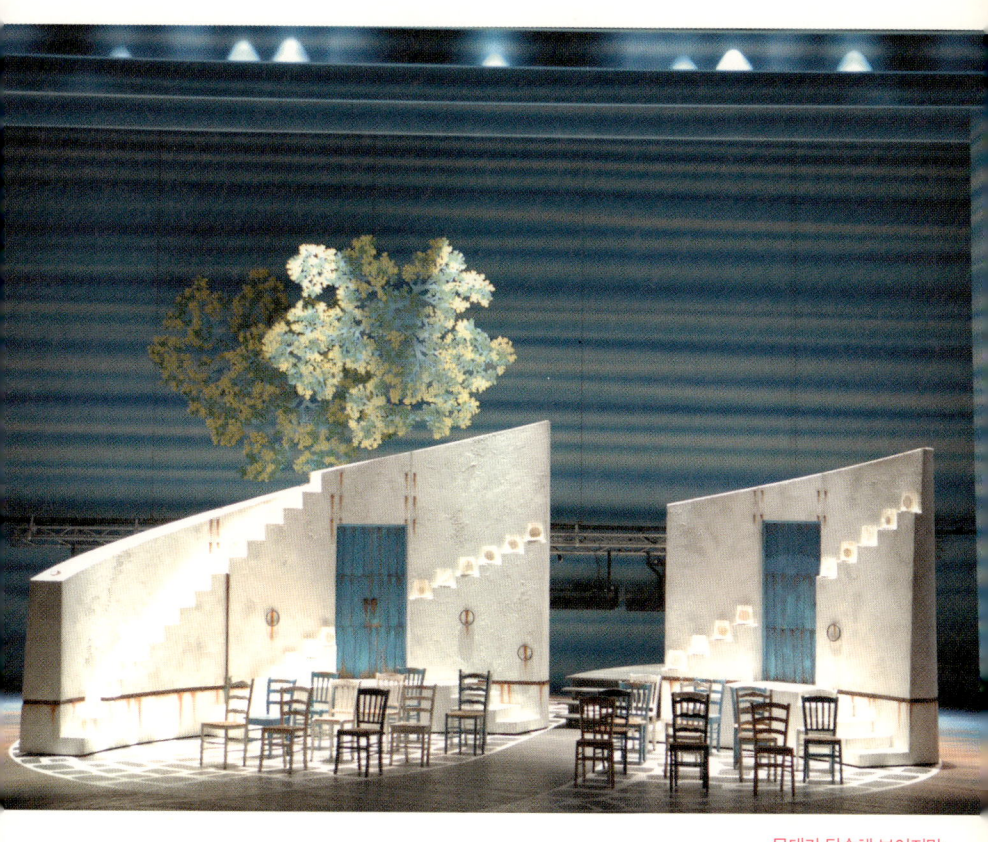

무대가 단순해 보이지만,
그 단순함은 기술에 의해 가능한 것이었다.

우 스님이었다. 지구 최강의 철면피를 데려와도 나만큼 뻔뻔할까. 그래도 정우 스님은 한 번도 싫은 내색을 하지 않으셨다. 부족하면 다른 분들에게 빌려서라도 필요한 액수를 채워주셨다. 스님이 아니었으면 신시의 탄생 자체가 불가능했다. 그리고 〈맘마미아!〉〈아이다〉 같은 대작은 엄두도 내지 못했을 것이다.

여기서 정우 스님에 대한 이야기를 잠깐 하고 싶다. 문화 예술에 대한 관심이 크셔서 박범훈, 김영동, 황석영, 황지우, 김덕수, 이매방, 손진책, 전무송, 고석만 선생 등 많은 예술가들과 두터운 친분을 유지하고 계신 정우 스님. 사업을 하셨으면 대그룹의 회장직도 너끈하게 해내실 분이다.

스님은 문화예술을 지극히 사랑하신다. 특히 연극, 뮤지컬에 대한 애정은 남다르다. 우리나라뿐만 아니라 전세계 어디를 가셔도 꼭 뮤지컬을 보시는 분이다. 스님의 뮤지컬에 대한 애정은 전문시상식인 한국뮤지컬대상에서 특별상을 수상할 만큼 한국 뮤지컬 발전에 적지 않은 기여를 했다. 스님이 공연계에서 상을 받은 것은 세계에서 처음 있는 일일 것이다.

그분의 적극적이고 도전적인 스타일을 곁에서 지켜보면서 많은 것을 배웠다. 사실 정우 스님께 입은 은혜는 너무 깊고 많아서 책 한 권으로도 부족할 지경이다.

나는 정우 스님 덕분에 인도 여행을 세 번 갔다. 인도 여행은 내게 삶의 새로운 전환점이 되었다. 뉴욕 연수가 뮤지컬 프로듀서로서의 인생에 변화를 가져왔다면 인도 여행은 앞으로의 삶을 어떻게 살아야 할지 인생에 대한 꿈을 재정립하고 마음가짐을 새롭게 다지는 계기가 되었다.

내가 열심히 살겠다는 다짐을 하며 스님께 삼배를 올린 것도 히말라야 산자락에 있는 호텔의 벽난로 앞이었다. 히말라야의 만년설, 불교의 유적들, 삶과 죽음의 근원을 깨워준 갠지스강가의 인간 군상들을 보면서 새삼 삶의 의미를 되새겨보게 되었다. 전설보다 오래된 도시라는 바라나시에서 스님이 하신 말씀은 아직까지 생생하게 남아 있다.

"삶의 값어치란 '자신에게 주어진 일에 얼마만큼 충실한가'에 따라 평가가 정해진다. 자신의 삶을 열심히 살고 못 살고가 갈림길인 것이다. 남의 것을 넘겨다보고 탐내고 시샘하는 것보다 자신의 삶을 눈여겨보며 열심히 살아야 한다. 그러면 보람도 행복도 모두 발견할 수 있다."

평범한 말씀 같지만 나에게는 가슴 뭉클하게 다가왔다. 나는 고민이 있을 때마다 정우 스님을 찾아가 자문을 구한다. 100억 원 규모의 큰 작품들을 제작하다보니 마음이 떨릴 때가 많다. 입버릇처럼 쓰던 '간이 벌렁벌렁하다'라는 표현이야말로 내 마음을 제대로 그리는 말인 것 같다. 극단에 대한 고민을 털어놓을 때도 스님은 내게 이렇게 말씀하셨다.

"원(願)을 세우고 큰일을 이루기 위해서는 신중하게 생각하고 오랫동안 고민해야 한다. 그리고 그 일을 해야겠다고 결심이 서면 물불 안 가리고 온몸을 던져야 성공을 보장받을 수 있다. 그렇게 했을 때 안 되는 것도 되게 마련이다."

나는 가난한 연극쟁이 시절, 결혼은 꿈도 못 꿀 때 정우 스님의 보증으로 결혼도 하게 됐다. 장모님이 결혼 전에 스님께 상담을 드렸다고 한다. 예전부터 스님과 인연이 있던 장모님은 가난한 연극쟁이를 뭘 믿고 결혼을 시키겠냐고 여쭸다는 것이다. 그럴 만도 했다. 스님은 "걱정 말고 박명성이에게 보내요. 내가 책임 질 수 있어. 안 그러면 후회할 거여. 내가 그이를 너무 잘 알아"라고 하셨다. 화통하신 장모님이 정우 스님의 말씀을 믿고 곧바로 결혼식 일정을 잡아버렸다. 스님 덕분에 만난 지 3개월 만에 결혼에 골인했다.

이렇듯 정우 스님은 박명성이라는 한 개인과 신시에게 커다란 버팀목이시다. 25년 동안 정우 스님을 근거리에서 모시면서 많은 가르침을 받았고 일하는 방식도 저돌적이고 도전적인 스님의 스타일을 닮게 되었다. 항상 무모한 도전을 많이 하는 것도 정우 스님의 영향을 받은 것 같다.

정우 스님이 살아가는 모습만 봐도 삶의 값어치를 이해할 수 있다. 끊어질 줄 모르는 폭포수 같은 열정과 에너지는 어디에서 나오는 것일까. 그런 열정과 에너지를 터득한다면 이 세상에서 안 되는 일이 없을 것 같다.

"정우 스님, 고맙습니다."

조마조마, 훌쩍훌쩍

나는 한국의 척박한 공연 환경에서 뮤지컬 프로듀서의 직업은 작품을 할 때마다 생명을 단축시키는 일이라고 말한다. 모든 작품이 초연될 때 속을 끓이는 일도 익숙해질 법한데 새로운 기대 때문인지 지금도 여전하다.

뮤지컬의 진정한 챔피언

리허설이 막바지에 도달할 즈음, 처음의 확신은 온데간데없었다. 긴장과 초조함이 어깨를 짓눌렀다. 티켓 판매량이 예상보다 저조했다.

관객들에게 〈맘마미아!〉의 공연이 알려지지 않은 것도 아니었다. 언론에서는 〈맘마미아!〉의 한국 공연에 대해 호의적인 기사들을 실어주었다. "팝의 전설 아바, 뮤지컬로 다시 뜬다" "노래, 춤, 온몸으로 느껴봐!" "아바 히트곡 뮤지컬로 만난다" 등의 헤드라인은 한국 관객들에게 〈맘마미아!〉에 대한 기대감을 심어주기에 충분했다.

그럼에도 불구하고 우리나라 관객들은 공연 일주일 전부터 본격적으로 예매를 시작하기 때문에 기대와 불안 사이에서 피가 바짝바짝 마를 수밖에 없다.

영화도 그렇고 상품을 만드는 사람도 관객 혹은 소비자들의 반응이 오기 전까지 모두들 피를 말린다. 누가 더 힘든가 내기를 하자면 밤을 꼬박 새워도 부족할 것이다. 하지만 남의 떡이 커 보이고 내 손톱 밑의 가시가 제일 아픈 법이다. 그래서 공연 기획자가 제일 힘들다고 엄살을 떨 작정이다.

나는 스스로 '특이체질'이라고 진단한다. 머리와 위가 직접적으로 연결되어 있는 것 같다. 심리적으로 압박감을 느낄 때 뭘 먹으면 꼭 급체를 하고 만다. 그래서 공연이 임박하면 제대로 식사를 할 수가 없다.

그날은 프리뷰 공연 하루 전날, 프로그램을 제작하고 있었다. 항상 프로그램만은 내가 직접 만들어왔다. 연습사진 몇 컷으로 프로그램을 만드는 것을 가장 싫어한다. 프로그램 사진을 통해서 관객들은 공연 장면을 기억한다. 그러니 최상의 품질로 서비스하는 것이 당연하다. 또 프로그램은 컴퍼니의 수준을 판단하는 근거가 되기도 하고 컴퍼니의 얼굴이 기도 하기에 항상 심혈을 기울여 만들어야 한다.

밤샘 작업을 하면서 잠시 방심을 하고 간단한 간식을 먹었다. 내 몸은 '수차례 경고를 주었건만 또 무모한 짓을?'이라고 말하는 듯했다. 아니나 다를까 급체했고 온몸에 식은땀이 흘렀다. 눈이 흐릿해 앞이 보이지 않았다. 속이 메스껍고 구토를 하고 싶어 화장실에 가려고 일어섰다. 그러나 몇 발짝도 가지 못하고 쓰러지고 말았다. 시멘트벽이 아닌 냉장고에 부딪힌 것이 천만다행이었다. 같이 있는 식구들은 깜짝 놀랄 수밖에 없었다. 얼른 병원에 가자고 호들갑을 떨었다. 울렁거리는 속을 겨우 진정시키고 구토와 설사를 하고서야 정신을 차렸다. 나 스스로도 이해하지 못하는 독한 면을 내세워, 밤을 꼬박 새워 아침 7시에 프로그램 디자인 작업을 마쳤다.

다행히 프리뷰 공연의 티켓은 전석 매진이 되었지만 결코 반가운 소식만은 아니었다. 전석 매진은 공연에 대한 기대감을 나타내는 것이다. 공연이 만족스러우면 그들은 제작자에게 천사가 되지만 공연이 만족스럽지 못하면 악마보다 무서운 사람이 된다. 밤을 꼬박 새운 나는 프리뷰 공연이 시작되자 극장 1층 뒤에 섰다. 나는 공연마다 벽에 기대서서 보는 것이 습관처럼 되어버렸다. 초조하고 긴장되면 안절부절못하니 서서 보는 것이 편하기 때문이다.

공연이 끝났다. 환호. 기립박수. 눈물이 핑 돌고 가슴이 뜨거워졌다. 감동이 그 동안의 고생을 어루만져주었다. 극단 식구들도 훌쩍훌쩍 눈물을 흘렸다. 서로 얼싸안기도 했다. 관객들의 감동, 나의 감동, 식구들의 감동, 모든 제작진의 감동. 이런 뜨거운 감동 때문에 이 어려운 일을 마약에 중독된 사람처럼 계속하는지도 모르겠다. 관객들의 가슴에 불을 지필 수 있다는 것이 얼마나 고귀한 직업인가. 이것이 내가 여전히 뮤지컬을 하는 이유다.

프리뷰 공연 다음날부터 티켓은 날개 돋친 듯이 팔려나갔다. 나는 행복한 마음으로 공식 오픈을 기다렸다.

관객들이 손꼽아 기다려왔던 〈맘마미아!〉가 첫 선을 보이는 2004년 1월 25일. 예술의전당 로비에는 문화예술계를 비롯해 기업인, 정·관계의 많은 인사들이 모습을 보여 이 작품이 초미의 관심사임을 입증했다.

공연 시작 전 객석에서는 희한한 장면도 연출됐다. 아바의 대형사진을 들고 있는 팬클럽 회원들이 눈에 들어왔다. 오픈 공연 축하차 내한한 아바의 멤버 비욘 울베이어스를 환영하는 피켓이었다. 아바 멤버가 떴다 하여 객석이 한바탕 술렁였다. 그의 한국 방문은 모든 언론에서 대서특필하며 높은 관심을 보였다. 특히 비욘은 첫번째 한국 방문이었고 이웃나라 일본의 〈맘마미아!〉가 아닌 한국의 〈맘마미아!〉를 선택했다는 점에서 더욱 특별했다.

드디어 저녁 7시 30분. 꿈의 무대, 환상의 무대가 활짝 열렸다.

푸른빛 지중해의 아름다운 풍광이 눈앞에 펼쳐졌다. 소피 역 배해선의 청아한 목소리로 첫 노래 'I have a dream'이 흘렀을 때, 중년 관객들은 아바의 추억 속으로 빠져들기 시작했다.

극중 무대인 그리스 외딴 섬은 두 덩어리의 원형무대로 둔갑해 쉴 틈 없이 움직였다. 등대, 모텔, 방, 부두 등으로 바뀌는 최첨단 무대장치는

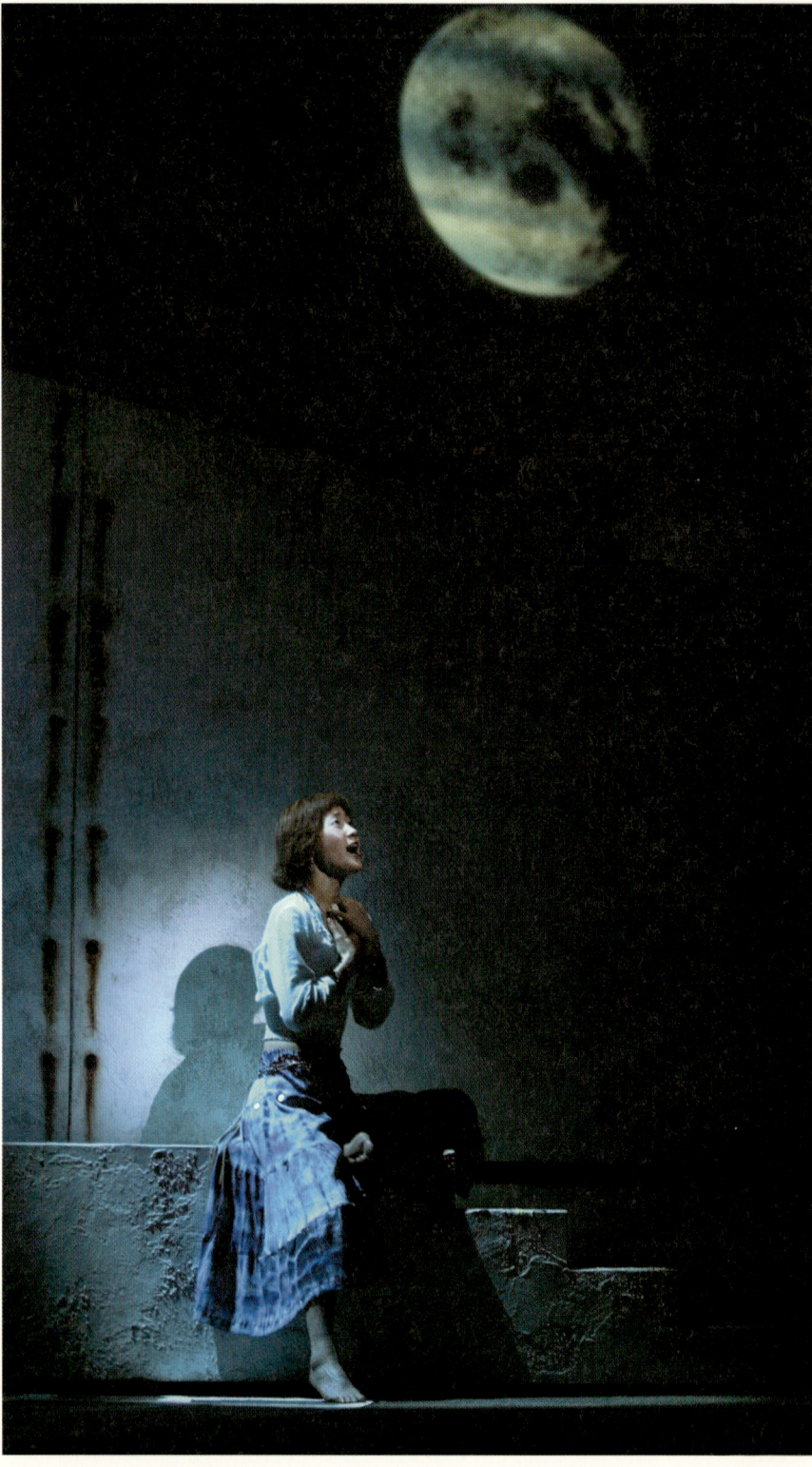

빠른 템포의 음악에 다양한 각도로 움직이며 지중해의 느낌을 표현해주었다. 영국과 호주에서 제작해온 그리스풍의 하얀 벽면 세트와 선명한 원색의 의상은 화려한 조명과 함께 환상적인 색채의 세계로 이끌어 눈을 즐겁게 했다.

커튼콜 때는 아바의 전성기를 연상케 하는 반짝이 의상을 걸치고 나와 기립박수를 받았다. 얌전히 박수만 치던 관객들도 배우들이 화끈한 춤과 함께 앙코르 무대를 연출하자 일어서 몸을 흔들어댔다.

무엇보다도 지옥 오디션과 힘든 연습과정을 견뎌낸 배우들의 노력 덕택에 관객들을 2시간 30분 동안 재미와 감동의 세계로 빠져들었다.

맨 처음 주인공 도나 역으로 선정되었을 때 내게 걱정을 안겨주었던 박해미는 자유분방하고 거침없는 도나의 모습을 그대로 표현해 관객들의 큰 박수갈채를 받았다. 메이저 제작사의 주연급 뮤지컬배우로 새롭게 자리매김한 것이다. 박해미와 아줌마 트리오를 이룬 전수경, 이경미, 이 세 배우는 객석을 확 뒤집어놓는 데 성공했다. 이들은 중년 관객들에게 젊은 피가 끓도록 잘 놀아주었다. 엉덩이 무거운 중년들에게 들썩들썩 춤마당을 만들어주고 무대와 객석의 벽을 허물어버렸다.

〈맘마미아!〉의 또 하나의 매력은 코러스들의 화음이다. 주연배우들의 솔로곡은 무대 뒤에 설치된 음악 부스에서 앙상블들이 내는 코러스의 지원을 받으면서 완벽한 하모니를 낸다.

2시간 30분의 본 공연이 끝나자 1층에서 4층까지 가득 메운 관객들은 일제히 환호성을 질렀고 우리 제작진과 런던 제작진은 서로 얼싸안고 성공을 축하했다.

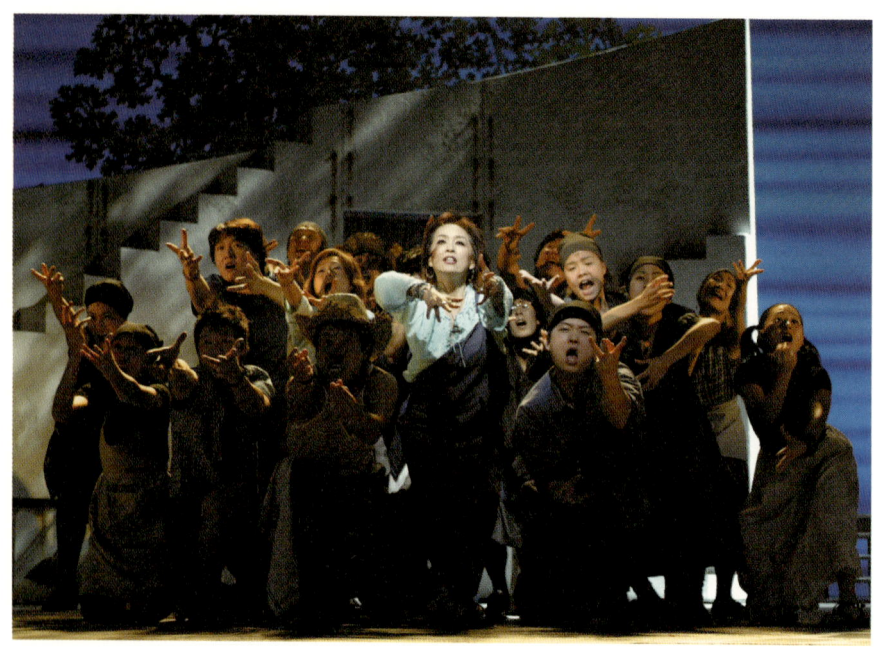

박해미는 자유분방하고 거침없는 도나의 모습을
그대로 표현해 관객들의 큰 박수갈채를 받았다.

매일 매일 티켓 판매는 3천 장 이상을 훌쩍 넘겼다. 티켓이 없어 못 파는 지경이었다. 2주일 후 공연까지 차곡차곡 매진되어갔다. 공연의 완성도가 높다는 언론의 찬사, 늘어나는 중년 관객들, 꼬리에 꼬리를 무는 입소문. 티켓 판매량이 그렇게 지속적으로 많은 것도 예술의전당 사상 최대라고 들었다.

공연 시즌 중에 재미있는 경험도 했다. 다른 일 때문에 강남의 한 빌딩에 갔다. 엘리베이터를 탔는데 거기에서 약간은 흥분한 중년의 천사를 만났다. 그 천사는 다섯 명의 일행들에게 〈맘마미아!〉를 봤다며 입에 침이 마르도록 칭찬하면서 공연을 본 것 자체를 자랑으로 삼았다. 내가 있는 줄도 모르고 말이다.

"맘마미아! 정말 재미있어. 꼭 봐, 꼭 봐. 정말 재미있어."

아, 참 기분 좋고 흐뭇했다. 나도 모른 척하고 한 마디 거들었다.

"저도 봤는데요, 꼭 보세요. 계모임 단체들이 그렇게 많이들 오신대요."

중년들, TV 앞에서 공연장으로

〈맘마미아!〉는 모든 공연기록을 갈아치우며 서울 공연을 끝낸 후 또 한 번 무모한 도전을 시도했다. 대구에서 무려 7주간의 공연을 기획한 것이다. 누군가는 〈갬블러〉의 아픈 교훈을 벌써 잊었느냐며 미친 짓이라고 했다.

제아무리 〈맘마미아!〉라고 해도 지방에서 성공하기 어려울 거라며 비웃던 사람들에게 보란 듯이 큰 성과를 이루어냈다. 대구 공연의 성공으로 자신감이 생긴 나는 '〈맘마미아!〉는 산에다 텐트를 치고 공연해도 관객들이 미어터질 것'이라고 우스갯소리를 했다.

〈맘마미아!〉를 계기로 대구의 공연 문화가 바뀌었다. 대구는 뮤지컬의 도시가 되었고 '국제뮤지컬축제'로 발전하는 초석이 되었다. 당시 배성혁이라는 걸출한 프로듀서와 조해녕 시장의 뮤지컬에 대한 확고한 인식이 함께하지 않았다면 오늘날 대구는 뮤지컬 도시가 되지 못했을 것이다. 그런 열린 행정이 세계육상선수권대회를 유치하는 원천이 되지 않았을까. 대구 사람들의 뜨거운 가슴과 생동감, 그리고 적극성을 나는 사랑한다. 만약 대구 공연이 실패했다면 다르게 이야기했을지도 모른다. 사람은 자기한테 잘해주면 좋은 평가를 내리기 마련이다. 이런 부분에서 나는 꽤 편파적인 사람이다.

〈맘마미아!〉의 성공신화는 계속되었다. 대구를 거쳐 또다시 서울 예술의전당과 성남아트센터, 샤롯데씨어터, 광주문화예술회관까지 접수하며 570여 회 공연으로 80여 만 명이라는 공연사상 최단기간에 최고의 관객기록을 세웠다. 관객선호도 1위를 차지, 사상 초유의 흥행기록을 세우며 한국뮤지컬 사상 최대의 빅히트작으로 신화를 창조해가고 있다. 2006년 한 해 최다 관객을 동원한 이 작품은 100만 관객을 향해 질주하고 있다.

〈맘마미아!〉는 TV 연속극 앞에 앉아 있는 중년들을 극장으로 이끌었다. 젊은 층의 전유물로 여겨지던 뮤지컬 장르에 중장년층 관객을 발굴

뮤지컬의 진정한 챔피언

했다는 점은 너무도 자랑스러운 큰 성과이다. 이는 한국 뮤지컬 시장의 파이를 한층 더 키운 일이기도 했다. 그것만으로도 〈맘마미아!〉는 한국 뮤지컬 시장에 대단한 기여를 한 셈이다. 〈맘마미아!〉는 우리 정서와 잘 맞는 뮤지컬로도 평가되며 한국인이 가장 좋아하는 뮤지컬 레퍼토리로 자리매김했다.

〈맘마미아!〉가 성공작으로 뿌리를 내리기까지 뭐니 뭐니 해도 우리 배우들의 성숙된 기량을 빼놓을 수 없을 것 같다.

배해선과 성기윤의 발견은 참으로 놀라웠다. 연출가 폴 게링턴은 특히 두 사람을 좋아했다. 그후에도 그가 연출한 〈댄싱 섀도우〉에서도 큰 역할이 돌아갔다. 한국 뮤지컬을 이끌어갈 주역으로 성장했다는 것은 우리 뮤지컬계에 희망을 안겨준 성과가 아닐 수 없다.

대표적인 연극배우 박지일의 참여에 모두 의외였다는 반응을 보였지만 그는 팀 모두에게 안정감 있는 연기로 귀감이 되었다. 〈맘마미아!〉는 앙코르 공연과 지방 공연이 거듭되면서 배우들이 보강되었다. 이태원, 최정원, 이정열 등이 합류하여 또다른 생기를 불어넣어주었다. 이경미, 이태원, 이정열은 관록으로 안정감 있는 연기를 펼쳤다. 특히 전수경은 톡톡 튀는 감초 역할로 작품의 수준 높은 하이코미디를 선보였고 두 아기의 엄마이면서도 처녀들 못지않게 매끈한 몸매를 과시하며 관객들의 집중적인 시선을 받았다.

〈명성황후〉로 유명한 이태원은 놀라운 배우다. 〈맘마미아!〉는 팝 스타일이고 그는 줄리어드 음대에서 성악을 전공했다. 노래를 하는 사람에게 창법을 바꾸는 일이 얼마나 어려운 일인지 가수가 아닌 나는 잘 알지 못한다. 그러나 이태원이 고생하는 걸 보고 그 어려움을 짐작할 수 있었다. 처음에는 힘들어했지만 이태원은 이태원이다. 그녀는 자신의 노력으로 도나 역을 완벽하게 소화해냈다.

2007년 성남아트센터 공연에서는 최정원이 도나 역으로 합류했다. '독한 배우' 최정원은 공연 중 담석이 생겨 매우 고통스러워했지만 꾹 참고 3개월 끝까지 함께했다. 그녀의 책임감과 공연에 대한 집념은 〈맘마미아!〉팀에게 활력을 불어 넣어주는 데 충분했다. 모든 배우들은 자기역할에 맞게 좋은 앙상블을 보여주었고 모두에게 행복한 기억을 수 없이 남겨준 공연이 되었다.

결론적으로 〈맘마미아!〉는 세계 유일의 흥행보증수표임이 확인되었다. 한국에서 또한 〈맘마미아!〉의 성공신화는 앞으로도 멈추지 않을 것이다. 더구나 라이선스 작업부터 막이 내릴 때까지 〈맘마미아!〉라는 큰 작품으로 치러낸 대형 프로덕션의 첫 경험은 나에게 앞으로 그 어떤 작품도 거침없이 도전할 수 있다는 자신감을 심어주었다.

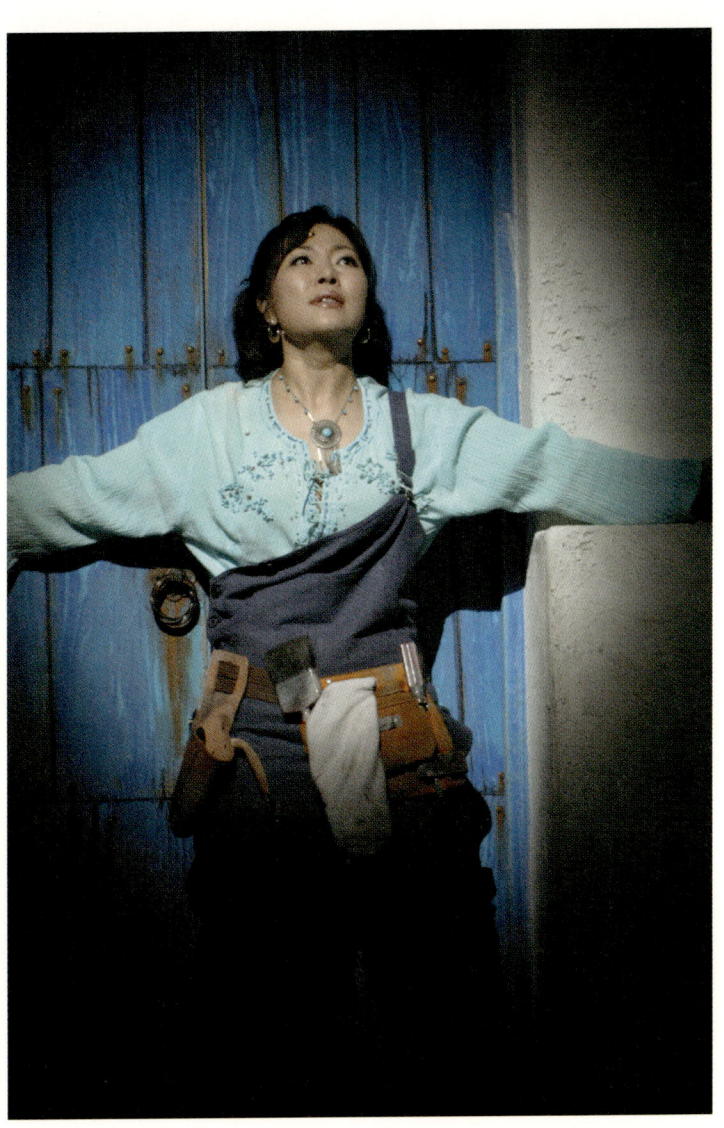

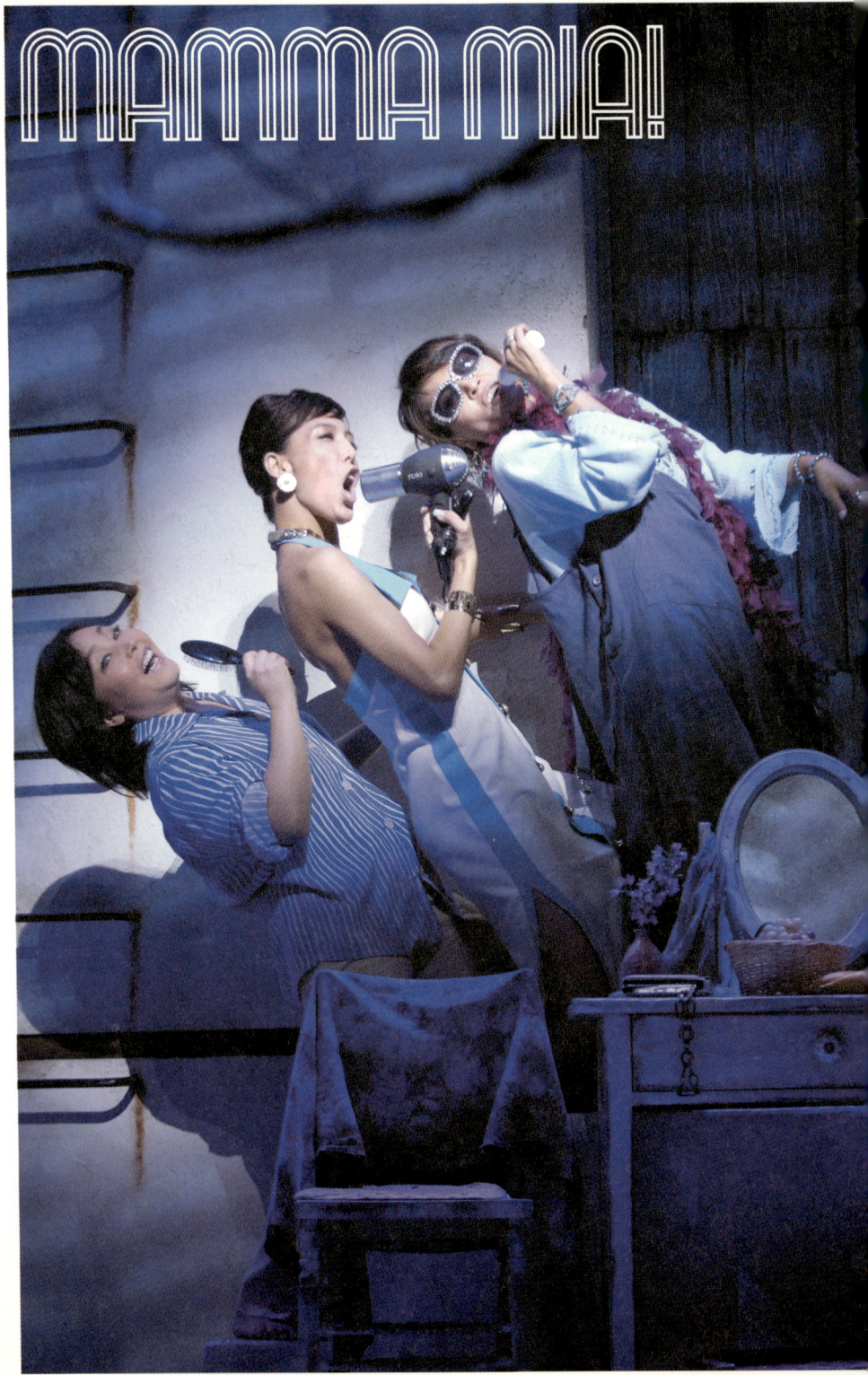

MAMMA MIA!

아바의 노래가
놀라운 뮤지컬로 재탄생하다

〈맘마미아!〉

작 품 정 보

뮤지컬 〈맘마미아!〉는 '아바'의 대표적인 히트곡 22곡과, 모든 세대가 쉽게 공감하고 즐길 수 있는 가족과 사랑 그리고 우정에 대한 이야기가 완벽한 조화를 이루는 작품으로, 1999년 웨스트엔드에서 탄생하였다. 이는 〈오페라의 유령〉 등 고전 뮤지컬들로 명맥을 유지하던 세계 뮤지컬 시장에 신흥 뮤지컬 시대가 열렸음을 고하는 사건이었다. 〈맘마미아!〉는 뮤지컬 역사상 가장 빠르게 전세계로 퍼진 작품으로 세계 뮤지컬 역사에 기록되었고, 160개 이상의 주요도시에서 20억 이상의 티켓 판매고를 올리고 있으며, 이 기록은 매일 밤 경신되어 새로운 뮤지컬 성공신화를 써 내려가고 있다. 2004년 한국에서 초연된 뮤지컬 〈맘마미아!〉는 최고 수준의 무대, 음향, 조명 등 전세계를 휩쓴 메가히트작다운 면모를 과시하며 관객들의 열광적인 호응을 얻었다. 2008년까지 총 630여 회, 87만 한국 관객에게 사랑받았다. 특히 한국 공연은 오랫동안 문화소외계층으로 여겨졌던 중장년층을 문화의 주체관객으로 변모시키며 한국 뮤지컬 시장의 저변을 확대하는 데 큰 기여를 하였다. 기립박수에 익숙하지 않은 중년 관객들까지 신나는 커튼콜이 시작되면 누가 먼저랄 것도 없이 자리를 박차고 일어나 배우들과 함께 춤을 추며 노래를 따라 부르는 열린 커튼콜 문화의 선두주자가 되었다. 〈맘마미아!〉의 성공은 뮤지컬의 본토 영국과 미국뿐 아니라 우리나라에서도 유명 대중가요를 활용해 만드는 뮤지컬이 유행하는 결정적 계기가 되었다.

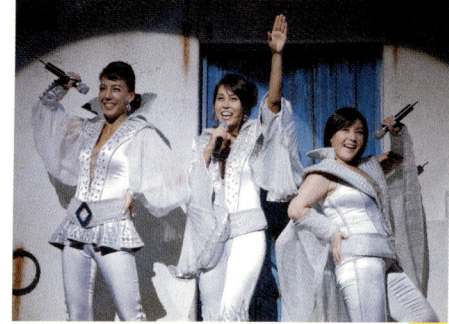

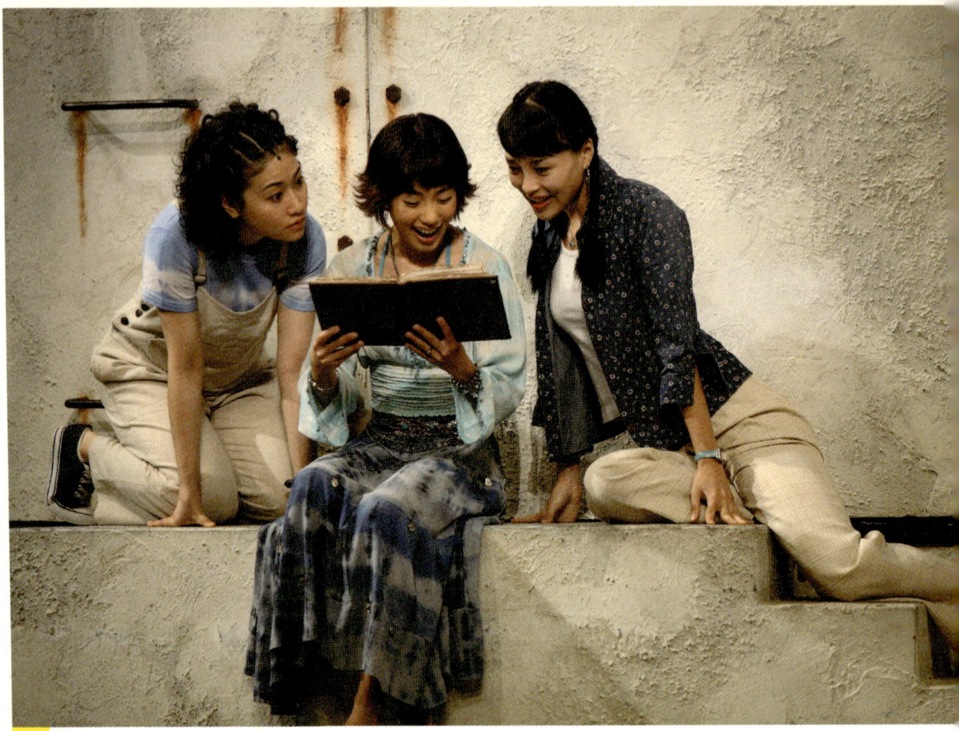

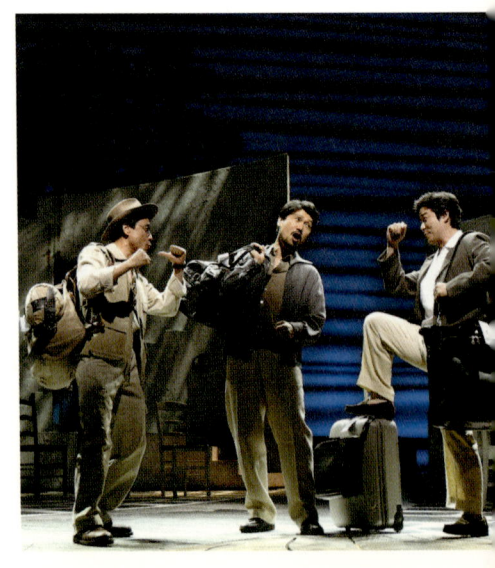

줄 거 리

무대는 그리스 지중해의 외딴 섬. 젊은 날 한때 꿈 많
던 아마추어 그룹 리드싱어였으나 지금은 작은 모텔
의 여주인이 된 도나와 그녀의 스무 살 난 딸 소피가
주인공이다. 도나의 보살핌 아래 홀로 성장해온 소피
는 약혼자 스카이와의 결혼을 앞두고 아빠를 찾고 싶
어하던 중 엄마가 처녀시절 쓴 일기장을 몰래 훔쳐보
게 된다. 그리고 그 안에서 찾은, 자신의 아버지일 가
능성이 있는 세 명의 남자, 샘, 빌, 해리에게 어머니의
이름으로 초청장을 보낸다.

결혼식을 앞두고 분주한 소피의 집. 엄마의 옛 친구
들이며 같은 그룹의 멤버였던 타냐와 로지가 도착하
고 소피의 친구들도 부산해하며 즐거운 가운데 도나
의 옛 연인 세 명이 한꺼번에 도착한다. 도나는 그들
을 보고 크게 놀라 당황하며 안절부절못하게 된다.
흥분되는 마음에 진짜 아빠를 찾는 데 여념이 없는
소피는 세 남자를 만난 후에 진짜 자신의 아버지가

누구인지 더욱 헷갈려 한다. 결혼식을 준비하는 동안 세 명의 남자는 도나와 각기 옛 일을 회상하며 감상에 젖고 그중 샘은 아직도 도나를 사랑하고 있으며 그녀가 다시 자기를 향해 마음을 열기를 바라지만 도나는 혼란스러워하며 그를 거부한다.

드디어 소피의 결혼식 날. 결혼식이 거행되기 전, 도나는 축하객들 가운데 소피의 아버지가 있지만 자신도 누구인지 알 수 없다고 이야기한다. 소피 또한 자신의 삶에서 중요한 것은 누구인지도 모르는 아버지가 아니라 주체적인 자신과 자신을 사랑하는 사람들이라는 것을 깨닫는다. 소피는 자신에 대해서 좀더 알아보는 시간을 갖기 위해 결혼하지 않기로 결심하고 주인을 잃어버린 결혼식은 하객들의 왁자지껄한 권고 끝에 샘과 도나의 몫으로 돌아간다. 샘의 청혼 앞에서 망설이던 도나가 친구들과 하객들이 보내준 용기로 그의 사랑을 받아들인 것이다. 행복한 결혼식 후, 소피는 더 넓은 세상에서 자신의 꿈을 펼칠 것을 노래하며 약혼자 스카이와 여행을 떠난다.

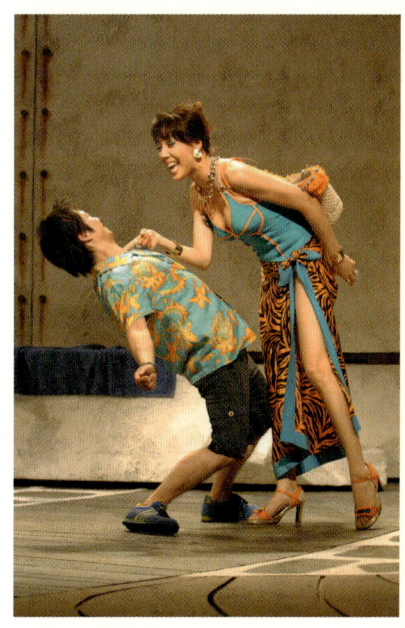

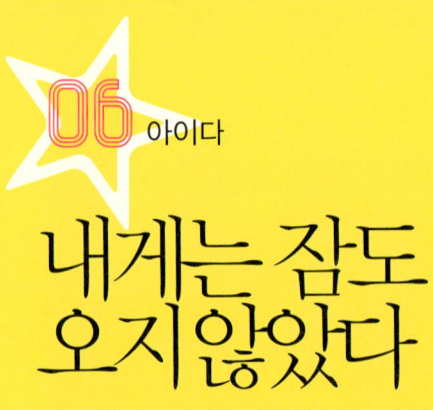

06 아이다

내게는 잠도
오지 않았다

장기공연 문화를 꿈꾸는 사람으로서 내가 그 물꼬를 터야겠다는 책임의식을 느꼈다. 〈아이다〉는 우리 공연계 진보에 영향을 미칠 것이다. 이렇게 생각하니 용기가 솟았다. 다시 한번 시장조사 결과와 통계자료를 놓고 가능성을 검토해보았다. 폭우가 쏟아지고 강풍이 부는 들판, 저 멀리서 작은 촛불이 보였다. 성공 가능성은 그 촛불처럼 작고 불안했다.

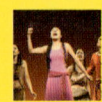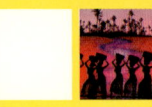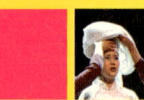

잊었어요? 당신은 박명성이에요

꿈을 꾸고 있는 것 같았다. 과거와 현재를 넘나드는 감동적인 사랑 이야기에 가슴이 저렸다. 2000년 뉴욕 연수 시절에 〈아이다〉를 만났다. 디즈니의 신작이 브로드웨이를 떠들썩하게 만들고 있었다. 프리뷰는 물론 본공연까지 티켓 구하기가 하늘의 별 따기였다. 그 별을 나는 네 번이나 땄다. 그때마다 나는 무아지경에 빠져들었다.

〈아이다〉는 〈라이온킹〉〈미녀와 야수〉〈타잔〉〈메리 포핀스〉 등과 함께 디즈니를 대표하는 뮤지컬이다. 디즈니의 뮤지컬 중 〈아이다〉만이 유일하게 애니메이션을 원작으로 삼지 않은 작품이다. 그 자체로도 아름다운 베르디의 오페라를, 천재 음악가 엘튼 존과 〈에비타〉〈지저스 크라이스트 슈퍼스타〉〈라이온킹〉의 전설적 작사가 팀 라이스가 콤비를 이뤄 현대적으로 재해석했으니 '물건'이 나오지 않을 수 없다.

이집트가 중앙아시아 전체를 식민지화했던 시절, 누비아 공주 아이다와 이집트 파라오의 딸 암네리스 공주, 그리고 두 여인에게 사랑받는 라다메스 장군의 슬픈 사랑이야기를 소재로 한 〈아이다〉. 이 작품의 아름다운 스토리와 무대는 브로드웨이에서 4년 가까이 롱런하며 세간의 이목을 집중시켰다.

디즈니 뮤지컬은 제작비를 아낌없이 투자하기로 유명하다. 그들은 세계 최고의 기술력과 시스템으로 디즈니의 첫번째 성인뮤지컬인 〈아이다〉를 빚어냈다. 흥행한 애니메이션만 가족뮤지컬로 제작했던 디즈니의 입장에서 보면 새로운 시도였다.

1994년부터 기획에 들어간 〈아이다〉는 2000년 프리뷰 기간을 거친 후 브로드웨이의 가장 중심가 극장으로 꼽히는 팰리스시어터에서 막을 올렸다. 브로드웨이 입성 전, 지방 투어를 거쳐 미비한 점을 보완할 정도로 철두철미한 사전준비를 했다. 과연 〈아이다〉는 빅 히트를 치며 뮤지컬계의 강자가 되었다.

이 절대강자를 한국에도 데려오고 싶었고 그러자고 결심을 했다. 당시에는 〈아이다〉만 한국에 유치할 수 있다면 그 어느 것도 필요하지 않을 것 같았다.

2003년, 드디어 기회가 왔다. 〈아이다〉의 한국 공연을 놓고 디즈니와 협의할 수 있는 자리가 마련된 것이다. 협상 전에 흥분이 되어 밤잠을 설치기도 했다. 나는 내일 당장 공연을 시작하는 것처럼 잔뜩 들떠서 1차 미팅을 나갔다. 그러나 절망. 물량이나 제작비가 상당할 것이라는 예상은 했다. 나름 각오까지 했다. 하지만 예상만으로는 안 되는 일이었다. 그것은 상상 이상이었다. 당시 환율로 계산해보니 총 제작비가 158억 원이었다. 어마어마한 제작비 때문인지 〈아이다〉의 라이선스는 비교적 쉬웠다. 국내에서 이 작품을 놓고 경쟁하는 프로덕션이 없었기 때문이다.

공연이 이루어지려면 무대 설치기간까지 포함해 공연 기간이 10개월은 되어야 했다. 세계 유명 뮤지컬로 꼽히는 〈오페라의 유령〉이 기록한 국내 최장기 공연이 6개월이었다. 게다가 여기는 브로드웨이가 아닌 한국이다. 우리 관객들에게 오페라가 아닌 뮤지컬 〈아이다〉는 낯선 것이었다. 〈렌트〉도 한국관객들에게 낯선 작품이긴 마찬가지였지만 이건 차원이 달랐다. 그간 이룬 성과들이 이 작품 하나로 물거품이 될 수도 있다. 신시와 박명성의 생사가 달린 문제다.

포기해버리자니 내가 경험한 무아지경의 세계를 관객들에게 보여줄 수 없다는 것이 안타까웠다. 추진을 하자니 우리가 여태껏 힘들게 쌓아 올린 것이 무너져버릴까 두려웠다. 나는 탁구공처럼 이 생각 저 생각을 왔다 갔다 하며 갈등했다. 수백 번 고민해도 딱 떨어지는 답이 나오지 않았다. 이러지도 저러지도 못하는 상황, 나는 공연계 지인들을 찾아가 자문을 구하기 시작했다. 찬성보다는 반대하는 사람들이 더 많았다. 반대하는 분들은 너무 큰 모험, 신시와 나의 운명 등 내가 걱정하는 점들을 들었다. 그러다가 만난 사람 중 한 명이 이런 말을 해주었다.

"박대표, 당신은 박명성이에요. 잊었어요? 박 대표가 아니면 우리 관객들은 결코 국내에서 〈아이다〉를 만날 수 없어요. 패기, 열정, 도전은 어디로 갔어요? 또 한번 기적을 이뤄낼 테니 겁내지 말아요. 그 도전이 당신을 한국 뮤지컬 프로듀서의 최강자로 만들어줄 거예요. 기회를 놓치지 마세요."

그 말을 듣고 더는 자문을 구하지 않았다. '할까 말까'에서 '해야 한다'로 마음이 바뀌었다. 장기공연 문화를 꿈꾸는 사람으로서 내가 그 물꼬를 터야겠다는 책임의식을 느꼈다. 〈아이다〉는 우리 공연계 진보에 영향을 미칠 것이다. 이렇게 생각하니 용기가 솟았다. 다시 한번 시장조사 결과와 통계자료를 놓고 가능성을 검토해보았다. 폭우가 쏟아지고 강풍이 부는 들판, 저 멀리서 작은 촛불이 보였다. 성공 가능성은 그 촛불처럼 작고 불안했다.

브로드웨이를 가져오다

늘 그렇듯 장기공연의 첫번째 난제는 극장 대관이다. 〈맘마미아!〉 때의 3개월도 큰 부담이었던 예술의전당에 10개월을 내달라고 할 수는 없었다. 무대 설치기간만 6주 이상이 필요했다. 무대 리허설 1주, 프리뷰 공연 1주를 더하면 꼬박 두 달이다.

머릿속에서 극장들이 하나 둘 지나갔다. 그러다가 LG아트센터에서 딱 멈추었다. 극장에 연락을 해 실무자들과 수차례에 걸쳐 협의를 했다. 마침 LG아트센터의 김의준 대표가 뉴욕에서 공연을 보고 왔는데 무척이나 훌륭한 작품이었다며 장기대관을 허락해주었다.

두번째는 무대장치와 의상이다. 외국의 다른 팀 것을 빌려쓸 수도 있다. 축소한 장치를 제작할 수도 있다. 쉽게 판단을 내리지 못하다가 뜻밖의 결정을 내렸다. 브로드웨이 오리지널팀의 무대장치를 뜯어오고 배우들이 입었던 옷을 그대로 벗겨오는 것. 브로드웨이와 다름없는 무대를 우리 관객들에게 보여주겠다는 의지였다. 또 차후에라도 장치와 의상을 계속 사용한다면 〈아이다〉를 신시의 고급 뮤지컬 레퍼토리로 정착시킬 수 있을 것이라는 계산도 있었다.

오리지널 무대장치와 의상은 과히 놀랄 만했다. 메트로폴리탄 이집트관의 현대적인 모습에서 시작한 고급스런 무대는 오프닝과 클로징을 장식한다. 태양신 호러스의 눈에 불이 활활 타오르면서 아프리카를 그대로 옮겨놓은 듯한 과거로 돌아가고, 강렬한 태양 아래 붉은빛의 누비아, 나일강의 푸른 물 위에 돛을 휘날리며 떠 있는 이집트의 노예선은 관객

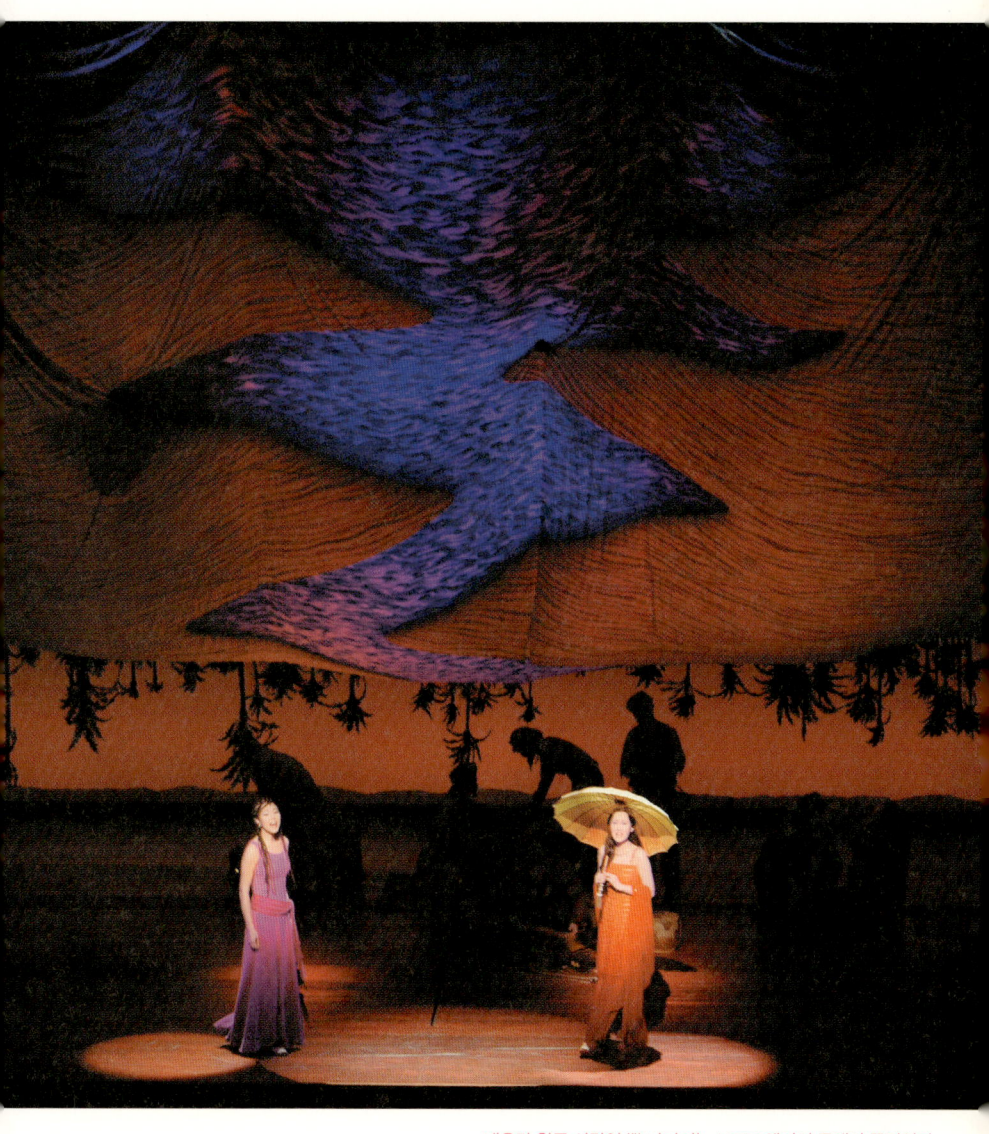

배우만 한국 사람일 뿐 나머지는 브로드웨이의 무대와 똑같았다.
섬세한 아이디어가 탄생시킨 장치와 의상은 금은보화보다 값진 것이었다.

들의 시선을 사로잡는다. 그리고 실감 나는 수영장에서의 유영, 공주의 방, 감옥, 이집트 무덤에 이르기까지 기발한 상상력의 극치를 보여준다.

브로드웨이 오리지널 무대의 생생함을 재현함으로써 그 동안 한국에서 소개된 어떤 뮤지컬보다도 무대, 의상, 조명 등에서 디테일한 무대 메커니즘이 뛰어난 작품을 만들고 싶었다. 무대장치와 의상 비용만 자그마치 20억여 원. 빌려오거나 축소하는 것보다 몇 배의 경비가 들고 철거와 조립 과정도 만만치 않았다. 배우만 한국 사람일 뿐 나머지는 전부 브로드웨이의 그것과 똑같았다. 사람들은 나를 보고 '참, 잘 저지른다'며 걱정을 하고 숙덕거렸다. 브로드웨이에서 공수해온 무대와 의상은 컨테이너 9개 분량, 경기도 광주의 창고로 고이고이 모셨다. 공간만 있다면 그것들을 내 집 안방에 모셔놓고 이불을 덮어두고 싶었다. 섬세하고도 기발한 아이디어가 탄생시킨 장치와 의상은 그 어떤 금은보화보다도 귀하고 값진 것이었다.

이제는 캐스팅이 문제였다. 캐스팅이 이루어지기 수일 전 작업실에서의 일이다. 투자회사의 한 분과 〈아이다〉 투자에 관해 이야기하고 있었다. 그 사람은 작품에 관심이 있다고 했지만, 본심은 진행 정도를 체크하고 누가 주인공이 될 것인지에 있었다.

"주인공으로 누굴 생각하세요?"

"아직 오디션도 시작하지 않았는데 주인공은 무슨……."

"회사 윗선에서 자꾸 물어봐서요."

"왜, 주인공 되는 거 봐서 투자하시게요?"

"그래도 투자하는 쪽에서는 스타캐스팅을 보고……."

"저도 뭐라 답변을 드릴 수 없어요. 우리가 오디션 하는 것도 아니고 디즈니팀이 와서 한단 말이죠. 회사의 입장이 그렇다면 오디션 결과를 보고 결정하세요."

그렇다. 스타캐스팅이 없으면 투자 유치가 어려운 게 현실이다. 어떤 대중스타가 주인공인지가 투자의 관건이었다. 투자를 하는 입장에서는 그럴 수밖에 없다는 것을 나는 충분히 이해한다. 몇몇 프로듀서들은 스타캐스팅을 위해 '스타급 대우 개별 오디션'을 보기도 한다.

그러나 해외팀이 오디션을 할 때는 개별 오디션이 용납되지 않는다. 세계에서 가장 까다롭다는 디즈니팀이 아닌가.

공연 오픈 8개월 전, 배우 오디션을 위해 디즈니 크리에이티브팀이 프로듀서와 함께 내한했다. 2주간의 오디션, 600여 명의 배우들이 몰려와 경쟁을 했다.

뮤지컬 〈아이다〉 한국 공연 소식이 나돌고 과연 아이다 역을 누가 거머쥘지 관심이 높아졌다. 공연 6개월 전 〈아이다〉의 제작발표회가 열렸고 무성한 소문으로 추측만 하고 있던 〈아이다〉팀의 배역이 발표되었다. 혈전 끝에 생존한 31명의 주조연급 배우들이 〈아이다〉호에 탑승했다.

몇몇 배역에서 전혀 예상치 못했던 얼굴에 사람들은 깜짝 놀랐다.

첫번째 화제의 인물은 옥주현이었다. 옥주현은 텔레비전이나 신문 인터뷰에서 "내 꿈은 뮤지컬배우입니다"라고 입버릇처럼 얘기했다고 한다. 특히 뉴욕에서 토니 블랙스턴이 출연한 〈아이다〉를 보고 아이다에 대한 열망을 언론을 통해 나타내기도 했다. 우리 기획실에서는 이 기사를 보고 그녀에게 전화를 했다. 아이다를 시켜주겠다는 전화가 아닌 아이다 오디션을 보러 오겠느냐고 묻는 전화였다. 톱스타인 그녀에게 오디션을 봐야 한다는 것은 자존심 상하는 일이었을 것이다. 그러나 우리의 방침은 그러했고 그녀도 프로덕션의 원칙을 이해해주었다. 그녀는 수차례의 오디션을 긴장된 마음으로 임했고, 결국 시원시원하게 내뿜는 파워풀한 가창력을 인정받아 캐스팅되었다.

노래로는 베테랑인 그녀였지만, 배우로서는 신인이었다. 경희대 연극영화학과에서 졸업 공연에 출연했던 것이 뮤지컬 경험의 전부였던 것이다. 옥주현은 연기 훈련에 많은 시간을 할애해야 했다.

옥주현의 등장은 신선했다. 그는 욕심이 많고 일에 대한 의욕이 많은 친구다. 나는 옥주현을 독종이라고 표현하곤 했다. 아침 10시부터 저녁 6시까지 모든 배우들과 똑같이 땀 흘리며 연습에 열중했다. 그리고 저녁에는 매일 밤 라디오 프로그램 진행을 위해 여의도로 향했다. 매일 연습에 인터뷰, 방송출연, 라디오 DJ 등 눈코 뜰 새 없이 바쁜 나날을 보냈다.

그러다 사고가 발생했다. 연습 2주 만에 과로로 목소리가 안 나올 정도로 탈진해 덜컥 입원해버렸다. 매일 반복된 연습과 에너지가 필요한 〈아이다〉는 숙련된 전문배우들도 힘들어했으니 그럴 만도 했다. 그녀는 3일 만에 기운을 차리고 나타나 뒤처진 연습량을 소화하기 위해 안간힘을 썼다.

나는 옥주현의 뮤지컬배우로서의 가능성을 낙관했다. 다른 길에서도 뮤지컬이라는 같은 꿈을 꾸는 배우였기 때문이다. 〈아이다〉에서 그녀의 자세와 열정을 보면서 대형 배우의 탄생을 확신했다.

내 게 는 잠 도 오 지 않 았 다

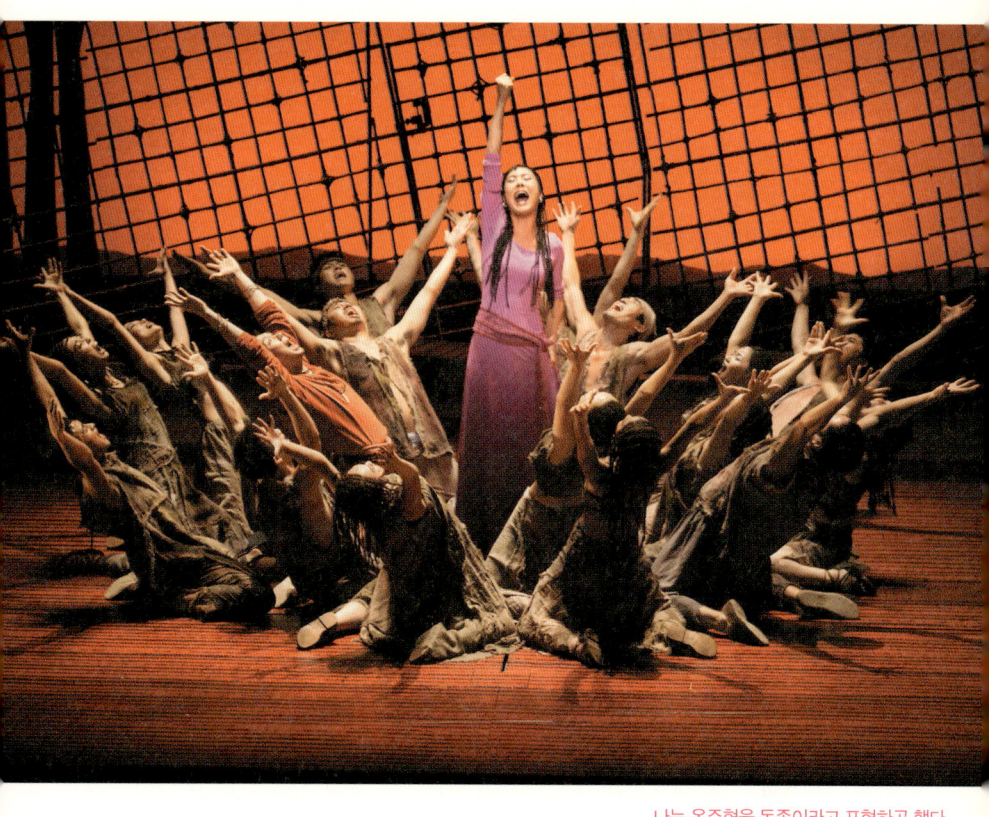

나는 옥주현을 독종이라고 표현하곤 했다.
〈아이다〉에서 그녀의 자세와 열정을 보면서
대형 배우의 탄생을 확신했다.

〈아이다〉에서 또다른 행운을 거머쥔 배우는, 아이다의 사랑을 받는 라다메스 역의 이석준과 이건명이었다. 신시 초창기부터 함께 작업해온 두 배우는 대학 동창이며 가장 절친한 친구 사이다. 이석준은 신시의 〈블러드 브라더스〉를 통해 남우조연상을 받았으며 이건명 또한 신시의 〈렌트〉에서 신인상을 거머쥔 성실한 배우다.

두 배우의 공통점은 일단 유쾌하고 밝은 성품을 가졌다는 것이다. 유머감각은 뛰어나지만 그렇다고 호들갑스럽지는 않다. 이석준이 날카롭고 차가운 캐릭터를 가졌다면 이건명은 온화하고 감미로운 캐릭터의 소유자다. 이 둘을 합했다면 가장 완벽한 캐릭터의 배우가 탄생했을 텐데 하는 생각을 했던 적도 있다. 그들의 장점은 무대를 풍요롭게 만드는 재주가 있다는 것이다. 그리고 지루하지 않게 차분히 무대를 압도한다.

이건명은 "친구와 멋진 경쟁을 해야 하니 재미있을 것 같다"라고 했다. 절친한 친구 둘의 불꽃 튀는 경쟁은 작품의 질을 향상시키기 마련이니, 제작자의 입장으로서는 여러모로 즐거운 일이었다.

암네리스 배역을 따낸 배해선은 유독 눈에 띄는 별이었다. 그녀는 연기를 기본으로 노래, 춤 삼박자를 고루 갖춘 잘 훈련된 배우로 연극 경험을 바탕으로 실력을 차곡차곡 쌓아왔다. 〈맘마미아!〉의 소피역도 완벽하게 소화해내어 이미 그녀의 가치는 알고 있던 터였지만, 〈아이다〉 오디션에서 암네리스로 분한 그녀가 보여준 이미지는 경쟁자가 없을 정도로 탁월한 것이었다. 아이다 공연 때, 암네리스 패션쇼 장면에서 많은 관객들을 사로잡은 폭발적 에너지는 결코 하루아침에 노력해서 되는 일이 아니다. 그녀는 〈맘마미아!〉를 뛰어넘어 〈아이다〉에서 경이로울 만큼 관객들의 혼을 빼놓았다. 그리고 그녀의 노력은 그해 한국뮤지컬대상에서 시상식의 꽃인 여우주연상으로 보상받았다.

성기윤은 강인한 체력과 좋은 체구, 그리고 성실함을 타고났으며 운도 따르는 배우다. 그가 맡은 역할은 원래 허준호의 것이었다. 성기윤은 오디션에서 허준호의 강한 카리스마에 눌려 차석을 했다. 허준호는 제작발표회에도 참석했지만 두 달 후 영화 스케줄과 뒤엉켜 결국 〈아이다〉를 포기하고 말았다. 그 과정에서 어부지리로 허준호를 대신한 배우가 성기윤이다. 그는 어떤 배역을 주어도 기본 이상을 해내 작품의 완성도를 높이는 친구였고, 〈아이다〉에서도 유일한 악역이었던 조세르 역할을 뛰어나게 소화했다.

모든 뮤지컬은 앙상블의 팀워크가 매우 중요한데, 〈아이다〉의 꽃은 전체적인 앙상블이었다. 앙상블은 주연배우보다도 더 치열한 수차례의 오디션을 뚫고 살아남은 자들에게 기회가 주어졌다.

김길호 선생과 전국환 형은 각각 이집트와 누비아의 왕으로 참여해 이 작품의 격을 높이는 역할을 했다. 전국환 형은 대사 몇 마디 안 되지만 누비아 왕의 배역을 흔쾌히 수락해주었다. 그 덕분에 드라마의 중량감이 보태졌다.

프리뷰 공연 3일째 되는 날, 커튼콜에서 김길호 선생이 휘청거리더니 쓰러지고 말았다. 나는 순간 객석에서 가슴이 철렁 내려앉았다. 바로 분장실로 달려가보니 김길호 선생이 핏기 없는 안색으로 말했다.

"순간 갑자기 다리가 풀리고 어지러워 쓰러질 뻔했어."

다음날 병원 진찰을 권유해드렸다. 예상했던 대로 뇌경색이 왔다는 것이다. 공연 중 이런 일이 생기면 당황할 수밖에 없다. 김길호 선생은 당장 내일부터 무대에 설 수 있는 입장이 아니었다. 순간 성기윤 대역으로 연습 중인 이정열이 떠올랐다. 미국팀과 협의하여 이정열을 이집트의 왕으로 연습시키기로 결정했다. 다행스럽게도 큰 분량이 아니어서 가능해 보였던 것이다.

이정열은 그 역할을 성공적으로 해냈다. 그제야 나는 가슴을 쓸어내렸다. 이정열의 열정과 배려하는 따뜻한 마음에 감동받았다. 그의 정신이 김길호 선생과 성기윤이 맡은 두 역할을 훌륭하게 메워주었다. 그후 나는 흔히 '커버'라고 하는 대역의 중요성을 깨달았다. 김길호 선생은 두 달 후 건강이 정상으로 호전되어 다시 〈아이다〉 무대에서 뵐 수 있었다.

배우 구성이 완료되고 연습 3일째, 나는 예정에 없던 '무단출장'을 갔다.

암 세 포   꽃 이   피 었 습 니 다

무단출장을 설명하자면 조금 과거로 돌아가야 한다. 조짐은 2004년에 있었다. 골프장에서 퍼팅 연습을 하던 중 평소 친하게 지내던 백병원 염호기 부원장과 우연히 마주쳤다. 그는 내 얼굴을 보자 대뜸 검진을 권유했다.

"요즘도 약주 많이 하시죠? 안색이 별로 좋지 않아요. 시간 내서 병원에 한번 들러주세요."

아픈 데도 없는데 병원에 갈 까닭이 없다고 생각했다. 몸에 이상 신호가 오면 갈 테니 걱정 말라고 하자 그는 재차 검진을 권했다. 검진은 시간을 내서 가는 것인데 나는 시간이 나기를 기다렸다.

몇 개월이 지난 후, 그 시간은 어머니께서 만들어주셨다. 어머니께서 편찮으셔서 백병원에 입원할 일이 생겼다. 어차피 어머니 간호를 위해 병원에서 무료하게 있는 일이 많았다. 이참에 건강검진이나 한번 해볼까 싶은 생각에 부원장을 찾아갔다. 평범한 검사였다. 얼마 뒤 결과를 확인하라며 나를 불렀다. 그냥 '아직은 괜찮지만 술 좀 줄이고 운동도 하라'는 말 정도는 전화로 알려주면 될 텐데 꼭 바쁜 사람을 오라 가라 한다고 생각했다.

"위에 안 좋은 게 보여요. 조직검사를 해야겠어요."

순간 당황스럽고 긴장되어 몸이 떨렸다. 2, 3일간의 검사결과는 위암 초기였다. 누군가에게 암세포를 현미경으로 보면 꽃처럼 생겼다는 이야기를 들은 적이 있다. 내 위에서 예쁜 꽃이 피고 있었던 것이다. 영화나 연속극에서 보거나 듣기만 했지 내가 그 병에 걸릴 거라고는 상상조차 해본 적이 없다. 의사는 나를 안심시키려고 했다.

"너무 걱정하지 마세요. 간단하게 수술하면 됩니다. 그래도 초기라 얼마나 다행이에요."

나도 이런 말을 누군가에게 한 적이 있었던가. 전혀 위로가 되지 않았다. 하늘이 무너져 내린다는 말을 처음 한 사람은 누구일까. 온몸으로 하늘이 무너짐을 느꼈다. 수없이 많은 영상들이 머릿속을 훑고 지나갔다. 단 몇 초 만에 인생을 복습할 수 있다니, 놀라운 일이다. 당혹스러웠다.

우울했다. 무기력했다. 그리고 무엇보다도 무서웠다. 암은 무서웠다.

병원에서는 하루라도 빨리 수술을 해야 한다고 했다. 그런데 할 일이 태산이었다. '위암 타령'을 할 수 있는 상황이 아니었다. 〈아이다〉는 한창 진행 중이었다. 보름 후에는 일본으로 〈갬블러〉 초청 공연도 떠나야 했다. 40일 동안 지속될 일본 투어에 대표인 내가 빠질 수는 없는 노릇이다. 40일 사이에 막 봉오리를 맺은 암꽃이 활짝 피기야 하겠나, 일단 공연부터 다녀오기로 했다.

일단 비행기에 오르긴 했는데 내 마음이 너무 무거워 비행기가 뜰 수나 있을까. 누구에게도 내 사정을 털어놓을 수 없었다. 대표의 건강에 이상이 생겼다는 걸 알면 단원들도 직원들도 불안해질 게 뻔했다. 신시의 미래를 책임질 토대가 흔들리지는 않을까, 그게 제일 걱정이었다.

일본 공연은 성공이었다. 매진행렬이 이어졌고 2002년 때처럼 일본 언론들은 한국 뮤지컬의 제작 능력과 배우들의 실력을 칭찬했다. 〈갬블러〉를 생각하면 기분이 좋아졌다가 내 몸을 생각하면 불안해졌다. 떨어져 있으니 가족에 대한 미안함이 새삼 치솟았다. 뮤지컬을 만든다고 밖으로만 나돌았다. 남편과 아버지 노릇을 제대로 하지 못했다.

오키나와에서 마지막 공연을 앞둔 사이, 잠시 쉴 틈이 생겼다. 마침 허준호가 영화 촬영을 위해 서울에 잠깐 다녀오겠다고 했다. 올 때 가족들을 데려와달라고 부탁했다. 둘째가 태어난 후로는 근교로 소풍 한 번 다닌 적이 없었다. 공항에 가족들을 맞으러 나갔다.

아내의 얼굴에는 걱정과 불안이 가득했다. 평소와는 다른 느낌. 애틋하고 소중했다. 모처럼 네 식구가 즐거운 시간을 보냈다. 영화에서나 보던 근사한 호텔 수영장에서 물놀이도 했다. 공연도 봤다. 민속관과 유적지에도 다녔다. 새삼 깨달은 가족의 소중함, 놀란 가슴이 조금은 진정되는 듯했다. 나와 단원들은 40일간의 공연을 무사히 마쳤다.

귀국하자마자 곧장 병원으로 갔다. 염부원장은 제 목숨 귀한 줄 모르는 간 큰 사람이라며 빨리 수술을 하자고 했다. 수술 방법을 두고 의견이 분분했다. 개복을 해 위를 잘라낼 것인가 아니면 레이저를 이용할 것인가.

뮤지컬 제작은 뮤지컬 제작자에게, 수술은 의사에게. 나는 담당의사의 결정에 따르겠다고 했다. 수술을 맡은 문정섭 박사(굳이 실명을 거론하는 이유는 고마워서다)는 고심 끝에 레이저를 선택했다. 곧 수술 날짜가 결정되었다.

나는 팀 전체를 불러 잠깐의 미팅을 가졌다. 내가 〈아이다〉를 하게 된 배경과 어떤 마음으로 진행시켜왔는지를 일러주었다. 의욕을 고취시키고 전의를 불사르게 하기 위해서였다.

"〈아이다〉호에 승선한 여러분은 행복합니다. 여러분은 1년 동안 다른 작품에 기웃거릴 일도 없으니, 1년 동안 먹고사는 데 전혀 걱정 안 해도 되니까요."

순간 웃음이 터져나왔다.

"열정적으로 연습에 임해줘서 고맙습니다. 그리고 미국에서 온 연출 키스 베튼과 스태프들을 믿고 많은 것을 배우기 바랍니다. 이렇게 훌륭한 해외 스태프와 작업할 수 있는 기회도 많지 않습니다. 이 작품에서 여러분들이 훈련을 잘 소화한다면 개개인의 실력이 일취월장했다는 것을 피부로 느낄 것입니다. 여러분들은 신시와 10개월간 계약했지요? 생활이 쉽지 않은 후배들을 위해 계약 위반을 해야겠습니다. 다음달에 지급할 출연료를 한 달 앞당겨 며칠 안에 지급하겠습니다."

팀원들의 폭소와 박수가 터져나왔다.

"장기공연에 경험이 없는 여러분은 정신력과 체력의 한계를 경험하게 될 것입니다. 우리나라 배우들에게는 그 동안 기회가 없었기 때문에 자기가 갖고 있는 에너지의 최대치가 어느 정도인지 측정조차 할 수 없습니다. 10개월 동안 여러분들은 자기 에너지의 최대치를 분명 경험하게 될 거예요. 그 최대치를 경험해야 극복하는 방법을 터득할 수 있어요. 자칫하면 탈진하거나 목이 쉴 수 있고 병원에 입원해야 할 수도 있어요. 스스로 잘 관리해서 10개월 내내 그런 사람이 없었으면 합니다. 그리고 저는 내일부터 한 10일간 런던에 다녀올 거예요. 지금처럼 잘하고 계세요. 열심히 합시다!"

일장 연설을 끝내고 모두 모여 "아이다 파이팅!"을 외치고 병원에 입원했다.

병원에 도착하니 간호사가 환자복을 주었다. 그 옷을 입고 있는 나를 바라보니 긴장감은 어디로 사라지고 웃음이 나왔다. 어떤 면에서 보면 한심스럽기까지 했다.

이틀 후 수술을 앞두고 검사 일정이 계속 잡혀 있었다. 이 방 저 방 노크하며 온갖 검사를 받는 것만큼 귀찮고 짜증스런 일은 없을 것이다. 그것도 링거를 꽂고 말이다. 홀로 병원에서 첫날밤을 맞이했다. 가족들에게 혼자 있겠다고 고집을 피웠더니 어쩔 수 없이 내 의견을 따라주었다.

한참을 잔 것 같아 아침인가 했더니 아직 컴컴한 밤이었다. 긴장할 것도 없고 불안할 것도 없다고 생각했는데 잠에서 깨어나면 꼭 새벽 4시와 만났다. 이틀 밤을 그렇게 새벽시간과 마주쳐야 했다. 나는 날이 샐 때까지 〈아이다〉의 진행상황을 체크하고 기분 좋은 일들만 생각해 두려움을 떨치려고 노력했다.

수술할 시간이 다가왔다. 두 명의 간호사 선생이 내 침대를 통째로 밀고 수술실을 향했다. 링거 줄에 마취제를 투여했다. 뜨거운 기운이 몸으로 퍼져갔다. 전혀 경험해보지 못한 신세계의 환상이 아련하게 지나가는 듯했다.

마취가 깨고 제정신으로 돌아와보니 내 몸뚱이는 원래 병실에 놓여 있었다. 뭔가 살점이 떨어져 나간 것처럼 찌릿찌릿 통증이 느껴졌다.

얼마 후 염호기 부원장과 문정섭 박사가 내 방으로 오셨다.

"힘드셨죠? 수술은 아주 잘 됐습니다. 생각보다 작게 발전했고 아주 초기였기에 다행입니다. 박대표는 참 운이 좋은 사람이에요. 전혀 걱정하지 마세요."

나는 힘없이 웃으면서 '고맙습니다. 정말 감사합니다'라고 대답했다.

그러자마자 사무실 일이 궁금해지기 시작했다. 유일하게 수술 사실을 알고 있던 최은경 부대표를 조용히 병원으로 불렀다.

수술을 받고 입원해 있는 동안, 가족 외에는 면회객이 아무도 없었다. 병원 관계자들의 눈초리가 이상했다. 소문을 들어보니 꽤 유명한 뮤지컬 제작자라는데 문병 오는 사람이 없다니, 소문이 거짓이거나 평소 인간관계가 몹시 나쁘다고 짐작했을지도 모르겠다. 병실에 누워 있으니 하루하루가 답답하기만 했다. 그냥 누워 있을 수가 없었다. 이러다가 걱정 때문에 병세가 악화될 것 같았다. 수술한 지 8일 만에 퇴원을 했다. 그리고 집으로 가지 않고 곧장 연습장으로 달려갔다. 단원들은 말했다.

"출장 잘 다녀오셨어요. 무리하셨나봐요. 살도 빠지신 것 같고 얼굴이 핼쑥해졌어요."

"어, 그래……"

실제로 3킬로그램 정도 체중이 줄었다.

수술 후 8개월 만에 암세포 꽃은 사라졌다.

"이제 와인 정도는 마셔도 됩니다."

문박사의 말에 이제야 내가 살았구나 싶었다. 와인을 마시라는 말이 그렇게 반가운 것인 줄 처음 알았다. 꼭 1년 만에 금주령이 해제된 것이다.

횃 불 을 얻 다

디즈니 시어트리컬의 기술팀이 내한해 본격적인 리허설과 시설 작업이 진행되었다. 같은 시각 우리 배우들은 디즈니 스태프들에 의해 매일 8시간씩 고된 훈련을 받고 있었다. 연습 도중 부상을 입는 배우들이 속출했고 혹독한 훈련에 체력적인 한계를 호소하는 이들도 늘어갔다.

그러나 누구 하나 포기하지 않았다. 고도의 정신력과 집중력. 그들은 〈아이다〉를 위해 태어난 것처럼 열심이었다. 시간이 갈수록 한 장면, 한 장면씩 한국판 〈아이다〉가 퍼즐조각이 맞춰지듯 완성되어갔다.

창고에서 '주무시고 계시던' 세트와 오토메이션, 각종 도구들을 LG아트센터로 모셨다. 〈아이다〉의 무대는 조명 하나까지 모든 게 오토메이션으로 진행되다보니 시스템에 이상이 생기면 그날 공연을 취소할 수밖에 없는 상황이 벌어진다. 디즈니에서도 한두 번 이러한 사례가 있었다고 전해들었다.

만의 하나라도 벌어질 사고에 대비하여 수동으로 무대를 작동시킬 수 있는 별도의 백업 장치를 마련해두기로 했다. 덕분에 공연하는 8개월 내내 오토메이션 오작동으로 인한 공연 취소는 없었다.

헤더 헤들리, 아담 파스칼, 토니 블랙스턴, 데보라 콕스 등 브로드웨이 배우들이 입었던 의상은 우리 배우들의 몸에 맞게 피팅되었다. 그들의 땀과 혼이 스며든 의상은 우리 배우들에게 큰 기쁨과 자신감을 심어주었다. 제작 초기의 불안은 점점 더 확신으로 바뀌어갔다.

〈아이다〉라는 작품에 자신이 있었고, 우리 배우들이 만드는 〈아이다〉에 자신이 있었고, 관객들은 좋은 작품을 외면하지 않을 것이라는 자신이 있었다. 더이상 미래에 대한 두려움은 없었다.

라이선스 계약 후 2년, 드디어 막이 올랐다.

LG아트센터 객석에 앉으면 무대 전면에서 어둠 속 이집트 태양신 호러스의 부릅뜬 눈이 객석을 압도했다. 소곤소곤 하는 소리들이 들렸다.

"저게 뭐야?"

"나도 뭔지 모르겠는데, 우리 〈아이다〉가 뭔지도 모르고 앉아 있는 거 아니야?"

태양신 호러스의 눈을 보고 속삭이는 관객들도 있었다.

이윽고 현대와 과거를 넘나드는 화려한 무대가 펼쳐졌다. 주인공 아이다 역인 옥주현의 노래에는 힘이 넘쳤다. 연기는 아쉬운 점이 있었지만 첫날이고 가수라는 점에서 충분히 양해하고 넘어갈 수 있을 정도였다. 그리고 점점 발전할 수 있다는 기대를 갖게 했다. "과연 〈아이다〉와 옥주현은 성공할까?" 하고 비아냥거리는 사람들을 향해 기우에 지나지 않았음을 확인시켜주었다.

사랑밖에 모르는 철부지 공주 배해선은 폭넓은 연기와 깔끔하면서도 세련된 노래로 박수갈채를 받았다. 모든 배우들의 에너지와 가창력은 객석을 전율시켰다. 뮤지컬 〈아이다〉는 공연 시간 내내 사랑과 운명의 멜로디를 계속해서 뽑어냈다.

화려한 무대와 의상, 박물관에서부터 패션쇼, 이집트 왕궁에 이르기까지 순간적으로 바뀌는 무대세트의 장면전환은 "역시 디즈니구나"라는 찬사를 받기에 충분했다. 예술과 과학의 화려한 만남이라 해도 무방할 것이다. 세계적 뮤지컬의 흥행이 우리나라에서도 성공적으로 이루어질지 의문을 갖고 있는 사람들도 안도하는 모습이었다.

〈아이다〉는 공연계에 가장 많은 질문을 던져준 뮤지컬일 것이다. 장장 8개월의 장기공연이 도중하차 없이 지속될 것인가. 브로드웨이 오리지널 프로덕션을 우리 배우들이 소화할 수 있을까. 150억 원이 넘는 제작비를 과연 뽑아낼 수 있을까. 가수 옥주현의 파격적 발탁이 어느 정도 효과를 낼 것인가.

많은 소문과 억측, 그리고 별의별 루머들이 〈아이다〉에 대한 궁금증을 단적으로 보여준 사례들이다. 나는 〈아이다〉 공연에 뿌듯함을 느꼈다. 공연을 관람한 모든 사람들이 만족스런 표정이었기 때문이다.

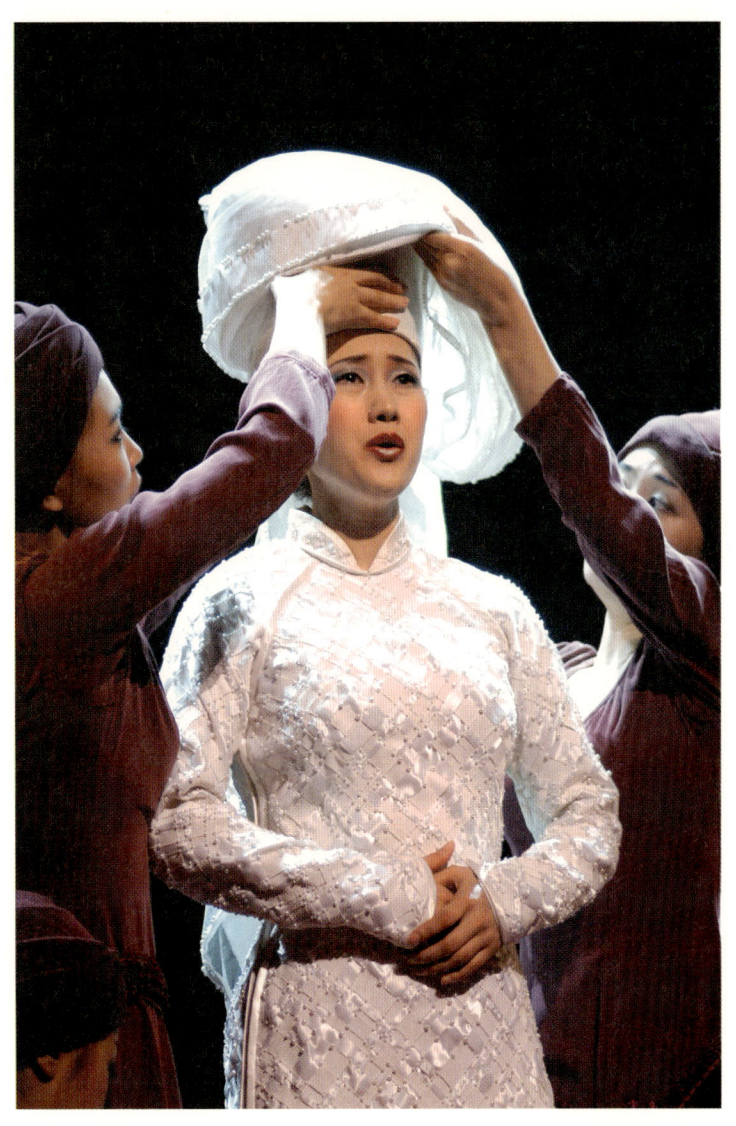

배해선은 〈아이다〉에서
경이로울 만큼 관객들의 혼을 빼놓았다.
그리고 그녀의 노력은 그해 한국뮤지컬대상에서
시상식의 꽃인 여우주연상으로 보상받았다.

세계적 뮤지컬 작사가 팀 라이스도 한국의 〈아이다〉를 보고 칭찬을 아끼지 않았다.

"〈아이다〉를 보고 한국 뮤지컬을 세계가 주목하고 있는 이유를 알았다. 한국말로 된 노래가 듣기 좋았다. 특히 배우들의 가창력이 수준급이었다. 한국 공연이 인상적이었고 좋은 경험이었다"라고 했다.

〈아이다〉는 국내 관객들로부터 기대 이상의 관심과 사랑을 받았다. 객석점유율은 매회 70퍼센트를 넘었고 극장을 찾은 총 관객의 수는 22만 명에 달했다. 실로 어마어마한 숫자다.

장기공연에서 나름 성공했으나 수익을 내지는 못했다. 오리지널 장치 구입으로 제작비가 늘어난 탓에 관객이 많이 들었음에도 간신히 본전을 맞추는 정도였다. 그러나 수익은 다음 앙코르 공연을 통해 올리면 된다. 무대와 의상, 도구들이 우리 소유가 되었으니 어려운 일이 아닐 것이다. 장기공연이 가능한 극장만 찾으면 언제라도 무대화가 가능한 작품이다.

다른 공연과 달리 10개월이라는 장기공연이다보니 새로운 문제들과 마주치게 되었다. 대작인 탓에 〈아이다〉에 참여한 스태프와 배우들의 인원은 130여 명에 달했다. 친구들끼리 가벼운 마음으로 먹을 수 있는 삼겹살로 회식을 해도 한 끼 밥값이 4백만 원이나 됐다. 회식 한 번 할 때마다 심장이 떨렸다.

나는 배우들과의 신용을 중요하게 생각한다. 막대한 손해가 났던 〈갬블러〉 때도 배우들과 스태프의 개런티를 제일 먼저 챙겼다. 이번에도 준비기간을 포함해 10개월간 단 하루도 약속을 어기는 일이 없었다. 심지어 배우들은 생활이 어려워질까봐 미리 한 달씩 앞당겨 개런티를 지불

했다. 신시와 함께 일하는 인재들이 생활비 문제 때문에 불편을 겪는 일은 만들고 싶지 않았다.

"보너스도 안 주는데, 우리가 공연을 계속 해야 하나?"

공연이 막바지로 갈 무렵, 앙상블로 출연한 배우들 몇 명이 보너스를 기대한다는 이야기를 들었다. 뒷말도 무성하고 사무실 직원에게 찾아와 직접적으로 요구를 했다는 이야기도 들었다.

〈아이다〉의 대박행진이 연일 언론에 보도된 탓이었을 것이다.

공연이 4개월 째 접어들고부터 항간에는 흉흉한 소문이 나돌았다. 적자로 인해 당초 예상보다 일찍 막을 내린다는 내용이었다. 그런데 막을 내리지 않고 계속 공연을 하자 이번에는 신시가 엄청나게 돈을 벌었다는 시기 어린 풍문이 돌았다. 사람들은 객석점유율이 70, 80퍼센트를 유지하자 '대박'이라고 넘겨짚었다.

이미 말했듯, 〈아이다〉는 관객들의 반응에서는 성공이었다. 그러나 그 성공이 금전적 이익으로 이어지지는 않았다. 초연임에도 불구하고 엄청난 금액의 티켓을 팔기도 했지만, 작품에 많이 투자했던 것을 보상해주지는 못했다. 이 문제를 제쳐두고라도, 배우들은 신시와 10개월간 정해진 개런티를 받기로 계약을 했다. 그것은 약속이다. 그 약속 이상의 대가를 지불하는 건 순전히 프로듀서인 내게 달린 문제이지 배우들이 왈가왈부할 일이 아니다. 반대로 공연의 흥행성적이 저조할 때, 제작자가 배우들에게 개런티 반환을 요청한다면 어떤 일이 벌어질까. 몹시 섭섭했다. 그리고 불쾌했다. 암과 싸워가며 작품을 끌고 온 그간의 노력을 생각하면 참으로 맥이 빠지는 일이었다.

이런 배우들과 공연을 계속해야 하나 하는 회의감이 들었다. 아직 어린 배우들, 선배의 입장에서는 후배들이 공연보다는 돈을 생각하는 게 안타까웠고 제작자의 입장에서는 배우들이 내 영역을 침범하는 걸 보자니 억장이 무너졌다. 그대로 둘 수 없어 전체 배우들을 무대에 모아놓고 호통을 쳤다.

"한국에 빚 없는 제작자가 없어. 그런데 너희들이 이런 식으로 나오면 이렇게 빛나고 멋진 뮤지컬을 어느 제작자가 위험을 감수하고 시도하겠어! 결국에는 너희들이 설 자리가 없어지는 거야. 배우들이 공연 수익을 궁금해할 이유가 없어. 그건 회사와 제작자의 몫이야. 너희들은 계약한 횟수대로 무대에서 최선을 다하면 되는 거야. 그게 배우들의 역할이고 임무가 아닌가?"

공연스케줄이 뒤죽박죽일 때도 있었다. 장기공연에 필요한 체력과 에너지의 최대치를 경험해보지 못한 우리 배우들은 그 한계와 가능성을 동시에 드러냈다. 기본과 기초가 부족하다는 것을 실감했다. 새로운 꽃, 더 멋진 꽃을 피우기 위한 먹구름의 울음이 필요한 것이었다.

나는 뮤지컬 인력 부족의 현실을 직시할 수 있었고 배우들과의 의사소통 방법을 익혔다. 아직 부족한 점이 많지만 우리 배우들의 집념과 의지 또한 엿볼 수 있었다. 기획팀 역시 8개월간 관객들의 관심을 집중시키기 위해 알고 있는 모든 마케팅 방법을 총동원했다. 〈아이다〉는 재정적인 도움이 되지는 못한 절반의 성공을 이루었다. 그러나 장기공연에 대한 첫 시도만큼은 의미가 깊었다. 또 배우들과 스태프들이 습득한 지식과 경험은 무엇보다 값진 것이었다. 공식적인 공연 역사에서 〈아이다〉는 실패도 성공도 아닌 작품으로 기록될지 모른다. 하지만 나는 〈아이다〉를 성공으로 기억한다. 태풍의 들판에서 촛불을 살려냈다. 그 촛불을 횃불로 만들었다.

말도 많고 탈도 많고 기쁨도 많았던 〈아이다〉의 쫑파티. 뉴욕에서 공연을 볼 때의 감동, 해야 하나 말아야 하나 갈등할 때, 암에 걸렸을 때의 일이 떠올랐다. 다른 쫑파티와는 느낌도 많이 달랐다. 말투가 평소와 조금 달랐을까, 나는 기억 속에 서 있는 사람처럼 천천히 말했다.

"연습 시작하자마자 출장 간다며 자리를 비워 죄송했습니다. 사실 그때 출장을 간 게 아니었습니다. 그렇다고 놀러 간 것도 아니었습니다. 병원에서 수술받고 나왔습니다. 위에 작은 혹이 하나 있었는데 그걸 제거했어요. 하지만 수술이 성공적으로 됐다네요."

'……'

처음으로 수술 사실을 고백했다. 팀들의 노고를 칭찬하려고 만들어진 자리는 금세 눈물바다가 되었다. 그것으로 우리는 공연 중에 있었던 크고 작은 감정의 찌꺼기를 씻어버렸다. 영화를 보면 함께 일하던 누군가가 아프면 그를 위해 남은 사람들이 더욱 열정적으로 몰입하기도 한다. 그러나 그건 보는 사람의 입장이다. 나는 나 때문에 신시의 힘이 분산되는 것을 원치 않았다. 나는 관객들의 가슴에 불을 지르러 다니는 방화범 무리의 두목이다. 약한 모습을 보이고 싶지 않았다. 그때 배운 게 있다. 뮤지컬 한편의 제작은 참으로 긴 여행이다. 긴 여행을 감당할 수 있어야 프로듀서가 될 수 있다는 것이다.

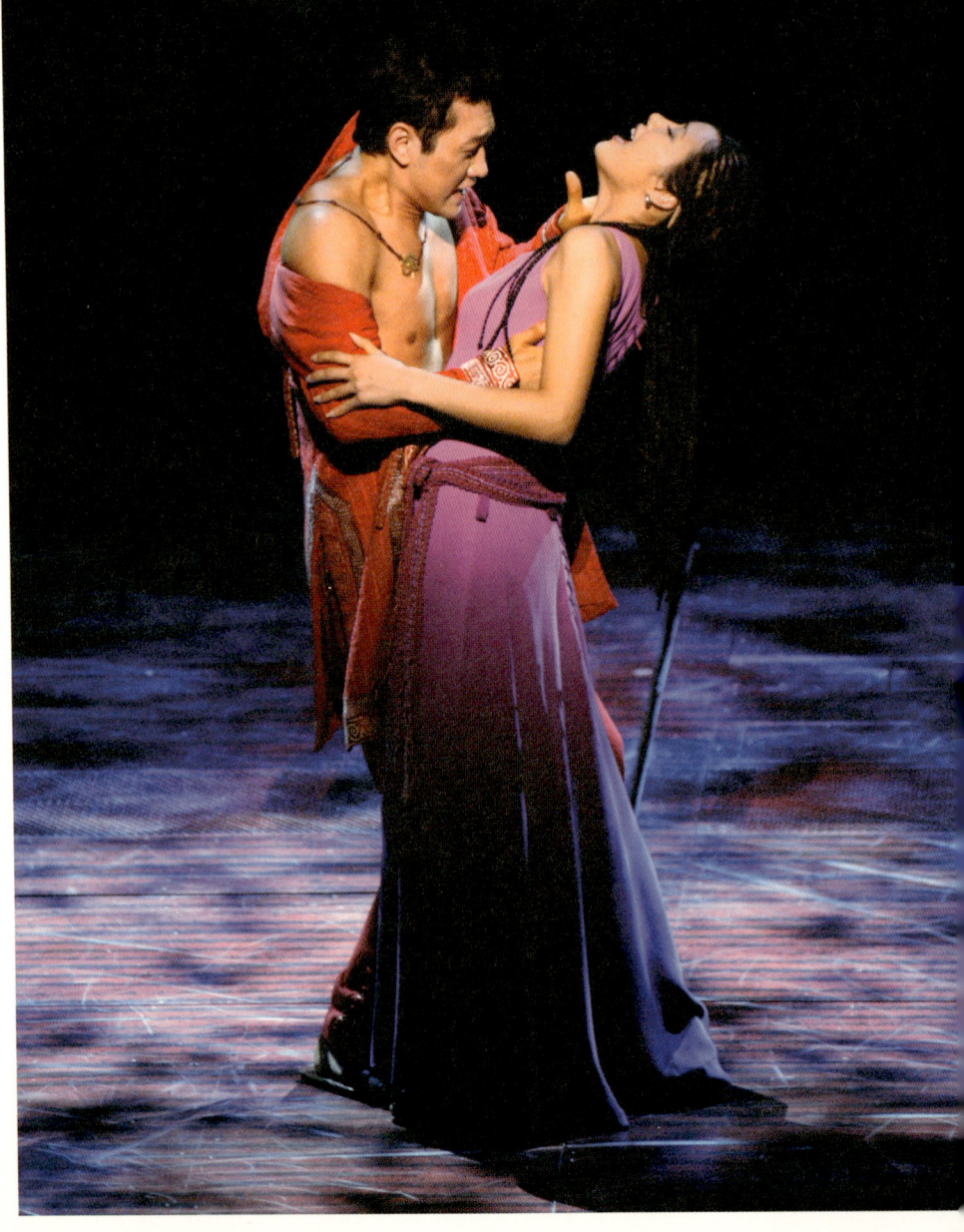

이집트에서 펼쳐지는
전설적인 사랑 이야기

〈아이다〉

작 품 정 보

뮤지컬 〈아이다〉는 누비아의 공주 아이다와 이집트 파라오의 딸인 암네리스 공주, 그리고 그 두 여인에게 동시에 사랑받는 장군 라다메스의 전설과도 같은 러브스토리를 소재로 하였다. 혼란기에 펼쳐지는 운명적이고 신화적인 사랑의 뮤지컬 〈아이다〉는 '세상의 가장 아름다운 이야기는 결국 사랑 이야기'라는 보편적인 주제를 담고 있다. 뮤지컬 〈아이다〉는 엘튼 존, 팀 라이스 콤비로 애니메이션 〈라이온킹〉을 탄생시켜 큰 성공을 거둔 디즈니가 다시 그들에게 작품을 의뢰하면서 시작되었다. 〈아이다〉의 음악은 마음을 뒤흔들고 감동시키는 명곡으로 탄생했고, 그들을 브로드웨이 뮤지컬 음악의 왕좌에 올려놨던 〈라

이온킹〉보다 음악의 개연성과 완성도 면에서 더욱 호평을 받았다. 또한 그해 최고의 뮤지컬 음악에 주어지는 토니상 음악상과 그래미상 최우수뮤지컬앨범상 수상의 영예까지 거머쥐게 되었다. 뮤지컬 〈아이다〉의 고대 전설과도 같은 이야기는 크리에이터들의 천재적인 영감으로 오늘날의 감각을 담은, 현대적이고 팝컬처가 물씬 풍기는 특별한 이집트로 형상화되었다. 특히 환상적인 색의 향연을 추구하는 숨 막히도록 아름다운 조명, 의상, 무대의 조화는 세월을 뛰어넘는 아름다운 러브스토리와 더불어 이 작품을 브로드웨이 대표작으로 만드는 데 큰 기여를 하였다.

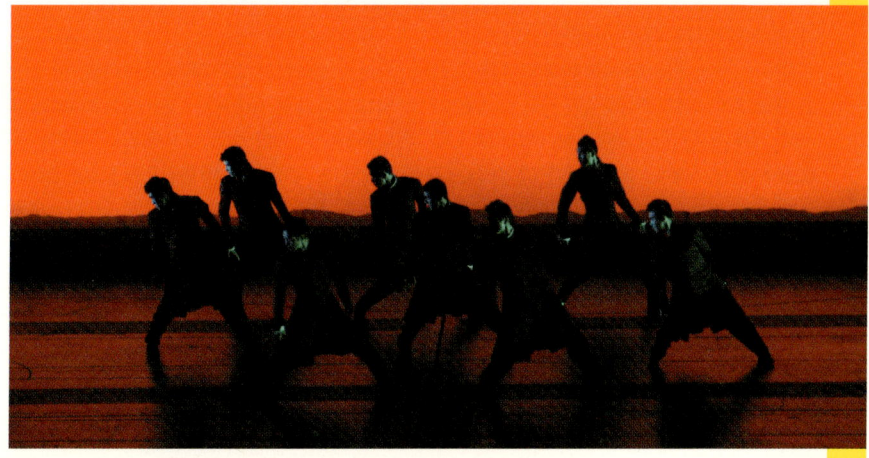

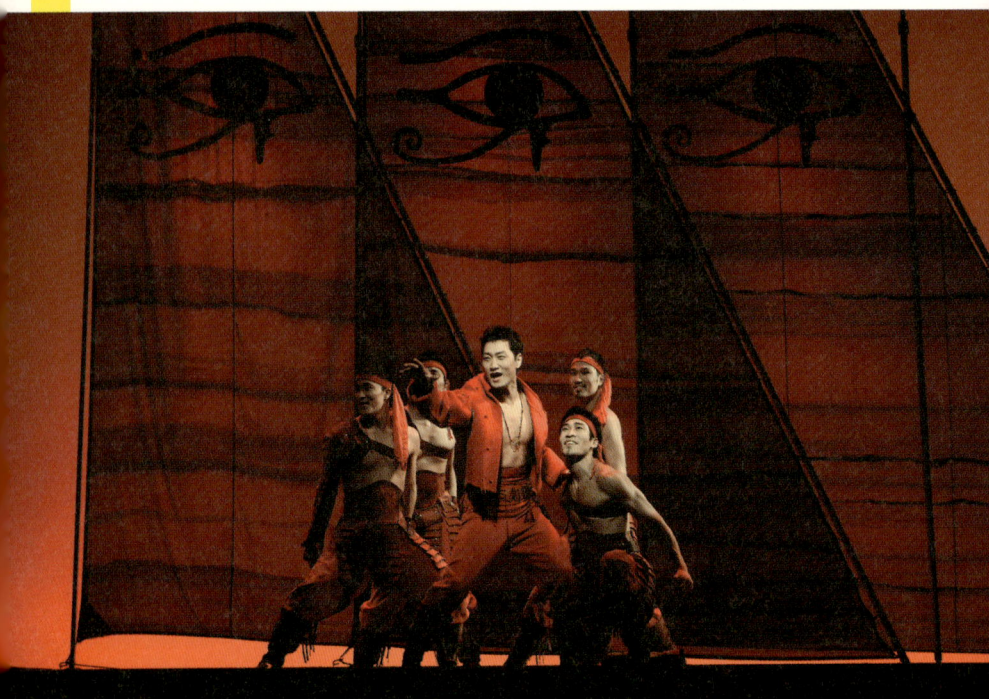

줄 거 리

이집트와 그 이웃나라였던 누비아 사이의 전쟁이 최고조에 달했던 시대. 이집트 사령관인 라다메스는 나일강에서 그의 군인들이 포획한 누비아 여인들 중 용맹스러운 아이다에게 관심을 갖게 되고, 이 둘은 서로에게 끌리기 시작한다. 라다메스는 아이다를 이집트 공주 암네리스에게 선물로 보낸다. 라다메스는 그의 아버지이며 이집트의 총독인 조세르에게 귀환을 알리는데 라다메스를 통해 이집트 국권을 장악하려는 조세르는 암네리스와의 결혼 약속을 라다메스에게 환기시킨다. 허영스럽고 화려한 암네리스는 아이다가 아름다운 옷들을 만들 수 있다는 것을 알게 되자 매우 기뻐한다. 그날 저녁, 파라오는 라다메스와 암네리스가 7일 안에 결혼할 것이라는 것을 밝히는

데, 그럼에도 불구하고 라다메스와 아이다는 서로에게 점점 더 빠지게 된다.

사실 누비아의 공주였던 아이다는 노예캠프에 있는 자신의 백성들을 위해 싸울 것을 약속하고 다음날 라다메스에게 누비아 인들을 도와달라고 간청한다. 아이다와 라다메스가 사랑에 빠진 것을 모르는 암네리스는 라다메스가 자신의 소유로 있던 누비아 노예들을 전부 풀어주자 그것을 라다메스가 자신에게 표현하는 사랑의 증표라고 받아들인다. 그러나 아이다는 라다메스의 행동이 자신을 위한 것이라는 걸 알고 그날 저녁 라다메스에게 자신의 사랑을 표현한다. 그러나 그때 이집트인 군사들은 누비아의 왕이자 아이다의 아버지를 잡아들이고, 그 일은 라다메스와 아이다

와의 사랑을 시련으로 빠뜨린다.

아이다는 라다메스와 암네리스의 결혼식 밤에 아버지의 탈출을 계획한다. 동시에 라다메스는 조세르에게 이집트 옥좌를 원하지 않으며 자신의 사랑 아이다의 나라와의 전쟁을 원하지 않는다고 말한다. 결국 조세르는 군사들을 보내 아이다를 죽이려고 하고, 아이다 대신 노예소녀가 잡혀간다. 라다메스와 아이다가 만났을 때, 라다메스는 결혼을 취소한다고 말하지만 아이다는 그가 공주와 결혼을 하면 두 나라간의 평화를 가져올 수 있을 것이라고 주장한다.

그 시간, 암네리스는 두 연인 사이의 비밀스런 만남을 목격하고 슬퍼한다. 암네리스와 라다메스의 결혼식 도중 누비아 왕의 탈출 시도가 발각되고 라다메스는 아이다의 탈출을 돕기 위해 둑으로 달려간다. 누비아 왕은 탈출을 하지만 아이다는 조국과 사랑에 관한 갈등 끝에 그녀의 사랑 라다메스와 함께 남는 것을 선택한다. 한층 성숙한 암네리스는 반역자들에게 처벌을 언도하고 그녀가 베풀 수 있는 최대한의 자비로서 아이다와 라다메스가 이집트 사막의 모래 바닥에 함께 매장되어 영원히 함께할 수 있게 해준다.

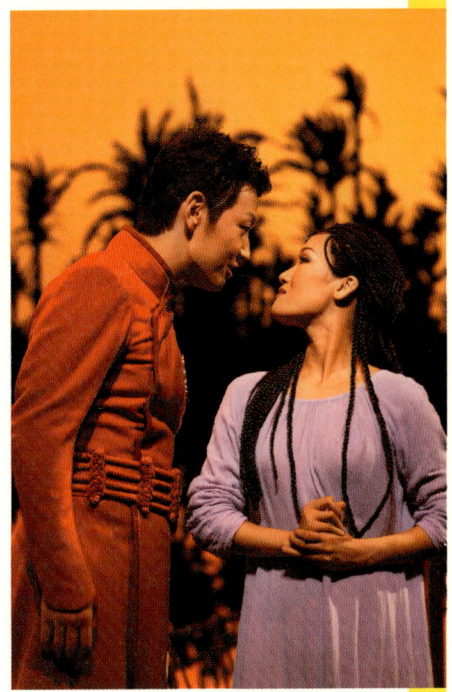

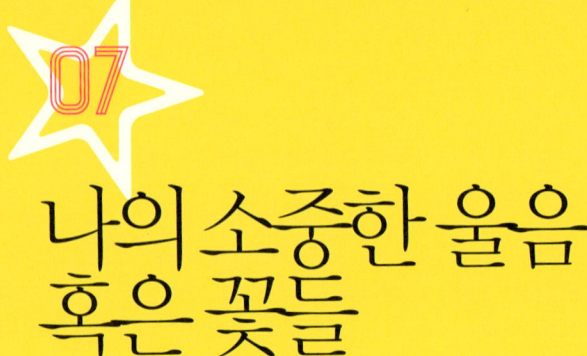

07

나의 소중한 울음 혹은 꽃들

어떤 울음인들 애잔하지 않을까. 또한 어떤 꽃인들 아름답지 않을까. 지금부터 언급할 작품들은
짧게 소개되겠지만 모두 더없이 소중한 것들이다.

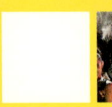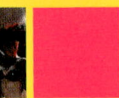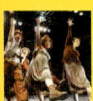

〈 퀴 즈 쇼 〉

〈댄싱 섀도우〉 이후 나는 새로운 창작뮤지컬의 소재를 찾고 있었다. 창작뮤지컬을 1년에 한 편은 제작하겠다는 나와의 약속을 지키기 위해서였다. 시기상 2008년에는 그 약속을 지키지 못할 것 같았고 까딱하면 2009년에도 약속을 지키지 못할 판이었기 때문에 나름 절박했다. 그러던 차에 우리 사무실 직원 중 한 명이 소설 한 권을 건넸다. 김영하의 〈퀴즈쇼〉. 김영하 작가의 많은 작품이 공연이나 영화로 만들어지고 있었다. 그만큼 젊은 독자들에게 많은 주목을 받아온 작가이고 그의 신작은 항상 베스트셀러의 반열에 올랐기에 구미가 당겼다.

　소설은 하룻밤 사이에 다 읽어버릴 만큼 흡인력이 있었다. 거기다 내가 찾고 있던 '시사성 있는 주제'를 다루고 있었다. 이제는 고질병이 되어버린 청년실업 문제, 빛의 속도로 소통할 수 있는 도구들 속에서의 소통 부재, 그 뒤에 자연히 따르게 마련인 외로움까지. 김영하 작가는 한 권의 소설에서 이 시대 젊은이들의 삶을 깊숙이 통찰하고 있었다. 내가 찾고 있던 것이 바로 이것이었다.

　내 생각을 말하자 사무실 식구들 중 반대하는 사람들이 많았다. 예상했던 바였다. 〈퀴즈쇼〉는 소설로는 훌륭하지만 뮤지컬 제작자에게는 아주 불친절한 작품이다. 할머니의 보호 아래 하고 싶은 것도, 해야 하는 것도 없이 살던 20대 청년은 할머니의 죽음 이후 비로소 냉혹한 세상과 마주한다. 세상과 섞이고 싶지도 않고 세상 역시 그를 받아들이지 않는다. 급기야 고시원 쪽방에서도 내쫓기는 신세가 된다. 그러다가 이종격

투기처럼 진행되는 퀴즈쇼에 출전하게 된다는 것이 이 소설의 개략적인 줄거리다. 등장인물 간의 대화도 많지 않고 스토리가 전개되는 내내 주인공은 자신의 생각들을 머릿속으로만 펼치고 있다.

직원들의 말대로 뮤지컬로 만들기 어려운 작품이긴 했다. 또 〈댄싱 섀도우〉 이후 두번째 창작뮤지컬인 만큼 주목도가 높은 상황에서 굳이 만들기도 힘들고 흥행을 하기에도 어려운 작품을 선택할 필요가 있느냐는 말도 타당했다. 뮤지컬로 만들기도 쉽고 쇼처럼 재미있는 소설이 없는 것도 아니었다. 뮤지컬의 주 관객층인 젊은 여심을 자극하는 말랑말랑한 스토리를 찾아보면 없을까마는 그게 전부가 아니었다. 적어도 창작뮤지컬이라면 이 시대에 중요한 메시지를 던지고, 시대의 대변인 역할을 할 수 있어야 한다는 것이 내 생각이다. 그것이 연극 정신 중 하나라고 나는 믿고 있다.

여기에 더해 흥행보다는 작품성이 있는 작품을 만들어야 할 이유가 또 하나 있었다. 우리는 서울문화재단에서 5천만 원, 서울시에서 1억5천만 원의 창작지원금을 받았다. 둘 다 국민의 혈세에서 나온 돈이었다. 대중성 있는 작품을 만들면 그것으로 제작비를 충당하면 된다. 하지만 지원금을 주는 이유는 흥행성보다는 작품성 위주의 공연을 만들라는 뜻이다. 그렇다면 작품성 있는 공연을 만드는 것이 혈세에 보답하는 길이었다. 우리는 오랜 토론 끝에 지금까지 해왔던 방식 그대로, 이번에도 모험을 하기로 결정했다.

김영하 작가의 연락처를 수소문해 전화를 걸었다. 우리는 다음날 소설에도 나오는 산울림소극장의 카페에서 만났다. 이야기는 일사천리로

나의 소중한 울음 혹은 꽃들

진행되었다. 소설을 뮤지컬로 만들고 싶다고 하자 신시에서 만든다니 오히려 고맙다고 했다. 공연계의 여건상 원작료를 많이 못 준다고 하니 그것도 괜찮다고 했다. 다만 뮤지컬이니만큼 제목만 그대로 쓰고 나머지는 얼마든지 수정을 해도 좋다고 했다. 이 모든 이야기를 하는 데 고작 10분밖에 걸리지 않았다. 내가 보기에 그는 최소한 4차원 이상이었다. 세상을 놀이처럼 즐기면서 사는 것 같았다. 과연 작가는 다르구나 하는 생각이 들었다.

원작자의 든든한 응원도 얻었으니 이제 잘 만드는 일만 남았다. 제일 먼저 소설을 뮤지컬 대본으로 바꿔줄 작가를 선정해야 했다. 공연계 사람들의 추천을 받아 뮤지컬 〈한밤의 세레나데〉의 작가 겸 연출인 오미영에게 어려운 작업을 맡겼다. 작가를 선정한 후 곧바로 오랫동안 오미영 작가와 손발을 맞춰온 믿음직한 작곡가 노선락에게 음악을 의뢰했다. 두 사람 모두 소설 속 주인공과 비슷한 연배로 동시대를 살아가고 있는 사람들이었다. 시대의 문제를 같이 안고 가는 당사자들인 만큼 젊은 관객들의 정서와 교감하는 작품을 만들 수 있을 거라고 생각했다.

얼마 후 예술의전당 토월극장에 한 달 동안 대관 승인이 떨어졌다. 공연은 2009년 12월로 정해졌다.

스태프는 최고들을 불러모았다. 편곡은 호주의 피터 케이시에게 의뢰해서 작곡가의 부담을 덜어주었고 무대디자이너 박동우 선생에게 제작비를 아끼지 말고 창의적 무대로 연출팀을 지원해주길 부탁했다. 그리고 최고의 뮤지컬 음향디자이너 김기영과 조명디자이너 민경수에게도 좋은 작품을 위해 힘써달라고 말했다.

드디어 기대하고 기다리던 대본이 나왔다. 그런데 기대만큼 대본이 나오지 않았다. 무엇보다 작품을 재해석하는 관점이 달랐다. 오미영 작가는 잔재미가 있는 작품을 만들고 싶었다면 나는 좀더 진지한 작품을 원했다. 조금은 무겁더라도 주인공의 고민이 충분히 드러나기를 바랐다. 대본은 수정에 수정을 거듭했고 시간은 자꾸만 흘러갔다. 장장 여덟 차례에 걸친 수정이 있었지만 한번 어긋난 방향은 바로잡아지지 않았다.

돌파구가 필요했다. 나는 이 난국을 수습할 타개책으로 조기에 연출을 선정해서 함께 작업을 해나가는 것이 좋을 것 같았다. 어떤 연출을 선정할 것인가 고민을 많이 했다. 전혀 뮤지컬 같지 않은 소설을 뮤지컬로 만드는 일, 젊은 작가에 젊은 작곡가. 이 모두가 파격이라면 파격이었다. 여기에 기존의 연출가를 기용해 파격을 보충할 것인가 아니면 파격에 파격을 더할 것인가. 고민하던 중에 한 사람이 반짝 떠올랐다. 일단 그 사람이 떠오르자 더 이상 다른 연출은 떠오르지 않았다. 그는 10년 넘게 나와 작업을 해온 사람이다. 나는 그를 믿고 있었다. 충분히 잘해낼 것이라는 믿음이 있었다. 그는 박칼린이다. 음악감독을 오래 했으나 이미 〈라스트 파이브 이어스〉를 연출한 경험이 있었다. 더구나 작가와 작곡가는 한국종합예술학교에서 박칼린에게 배운 적이 있는 제자였다. 그렇게 세 명의 여성을 조합해놓고 보니 〈맘마미아!〉의 세 여성이 떠올랐다.

박칼린은 웃으면서 말했다.

"대표님, 모험을 즐기는 것을 알지만 또 이렇게 큰 모험을 하다가 상

나의 소중한 울음 혹은 꽃들

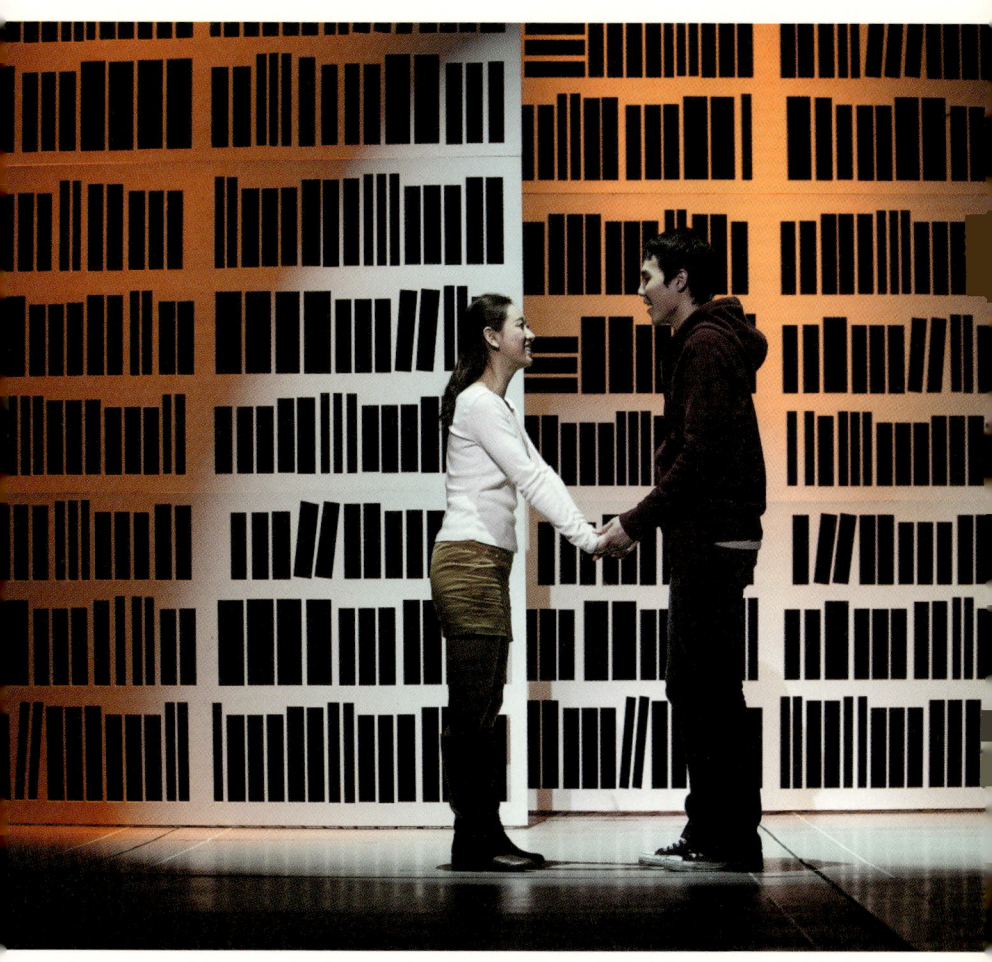

처받으면 어쩌실 거예요. 제일 큰 모험, 대박 모험인데요."

아무리 훌륭한 요리사라도 재료 자체가 나쁘면 좋은 요리를 만들 수 없듯이 뮤지컬도 대본이라는 재료가 연출가가 원하는 방향이 아니면 좋은 작품이 나오지 않는다. 박칼린 감독과 내가 보는 방향과 오미영 작가가 보는 방향은 끝내 일치되지 못했다. 박칼린 감독과 논의 끝에 우리는 작가를 교체하기로 했다.

주로 희곡작가로 활동하던 최예정을 영입하고 박칼린 감독과 함께 활동하는 전수양 작가가 가사를 맡았다. 세 사람은 치열하게 대본에 매달렸고 드디어 우리가 원하는 '뮤지컬의 재료'가 나왔다. 대본에서 난항을 겪는 사이 좋은 배우를 캐스팅할 수 있는 시기를 놓쳤다. 12월은 뮤지컬 공연이 많아서 뛰어난 배우들은 이미 캐스팅이 끝난 상태였다. 오디션을 볼 시간조차 없었다. 어쩔 수 없이 노래가 조금 부족해도 연기를 잘하는 배우를 캐스팅했다. '덜 유명한 배우들'이었기에 그들은 더 열심히 연습했다.

감독으로서의 박칼린을 믿었기에 굳이 연습장을 찾아가지 않았다. 대신 수시로 자신감을 불어넣으려고 애썼다.

"흥행 생각하지 말고 진짜 한국에서 보기 힘든, 특별한 형식의 작품을 만들어봐. 그러면 성공이야."

리허설에 갔을 때 나는 깜짝 놀랐다. 미완성인 듯한, 그래서 더 완벽해 보이는 구조물에 비친 파스텔톤의 조명은 작품의 무게를 덜어주었고 배우들의 동선도 좋았다. 여기서 자세히 설명할 수는 없고 '실험적이고 색다른 공연'이라는 관객 리뷰로 갈음한다. 그리고 무엇보다 '내 소설보다

나의 소중한 울음 혹은 꽃들

훨씬 재미있다'는 원작자의 반응도 반가웠다.

관객들의 반응은 엇갈렸다. 가벼운 마음으로 즐거움을 느끼고자 한 관객들에게 〈퀴즈쇼〉는 너무 무거웠다. 하지만 내용에 공감하는 젊은 관객들은 반복해서 볼 만큼 열광적이었다. 사실 이런 결과는 뮤지컬 〈퀴즈쇼〉가 처음부터 선택한 길이었다. 애초 흥행이 목적이 아니었다. 지원금이 없었다면 객석이 적은 토월극장에 한 달 내내 만석이라도 적자였을 것이다.

그래도 나는 〈퀴즈쇼〉를 성공작이라고 평가한다. 많은 어려움과 시행착오를 거쳐 원작이 갖고 있던 풍부하고 진중한 메시지를 새로운 형식에 담아 전달했다. 〈퀴즈쇼〉를 언제 다시 올릴 수 있을지 알 수 없지만 관객들과 소통하면서 개선해나가면 한국 젊은이들의 마음을 대변해주는 대표적인 뮤지컬로 거듭날 것이다.

〈 헤 어 스 프 레 이 〉

2003년 토니상 최우수뮤지컬상을 포함한 8개 부문을 거머쥔 이 작품은 지극히 미국적이다. 소재 또한 미국의 1960년대 생활상과 미국이 존재하는 한 계속될 것만 같은 흑과 백의 인종갈등이다.

항상 가장 미국적인 것에 박수를 보내주는 토니상이 〈헤어스프레이〉를 놓치지 않은 이유도 여기에 있다. 공연 내내 미국의 좋았던 옛 시절에 대한 향수를 끊임없이 불러일으키고 있으며 인종갈등을 극복하고 모두가 행복하게 막을 내리는 이 작품은 "미국은 이렇게 정의롭고 멋진 나라야"라고 끊임없이 외치고 있으니 그 어떤 미국적인 것이 이보다 더할 수 있을까. 게다가 작품의 여주인공은 '모든 뮤지컬의 사랑받는 히로인은 이래야만 한다'라는 편견을 깨고 미국에서 정말 흔히 볼 수 있을 것 같은 뚱뚱한 여고생이다.

이러한 〈헤어스프레이〉의 요소요소들은 우리 신시가 〈헤어스프레이〉 한국공연을 선포했을 때 기자단을 포함하여 이 작품을 아는 모든 사람들이 우려하기에 충분한 것이었다. 이 작품이 한국 관객들에게도 사랑받기 위해서는 가장 미국적인 것들, 그중에서도 흑백인종의 갈등을 어떻게 표현하고 관객들에게 이해시킬 것인가 하는 것이 〈헤어스프레이〉 공연 준비기간 내내 고민해야 할 화두였다.

우리 제작진들은 일단 〈헤어스프레이〉 오디션에 집중했다. 오디션의 최대 목적은 배우층이 엷은 우리나라에서 '뚱뚱하면서도 귀여움을 잃지 않고 카랑카랑한 목소리에 노래와 연기를 잘하는 여주인공' 찾기였다.

그러나 이건 누구나 예상했듯이 너무도 어려운 일이었다. 어디선가 작품에 대한 정보를 듣고 평소에는 어떤 오디션에서도 낙방할 것만 같은 뚱뚱한 배우지망생들이 몰려왔지만 여주인공 트레이시에 어울리는 배우는 좀처럼 만날 수 없었다. 심사위원들은 심사를 거듭하면서 조건을 완화했다. 뚱뚱한 것은 특수 분장으로 해결할 수 있으니 적절하게 통통하면서 이미지에 맞는 배우를 찾는 것이었다. 고심을 거듭한 끝에 연기력으로 주목 받는 여배우 방진의와 뮤지컬에 막 입문한 미국 국적의 왕브리타가 더블로 낙점되었다. '그다지 뚱뚱하지 않다'라는 약점만 뺀

나의 소중한 울음 혹은 꽃들

다면 더할 수 없이 훌륭한 캐스팅이었다.

남자 주인공들을 뽑는 것도 쉬운 일이 아니었다. 느끼하면서도 멋진, 남성적 매력이 물씬 풍기는 하이틴스타 링크 랄킨을 캐스팅하기 위해 많은 배우들을 추천 받았고 오디션을 봤지만 만족스럽지 못했다. 우리는 여기서 발상을 전환하기로 했다. 신시랑 많은 작업을 해본, 내가 잘 아는 배우 중에 연기력으로 믿을 수 있는 사람을 고르면 충분히 해낼 수 있을 것이라는 생각이었다. 그렇게 생각을 전환하니 한 배우가 떠올랐다. 항상 여성스러운 역할로 관객을 만나왔지만 언제나 기대 이상의 연기력으로 무대를 장악했던 배우, 바로 〈렌트〉의 엔젤 김호영이었다. 배역을 정하지 못하고 안절부절못하고 있는 김재성 연출에게 나는 김호영을 추천했다.

흑인 춤꾼 시위드와 앙상블들을 뽑는 데는 같은 실력이면 외모가 많이 좌우했다. 흑인 배역들은 팔다리가 더 길고 유연함과 가창력이 있는 배우들이, 백인 배역들은 이목구비가 또렷하고 흰 피부를 가진 배우들이 선발되었다. 이미 오디션부터 흑백인종을 구분하여 선발한 것이다.

주인공 트레이시만큼이나 까다로운 캐스팅은 트레이시의 엄마 에드나 역이었다. 어찌 보면 가장 화제가 될 만한 역할이었던 것이 브로드웨이에서는 매우 유명한 남자 코미디배우가 이 엄마 역으로 캐스팅되어 인기몰이 중이었다. 나도 여기서 힌트를 얻었다.

우리도 한국 초연작인 〈헤어스프레이〉의 인지도를 높일 수 있고 브로드웨이처럼 보기만 해도 웃음이 나올 수 있는 배우를 찾기로 했다. 그래서 생각한 것이 개그맨 정준하와 뮤지컬 〈키스미 케이트〉에서 능청스러

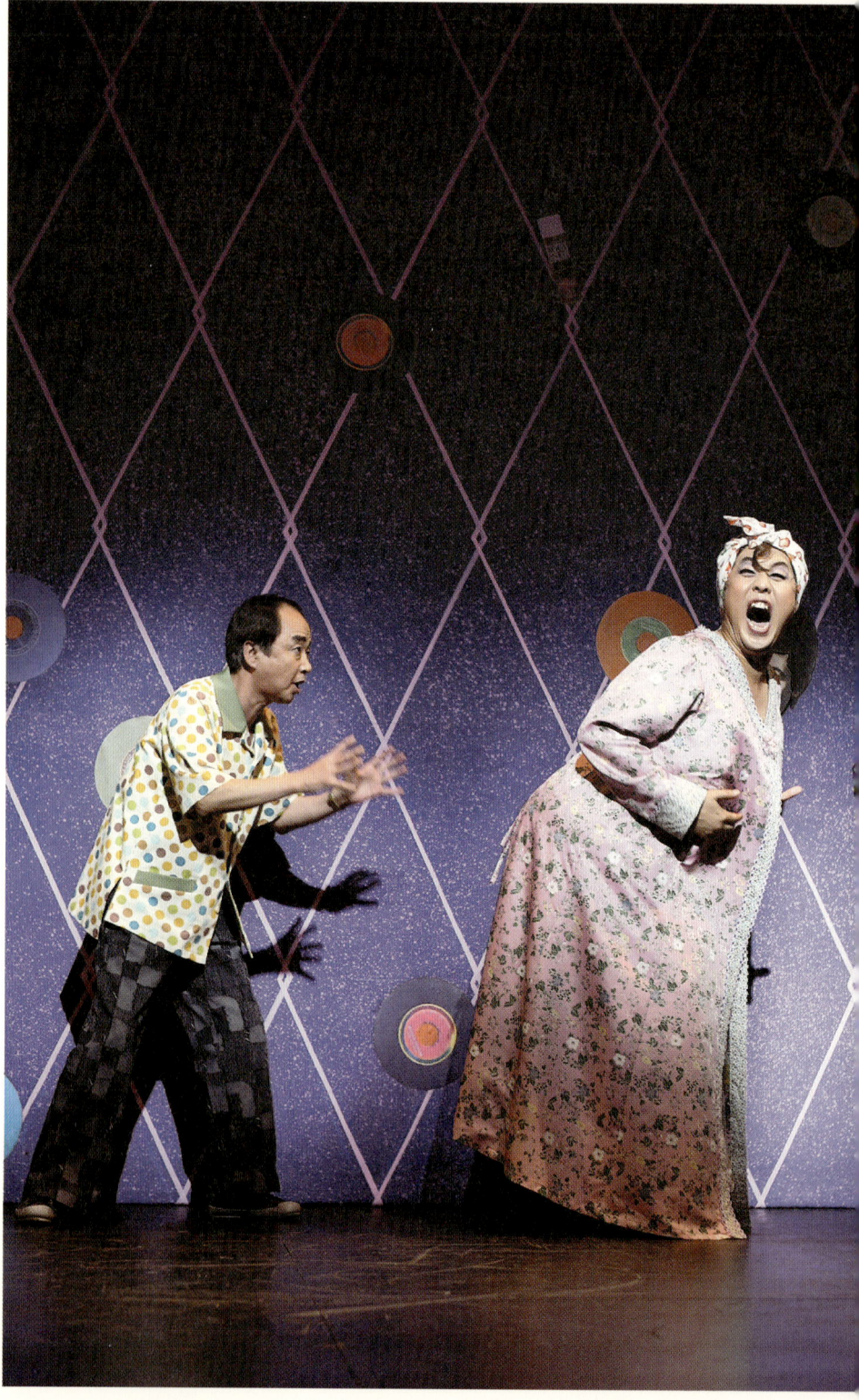

운 코믹연기를 선보였던 김명국이었다. 김명국은 워낙 코믹 연기의 달인이라서 흔쾌히 작품에 참여해주었지만 정준하는 일본 투어중인 〈헤어스프레이〉를 보고 와서는 우리 제안을 정중히 고사했다. 본인이 소화하기에 너무도 어려운 역할이라는 것이다. 그러나 우리는 정준하의 어려워하고 주저하는 성격까지도 엄마 에드나와 닮았다며 그를 적극적으로 설득했고, 정준하는 개인적으로 힘든 일이 생겨 어려운 시기를 보내면서도 작품에 충실히 임했다.

결국 정준하와 김명국의 캐스팅은 매우 성공적이었다. 그들이 출연하는 장면에서는 항상 웃음이 끊이지 않았고 그 둘은 엄마 역할을 완벽하게 수행해나갔다.

이렇게 특색 있는 배우들의 뒤에는 분장과 의상, 무대의 완벽한 뒷받침이 있었고 우리 배우들은 정말 천연덕스럽게 미국의 60년대를 연기해갔다. 백인은 백인답게, 흑인은 흑인답게. 배우들의 몸놀림에 관객들은 자연스럽게 극중 흑백인종의 갈등을 경험하고 그들의 움직임에 동감했다. 쉽고 지극히 단순한 줄거리에 쉽게 질릴 수 있었던 관객들이 극에 몰입하고 즐거워할 수 있었던 것은 전적으로 누구 하나 모나고 부족한 점을 보이지 않았던 배우들의 힘이었던 것 같다.

〈헤어스프레이〉는 주변의 우려를 불식하고 큰 성공을 거두었다. 충무아트홀 개관 이래 가장 큰 성공을 거둔 첫 작품이 된 것이다. 이 성공 뒤에 우리 배우들과 스태프들의 땀과 노력이 있었지만, 그중에서도 내가 가장 박수를 보내고 싶은 사람이 있다면 바로 〈헤어스프레이〉의 코프로듀서로 함께했던 박경림이다.

박경림은 신시의 〈헤어스프레이〉 공연이 막 확정되었을 때 신시 사무실로 전화를 걸어왔다. 나를 만나고 싶다는 전화였다. 우리 사무실 식구들은 내가 워낙 연예인들에 관심이 없어 '당신을 못 알아볼 수도 있으니 그렇더라도 상처입지 말라'며 미리 박경림한테 주의를 줬다고 한다. 사무실에서 그렇게 먼저 이야기할 정도로 박경림의 전화는 뜬금없고 갑작스러웠다.

그녀는 미국 유학시절 〈헤어스프레이〉를 수도 없이 봤다고 한다. 그만큼 그 작품을 좋아했고 사정이 허락하면 본인이 한국에 꼭 소개하고 싶었던 작품이라고 한다. 그런데 우리 신시가 먼저 라이선스를 획득해버렸으니 얼마나 실망이 컸을까.

박경림은 워낙 낙천적인 성격이라 이에 굴하지 않고 이 작품에 어떤 형태로든 참여하고 싶다고 했다. 기획이든 홍보든, 안 된다면 작은 배역으로도. 사실 맨 처음에는 트레이시는 안 되겠냐 물어보기에 내가 정중히 거절했다.

나는 박경림에게 코프로듀서로 일하면서 기획이든 홍보든 참여하라고 이야기했고 그녀는 너무 적극적으로 홍보와 기업 협찬에 관여하며 코프로듀서로서의 역할을 충실히 해냈다.

〈헤어스프레이〉의 한국 공연 규모가 〈오페라의 유령〉이나 〈맘마미아!〉처럼 크지 않았음에도 불구하고 그렇게 많이 언론에 노출되고 풍요롭게 작업할 수 있었던 것은 박경림의 역할이 매우 컸다고 생각한다. 연예인으로서 그렇게 적극적이기 쉽지 않은데, 인간적인 면모로 보나 성실성으로 보나 크게 될 친구라는 생각이 들었다.

〈헤어스프레이〉는 2008년 한국뮤지컬대상에서 베스트 외국뮤지컬상을 수상했다. 작품성으로나 흥행성으로나 성공한 작품이 된 것이다.

사실 뮤지컬 〈헤어스프레이〉는 내가 처음부터 욕심 낸 작품은 아니었다. 아마 내가 제작한 작품들 중 가장 쇼적이고 오락적인 느낌의 작품이 바로 〈헤어스프레이〉일 정도로 나는 치열한 삶의 모습에 집중하지 않는 작품에는 별로 매력을 느끼지 못했던 것이다.

그렇지만 〈헤어스프레이〉에는 도전의식이 있었다. 주인공들이 자신의 핸디캡을 극복하는 불굴의 도전의식을 보여주는 내용적인 부분도 그렇거니와, 가장 미국적인 작품을 어떻게 이질감 없이 한국 관객들에게 녹여서 보여줄 수 있을 것인가에 대한 도전이 〈헤어스프레이〉에 관심을 갖게 만들었다. 그리고 이 도전의식이 결과적으로 작품을 성공으로 이끈 초석이 된 것 같다.

〈헤어스프레이〉 공연 이후로 더 확신을 갖게 된 것이 있다. 뮤지컬 흥행은, 특히 한국에서의 흥행은 그 어느 누구도 함부로 점칠 수 없다. 그만큼 우리 관객들의 입맛은 까다롭고 의외성이 있다. 그러나 변하지 않는 중요한 한 가지는 이 예측 불가능한 작품의 성공이, '만드는 사람들이 얼마나 작품에 대한 애정을 가지고 정성을 기울이는가'에는 영향을 받는다는 것이다. 〈헤어스프레이〉는 그만큼 젊은 스태프, 배우들이 모두 한마음으로 열심히 만든 작품이었고 그래서 신시의 중요한 레퍼토리로 거듭날 수 있었다.

〈 시 카 고 〉

신시가 〈렌트〉로 한국에서 뮤지컬 붐을 일으키고 있을 때, 신시의 제작 능력을 높이 평가한 에이전시의 적극적인 추천으로 뮤지컬 〈시카고〉에 관심을 갖게 되었다.

〈시카고〉는 1920년대 금주법시대의 무법지대 시카고에서 살인을 저지른 두 보드빌 여배우가 감옥에 들어가서 펼치는 해프닝을 통해 언론의 폐해와 사회의 저속성을 고발하는 블랙코미디다. 뉴욕에서 리메이크된 지 11년이 지난 지금도 여전히 전세계적으로 흥행가도를 질주하고 있는 뮤지컬이기도 하다.

브로드웨이를 찾아가 관람한 뮤지컬 〈시카고〉는 그야말로 명불허전이었다. 과거의 이야기를 이렇게 세련된 형식으로 풀어낼 수 있다는 것이 놀라웠다. 특히 1970년대에 이미 공연된 바 있었던 작품을 리메이크한 것이었음에도 군더더기 하나 없이 완전히 새롭고 참신한 감각으로 완성되어 있었다. 과연 명작은 시공을 초월하여 사랑받는다는 것이 실감나는 무대였다.

당시 〈시카고〉는 이러한 작품성과 완성도를 무기로 브로드웨이를 대표하는 작품으로 한창 상한가를 치고 있었다. 그 〈시카고〉를 한국에서 공연하게 됨으로써 신시뮤지컬컴퍼니는 〈라이프〉 〈렌트〉에 이어 브로드웨이와 시차를 더욱 좁힌 셈이었다.

당시만 해도 한국의 대형극장에서는 고작해야 2주 정도의 공연들이 가장 긴 공연으로 인식되었다. 〈시카고〉도 예외 없이 채 2주도 안 되는

나의 소중한 울음 혹은 꽃들

기간 동안 세종문화회관 공연이 결정되었고 우리는 한국 관객들에게 생소한 이 공연을 어떻게 소개할 것인지를 고민했다.

고맙게도 이 고민은 좋은 배우들의 출연으로 마무리되었다. 가수로서 정상을 달리고 있던 인순이가 벨마 역으로 뮤지컬 첫 출연을 결심하고 당시 최고의 뮤지컬배우로 각광받던 최정원, 전수경이 록시 역으로, 허준호가 빌리 역으로, 김진태 선생이 에이모스 역으로, 재즈아티스트 윤희정이 마마 모튼 역으로 출연을 확정하여 요즘 이야기하는 호화캐스팅의 절정을 이루게 된 것이다.

특히 가수 인순이의 뮤지컬 도전은 그 의외성과 신선함으로 세간의 화제가 되었고 그녀가 언론에 노출될 때마다 〈시카고〉의 인지도는 커져갔다. 그 어느 작품보다 춤이 중요한 〈시카고〉였지만 사실 2000년에 첫 한국공연을 맞이한 〈시카고〉는 춤보다 드라마가 우선시되었던 것 같다. 워낙 연기와 가창력 뛰어난 배우들이 주연이었기 때문에 더욱 그러했다.

관객들은 〈시카고〉의 위트와 풍자 넘치는 드라마에 푹 빠져들었고 세종문화회관의 4000석 남짓한 객석은 모두 매진되어 입석까지 판매할 정도로 대성황을 이루었다. 특히 이 작품은 그 동안 여타의 작품들에서 이삼십대가 주를 이뤘던 객석과는 달리 사십대 이상의 중년 관객이 대거 공연장을 찾아오는 진풍경을 이루었다. 인순이 등의 캐스팅과 작품의 고급스러움에 중년 관객들이 상당한 만족을 느꼈던 것 같다. 일본의 대표적인 연극평론가 센다 아키히코 교수는 아사히신문 리뷰기고를 통해 한국배우들의 가창력과 신선한 연출기법에 대해 호평하기도 했다.

이렇게 〈시카고〉는 성공적으로 한국 공연을 했다. 그러나 나는 브로드웨이 오리지널 공연에 비해 부족한 느낌을 지울 수 없었다. 그것은 바로 밥 파시 스타일의 춤을 완벽하게 구사해내지 못했다는 자괴감이었다. 이것은 우리 배우들의 기량의 미숙일 수도 있었고 또 가르치는 사람의 역량 부족일 수도 있었다. 어찌되었든 특유의 '정서'를 작품에 완벽하게 담아내지 못한 것은 사실이다. 나는 외국 오리지널 공연팀을 초청하여 완벽한 밥 파시 스타일의 춤을 소개할 필요를 느꼈다.

2003년 영국 웨스트엔드에서 활동하는 배우들로 이루어진 투어팀이 국립극장에서 내한공연을 가졌다. 이 당시 〈시카고〉는 캐서린 제타 존스와 르네 젤위거 주연으로 영화화되어 전세계 빅히트를 기록하고 있었다. 때문에 〈시카고〉에 대한 인지도는 더욱 높아졌고 아프리카나 아시아만 돌던 수준 낮은 팀이 아니라 웨스트엔드 본토 배우들의 수준 높은 공연을 볼 수 있다는 기대감에 공연장은 문전성시를 이뤘다. 2000년에 우리 배우들의 공연을 이미 본 관객들에게 해외 프로덕션의 공연과 비교해볼 수 있었던 것은 또다른 즐거움이었던 것 같다. 역시 가창력에서는 우리 배우들도 뒤지지 않았다. 그러나 안무에서의 기량 차이는 우리 배우들에게 기본기를 더욱 충실히 해야겠다는 생각을 갖도록 했다. 배우나 스태프나 자기 자신을 깨닫고 스스로 반성하는 분위기를 만들어주는 것 또한 제작자의 임무일 것이다. 이를 계기로 조금이라도 더 빨리 선진 뮤지컬 수준에 도달할 수 있는 기회가 될 것이기 때문이다.

2003년 투어팀의 공연 또한 대성공을 거뒀다. 그러나 자막과 함께 공연을 관람해야 하는 특성으로 인해 작품에 대한 몰입은 우리 공연보다 부족했던 것 같다. 공연이 끝난 후, 배우들의 역량은 훌륭하지만 우리 배

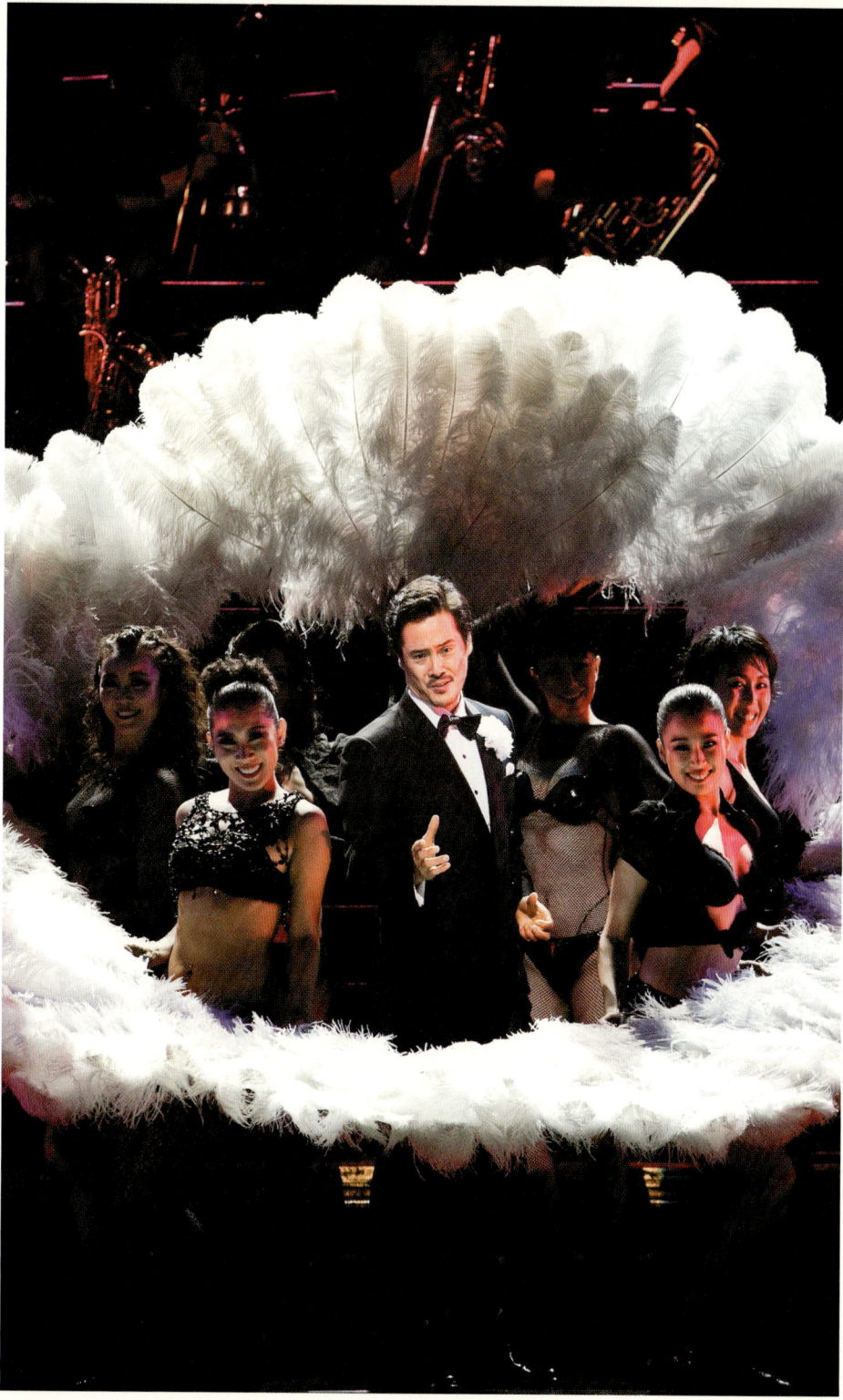

우들이 연기했던 지난 공연이 훨씬 재미있었다는 게 중평이었다.

그로부터 4년이 지난 2007년, 한국의 뮤지컬 시장은 정말 눈이 부실 정도로 발전했고 배우들의 기량 또한 괄목할 만한 성장을 이루었다. 이제 우리 배우들로 다시 공연을 해보자는 생각이 들었다. 작품의 특성상 〈시카고〉의 정서를 제대로 전수해줄 만한 오리지널 브로드웨이 스태프들을 내한시키기로 결심했다. 오리지널 공연과 똑같은 과정과 형태로 제작되는 클론프로덕션은 그냥 대본과 음악에 대한 라이선스만 따와서 우리 연출력으로 공연하는 것보다 훨씬 조건도 까다롭고 제작비도 많이 든다. 그렇지만 그만큼 오리지널리티를 살려야 작품의 완성도가 높아지고 원작의 감동을 향유할 수 있다.

〈시카고〉도 어려운 시기에 신시를 버티게 해준 중요한 작품이기 때문에 소중히 지키고 싶었다. 그래서 다시 한번 제대로 공연해보기로 했다. 오디션부터 브로드웨이 오리지널 스태프들을 불렀다. 이 오디션에서 뮤지컬 최고의 스타 최정원과 배해선, 성기윤 그리고 〈아이다〉로 신시와 좋은 인연을 맺은 가수 옥주현이 캐스팅되었다. 그러고 보니 〈시카고〉는 스타캐스팅과 인연이 깊은 것 같다. 오리지널 브로드웨이 〈시카고〉 공연에도 스타캐스팅은 자주 이뤄지는 것이어서 그 맥을 자연스럽게 함께하게 되는 것 같다.

브로드웨이 스태프 중에서도 특히 안무가였던 게리 크리스트는 예순이 넘은 고령이었다. 밥 파시에게 직접 안무를 전수받았으며 〈시카고〉 리메이크 버전의 안무가 앤 레인킹과는 단짝을 이뤄 활동하기도 했던 밥 파시 춤의 대가였다. 그는 밥 파시의 꾸부정한 춤을 너무 많이 오랫동

나의 소중한 울음 혹은 꽃들

안 춰와서 골반에 철심을 박을 정도로 연습벌레였다고 한다. 자기 자신에게도 그렇게 혹독한 댄서였으니 가르치는 솜씨 또한 매서웠다.

그 앞에서는 뮤지컬 스타도 가수도 없었다. 모두 밥 파시의 동작을 마스터하기 위해 춤추고 또 추는 것을 반복해야 했다. 7주가 지나니 주연, 앙상블 모두 지난 2003년에 내한해 공연했던 웨스트엔드의 배우들처럼 밥 파시 춤을 완벽하게 구사했다.

또다시 세종문화회관에서 2주간의 짧은 공연의 막이 올랐을 때, 관객들은 이전보다 더 큰 환호를 보냈다. 이제 드라마의 재미와 노래의 완벽함에 더해 〈시카고〉 특유의 농염하고 끈끈하면서도 절제 있는 멋진 춤까지도 한 무대에서 감상하게 된 것이다. 특히 앙상블의 기량은 놀라울 정도로 발전하여 호평을 받아 그야말로 격세지감을 느끼게 했다. 이렇게 배우와 무대가 발전하는 모습을 볼 때 제작자도 뿌듯한 마음을 금할 길이 없다.

8년 전 신시가 뮤지컬컴퍼니로서 깊은 뿌리를 내리게 했던 〈시카고〉는 2007년 세종문화회관 공연도, 2008년 국립극장의 재공연도 매우 성공적으로 막을 내려 〈맘마미아!〉와 더불어 신시를 상징하는 중요한 레퍼토리로 자리매김했으니 참으로 내게는 고마운 작품이 아닐 수 없다.

〈 캬 바 레 〉

내가 공연하겠다고 선언한 뮤지컬 작품 중 우리 기획팀에서 가장 우려하고 반대했던 공연이 바로 뮤지컬 〈캬바레〉다.

〈캬바레〉는 1930년 나치의 지배하에 놓인 베를린, 캬바레 킷캣 클럽을 배경으로 서로 다른 이념과 시대의 흐름에서 자유로울 수 없는 개인들의 삶을 비극적으로 그려낸 작품이다. 작품을 요약하는 이 문장만큼이나 작품도 어렵다. 공연에는 절박한 재즈선율이 흐르고, 그로테스크한 분장을 한 엠씨와 나약한 소설가 클리프, 그리고 삶이 절망적인 캬바레 가수 샐리 보울즈가 암울한 시대상을 연기한다. 특히 야한 분장을 하고 춤추는 캬바레걸들은 섹시하기보다는 처절하다.

일상에 지친 관객들에게 꿈과 희망을 주고 즐거움을 선사해야 마땅했던 뮤지컬에서 삶의 절망과 고뇌를, 그것도 불편하기 그지없는 몸놀림과 분장으로 노래하다니. 공연할 때마다 주판알을 튕겨야 하는 우리 기획팀에서 이 작품의 선택을 반대하는 것은 어찌 보면 너무 당연한 일일 것이다.

그렇지만 내 생각은 이랬다. 이 공연으로 큰 실패를 맛보고 시련을 겪을 수 있다. 하지만 실패를 두려워해서 누군가가 시도하지 않는다면 이런 작품성 높은 명작들이 우리 관객들에게 소개되는 것은 정말 요원한 일이 될 것이라는 생각이었다. 관객들의 눈높이가 올라가지 않는다면 좋은 뮤지컬을 만들어내고자 하는 노력 또한 없을 것이다.

이렇게 주변의 우려를 애써 외면한 채 예술의전당 기획팀과 함께 〈캬바레〉를 시작했다.

샐리 보울즈는 당시 최고의 섹시스타 최정원이, 그리고 클리프는 연극무대에서 항상 관객들을 감동시키는 정동환 선생이, 캬바레의 얼굴인

나의 소중한 울음 혹은 꽃들

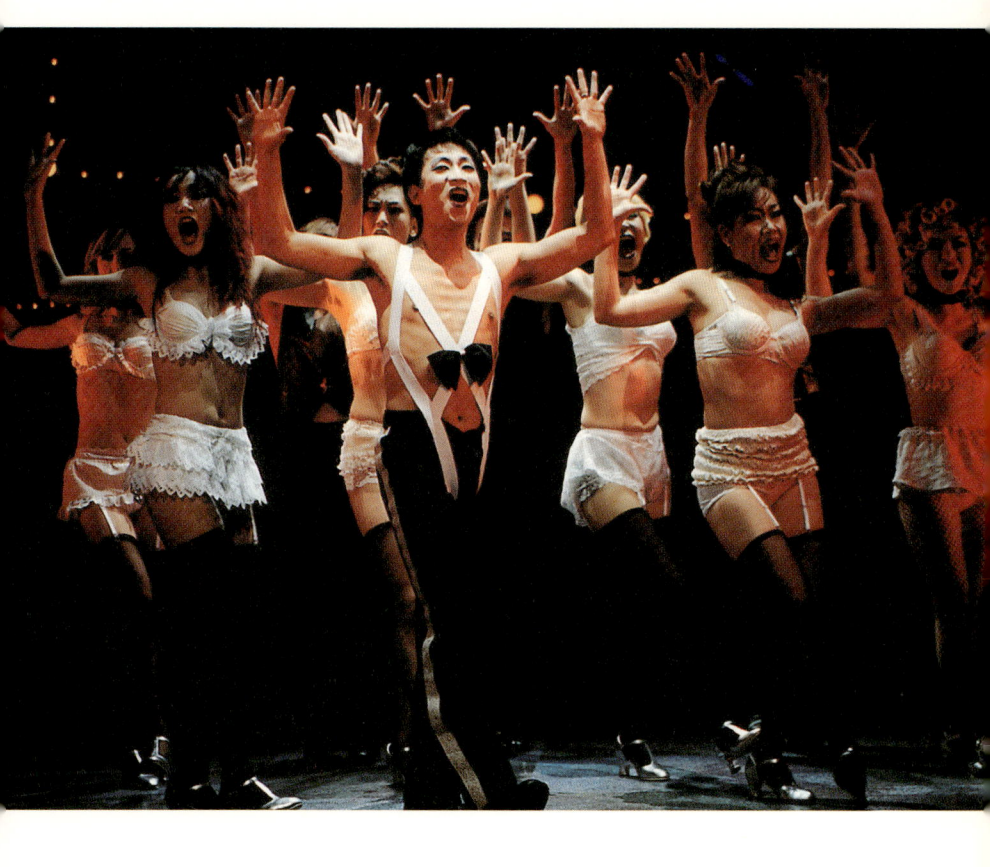

엠시 역은 주원성이 맡았고 이인철 선배, 이경미 선배, 김선경이 조연으로 〈캬바레〉를 빛내주었다. 캬바레의 포스터는 담배를 꼬나문 최정원의 어둡지만 뇌쇄적인 모습으로 결정됐다.

토월극장에서 공연을 개막했을 때 항상 젊은 여성들이 주도했던 관객석은 나이 지긋한 남자 관객들로 가득 찼다. 밤무대에서나 볼 수 있는 반짝이는 옷차림을 한 관객들도 종종 눈에 띄었다. 노출 많은 의상을 입고 출연하는 최정원을 비롯한 여자 배우들이 언론에 노출되고, 〈캬바레〉라는 제목이 주는 퇴폐적인 느낌에 그 어떤 '기대'를 가지고 극장을 찾은 관객들이었다. 평은 두 갈래로 갈렸다. 언론은 최근 몇 년간 국내에 공연된 작품들 가운데 으뜸가는 완성도를 보인다고 극찬했고 관객들은 작품의 어려움과 특이함에 적잖이 당황했다. 작품의 흥행도 예상대로였다. 공연 전 홍보면에서는 크게 선전했지만 한국 관객들이 좋아하는 스타일의 작품이 아닌 터라 손해보지 않은 걸로 만족해야 했다.

2004년 〈맘마미아!〉로 큰 성공을 거둔 후, 재정적으로 여유가 생긴 우리는 다시 〈캬바레〉 공연을 추진했다. 이번에는 오리지널 브로드웨이 공연팀의 내한공연이었고 특히 영화 〈아메리칸 뷰티〉의 샘 맨더스 감독의 최신 버전이었다.

샘 맨더스는 원래 연극연출가인데 영화로는 첫 데뷔작인 〈아메리칸 뷰티〉로 아카데미 감독상을 거머쥔 거장이다. 그의 연출로 〈캬바레〉는 새로운 전기를 맞이했다 할 수 있을 정도로 더욱 독특한 감성을 지니게 되었다. 진짜 캬바레에 온 듯한 강렬한 무대와 직접 캬바레의 주자처럼 연주도 척척 해내는 배우들, 리얼리티의 정수를 보여주기 위해 겨드랑

이의 털까지도 간직한 여배우들과 기괴한 엠시의 모습은 퇴폐와 향락에 허우적대는 1930년대의 베를린을 재현해내었고 관객들은 지저분한 캬바레의 손님이 된 듯한 착각에 빠지도록 했다.

대전에서부터 서울, 대구, 부산으로 이어진 〈캬바레〉 투어공연은 또 다시 우리 스태프진을 혼란스럽게 만들었다. 언론과 마니아들의 호평과 일반 관객의 외면, 이 극과 극의 상황에서 우리는 또 울고 웃었다. 뮤지컬 〈캬바레〉로 우리는 또 한 차례 재정적 시련을 겪었다. 〈맘마미아!〉로 여유 있는 자금의 달콤함을 맛본 터라 그 시련은 더 컸다. 당시 미국 연수중이었던 기획실장 최은경을 채 석 달도 안 되어 다시 불러들여 조직을 재정비하게 되었다.

그러나 '앞으로도 작품성은 있으나 흥행적으로는 비관적인 작품을 공연할 기회가 주어진다면, 그때도 할 것인가' 하고 누군가 묻는다면 그때도 난 그렇다고 말할 것 같다. 소수의 관객이라도 박수를 보낼 수 있고 우리 제작진 스스로 자부심을 가질 수 있는 공연이라면 언제든 환영이다. 경제적 어려움은 또 잘되는 작품으로 극복하면 되는 것이다.

〈유린타운〉

〈유린타운〉을 브로드웨이에서 맨 처음 관람하고 작가의 기발한 발상과 상상력에 무릎을 쳤다. 화장실에도 마음대로 못 갈 만큼 물이 부족한 국가에서 오줌 눌 자유를 위한 투쟁을 하는 뮤지컬이라니. 그 순간만큼 끊임없이 샘솟는 창조력의 산실 브로드웨이가 부러울 때가 또 있었을까 싶다. 적절한 패러디와 뛰어난 유머감각을 통해 무거운 주제를 가볍게 풀어나간 블랙코미디에 연극과 뮤지컬의 장점을 훌륭하게 혼합해놓은 듯한 균형감각이 탁월했던 〈유린타운〉. 이 작품은 항상 연극적인 무게와 드라마의 탄탄함을 중요시하는 내가 소개할 수밖에 없는 작품이라는 생각이 들었다.

2002년 토월극장의 공연을 결정하고 연극연출가 심재찬 형을 연출로 확정했다. 초연 당시, 일본에서 14개 도시 순회공연을 끝내고 귀국한 〈갬블러〉가 예술의전당 오페라극장 공연을 앞두고 있었다. 오페라극장에서는 〈갬블러〉를, 토월극장에서는 〈유린타운〉을 공연하며 동시에 같은 극장에서 한 프로덕션의 두 공연이 함께 진행되는 진풍경이 벌어졌다.

〈유린타운〉의 배우 구성은 매우 즐거운 작업이었다. 어수룩한 남자 주인공 바비 역에 한창 주가를 높이던 이건명이, 그리고 이태원이 비중 있는 조연이었던 '화장실 실장' 역으로 출연했는데, 특히 그녀는 명성황후 이후 첫 작품으로 주목을 받았다. 그리고 이경미 선배, 남경읍 형, 주원성 등 뮤지컬 1세대의 대표적 인물들과 성기윤, 황현정, 김영주, 박준면 등이 탄탄한 조연으로서 제 역할을 다해주어 더할 나위 없는 팀이 구성되었다. 지금 이 배우들이 모두 뮤지컬계에서 주연으로서 활발하게 활동하고 있으니 당시 〈유린타운〉 배우들이 뿜어내는 에너지는 대단한 것이었음을 짐작할 만하다.

〈유린타운〉은 각종 미디어와 연극계에서 모두 매우 잘 만들어진 공연으로 평가받았다. 평소 뮤지컬에 냉담한 연극계의 내로라하는 선후배들

나의 소중한 울음 혹은 꽃들

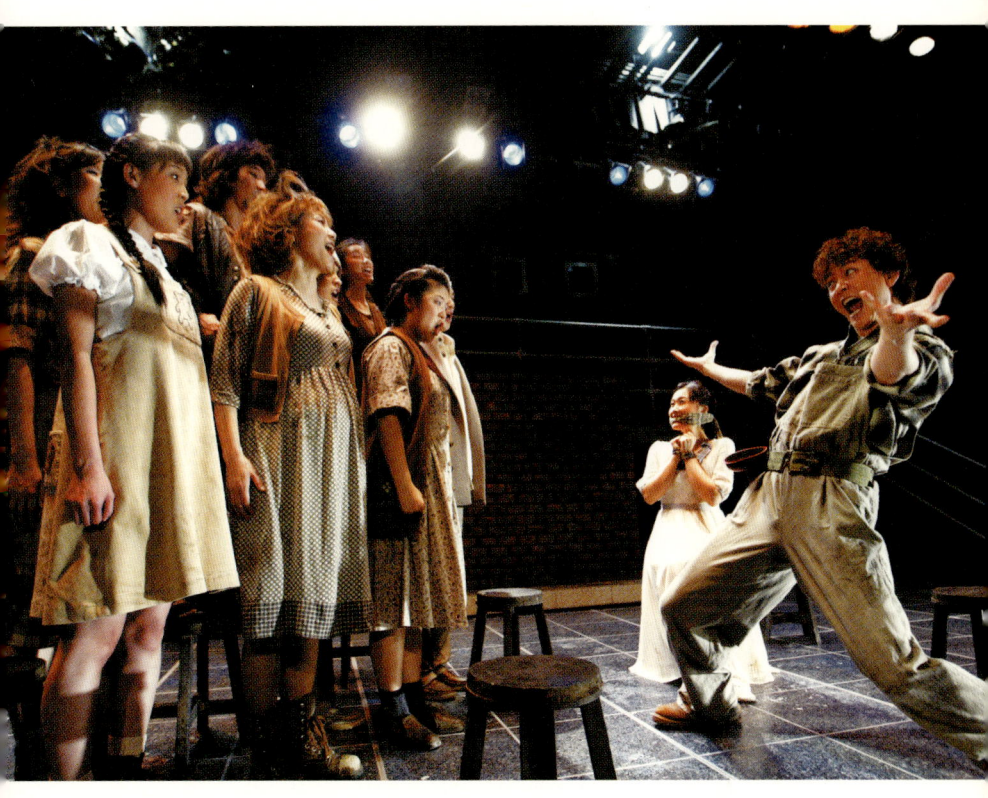

이 모두 〈유린타운〉 극장을 찾아 공연을 관람할 정도였다. 연극적인 소재에 독특한 형식의 틀을 갖춘 이 작품에 연극연출가를 섭외하여 깊이 있는 작품으로 완성할 수 있었던 것이 그 이유였던 것 같다. 지금 다시 생각해도 탁월한 결정이었다고 생각한다.

특히 토월극장의 공연이 시작되었을 때 토니상 극본상 작곡상을 받은 〈유린타운〉의 작가 그레그 커티스와 작곡가 마크 홀맨이 내한하여 작품을 관람하고 한국 뮤지컬의 제작능력에 놀라워했다.

마크 홀맨은 연합뉴스와의 인터뷰에서 "〈유린타운〉의 배우, 연출, 스태프 등의 기량이 브로드웨이 수준 못지않다. 재기가 넘쳐나는 무대였다. 같은 작품인데도 브로드웨이 공연과는 다른 각도에서 작품을 해석한 대목들이 신선했다. 많은 영감을 받았다"라고 말했다. 그 이전에는 아무도 관심을 갖지 않던 한국 공연계에 브로드웨이 인물들이 서서히 눈을 돌리는 순간이었다. 〈렌트〉〈오페라의 유령〉 이후 한국 뮤지컬의 달라진 위상을 새삼 확인할 수 있었다.

〈유린타운〉도 〈렌트〉처럼 수년간 새롭게 재단장하여 공연되어오면서 〈렌트〉와 더불어 새로운 인재를 길러내는 등용문으로 자리매김했다. 또한 신시가 추구하는 실험정신과 독특한 구성을 대표하는 뮤지컬로 인정받고 있다.

이 작품의 작곡가 마크 홀맨은 한국 공연의 인연으로 나와 오랜 친분을 유지하고 있다. 내가 뉴욕에 가면 꼭 좋은 뮤지컬을 추천해주고 티켓과 식사까지 풀코스로 서비스하는 섬세한 그는 이제 나와는 절친한 친구가 되었다.

이런 끈끈한 인연으로 그에게 우리가 공연할 한국 창작뮤지컬의 작곡을 의뢰해놓고 있다. 난 개인적으로 외국 작곡가를 선호하는데 그러한 경향에는 이유가 있다. 3년이고 5년이고 한 작품이 완성될 때까지 책임을 질 줄 알기 때문이다. 그는 흔쾌히 수락했고 수년째 이 공연의 완성을 위해 자료를 수집하고 이미지를 그려왔다. 곧이어 그는 곡 만드는 작업에 착수할 거라고 한다. 〈유린타운〉에서 보여준 마크 홀맨의 파워풀한 음악과 재치 있는 리듬이 신시의 창작뮤지컬로 태어날 것이다.

〈 사 운 드 오 브 뮤 직 〉 & 〈 로 마 의 휴 일 〉

〈사운드 오브 뮤직〉은 전세계적으로 가장 오랫동안 공연되어온 시대를 초월하여 전세계인들에게 사랑받는 뮤지컬의 전설이다. 가족뮤지컬로는 손색이 없을 만큼 문학적이고 교육적인 작품이라고 볼 수 있다.

난 항상 가족뮤지컬 개발은 미래를 위해 가장 중요한 프로그램으로 생각하고 있다. 자라나는 어린이와 청소년 들에게 꿈과 환상을 심어주고 상상력의 깊이를 공연을 통해 체험하게 해주어야 하기 때문이다. 다른 측면으로는 일찍부터 공연예술을 향유하는 습관을 길러주어 문화를 밥을 먹고 잠을 자는 것처럼 생활로 받아들일 수 있어야 한다는 것이다. 그래야만이 그 안에서 창조성이 발달하고 궁극에는 문화적 부국이 될 수 있을 것이다.

현재 우리의 공연 문화 중 크게 잘못된 부분이 바로 이것이다. 어린이

극이나 가족뮤지컬에 대한 투자가 너무나 부족하다는 것. 이것은 아직
도 한국이 공연예술의 후진성에서 벗어나지 못하고 있다는 증거이다.
또한 공연하는 우리들도 어린이나 청소년 들을 쉽게 생각하여 가족뮤지
컬을 안일하게 만들고 있는 것은 아닌지 반성해보아야 할 부분이다.

모든 사람들은 입만 열면 청소년들은 이 나라의 희망이며 미래라고
떠든다. 그렇게 되기 위해서 청소년들의 프로그램을 개발할 수 있는 아
동·청소년 문화센터 건립이 절실하다. 뮤지컬 전용극장도 마찬가지이
지만 우리나라 아동·청소년 전용 문화공간이 하나도 없다는 것은 우리
사회가 너무 어른들 위주로 굴러가고 있다는 증거가 아닐까.

청소년들의 창의력이나 상상력은 문화적인 체험을 통해서 얻어지는
것이다. 청소년들이 훌륭한 뮤지컬을 가족과 함께 보면서 내 울타리 식
구들의 소중함을 알게 해주는 곳, 또 청소년 관련 콘서트를 보면서 그 동
안 쌓인 끼를 발산하는 곳, 실제로 연극연습체험, 무용실습체험, 노래
연습 등 친구들과 마음을 열고 우정을 쌓을 수 있는 곳, 청소년 연극제·
무용제·가요제·음악회 등을 매년 열 수 있는 곳, 어린이 청소년들의 문
화프로그램을 개발하고 창의력을 키울 수 있는 그들만의 공간 즉 청소
년 문화센터 건립이 어떻게 보면 뮤지컬 전용극장보다도 더 시급한 문
제이다. 이러한 공간을 통하여 어린이극, 가족뮤지컬이 활성화되고 더
나아가 미래의 관객을 개발하는 역할을 하는 것이다. 청소년 문화센터
가 생긴다면 그 공간은 우리나라에서 가장 훌륭한 문화명소가 될 것이
라 확신한다.

〈사운드 오브 뮤직〉과 함께 온 가족이 함께 즐길 수 있는 프로그램을

나의 소중한 울음 혹은 꽃들

만드는 일환으로 영화를 뮤지컬화한 〈로마의 휴일〉을 선정했다.

영화를 뮤지컬로 만들어 성공한 〈헤어스프레이〉 〈토요일밤의 열기〉 등의 사례는 종종 있다. 우리나라도 영화의 대중성과 높은 인지도를 바탕으로 뮤지컬 작업이 진행되고 있지만 절대 쉬운 일은 아니다. '무비컬'이라는 생소한 장르가 어색하지 않을 만큼 영화를 뮤지컬로 만드는 작업이 활발하게 이루어지고 있다. 그런데 이 작업은 전혀 다른 장르에서 오는 특수성을 고려하지 않으면 안 된다. 시나리오 원본에 노래만 중간 중간에 삽입했다고 해서 좋은 뮤지컬로 재탄생하기는 어렵다. 원작을 바탕으로 해서 전혀 다른 장르 즉 무대의 언어를 만들어내지 못하면 실패는 불 보듯 뻔한 일이다. 그만큼 위험부담이 큰 작업일 수밖에 없는 것이다. 공연에서만 가능한 연극적 재미와 감동 그리고 무대 메커니즘을 최대한 살려야 한다. 영상에서의 카메라기법에 버금가는 무대기법에서의 기발한 아이디어를 추구하지 못하면 안 된다.

〈로마의 휴일〉은 유명한 동명 영화를 뮤지컬화한 작품이다. 일본의 대표적인 엔터테인먼트 기업인 토호 뮤직코포레이션에서 만든 작품을 라이선스를 획득하여 공연했다. 이 작품으로 한국 뮤지컬의 수준을 일본에 알리고 더불어 신시의 이름을 일본에 알리는 계기를 마련하게 되었다.

뮤지컬 〈로마의 휴일〉은 오드리 헵번과 그레고리 펙이 주연했던 영화에서 볼 수 있었던 스토리의 탄탄함과 아름다운 로마의 풍광을 무대에 재현한다는 것이 매력적인 작품이었다.

오드리 헵번이 맡았던 앤 공주역으로 김선경이 낙점되었고, 지금은 문

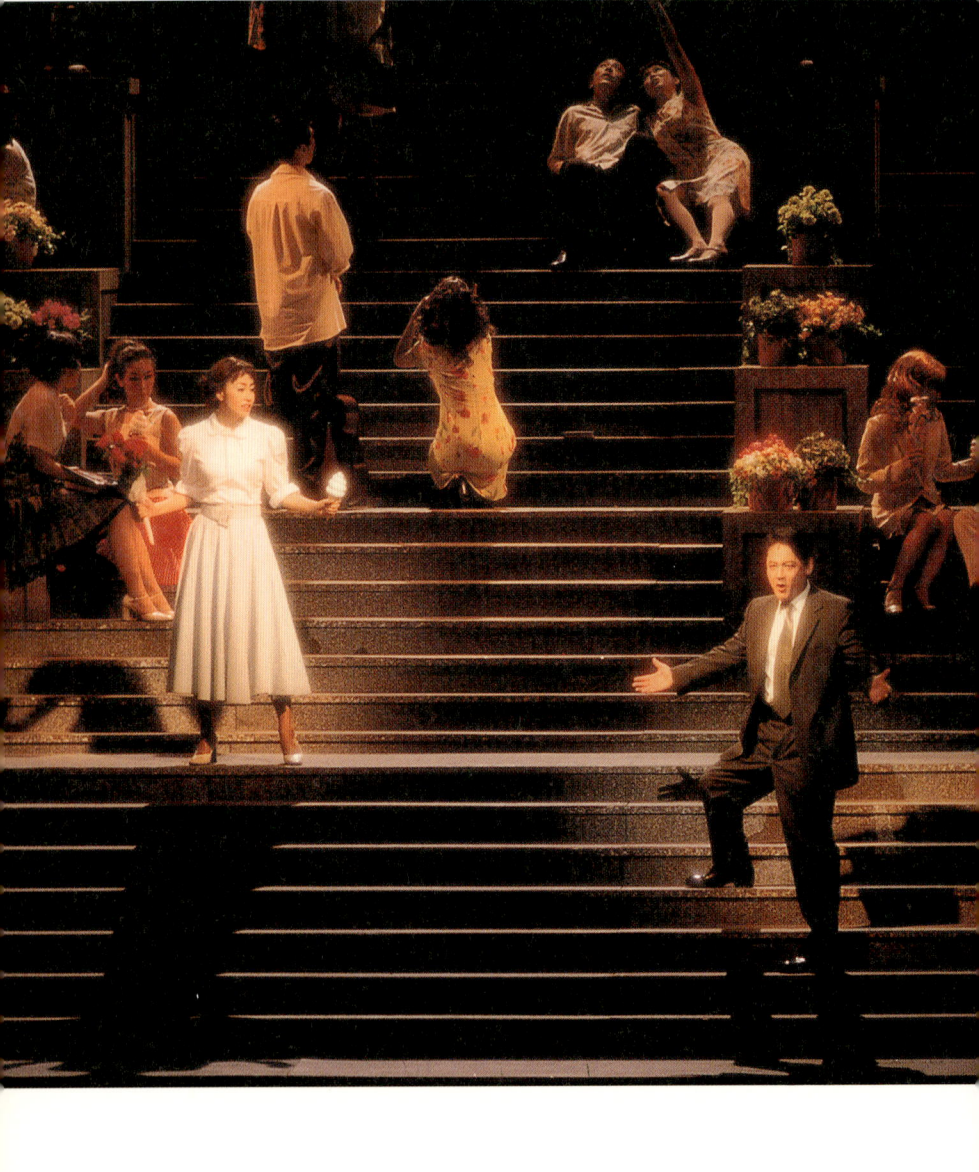

화체육관광부 장관으로 계시는 유인촌 선생이 그레고리 펙을 대신했다. 유인촌 선생은 당시 방송과 운영하는 극장일로 바쁜 중에도 작품에 의욕적으로 참여했다. 그 동안 뮤지컬들의 주인공이었던 젊고 어린 커플이 아닌, 작품의 성격과 내용에 딱 맞게 무게 있는 커플의 탄생이었다. 〈로마의 휴일〉은 김덕남 선생의 세련미 넘치는 연출력이 돋보였다. 시각적인 아름다움으로 풍요로운 무대를 선사했던 것이다. 특히 이 작품은 한국 뮤지컬의 주 관객층에서 벗어나 있던 중년들에게 큰 만족을 주었다.

기본이 충실하고 교과서적인 이 두 작품을 제대로 공연해낸 것은 오늘날 〈맘마미아!〉〈아이다〉를 성공적으로 제작할 수 있었던 밑바탕이 되었다.

〈로마의 휴일〉은 한 번 공연으로 막을 내렸지만 〈사운드 오브 뮤직〉은 여러 차례 재공연에 성공했다. 특히 2003년 예술의전당 오페라극장에서의 공연은 그 완성도 면에서나 배우들 기량 면에서나 매우 훌륭한 것으로 평가받았는데 당시 신시 연출팀장이었던 신예 김재성의 연출 데뷔작이었기 때문에 더욱 대견스럽기도 했다.

〈 라 스 트 파 이 브 이 어 스 〉

뮤지컬 프로덕션이 성공하기 위해서는 중소극장 작품을 활성화시키지 않으면 안 된다. 중소극장의 장점은 우선 실험적이고 창의적인 모험이 가능하다는 점, 또 하나는 젊은 스태프와 젊은 배우들을 과감히 기용할 수 있다는 점이다.

실험정신과 인재양성은 훗날 큰 뮤지컬을 만드는 데 가장 중요한 밑천이 된다. 이러한 밑천과 노하우 없이 대형 뮤지컬만을 고집하는 것은 위험스런 발상이라 할 수 있다. 우리 뮤지컬은 장대한 스펙터클과 강력한 트렌드를 위주로 한 해피엔딩의 대형 뮤지컬에 편향되어 있는 것이 사실이다. 대형 뮤지컬의 존재는 중소극장 공연의 바탕 위에서 이루어진다는 사실을 깨달아야 한다. 소극장 작품같이 예술성을 갖춘 실험적 뮤지컬의 시도를 통하여 기초 예술의 건강성을 회복하여야 한다.

그런 면에서 뮤지컬 〈라스트 파이브 이어스〉는 두 명의 출연자가 전부인 정말 작고 아담한 작품이지만 그 실험정신과 독특한 구성 면에서 여느 작품 못지않은 대담성을 지닌 작품이다.

사랑해서 결혼하고 결국은 이혼에 이르는 한 남녀가 5년간 살아가는 이야기를 다룬 이 작품의 줄거리는 평범하기 그지없다. 그러나 그 평범한 줄거리를 독특한 구성으로 풀어내는데, 남자의 이야기는 처음 만남으로부터 헤어짐의 시간의 흐름을 따라가나 같은 무대에서 여자는 헤어짐으로부터 만남으로 시간을 거슬러 이야기를 풀어낸다. 그래서 한 무대에서 남녀가 진정으로 만나는 장면은 둘 다 행복했던 결혼 장면뿐이다.

이 독특한 구성은 단지 단순한 줄거리를 특이하게 보이기 위한 구성이 아니라 이별의 순간과 처음 만나 행복했던 순간을 겹쳐놓고, 한 사람의 성공의 짜릿함과 다른 이의 좌절을 나란히 구성함으로써 서로를 반추하고 남녀의 엇갈릴 수밖에 없는 정서에 대해 깊이 생각해볼 수 있는 시간을 준다. 이런 독특한 구성에다 음악은 바이올린과 첼로의 서정적

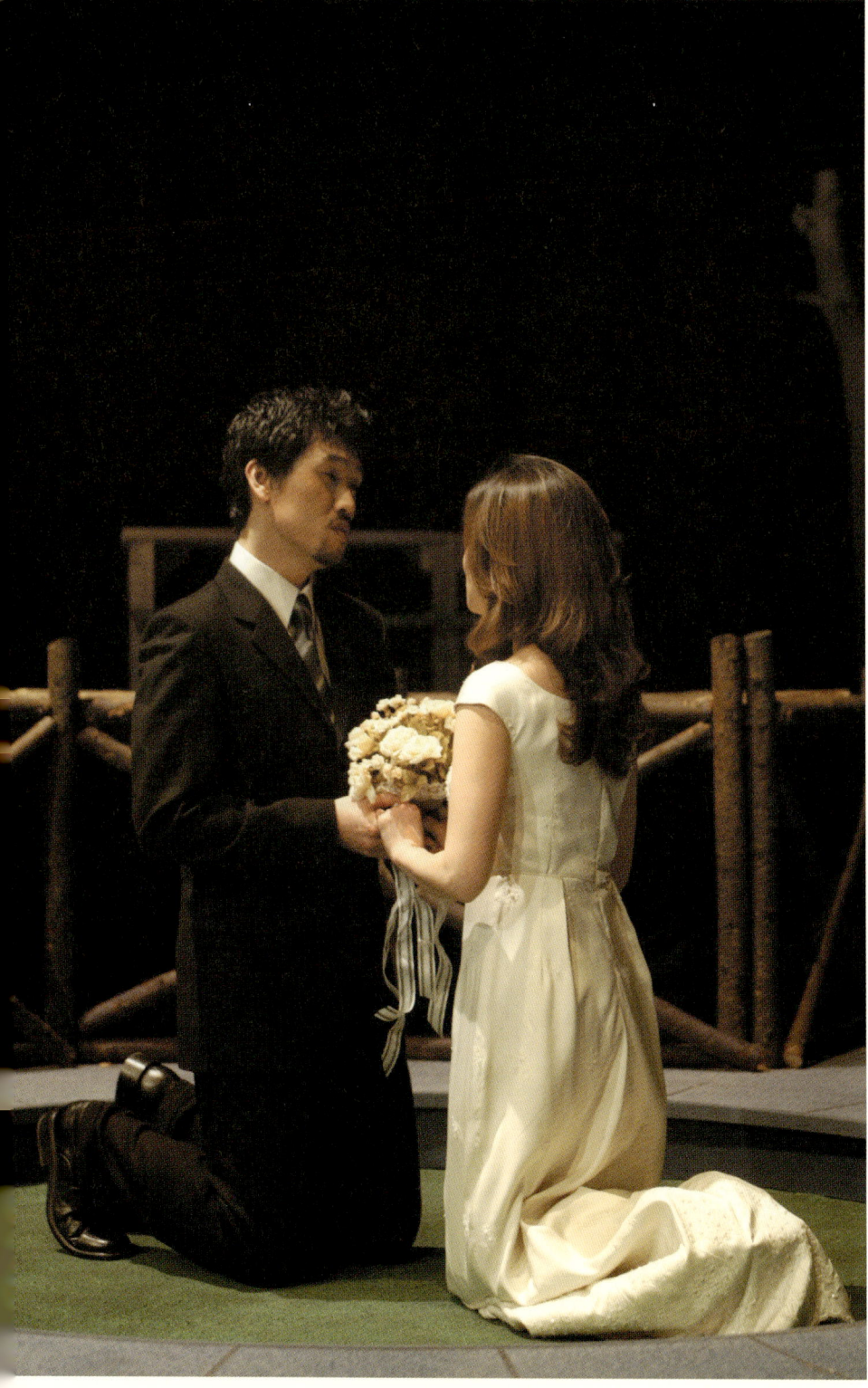

인 현악으로 구성되니 지극히 여성스럽고 섬세한 작품이 아닐 수 없다.

참신한 이야기가 아니라 연출력과 구성에서 이런 지극히 세련되고 독특한 작품이 탄생할 수 있다는 것은 우리 크리에이터들도 심도 있게 주목해야 할 일이다.

2003년 뮤지컬 〈라스트 파이브 이어스〉가 예술의전당 자유소극장에서 첫 공연되었을 때, 이 새로운 작품에 대해 찬사를 보내는 이도 있었지만 많은 관객들에게 어필하기는 어려운 부분이 있었던 것 같다. 공연의 다양성에는 한몫을 단단히 했으나 신선한 아이디어가 번득이는 특이한 작품을 많이 접하지 못한 뮤지컬 관객들에게는 다소 파격적인 구성이 당황스럽게 보였기 때문이다.

〈라스트 파이브 이어스〉에서 가장 큰 소득이 있었다면 성기윤의 괄목할 만한 성장이었다. 그 동안 나와 10년 넘게 작업하면서 〈렌트〉〈유린 타운〉〈키스미 케이트〉 등에서 가능성을 인정받았지만 이 작품을 계기로 대한민국 대표배우의 한 사람으로 인정받았다. 맡은 무대에 대해 믿음을 주는 배우 이혜경의 또다른 변신도 즐거움을 주는 의미 있는 작업이었다.

2008년 충무아트센터에서의 공연에는 배해선과 김아선, 이건명과 양준모가 캐스팅되었다. 주목할 만한 점은 신시의 거의 모든 작품에서 음악감독을 맡았던 박칼린이 연출을 맡았다는 사실이다. 공연계에서는 혁신적인 아이디어로 받아들여졌던 박칼린 연출이라는 카드는 지난 10년 동안 그녀를 유심히 지켜봐왔기 때문에 가능한 것이었다. 내가 보기에 그녀는 연출의 정서가 강한 사람이다. 충분히 가능성이 있다고 봤다. 더구나 '예쁜 작품'이기에 잘 해낼 거라는 기대도 있었다. 기대는 어긋나지 않았다. 5년 전 음악을 맡았던 박칼린은 연출로서도 이 작품의 느낌을 훌륭히 살려냈다. 작품은 충분히 아름다웠고 아련했고 기쁘면서 슬펐다. 나는 박칼린을 한국 뮤지컬의 귀중한 재산으로 여기고 있다. 이 재산이 더욱 빛을 발할 수 있도록 앞으로도 그녀를 연출로 기용할 생각이다.

〈 키 스 미   케 이 트 〉

이 작품은 한국 최초의 뮤지컬 〈살짜기 옵서예〉를 만든 임영웅 선생이 오랜만에 뮤지컬 연출로 참여하여 큰 화제가 되었다. 당시 뮤지컬이 전문화되어가고 붐이 일어난 시점이었기 때문에, 한국 뮤지컬의 산 증인의 참여는 더욱 큰 의미가 있었다.

〈키스미 케이트〉는 미국 뮤지컬의 고전이다. 셰익스피어의 「말괄량이 길들이기」를 원작으로 하여 사건과 인물을 절묘하게 극중극 형식으로 구성한 뮤지컬이다. 그래서 이 작품은 극적인 리얼리티가 탄탄하다. 이 연극적 재미를 살리는 것이 좋은 작품이 완성되는 관건이라는 판단 하에 임영웅 선생을 연출로 모시게 되었다. 임선생은 역시 베테랑답게 젊은 배우들과 긴 호흡을 함께하며 훌륭한 공연을 만들어냈다.

명망 있는 연출가와 함께하게 되니 자연스럽게 뮤지컬 스타군단으로 팀을 이루게 되었다. 남경주, 전수경, 최정원, 주원성, 김명국 등 탄탄한 배우들이 함께했고 개성 넘치는 관록의 배우들에게 앙상블을 이끌어내는 임영웅 선생의 카리스마는 대단했다.

공연 당시 9·11테러로 온 세계가 시끄럽고 뒤숭숭했지만 〈키스미 케이트〉는 예술의전당 오페라극장을 가득 메우며 앙코르공연까지 대성공을 거두었다.

이 작품에서 흑인 극장 인부로 분한 성기윤의 유연함이 눈에 띄었고 이때부터 모든 작품에서 발군의 연기력을 과시하며 승승장구하는 배우로서 성장하게 되었다. 배우의 능력과 기회제공이 맞아 떨어졌다고 볼수 있다. 그 이후부터 나 자신도 적절한 타이밍에 제공되는 기회부여의 중요성에 대해 공감하게 되었고 그 이후로 많은 후배들을 과감하게 작품의 메인으로 기용하는 자신감을 얻었는지도 모른다.

작품의 주인공이었던 남경주의 활약도 대단했다. 혼자 작품을 리드해야 하는 어려운 역할에 남경주가 혼신을 다해 몰입했다. 공연이 끝나면 모든 힘이 빠져 꼼짝도 못하는 그의 모습을 여러 번 보았고, 그가 무대 뒤에서 힘들어하면 할수록 작품은 더 빛났다.

전수경도 이 작품으로 한국뮤지컬대상에서 남녀 배우 합해서 유일하게 주연상을 두 번 수상하는 영광을 안았다. 전수경이라는 배우는 신시와 인연이 깊은 것 같다. 또 한번의 주연상도 내가 처음 제작한 작품 〈더라이프〉로 수상했으니 말이다. 최정원 또한 신시와는 뗄 수 없는 깊은 인연을 갖고 있는 배우이다. 1994년 신시에서 공연되었던 〈웨스트 사이드 스토리〉의 아니타 역으로 코러스의 딱지를 떼어버리는 계기가 되었고 1996년 〈그리스〉에서 주연으로 발탁되어 한국뮤지컬 여배우의 기근을 해결하는 대표배우로 발돋움했다. 또한 출산 이후 〈렌트〉를 통해 화

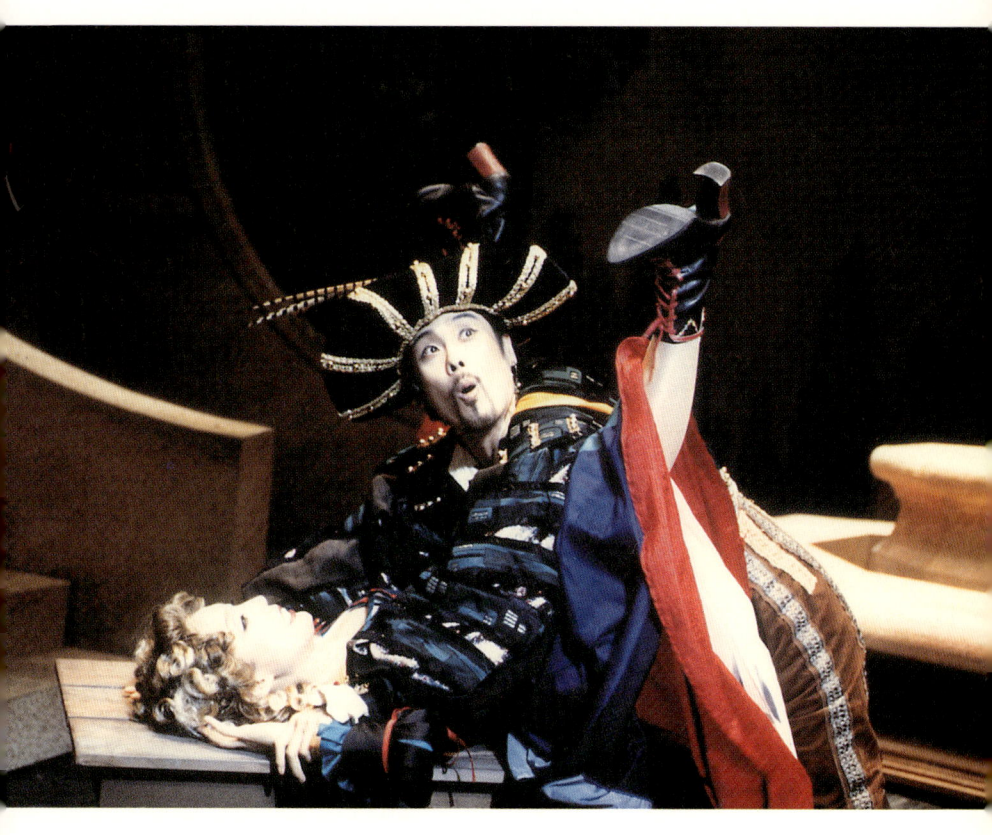

려하게 재등장했고, 그녀의 컴백공연은 대성공을 거두었다. 또한 삼십대 후반에 모든 배우들이 겪는 회의와 갈등 그리고 허탈감에 빠져 있을 때 〈듀엣〉과 〈맘마미아!〉가 배우로서의 행복과 성취감을 다시 심어주었다고 한다.

배우들을 키우는 일도 중요하지만 유지시키는 일 또한 중요한 것 같다. 이러한 좋은 배우들이 항상 곁에 있기에 〈키스미 케이트〉를 그때의 그 배우들과 다시 한번 해보고 싶다는 생각이 든다. 지금 나이에 한다면 그때보다 훨씬 더 농도 짙고 원숙한 작품이 되지 않을까.

〈 틱 틱 붐 〉

과감하고 파격적인 공연형식과 음악으로 기존 뮤지컬의 틀을 과감하게 벗어던진 〈렌트〉의 천재 작곡가 조너선 라슨의 또다른 유작이 〈틱틱붐〉이다.

1990년 막 서른 살이 된 조너선 라슨이 만든 작품 〈틱틱붐〉은 수차례 워크숍을 가졌지만, 그의 안타까운 죽음으로 사장되었다. 이후 그의 천재성과 작품의 완성도를 안타깝게 여겼던 친구들이 제작에 참여하면서 오프브로드웨이에서 공연되었다.

〈틱틱붐〉은 〈렌트〉보다 약간 앞선 그의 초기작품이지만 두 작품은 비슷한 시기에 구상되어 유사한 부분이 많다. 둘 다 젊은 예술가들의 삶과 사랑 그리고 미래에 대한 희망을 노래한 이야기 중심의 휴먼뮤지컬인데

나의 소중한 울음 혹은 꽃들

다가 물량과 메커니즘 위주의 브로드웨이 뮤지컬에서 탈피를 시도했다는 것이다.

〈틱틱붐〉은 예술에 대한 열정으로 불꽃처럼 살다가 요절한 그의 자전적인 뮤지컬이다. 서른 살이 되어 현실의 삶과 예술 사이에서 고뇌하는 젊은이의 모습을 그린 것이다. 밤에는 뮤지컬 음악과 대본작업을 하고 낮에는 소호의 레스토랑에서 웨이터 일을 하며 브로드웨이를 향한 꿈을 키워나갔던 젊은 예술가인 자신의 모습을 여과시키지 않고 작품 속에 그대로 투영했다.

이 작품의 진가는 한국의 젊은 관객들을 매료시키기에 충분했다. 〈렌트〉를 통하여 조너선 라슨의 천재성을 인정하는 한국 관객들이 늘어났고 스토리 자체가 현재를 고민하는 우리 젊은이들에게 충분히 공감을 얻어낼 수 있었던 것이다.

이 작품의 한국 초연은 전세계에서 유례가 없는 참신한 기획이 시도되었다. 2001년 12월이었다.

서른 살 삶의 모습을 노래한다는 것, 그리고 출연배우가 세 명이라는 것에서 착안하여 특별한 제작이 시도되었다. 세 명의 각기 다른 연출가와 세 팀의 배우들을 구성하여 강남, 대학로, 신촌의 세 개의 공연장에서 같은 작품을 동시에 무대에 올리는 혁신적인 기획은 공연계에 일대 센세이션을 일으켰다. 연출은 심재찬, 김철리, 한진섭이 맡았고 출연진에는 남경주, 최정원, 전수경, 주원성, 김선경, 성기윤, 이건명, 이동근, 이계창, 황현정, 김영주 등 당대의 톱스타들이 총출연하여 값진 무대를 만들었다. 2002년에는 뉴 키즈 온 더 블록으로 유명한 팝스타 조 매킨타이

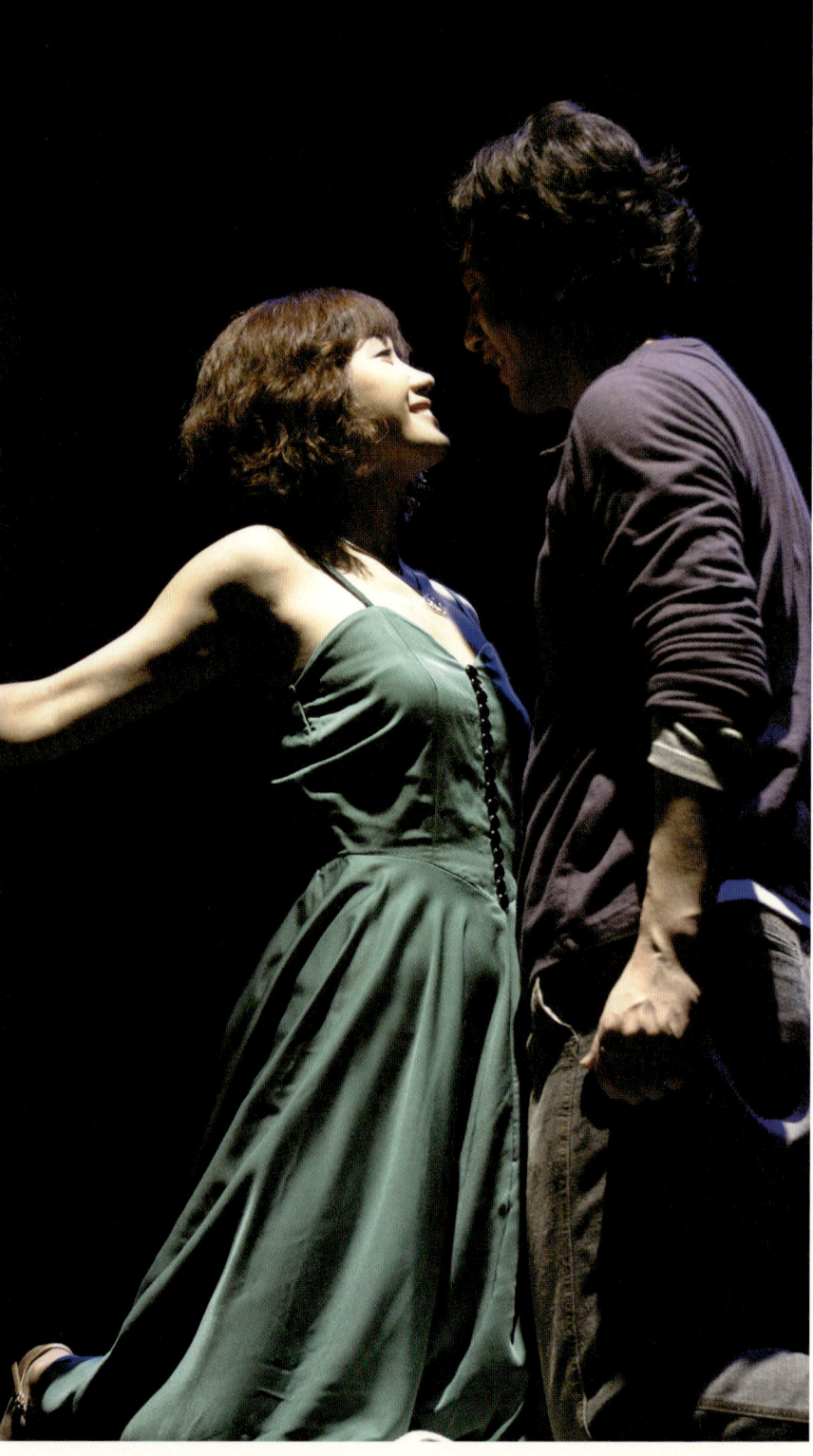

어가 주연한 오프브로드웨이 오리지널팀이 내한하여 한국팀의 남경주, 양소민과 함께 릴레이공연을 펼치는 깜짝 놀랄 기획으로 관객들에게 색다른 재미를 선사하기도 했다.

〈틱틱붐〉 첫 공연 때는 라슨의 젊고 열정적이던 그 시기를 쭉 함께해왔던 그의 절친한 친구 빅토리아 리콕이 〈틱틱붐〉의 오리지널 프로듀서로서 한국 공연을 지켜봤다. 그녀의 입을 통해 예술혼을 불태우며 불꽃같은 삶을 살다간 조너선 라슨에 대해 더 깊은 이야기를 들을 수 있었고 지금도 매너리즘에 빠질 때마다 예술인으로서 순수함을 잃지 않았던 라슨에 대해 떠올리곤 한다.

뮤지컬 즐겨찾기 시리즈

대학로 폴리미디어시어터를 인수받아 만든 극장이 신시뮤지컬극장이다. 350석 규모의 작은 극장이지만 전용극장을 운영한다는 것은 꿈만 같은 것이었다. 거기에 트레이닝센터라는 큰 리허설룸까지 갖추고 있었으니 이 세상에서 남부러울 것이 없었다. 나는 이 공간을 새로운 인재를 발굴하고 양성하는 '연극인 공장'이라고 불렀다. 소극장 뮤지컬을 통하여 다양한 실험적인 작품과 신인 등용문처럼 새로운 스태프와 배우들에게 많은 기회가 주어졌기 때문이다. 트레이닝센터는 정기적으로 기존 단원들의 재교육 프로그램에도 활용되었다.

이후 신시가 두 개의 작품을 동시에 추진할 수 있는 밑바탕도 신시뮤지컬극장이 큰 뒷받침이 되었다고 생각한다.

성기윤, 이건명, 고명석, 황현정, 황만익, 김경선, 김호영 등 든든히 신시 무대를 책임져주는 배우들과 박칼린 음악감독, 김기영 음향디자이너, 김유선 분장디자이너 등 뮤지컬계의 최고봉에 있으면서도 묵묵히 신시 작품을 책임져주는 많은 스태프들이 있어 가능했다. 그리고 신시에서 나와 10년 넘게 동고동락한 사무실 팀장들과 5년 이상 손발을 맞춰온 20여 명의 기획, 연출부 등이 항상 함께한다는 것이 신시의 가장 큰힘이고 전용극장 운영에 용기를 낼 수 있었던 믿음이었다.

신시극장의 운영에서는 식구들의 아이디어가 참 좋았다. 소극장 뮤지컬의 대중화를 표방하여 저렴한 가격으로 극장의 문턱을 낮춘다는 게 우리 기획팀의 생각이었다. 그것이 '뮤지컬 즐겨찾기 시리즈'란 제목으로 발전하여 소극장 제작시스템의 새로운 접근을 시도했다.

작품을 거듭할수록 소극장을 찾는 관객들은 고정관객으로 바뀌어갔다. 영국 오리지널 연출가를 데려다 정성들여 만든 작품 〈블러드 브라더스〉를 시작으로 신시의 영원한 레퍼토리 〈렌트〉 〈듀엣〉에 이르기까지 창의적이고 색다른 형식의 뮤지컬을 자신 있게 기획, 제작했다. 새로운 극장이 정착하기까지는 많은 투자가 뒤따라야 그 극장이 자리를 잡는 것이다. 처음에는 힘들었지만 좋은 작품을 고집하다보면 꼭 성공할 거라 확신했다. 한 1년 지나고 관객들에게 그 공간이 믿음으로 바뀌어가는 것을 피부로 느낄 수 있었다.

극장의 운영은 더욱 자신감을 얻었고, 박쥐 소년이라는 기상천외한 설정에 너무 잘 어울렸던 배우 김수용과 SES의 슈의 영입으로 화제가

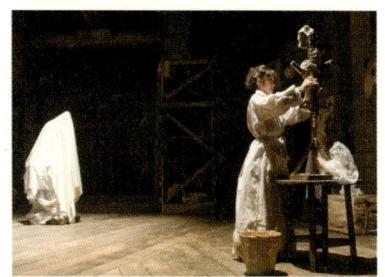

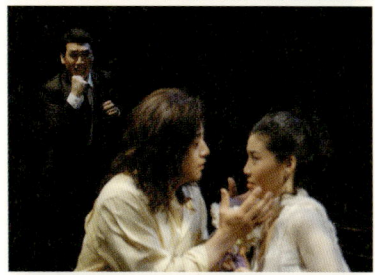

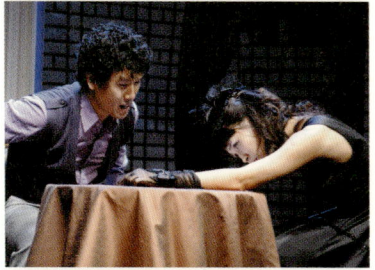

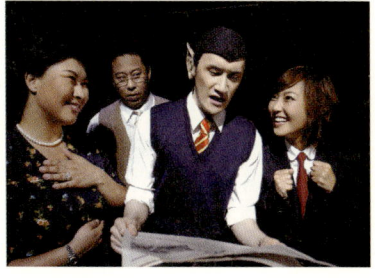

소극장 뮤지컬의 대중화를 표방하여
저렴한 가격으로 극장의 문턱을
낮춘다는 목표로 시작한
'뮤지컬 즐겨찾기 시리즈'.

된 뮤지컬 〈뱃보이〉 그리고 아내 남자친구와의 동거라는 코믹한 설정의 〈더 씽 어바웃 맨〉 같은 엉뚱하면서도 작품성 있는 코미디도 과감하게 수용했다. 로댕의 연인 까미유 끌로델의 예술가로서의 삶을 파격적으로 구성한 〈까미유 끌로델〉까지 신시극장은 고정 레퍼토리가 있는 뮤지컬 소극장의 명소가 되었다.

여기를 스쳐간 뮤지컬 스타들만 해도 셀 수 없이 많다. 최정원, 성기윤, 배해선, 조승우, 이정열, 김수용, 고명석, 문혜영, 이건명, 이석준 등 참으로 많은 배우들이 이 극장 무대에서 땀을 흘렸다. 또한 연출, 무대, 의상, 조명 등 많은 새로운 스태프들에게는 기회가 제공된 장소이기도 하다. 뮤지컬의 역사가 짧은 우리 현실에서 실험적인 작품을 시도해보고 경험을 쌓는 일은 큰 수확이었다. 또한 배우들에게는 안정적인 일자리가 제공되고 쉴 틈 없이 무대에 올라감으로써 기량 향상을 가져올 수 있는 기회가 되었을 것이다.

극장운영은 항상 어려움이 뒤따르기 마련이다. 소극장일수록 더욱 유지하기가 쉽지 않은 것이 우리 현실이다. 많은 제작비를 투자할 수 없을 뿐만이 아니라 광고, 마케팅에 올인을 할 수 있는 형편이 안 된다. 더욱 힘든 부분은 우리 관객들의 성향이 화려한 대형 뮤지컬을 선호한다는 것이다. 어려웠지만 2007년 3월까지 3년 넘게 큰 애정과 집념으로 신시극장을 운영하면서 잃은 것보다는 얻은 것이 훨씬 많았다는 생각이 든다. 좋은 소극장 뮤지컬 제작에 보람과 긍지를 갖게 되었고 덕분에 대학로의 현실도 깨닫게 되었던 것은 크나큰 소득이었다.

신시극장을 접어야 했던 이유는 여러 가지가 있겠지만 우선 2007년과

나의 소중한 울음 혹은 꽃들

2008년에 집중해야 할 대형 작품들이 가장 큰 부담으로 작용했다. 특히 〈댄싱 섀도우〉가 공연을 앞두고 있었다. 새롭게 준비한 창작뮤지컬은 물심양면으로 집중적인 투자를 해야 했다. 우리 기획팀의 조직을 분산 시키면 양쪽 다 어려울 수 있다고 판단했다. 몇 년간 우리의 새로운 뮤지 컬들을 잘 경영한다면 더 좋은 조건의 극장도 새롭게 시작할 수 있지 않 을까 하는 막연한 희망도 갖고 있었다.

또 한 가지는 2007년부터 임기 3년의 서울연극협회장에 당선된 만큼 연극계와 대학로의 위기극복을 위해서 일해야 된다는 부담감도 컸다. 젊은 나를 선택한 연극인들의 기대를 저버리면 안 된다는 것이 내 생각 이었다. 연극의 대중화, 대학로의 활성화를 위해 큰 역할을 해야 협회장 으로서 소임을 다하는 것이다.

이러한 몇 가지 핑계로 신시극장을 접었지만 전용극장의 꿈을 꼭 다 시 이루어보고 싶고 아직 희망을 버리지 않았다. 대학로에 살면서 연극 계의 절박한 상황을 몸소 체험했고, 연극에 대한 매력을 다시 찾았다는 것은 나에게 큰 공부가 되었다.

나라고 버젓이 자리 잡은 극장을 처분하고 짐을 꾸리는 것을 보면서 서운한 마음이 없었겠는가. 그래서 이사를 하는 날, 간판을 교체하는 날 을 애써 외면하며 출장을 떠났던 그 마음을 그 누가 헤아릴 수 있을까.

이제는 홀가분한 마음이 든다. 2, 3년 열심히 살면 더 멋진 우리 공간 을 만들 수 있을 것이다. 오늘도 난 우리 신시 식구들과 땀 흘리고 창작 활동에 전념할 수 있는 멋진 공연장을 갖는 꿈을 꾼다.

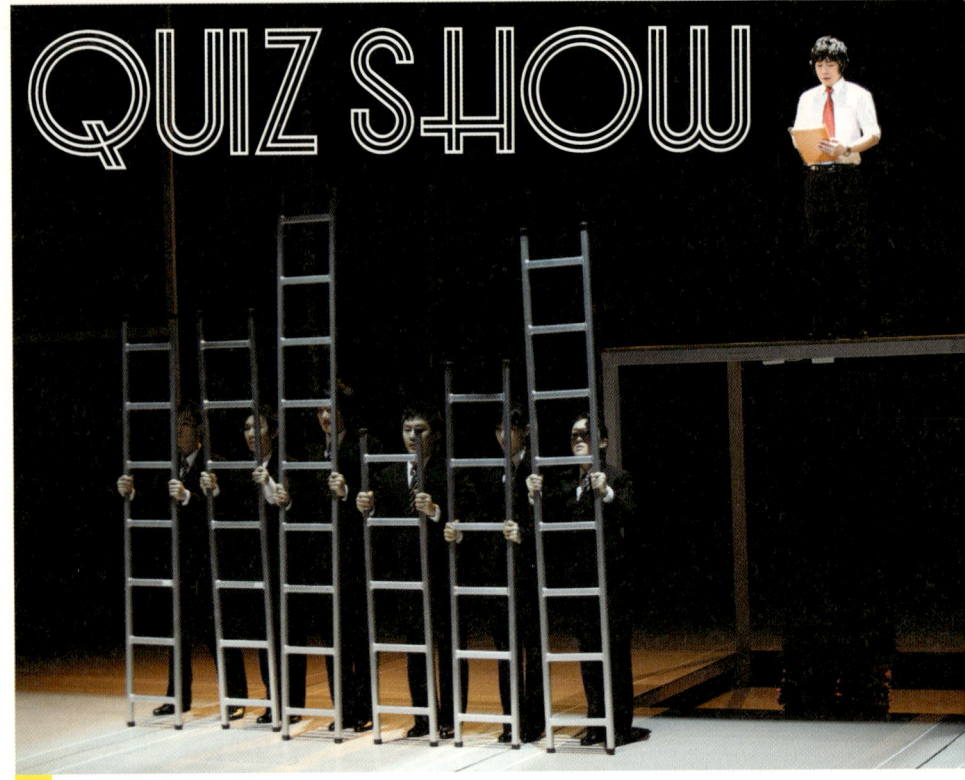

QUIZ SHOW

현실과 환상을 넘나드는
21세기 청춘의 위험한 성장기

〈퀴즈쇼〉

작품 정보

뮤지컬 〈퀴즈쇼〉는 『나는 나를 파괴할 권리가 있다』
『빛의 제국』, 『검은 꽃』 등의 역작으로 독자들의 마음
을 사로잡은 베스트셀러 작가 김영하의 장편소설
『퀴즈쇼』를 원작으로 한 작품이다.

소설 『퀴즈쇼』는 컴퓨터에 익숙하고 온라인에서의
만남과 사랑이 가능하다는 것을 경험한 네트워크 세
대의 성장기이자 연애담을 표방하며, 각박한 도시생

활 속 젊은이의 초상을 사실적으로 그리고 있다. 이
작품에서 젊은이의 '성장'이란 단순히 아이에서 어
른이 되어가는 과정, 즉 사회에 안정적으로 편입되는
이야기가 아니다. 대한민국의 현재를 살아가는 청춘,
그들의 본질을 '퀴즈'에서 찾고 있는 이 작품은 질문
을 하고 답을 찾는 과정인 '퀴즈'를 통해 갑자기 세
상과 맞닥뜨리게 된 청춘이 어떻게 스스로의 세계를

구축하고 진정한 어른이 되는지를 보여주고 있다.

뮤지컬 〈퀴즈쇼〉는 젊은이의 자아 찾기, 화려함과 고독이 공존하는 도시의 양면성, 취업난과 실업문제, 직장의 이상과 현실을 날카롭게 꼬집으며 젊은 관객들의 절대적인 공감을 이끌어내면서 그들의 현실을 위로하는 작품이다. 영상과 빛으로 구성된 간결하고 속도감 넘치는 무대, 전위적이며 테마가 있는 의상, 드라마 구조를 탄탄히 받쳐주는 뮤직넘버 등은 유기적으로 조화를 이루며 작품을 완성시켰다. 뮤지컬 〈퀴즈쇼〉는 젊음의 에너지, 기발함과 다이내믹함이 어우러져, 로맨틱 코미디 장르를 벗어난 실험적이며 깊이 있는 작품으로 평가받았다.

줄 거 리

대학원생 민수는 무명 여배우였던 멋쟁이 외할머니가 자신을 키워준 유일한 가족이다. 민수의 삶은 외할머니의 죽음으로 완전 뒤바뀐다. 풍족한 줄 알았던 외할머니가 모두 빚으로 생활해왔던 것을 알게 되자, 결국 그에게 남은 것은 빚쟁이들의 독촉뿐. 빚 대신 살던 집을 넘겨주고 민수는 고시원에 들어간다.

앞날이 막막하기만 한 민수는 편의점 아르바이트를 시작하는데 여기서도 쓰레기 같은 손님들, 깐깐한 사장과 씨름하며 하루하루를 보낸다.

민수는 취업 인터뷰에서 매번 낙방하며 '배경'의 중요성을 절감한다. 현실을 벗어나고 싶어 들어간 인터넷 퀴즈방에서 민수는 두각을 나타내면서 그 세계에 빠져든다. 그리고 퀴즈방 안에서 만난 '벽 속의 요정'이라는 아이디의 지원과 교감을 하며 서로 호감을 갖게 된다.

한편 민수를 지켜보던 비밀스러운 남자 이춘성은 민수에게 "퀴즈만 잘 풀면 부와 명예가 주어지는 회사"가 있다며 명함을 내밀지만 민수는 대수롭지 않게 여긴다.

한편 민수는 지원을 향한 마음이 커져간다. 데이트 비용이 없던 민수는 고시원 옆방 처녀 수희에게 돈을 빌리면서까지 지원과의 만남을 지속하고, 지원과 민수가 사랑을 꽃피우는 동안 수희는 쓸쓸하게 죽음을 맞이한다. 편의점에서 실수를 범하고 사장과 크게 다툰 후 편의점도 그만두고 설상가상으로 고시원에서도 방세가 밀려 쫓겨난 민수는 수희가 자살했다는 소식에 엄청난 충격을 겪는다.

갈 곳 없고 돈도 없는 처지의 자괴감이 극에 달한 민수. 결국 주머니 속 이춘성의 명함을 발견하고 그에게 전화한다. 이춘성을 따라 들어간 퀴즈 회사, 과연 민수의 앞날에는 어떤 일들이 펼쳐질까? 민수의 선택은 현명한 것이었을까?

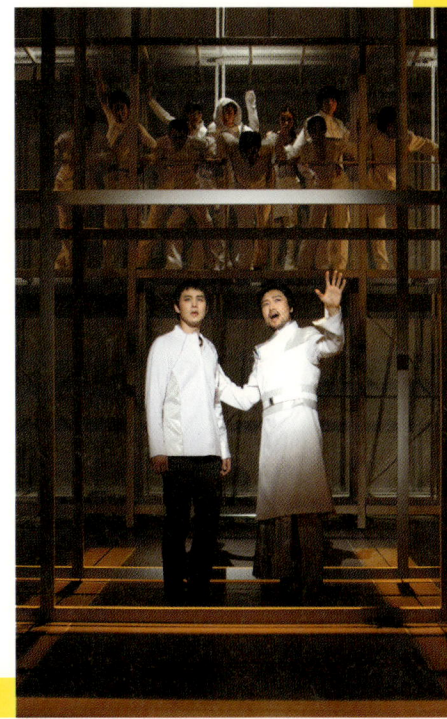

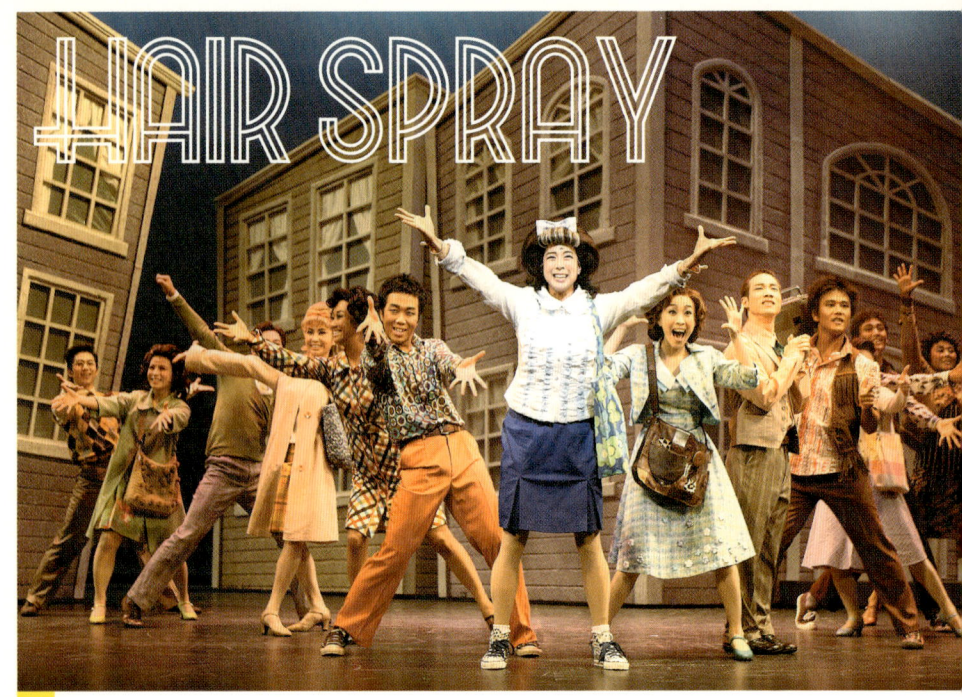

인종차별 문제를
웃음으로 날려보내다

〈헤어스프레이〉

작 품 정 보

뮤지컬 〈헤어스프레이〉는 1988년 괴짜 감독으로 불리는 존 워터스의 영화를 원작으로 만든 뮤지컬로 2002년 8월에 브로드웨이로 입성한 후 열광적인 리뷰를 받으며 2003년 제 57회 토니상 시상식에서 최우수작품상을 비롯 8개 부문을 휩쓸었다.

〈헤어스프레이〉는 1960년대 초반 볼티모어를 배경으로 젊은이들의 유행과 열정을 담은 뮤지컬로, 뚱뚱하고 못생겼지만 사랑스러운 트레이시를 통해 톡톡 튀는 젊은이들의 경쾌한 생활과 꿈을 왁자지껄하고 화려한 코미디로 선보인다. 하지만 이 작품에서 보여

주는 웃음은 그 당시 사회에 만연된 노동, 인종차별 등 사회적 이슈를 자연스럽고 유쾌하게 작품 속에 표현하여 재미 그 이상의 감동을 전달한다.

2007년 충무아트홀에서 초연한 〈헤어스프레이〉는 정준하 출연과 박경림의 코프로듀서로 화제가 되었으며 한국 관객들이 좋아하는 화려한 춤과 신나는 음악, 그리고 지금까지 작품의 감초역에 머물러왔던 뚱뚱한 모녀라는 독특한 캐릭터를 작품 전면에 앞세워 가슴 따뜻하고 유쾌한 드라마를 엮어내어 큰 사랑을 받았다.

줄 거 리

인종차별이 심하던 1962년 6월의 미국 볼티모어. 트레이시는 최신유행으로 부풀린 머리에 뚱뚱한 몸매를 지녔지만 춤추기를 좋아하는 밝은 소녀이다. 어느 날 자기가 좋아하는 〈코니 콜린스 쇼〉의 신입단원 오디션에 응시하기 위해 방송국에 가서 그 쇼의 간판 스타이자 트레이시의 우상인 링크와 마주치고 한눈에 반한다. 그러나 〈코니 콜린스 쇼〉의 제작자인 벨마는 백인을 위한 쇼가 되어야 한다고 생각하며 일주일에 단 하루인, 모터마우스가 진행하는 흑인의 날도 못마땅해한다. 편견으로 가득 찬 벨마와 그녀의 딸 엠버는 오디션에 온 트레이시를 비웃고는 춤출 기회도 주지 않고 방송국에서 쫓아낸다.

트레이시는 부풀린 머리 때문에 학교에서 벌을 받다가 흑인 친구 시위드를 만나게 되고, 그에게서 멋진 춤 동작을 배운다. 학교 댄스파티에서 사회를 보던 코니 콜린스는 트레이시의 춤을 보고 그녀를 〈코니 콜린스 쇼〉에 출연시킨다. 링크도 쇼의 새 멤버 트레이시에게 사랑의 감정을 느낀다. 트레이시는 방송 중 자신에게 춤을 가르쳐준 시위드의 이야기를 하며 매일매일 '흑인의 날'이 되어야 한다고 제안을 하여 벨마를 격노하게 한다. 트레이시의 용기있는 발언은 그

녀를 유명인사로 만든다.

트레이시와 모터마우스는 쇼의 인종차별을 철폐하기 위한 계획을 세우는데, 이는 전면적인 폭동으로 바뀌며 결국 모두 감옥에 가게 된다. 링크는 트레이시가 갇혀 있는 감옥으로 찾아와 트레이시에게 자신의 여자친구가 되어달라며 반지를 끼워주고는 그녀를 탈출시킨다. 한편 시위드는 방에 갇혀 있는 페니를 구해주고 이들 네 사람은 〈코니 콜린스 쇼〉의 후원사 울트라 클러치 헤어스프레이 사에서 주최하는 '미스 헤어스프레이 콘테스트'에서 인종차별을 철폐하기 위한 행동을 실천하기 위해 모터마우스 집으로 달려간다.

미스 헤어스프레이 후보 엠버와 트레이시에 대한 투표율은 거의 막상막하. 엠버가 승리를 거머쥐려 할 때 트레이시가 갑자기 등장한다. 무장한 경비들인 줄 알았던 사람들은 시위드, 모터마우스 그리고 도시 빈민 지역의 아이들이었다. 쇼에 참가한 사람들은 트레이시의 용기있는 행동과 설득에 감동하고, 모두 트레이시와 하나되어 춤을 추고 공식적으로 인종문제가 철폐된 〈코니 콜린스 쇼〉는 생방송으로 전국에 중계된다.

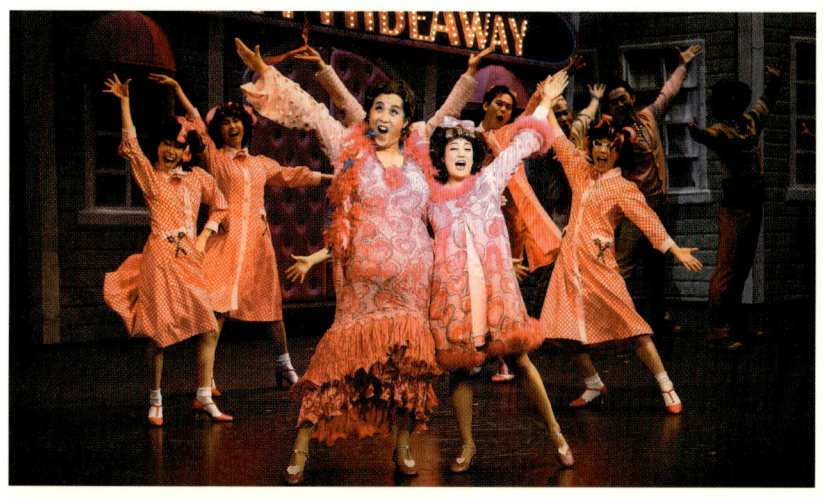

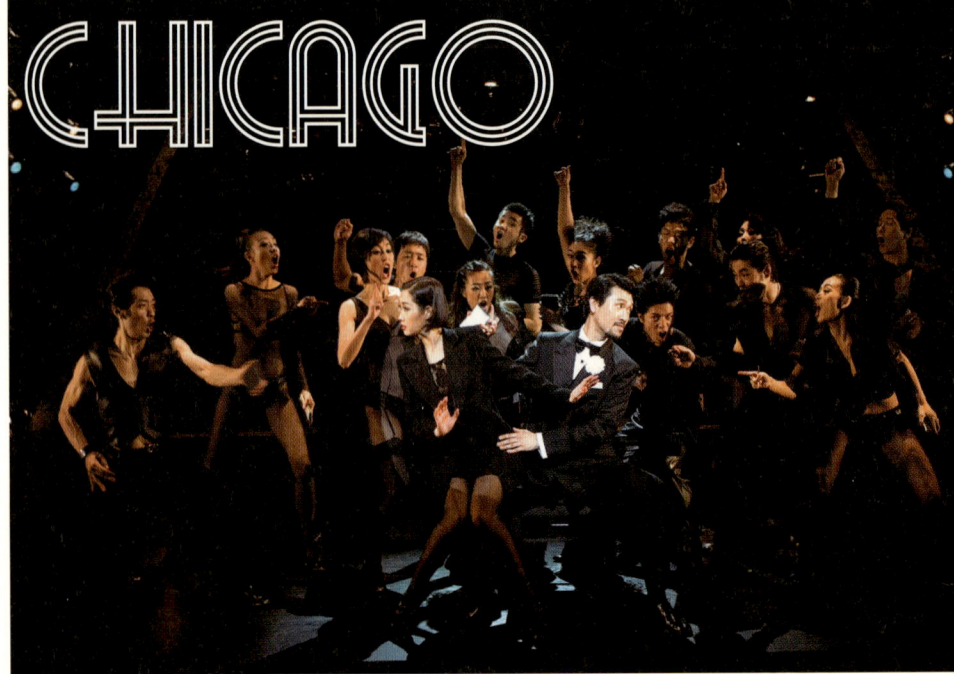

CHICAGO

관능적인 무대 위의
비정한 블랙코미디

〈시카고〉

작 품 정 보

뮤지컬 〈시카고〉는 1975년 브로드웨이에서 뮤지컬의 신화적 존재인 밥 파시에 의해 처음 무대화되어 1970년대를 풍미하였고, 1996년 월터 바비와 앤 레인킹에 의해 다시 리바이벌 되어 토니상, 올리비에상 등을 휩쓸고 현재까지도 브로드웨이와 웨스트엔드를 대표하는 뮤지컬로 최고의 명성을 구가하고 있는 작품이다. 2003년 영화로도 제작되어 아카데미 최우수 작품상 등 권위있는 상들을 휩쓸었다.
한국에서는 신시뮤지컬컴퍼니가 지난 2000년 인순이, 최정원, 전수경 등을 주연으로 세종문화회관에서 초연하여 당시 4천여 석의 객석을 모두 채우는 놀라

운 흥행성적을 거둔 바 있으며, 2003년에는 오리지널 영국팀 내한 공연을 하여 밥 파시 뮤지컬의 진수를 선보이기도 했다.
2007년, 2008년 다시 무대에 오른 〈시카고〉는 최정원, 배해선, 옥주현, 성기윤, 김지현, 남경주 등 한층 화려하고 탄탄해진 출연진에, 〈맘마미아!〉 〈아이다〉처럼 오리지널 브로드웨이 제작진들이 직접 내한하여 밥 파시 안무를 전수하고, 오리지널 무대와 똑같은 무대 메커니즘으로 제작됨으로써 오리지널 〈시카고〉와 동일한 완성도를 이루어냈으며 대중적으로도 큰 성공을 거두었다.

☆ ☆ ☆ ☆ ☆

줄 거 리

1920년대 재즈와 냉혈한들이 판을 치던 금주법 시대의 시카고. 보드빌 배우인 벨마 켈리는 자신의 남편과 여동생의 불륜 현장을 목격하고 살인을 저지른 후 쿡 카운티 교도소에 수감된다. 거기서, 나이트클럽에서 만난 정부 프레드 케이슬리를 살해한 코러스걸 록시 하트와 만난다. 이 교도소는 간수 마마 모튼이 관장하는 곳으로 그녀는 죄수들에게 대가를 받고 죄수들이 언론의 관심을 끌어 유명세를 타게 하여 석방으로 이어지도록 도움을 준다.

그간 교도소에서 가장 유명했던 벨마의 사건은 록시의 등장으로 새로운 국면을 맞게 되는데 유능한 벨마의 변호사 빌리 플린도 벨마의 사건을 뒤로한 채 록시의 변호를 맡게 된다. 여성 고객들이 줄을 서는 변호사 빌리의 실제적 관심은 돈뿐이다. 빌리는 록시의 사건을 맡기로 하고 그녀의 이야기를 완전히 각색하여, 모든 사람이 조금씩은 선한 면이 있다는 것을 믿는 동정적인 신문기자 메리 선샤인에게 기사로 제공한다. 록시의 이야기는 시카고의 새로운 화두로 떠오르고 벨마의 이야기들은 사람들의 기억 속에서 잊혀질 위기에 처한다. 벨마에게 그녀의 유명세는 물론, 변호사 빌리 플린까지 빼앗아간 록시는 눈엣가시 같은 존재이다. 그러나 벨마는 록시를 설득하여 동맹을 맺으려 시도한다. 록시는 이를 거절하지만 또 다른 야비한 치정 사건에 의해 자신이 대중의 관심에서 멀어지고 있음을 알게 된다. 록시와 벨마는 각기 자기 자신들 이외에는 아무도 믿을 사람이 없다는 것을 깨닫게 되고 록시는 임기응변을 발휘하여 감옥에 있는 몸으로 임신했다는 거짓말로 다시 언론의 관심을 끌게 된다.

벨마는 록시가 뻔한 거짓말에도 불구하고 승승장구하는 사실을 믿기가 힘들다. 에이모스는 자신이 아기 아빠라고 주장하지만 아무도 그에게 신경을 쓰지 않는다. 벨마는 빌리에게 자신의 재판을 위해 고안해낸 아이디어들을 알려준다. 그러나 빌리는 벨마의 아이디어를 록시의 재판을 위해 사용하고 그 사실을 안 벨마와 마마는 세상의 타락을 안타까워한다. 약속한 대로 빌리는 록시의 석방을 성취하지만 판결이 내려지기 바로 직전에, 더욱 흥미로운 범죄의 등장으로 모든 언론의 관심이 록시에게서 멀어지고 마침내 그녀의 유명세는 막을 내린다. 혼자 버려진 록시, 하지만 그녀는 자신에게 용기를 북돋우며 삶의 즐거움을 격찬한다. 석방 후 보드빌 콤비로 활동하는 록시와 벨마는 함께 열정적인 춤을 선보인다.

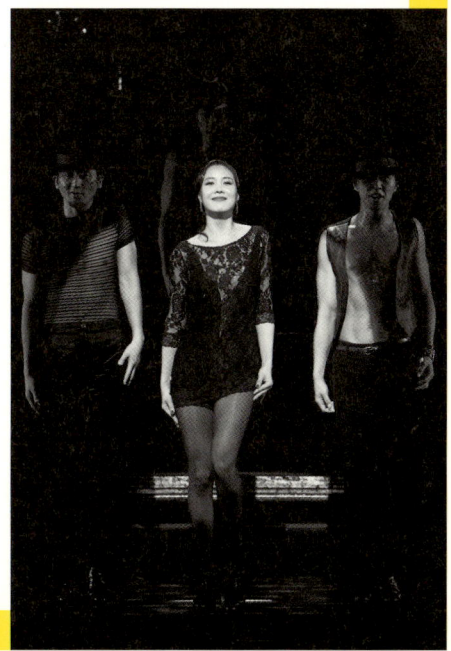

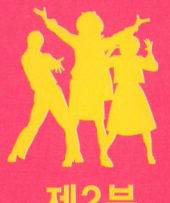

제2부

〈댄싱새도우〉,
한 송이 영혼의 꽃을
피우다

새로운 꽃을 꿈꾸다

지금과 같은 추세라면 5년 이내에 외국 레퍼토리는 바닥을 드러낼 것이다. 될 만한 작품 하나를 두고 한국의 제작사끼리 피를 튀기며 제 살 깎아먹는 라이선스 쟁탈전을 벌여야 한다. 얼마 남지 않은 시간, 착실하게 노하우를 쌓고 경쟁력 있는 창작물을 내놓아야 뮤지컬 시장을 유지하고 확장할 수 있다.

표지판을 세우다

2007년 여름, 나는 좌절했다. 〈댄싱 섀도우〉는 기획부터 무대에 올리기까지 7년이 걸렸고, 45억 원이라는 막대한 제작비를 쏟아부었다. 원작은 차범석 선생의 희곡 〈산불〉이었다. 작곡과 연출은 모두 해외 크리에이티브팀이 맡았고, 다른 핵심분야에도 해외 스태프들이 대거 참여를 했다.

주제가 좋은 작품은 크게 실패하지 않는다는 소신, 그리고 신시의 막강한 조직력이라면 대박까지는 아니더라도 어느 정도는 흥행에 선방할 것이라고 자신했다. 2007년 7월 8일 막을 올려 8월 30일 막을 내릴 때까지 속이 새까맣게 타들어갔다. 관객이 많지 않은 공연을 운영하는 프로듀서의 마음이 얼마나 참담한지를 새삼 느꼈다. 관객들의 반응은 싸늘했다. 언론 또한 기대했던 것만큼은 미치지 못했다는 평가를 내렸다.

8월 30일, 신시의 창작뮤지컬 1호 〈댄싱 섀도우〉는 쓸쓸하게 막을 내렸다. 누군가는 이렇게 말했다.

"지루하고 재미없어. 이렇게 어둡게 만들어서 요즘 관객들이 좋아하겠어?"

"박명성이 감각이 둔해진 거 아냐? 관객들이 뭘 좋아하는지 트렌드도 읽어내질 못하잖아."

'오랜만에 진중한 작품을 만났다'라는 반응도 있었지만 그런 얘기들은 귀에 들어오지 않았다. 제작비의 절반도 건지지 못한 터였다.

막이 내리고 2주일가량 가슴이 시렸다. 심한 두통에 시달렸다. 공허

하고 뮤지컬을 다시 만들어야겠다는 의욕마저 꺾여버렸다. 다시는 창작뮤지컬 따위는 만들지 않겠노라고 백 번, 천 번 다짐했다. 나는 바닥으로, 바닥으로 내려갔다. 그곳에서 다시 박차고 올라갈 수 있는 힘을 발견했다.

'내가 왜 〈산불〉을 뮤지컬로 재탄생시키려고 했지?'

그에 대한 답, 너무 오래전에 한 생각이라 잠시 잊고 있었다. 그리고 연극계 선후배들의 말도 나를 일으켜세웠다.

"〈댄싱 섀도우〉가 못 만든 작품이야? 관객이 몰리지 않았다고 해서 나쁜 작품으로 평가 받아서는 안 되지. 내가 보기에 5년은 앞서 나간 작품이야. 정성들이고 공들여 만든 고급스런 연극 한 편을 보는 것 같았어. 박명성이나 되니까 이 정도 뮤지컬을 만드는 거야. 뮤지컬이 확고하게 문화산업으로 정착했다면 이 작품은 많은 사람들에게 엄청난 사랑을 받았을 것이 분명해."

그리고 그해 가을 한국뮤지컬대상에서 〈댄싱 섀도우〉는 5개 부문에서 상을 받았다. 원작자께 그나마 예의를 갖출 수 있어서 좋았다.

사실 나는 이 공연을 함께하지 못하고 작고하신 차범석 선생께 항상 죄송하고 빚진 마음을 품고 있었다. 그 마음은 공연이 성공을 거두지 못했다는 사실 때문이기도 했지만, 나 스스로가 만족스럽지 못한 부분이 많았기 때문이기도 했다. 그러나 이러한 자괴감과 죄송스러움과 별개로 〈댄싱 섀도우〉는 생각지도 않았던 수상의 영광을 안았다. 상이 모든 것을 말해주는 것은 아니지만 5개 부문에서의 수상으로 차범석 선생에 대한 무거운 마음을 떨어낼 수 있었다. 또한 지금까지의 나의 작업이 결코 헛된 것이 아니었다고 스스로 위로하는 계기가 되어주기도 했다.

누군가 무슨 배짱으로 흥행도 못한 작품 이야기를 책의 3분의 1이나 할애해가며 쓰느냐고 물을 수 있다. 그러나 흥행만이 성패의 기준은 아니다. 나는 내 자식 〈댄싱 섀도우〉를 결코 실패가 아니라고 자신있게 말할 수 있다. 실패와 성공의 차이는 다시 도전하는가, 거기에서 멈추는가이다. 내가 좌절에 빠져 '다시는' 창작뮤지컬을 만들지 않겠다는 결심을 지켰다면 나는 실패한 것이 맞다. 하지만 나는 〈댄싱 섀도우〉를 통해 창작뮤지컬에 대한 노하우를 제대로 실습하고 공부했다. 공부치고는 너무 비싼 수업료를 치렀지만 말이다. 해외 아티스트들과 일하는 법도 배웠다. 그 경험은 그대로 나의 자산으로 남아 있다. 〈댄싱 섀도우〉라는 화려하고 안타까운 '그림자꽃'은 이미 꽃씨가 된 셈이다.

한 송이 꽃이 지고 나면 새로운 꽃씨가 태어난다. 나는 이 꽃씨들을 다시 피워내고 공유하고 싶다. 왜 이 작품을 기획했는지, 왜 해외 스태프들을 투입했는지, 그 과정에서 어떻게 일했고 무엇을 실수했고 무엇을 배웠는지 충분히 반성하고 자성하는 전기를 마련했다. 앞으로 작업에서는 같은 실수를 거듭하지 말아야겠다는 확신도 얻었다. 바로 여기에 내 연극 인생의 밑바탕이 되고 더 나아가 한국 뮤지컬의 미래가 있다고 믿기 때문이다.

새로운 길을 내는 자는 늘 길을 잃고 우왕좌왕하기 마련이다. 내게는 한국 뮤지컬의 새로운 길을 냈다는 자부심이 있다. 이 이야기는 길을 잃어본 자가 후에 그 길을 갈 사람들에게 남기는 표지판이다. 그리고 나를 돌아보고 한 번 잃었던 길을 다시 잃지 않기 위한 되새김인지도 모른다.

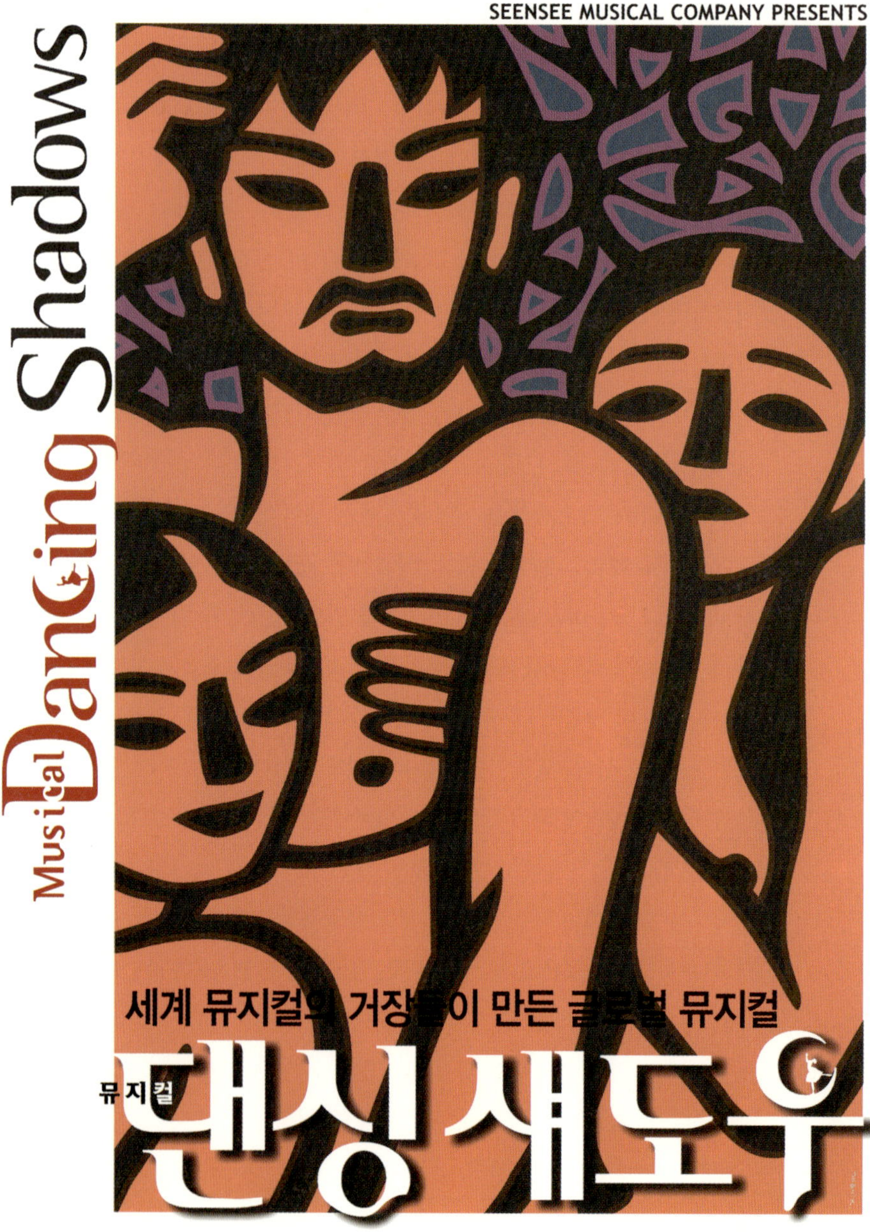
SEENSEE MUSICAL COMPANY PRESENTS
Musical
Dancing Shadows
세계 뮤지컬의 거장들이 만든 글로벌 뮤지컬
뮤지컬
댄싱새도우

새로운 꽃이 필요한 이유

〈산불〉을 뮤지컬로 만들겠다고 결심한 것은 1999년, 신시의 대표를 맡았을 때였다. 그 무렵 나는 창작뮤지컬의 필요성을 절감하고 있었다. 지금까지 국내 뮤지컬 시장의 80, 90퍼센트를 차지하며 산업화를 주도해온 외국 뮤지컬에 대해 공연계에서는 '들어올 만한 작품은 다 들어왔다'라고 입을 모았다. 지금과 같은 추세라면 5년 이내에 외국 레퍼토리는 바닥을 드러낼 것이라고 예측했다. 노골적으로 말해 몇 년 후면 팔아먹을 '물건'이 없어지는 것이다. 인기 레퍼토리는 당분간 기본은 하겠지만 그것도 한계는 있다. 뉴욕, 런던에서는 계속해서 새로운 작품이 나오겠지만 그중 국내에 소개 가능한 작품은 많지 않을 것이다. 이대로 가면 결과는 뻔하다. 될 만한 작품 하나를 두고 한국의 제작사끼리 피를 튀기며 제 살 깎아먹는 라이선스 쟁탈전을 벌여야 한다. 얼마 남지 않은 시간, 제작사를 비롯한 뮤지컬 종사자들이 착실하게 노하우를 쌓고 경쟁력 있는 창작물을 내놓아야 뮤지컬 시장을 유지하고 확장할 수 있다는 것이 평소 소신이었다.

이것은 나 혼자만의 생각이 아니었다. 공연계에서는 모두가 인지하고 있는 사실이었다. 그런데도 선뜻 엄두를 내지 못했던 가장 큰 이유는 창작뮤지컬의 인력 부족이었다. 우리 뮤지컬 역사가 짧으니 그럴 수밖에 없다. 그러나 세계 유수의 작품들이 한국에서 성공을 거두고, 수많은 세계 뮤지컬 거장들이 한국을 오가는 이 시점에 국내 인력이 부족하다는 이유로 창작뮤지컬에 대한 꿈을 접고 있을 수만은 없었다. 뮤지컬 제작자로서의 내 의무를 저버리는 것이 아닌가라는 사명감이 고개를 들었다.

뮤지컬 인력 부족은 국내의 상황이다. 해외에는 실력 있는 인재들이 얼마든지 있다. 그들을 이용해 제대로 된 과정을 거쳐 역으로 세계 뮤지컬 시장에 진출할 수도 있지 않을까 하는 거칠고 단순한 생각에서부터 〈댄싱 섀도우〉의 꿈은 시작되었다.

나는 〈댄싱 섀도우〉를 세계 최고 아티스트들의 협력의 장으로 만들고 싶었다. 한 사람, 한 사람이 최고라면 그들을 엮는 시스템 역시 최고여야 한다. 최고의 인력을 데려와 최고의 시스템으로 최고의 작품을 만드는 과정에서 아티스트들의 역량과 시간을 좀더 효율적으로 배치할 수 있는 글로벌 시스템을 배우게 될 것이라고 확신했다.

나와 차범석 선생과의 인연으로 제작자로서의 객관성을 잃은 것이 아니냐고 묻는 사람들도 있었다. 그 인연이 〈산불〉을 원작으로 선택하는 데 큰 영향을 미쳤다는 것이다.

뼛속 깊이 연극인인 나는 뮤지컬도 스토리가 약하면 힘을 잃는다고 생각한다. 그 생각은 지금도 변함이 없다. 나는 신시 창작뮤지컬 1호의 첫번째 기준을 문학성 있는 탄탄한 스토리에 갈등구조가 잘 구축된, 작품성과 예술성을 겸비한 컨셉트로 잡았다. 오랫동안 많은 희곡들을 두고 고민한 끝에 내린 결론이 〈산불〉이었다.

〈산불〉은 수십 년 동안 연극, 영화, 오페라, 창극 등 다양한 장르에서 성공을 거두며 검증이 된 작품이다. 원작의 힘이 크지 않으면 이러한 시도는 불가능하다. 이 작품은 무겁고 진중하다. 가볍고 트렌디한 뮤지컬이 눈길을 사로잡지만 결국 대형작품은 문학성과 주제의식이 밑받침되어야 한다고 생각했다. 〈산불〉은 전쟁이라는 극한 상황에 맞닥뜨린 '인간에 대한 이야기'였다.

더구나 당시는 정치적으로 '국민의 정부' 시절이었다. 남북교류가 활발하게 진행되고 있었고 앞으로도 더욱 진척될 것으로 보였다. 차범석 선생은 남북정상회담 때 특사로 평양을 방문했고 그 이후에도 남북문화교류회의 차 몇 차례 평양을 방문한 터였다. 작품 소재만 두고 보더라도, 충분히 화제가 될 만했던 것이다.

〈산불〉을 뮤지컬로 제작하겠다는 결심을 한 나는 당시 문예진흥원장으로 재직 중이던 차범석 선생을 찾아갔다.

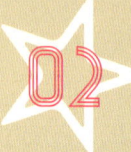

〈산불〉에서
〈댄싱 섀도우〉로

차범석 선생께 〈산불〉을 뮤지컬로 만들어보겠다는 제안을 드렸다. 선생은 다소 뜬금없다는 반응을 보이셨다. 〈산불〉은 철저하게 리얼리즘에 바탕을 둔 작품이지만 뮤지컬은 노래와 춤이 있는 환상의 세계다. 나는 향후 계획과 일정으로 선생을 설득해야 했다. 긴 시간 왜 창작뮤지컬이 필요한지, 그리고 그 작품이 왜 〈산불〉이어야 하는지 설명드리고 나서야 결국 승낙을 얻어냈다.

나의 아버지, 차범석 선생

〈댄싱 섀도우〉 이야기를 하기 전에 차범석 선생과의 인연을 먼저 말하는 것이 예의일 듯싶다.

연극으로 말하면 선생은 나의 아버지다. 당신 스스로도 다른 사람에게 나를 소개할 때 '내 양아들이야' 하셨다. 그뒤에 신시의 대표라는 말을 덧붙이셨다. 여러 행사장에서 뵙긴 했지만 선생께 정식으로 인사를 한 것은 1987년 김상열 선생의 소개를 통해서였다.

"해남 촌놈인데, 성실하고 부지런한 친구입니다. 지금 내 밑에서 조연출 공부를 하고 있는데 워낙 부지런해서 나중에 뭔가 해낼 놈이에요. 앞으로 눈여겨봐 주십시오."

먼발치에서나 뵙던 어른과 맥주잔을 부딪칠 수 있다는 것만으로도 영광스러웠고 뿌듯했다. 그날 이후 김상열 선생은 차범석 선생과 관련된 모든 심부름은 내게 맡기셨다. 원고를 받으러 가거나 명절 때 선물을 배달하는 일도 전부 내 몫이었다.

나는 좋았다. 나를 연극에 발을 들이게 한 분을 뵙는 것도 좋았고 갈 때마다 사모님이 차려주시는 따뜻한 밥상을 마주하는 것도 즐거웠다. 끼니때가 한참 지나서 전화만 드리고 가도 늘 밥상을 차려주셨다. 그때는 가난한 조연출 시절이라 삼시세끼를 다 챙겨먹을 수 있는 처지가 아니었다. 그러니 손맛이 느껴지는 따뜻한 집 밥이 그렇게 맛있을 수 없었다. 더구나 사모님은 문화계에서 음식솜씨가 훌륭하기로 소문나신 분이었다. 서울에서는 잘 맛볼 수 없는 남도음식을 맛깔스럽게 잘하셨다. 명절 때

사모님이 손수 삭힌 삼합은 별미 중의 별미였다. 문화예술계 인사들이 세배를 하러 갈 때면 이 삼합 몇 접시로 푸짐한 명절 잔칫상이 되었다.

그렇게 선생 댁을 드나들기 몇 년, 선생은 허드레 심부름도 열심히 하는 나를 유심히 지켜보셨던 모양이다. 어느 날엔가 불쑥 이런 말씀을 건네셨다.

"지금처럼 성실하게 해야 한다. 초심을 잃어버리면 절대 좋은 연극을 만들 수 없어. 연극은 종교와 같은 거야. 믿음과 신념이 있어야 해. 그리고 각고의 인내와 장고의 고통도 감수해야 하는 게 연극이야."

그러곤 괜찮은 청년이라는 확신이 들었는지 편히 대해주시기 시작했다. 연극이란 배고픈 직업인지라 열심히 살아도 호주머니에 남는 것 없던 그 시절 명절 때가 되면 꼭 부르시고는 고향에 내려갈 거냐고 물으셨다. 그리고 선물로 들어온 위스키 두세 병과 여비 하라고 30만 원, 50만 원씩을 주시곤 했다. 늘 그렇게 챙겨주신 덕에 가진 것 하나 없는 연극쟁이의 귀성길은 언제나 풍성했다. 불같은 성미를 가지셨지만 속정이 깊으신 분이었다. 수많은 후배와 제자들이 그분이 안 계신 지금도 늘 존경하는 마음을 품고 기억하는 것도 그런 이유에서일 게다.

그분은 연극을 전라도 음식에 비유하시고는 했다. 전라도의 모든 음식은 소금으로 간을 한 다음에야 다음 단계의 양념을 쓴다 하시며 연극도 그렇게 미리 간을 맞출 줄 알아야 한다는 말씀을 하셨다. 개성 있는 사람과 사람과의 관계, 그 자체가 바로 연극이라고 하셨다.

"간이 잘 밴 등장인물의 성격을 만드는 게 연극의 기본이야. 연극뿐만 아니라 어떤 일에도 꼬박 10년 공부가 필요한 법이야. 그게 기본이고 원칙이야."

허드렛일만 하던 풋내기 연극쟁이인 나에게 보약과도 같은 가르침이 었다. 요즘은 10년은커녕 1년 공부도 마다하는 시대가 되었으니 참 안타까운 일이다.

선생의 모임에는 항상 큰 어른들만 계시기 때문에 편하게 술 한잔 들이킬 수 없는 자리가 많았다. 그런 어려운 모임에 참석할 자격도 되지 않았지만 술자리가 끝난 후 선생을 댁에 모셔다드리려고 우연찮게 합석한 경우가 많았다. 처음엔 가시방석에 앉아 있는 것 같은 기분이 들어 경직되어 있다가 술이 몇 잔 돌고 나서야 나도 용기를 내어 적극적으로 대화에 끼곤 했다. 어르신들은 차범석 선생이 인정할 정도면 꽤 괜찮은 젊은이일 것이라며 칭찬해주시곤 했다. 선생이 그렇게 아껴주셨기에 자연스럽게 부자의 인연을 맺게 되었다. 하지만 그렇게 가깝게 모시면서도 워낙 불같은 성품을 지니셨기에 늘 긴장을 늦추지 않아야 했다.

내가 겪은 일화만 해도 부지기수다.

1996년 차범석 선생께 주례를 부탁드린 내 결혼식 때의 일이었다. 결혼식 주례 중에 객석에 앉은 하객들 가운데 부모를 따라온 아이들이 떠들기 시작했다. 차범석 선생은 갑자기 하객들에게 호통을 치셨다. "애들 조용히 좀 시켜요! 계속 떠들면 데리고 나가요!!" 주례의 불호령에 부모들은 화들짝 놀라며 애들을 단속했고, 양복을 차려입고 신부와 함께 선내 등에서는 식은땀이 흘렀다.

한번은 광주에서 연극제 축사를 하던 중이셨다. 자리를 채우기 위해 학생들을 단체로 동원했는지 영 흥미가 없어 보였다. 웃고 떠들고 한시도 집중하지 않았다. 선생이 그런 것을 참고 넘길 리 만무했다.

"여기가 놀이터인 줄 알아? 여기 뭣 하러 들어왔어? 안 듣고 떠들 거면 당장 나가! 선생들! 데리고 나가세요."

결국 학생들이 쫓겨난 다음에야 축사를 마치셨다. 그만큼 원리원칙을 중시하는 대쪽 같은 분이셨다. 선생이 보셨을 때 만족스럽지 못한 연극을 보면 즉석에서 연출가에게 꾸지람을 하셨다. 또 좋은 연극을 보시면 그 팀들을 호프집으로 불러 맥주 몇 잔씩 사주시기도 했다. 어찌나 무서운 분이셨는지 나이 어린 연극인들은 뒤풀이 같은 행사가 있을 때면 곁에 가는 것조차 어려워 눈에 띄지 않는 구석자리로 피해 앉곤 했다. 그래도 나에게는 연극은 물론이며 인생에 대해 자상한 가르침을 주셨다.

칭찬에 늘 인색하셨지만 그래도 정이 많으신 분, 남에게 신세지기를 싫어하셨고 약속 안 지키는 걸 참지 못하셨다. 약속시간이 5분이라도 지나면 가차 없이 벌떡 일어나 '가지!' 하시며 횡 하니 걸어 나가시곤 했다. 불의와 나태를 못 보아넘기셨다. 하지만 누구보다 당신 스스로에게 엄격하셨던 분이다. 자동차, 신용카드, 휴대폰이 없는 삼무(三無)의 삶을 사셨다. 남에게 얽매이지 않고 오로지 연극에만 목적을 두셨던 것 같다.

나는 마지막날까지 그분 곁에서 그림자처럼 모실 수 있었음을 축복으로 생각한다. 하늘에서도 부족한 나를 지켜보고 계시리라. 그분의 연극정신을 고스란히 닮은 프로듀서로 남고 싶을 뿐이다. 안타깝게도 선생은 〈댄싱 섀도우〉 쇼케이스 무대가 오르기 꼭 한 달 전에 작고하시고 말았다. 한국뮤지컬대상에서 최우수작품상의 상금으로 받은 5천만 원을 '차범석연극재단'에 기부한 것도 내 존경심의 작은 표현이다.

〈산불〉에서 〈댄싱 섀도우〉로

〈산불〉을 뮤지컬로

차범석 선생께 〈산불〉을 뮤지컬로 만들어보겠다는 제안을 드렸다. 선생은 다소 뜬금없다는 반응을 보이셨다. 〈산불〉은 철저하게 리얼리즘에 바탕을 둔 작품이지만 뮤지컬은 노래와 춤이 있는 환상의 세계다. 같은 주제를 말하더라도 그 형식은 전혀 다르다. 어쩌면 선생은 그 이유 때문에 선뜻 허락하지 못하시고 난감한 표정을 지으셨을지도 모르겠다.

나는 향후 계획과 일정으로 선생을 설득해야 했다. 내가 내민 카드는 에릭 울프슨이었다. 음악작곡과 극본작업을 알란 파슨스 프로젝트 멤버이자 뮤지컬 〈갬블러〉의 원작자인 에릭 울프슨에게 제안해보겠다고 했다. 긴 시간 왜 창작뮤지컬이 필요한지, 그리고 그 작품이 왜 〈산불〉이어야 하는지 설명드리고 나서야 결국 승낙을 얻어냈다.

마침 〈갬블러〉가 현재 아르코예술극장인 문예회관대극장에서 공연 중이어서 에릭 울프슨이 한국에 머물고 있었다. 다음날 당장 원작자와 에릭 울프슨이 함께 식사하는 약속을 잡았다. 예술가들은 그랬다. 술이 몇 순배 돌자 허물없이 대화하더니 순식간에 가까워졌다. 에릭 울프슨은 그 자리에서 〈산불〉의 뮤지컬화 작업에 동참하겠다는 뜻을 밝혔다.

이제 연출가를 선정해야 했다. 뮤지컬은 작업 초기부터 작곡가와 연출가의 공동작업이 필수적이라고 생각했기 때문이다. 선생은 극단 산울림의 임영웅 연출가를 추천해주었다. 원작자의 작품세계를 이해할 뿐만 아니라 〈산불〉을 가장 정확하게 해석할 수 있다는 것이 추천의 이유였다. 내가 생각해도 그만한 대안은 없었다. 그 자리에서 일사천리로 연출가가 선정되었다. 그후 런던에 살고 있는 에릭 울프슨과 메일을 통해 계속해서 작업 상황을 주고받았다.

에릭 울프슨과 나는 외국의 실력 있는 극작가를 이 작업에 합류시켰으면 좋겠다는 데 의견의 일치를 봤다. 작가와 작곡가를 분리하는 것이 합리적이라고 본 것이다. 에릭 울프슨은 작곡이 전문인데다 한 사람이 두 가지를 모두 맡을 경우 자기 욕심이 많이 들어가 객관성을 상실할 우려가 있고 실제로 그런 예도 있었다.

극작가 섭외 이야기를 하기 전, 차범석 선생에게 혼난 이야기를 먼저 해야겠다. 작품 계약을 하면서 원작료로 1천만 원을 드리기로 하고 계약금으로 5백만 원을 드렸다. 이후 잔금을 치를 날짜가 왔는데 돈을 구하지 못하고 있었다. 꼭 구하려 들면 구하지 못할 돈이 아니건만 나는 선생께서 양해를 해주실 거라고 생각했다.

"선생님, 원고료를 일주일만 미뤄주시면……."

"무슨 소리야! 내일 당장 입금해!"

선생은 내 말이 끝나기도 전에 버럭 호통을 치셨다. 어찌나 사나운 기세였는지 부엌에 계시던 사모님이 무슨 일이냐며 뛰어나오셨다. 꾸지람을 하지 않을 거라고 기대하지는 않았다. 그래도 꾸지람 뒤에 미뤄주실 거라고 생각했는데, 서운했다. 10여 년 그림자처럼 모셔왔는데 그만한 일도 이해를 못 해주시나 하는 생각에 야속했다. 그런데 그 다음에 하신 선생의 말씀이 나를 부끄럽게 했다.

"나와의 약속도 지키지 않는다면 다른 사람에게도 그럴 것 아니야! 일등 제작자가 되려면 가까운 사람과의 약속부터 지켜야 해. 특히 돈 문제

〈산불〉에서 〈댄싱 섀도우〉로

에서 '뒤가 구리면' 안 돼! 투명하고 깨끗하게 해야지. 이런 일이 반복되면 습관처럼 굳어지는 거야. 너도 대학로의 누구누구처럼 손가락질이나 받으며 살 거야?"

아, 선생의 집에는 쥐구멍이 없었다. 낯 뜨겁고 창피해서 얼굴을 들 수가 없었다. 눈물이 핑 돌아 콧잔등으로 흘러내렸다. 언제나 그랬듯 그분의 말씀은 천 번 만 번 옳았다. 그날 프로듀서로서 아니, 연극인으로서의 첫번째 중요한 덕목을 호되게 배웠다. 다음날 가까스로 작품료를 구해 계약일에 맞춰 입금해드렸다. 만일 선생께서 일주일 미뤄주셨다면 신뢰가 얼마나 중요한지 그렇게 뼈저리게 느끼지 못했을 것이다. 이후 나는 어느 누구와의 돈에 대해서도 약속을 지켜왔다. 해외 유명 뮤지컬을 계약할 수 있었던 힘도 이런 정신에서 비롯되었다 해도 무방할 것이다. 확실한 약속이행은 지금까지 내가 가장 중요하게 생각하는 프로듀서 박명성의 첫번째 원칙이다.

아 리 엘   도 르 프 만 을   만 나 다

원작을 이해하고 뮤지컬로 각색할 대본작가를 찾는 일은 정말 중요한 문제였다. 새로운 극작가 영입에 합의한 후 백방으로 수소문을 했다. 〈더 라이프〉가 라이선스 취득에 어려움을 겪을 때 도와주었던 마틴 네일러에게도 추천을 부탁했다. 지인들을 통해 추천받은 극작가들은 뉴욕, 런던에서 한창 왕성하게 활동하고 있는 사람들이었다. 그러나 그들은 하나같이 스케줄이 겹쳐 섭외가 불가능했다. 두고두고 아쉬움이 남는 대목이다.

추천을 받고 거절을 당하는 시간이 꽤 길어졌다. 안타까운 시간이 많이 흐른 후 마틴 네일러가 연락을 했다. 그가 추천한 사람은 연극으로 유명한 극작가 아리엘 도르프만이었다.

그는 1942년 아르헨티나에서 태어나 미국에서 유년기를 보내고 칠레 대학에서 교편을 잡고 창작활동을 하다 피노체트의 쿠데타로 인해 미국으로 망명하여 현대문학사에 깊은 족적을 남긴 작가다. 칠레의 척박한 현실을 독특하게 그린 작품들을 주로 발표했는데, 대표작으로 시집 『산티아고에서의 마지막 왈츠』 장편소설 『과부들』 『콘피덴츠』 등이 있다. 특히 리처드 드레이프스, 글렌 클로스, 진 해크먼이 출연, 브로드웨이에서 공연한 희곡 〈죽음과 소녀〉는 세계적인 작품이다.

그가 이 작품에 관심이 있다는 소식을 듣고 곧바로 영문으로 번역된 〈산불〉을 보냈다. 아리엘 도르프만이 〈산불〉에 관심을 가진 것은 어찌 보면 지극히 자연스런 일이었다. 군부 독재정권의 탄압을 받았고, 10년 넘는 망명생활을 했던 아리엘 도르프만은 인간의 삶과 죽음에 대해 누구보다도 깊은 성찰을 한 작가였다. 심지어 부부동반 해외여행을 할 때에도 죽음에 대한 공포로 항상 아내와 서로 다른 비행기를 타는 철칙을 가진 작가이기도 했다.

나중에 안 일이지만 그는 한국을 방문한 경험도 있었고 한국의 전쟁과 분단 상황을 누구보다 잘 이해할 수 있는 외국인이었다. 많은 연극인들은 〈산불〉의 메시지와 그가 추구하는 작품세계가 흡사하므로 그가 각색자로 적합하다고 평가해주었다.

그는 후에 "한국의 민주화 과정을 보면 고국 아르헨티나의 상황이 거울처럼 비쳐진다"라며 "전쟁과 독재의 압박을 겪은 한국에서 전쟁의 아픔과 상처를 주제로 한 작품을 만들어 전세계에 전달한다는 것, 그것이 야말로 예술이 존재하는 의미가 아닐까 생각한다"라고 말했다.

그 무렵 역사적인 남북정상회담이 성사되었다. 한국에서의 흥분이 채 가시기도 전에 작곡가 에릭 울프슨이 메일을 보냈다. 그는 나보다 더 흥분해 있었다. 한국을 여러 번 방문한 그는 외국인치고는 분단 실정을 잘 알고 있었다. 〈산불〉을 보고 임진각과 비무장지대를 두 차례나 다녀왔을 정도로 남북문제에 관심이 많았다. 작곡가는 남북 문화교류가 활발해질 것이라고 예측, 〈산불〉을 남북이 공동으로 제작하거나 평양 공연을 추진해보자고 했다.

앞질러도 너무 앞질러가는 바람에 조금은 어안이벙벙했지만 순수한 예술가의 열정이라고 이해했다. 오랫동안 분단체제에 길들여져 있는 우리의 눈에는 도저히 불가능한 일들이 그의 눈에는 가능해 보였던 모양이다. 그의 천진난만함 덕분에 극작가 아리엘 도르프만이 참여하게 되었다. 작곡가의 앞서나가는 꿈과 이상이 극작가의 귀를 활짝 열리게 한 것이다. 극작가는 그냥 희곡만 아니라 뮤지컬에도 뚜렷한 주관을 가지고 있었다.

"뮤지컬은 음악과 가사, 춤, 배우들이 다 같이 어우러져야 하기 때문에 나 혼자 잘한다고 해서 성공할 수 있는 게 아니다. 희곡이 2시간짜리 대화라면 뮤지컬은 1시간 40분간 노래하고 춤추고, 나머지 20분이라는 제한된 시간 동안 짧은 대사 안에 모든 걸 표현해야 하는 장르이기 때문이다.”

이로써 초반 작업의 진영이 갖추어졌다. 세계적인 예술가들에 의한 새로운 방식의 창작뮤지컬이 그 첫발을 내디딘 것이다.

한국의 〈산불〉에서 세계인의 〈산불〉로

에릭 울프슨과 아리엘 도르프만. 그들은 철저하고도 집요했다. 원작의 배경을 이해하기 위해 스스로 수많은 자료를 조사하고 전문지식들까지 섭렵했다. 심지어는 우리 사물놀이, 국악, 그때 유행하는 대중음악, 불교음악, 분단에 관련된 시집이나 사진집 등이 총망라된 다양한 자료를 요청하기도 했다.

2004년 9월, 각각 뉴욕과 런던에 살고 있던 두 사람이 직접 만나 본격적으로 창작에 들어갔다. 그들은 수시로 바다를 건너 미팅을 했다. 그럴 때마다 새로운 시놉시스가 탄생했다. 으레 창작물이 그렇듯, 수차례 작품 방향이 수정되었다. 그리고 8개월 만에 1차 시놉시스가 완성되었다. 이 시놉시스는 말 그대로 1차일 뿐 이후에도 수많은 아이디어가 쏟아져 나왔고 그때마다 작품은 계속해서 수정 보완되었다.

각색의 기본방향은 리얼리즘의 탈색이었다. 〈산불〉을 동화 스타일로 바꾼 극작가는 이렇게 말했다.

“원작은 철저한 리얼리즘에 입각해 있는 작품이다. 하지만 리얼리즘

뮤지컬이란 건 없다. 뮤지컬의 특성상 리얼리즘을 탈색시킬 필요가 있다. 동화로 바꾼 것은 세계 시장에 내놓았을 때 어디서나 공감을 얻기 위해서이다. 그런 점에서 뮤지컬 〈산불〉은 한국적인 작품일 수도, 아닐 수도 있다." 작가가 재해석한 뮤지컬 〈산불〉의 큰 그림은 우리 제작팀이 생각해온 것과 맞아떨어졌다.

세계적인 예술가들이 참여하면서부터 진행은 속도를 내기 시작했고 제작규모가 엄청나게 커져갔다. 이때부터 많은 제작비가 예상되었고 최대한의 투자로 정성껏 작품을 만들어봐야겠다는 욕심이 생기기 시작했다. 희곡으로서의 작품성은 이미 수십 년 동안 매년 쉴 틈 없이 공연되어 검증이 끝난 상태인지라 새로운 형식의 뮤지컬로 만들어 큰판을 벌여보자는 생각으로, 자신감을 갖고 추진해나갔다.

제대로 된 뮤지컬을 만들고 싶었기에 조급해하거나 서두르지 않기로 했다. 또한 뮤지컬 〈산불〉은 첫 기획을 시작으로 워크숍과 쇼케이스의 검증을 받을 때까지 개막시기를 정하지 않기로 했다. 몇 해가 소요된다고 해도 모든 역량과 노하우를 보태 대형 창작뮤지컬의 새로운 기틀을 마련하고 제2의 〈명성황후〉를 탄생시키고자 했다. 이데올로기의 충돌과 사랑의 삼각관계, 그 갈등을 감동적으로 그려, 이제껏 본 적 없는 이야기가 중심이 되는 새로운 스타일의 뮤지컬을 시도하기로 했다.

제작이 어느 정도 진행되고 있던 즈음에 나는 임영웅 연출가와 런던으로 날아가 작곡가와 제작회의를 몇 차례 가졌다. 연출가, 작곡가, 프로듀서가 참여한 런던에서의 첫 제작회의는 만족스러웠다. 이 제작회의에서 작품을 해석하고 제작을 추진해가는 정서가 모두 일치했기 때문에 더 많은 진척이 있었다. 이 회의에서 우리는 세계 수준의 뮤지컬을 만들기 위해 국내 스태프 인력만으로는 한계가 있다는 판단 아래 해외 스태프를 영입하기로 결정했다.

그런데 작가의 극본작업이 속도를 내면서 큰 문제가 발생했다. 작가는 연출가와 한 달에 한 번씩 런던이나 뉴욕에서 회의를 해야겠다고 했다. 국내 여러 스태프와 연출가가 매달 해외로 움직이는 비용도 만만치 않거니와 임영웅 연출가의 일정도 문제였다. 이런 사정을 여러 차례 설명했지만 작가는 요지부동이었다. 조금 과도한 욕심이긴 해도 작품을 위해서 그렇게 해야겠다는데 달리 할 말이 없었다. 결국 임영웅 연출가가 작업에서 빠지는 결과를 낳았다.

한참 지난 후에 알게 된 사실이지만, 작가는 작품의 완성도 외에 또다른 의도가 숨어 있었다. 임영웅 연출가의 작품 해석력이나 깐깐한 성품을 보니 자칫하면 연출가의 주문에 따라 작업을 해야 할지도 모른다는 생각이 들었던 모양이다. 의도의 잘잘못을 떠나 그의 생각은 맞았다.

임영웅 연출가가 누구인가. 한국 연극의 살아 있는 역사이자 항상 열정적인 작업으로 우리 연극계의 '젊은 원로'라 불리는 연극계 어른이다. 그는 연극 〈산불〉을 연출했으며 사뮈엘 베케트의 〈고도를 기다리며〉를 40년째 연출하고 있다. 그의 〈고도를 기다리며〉는 베케트의 언어가 지니는 의미와 힘을 독특한 해석력으로 형상화해 작가의 고향에서는 물론 일본 등지에서도 대단한 평가를 받아왔다. "임영웅 연출의 〈고도를 기다리며〉는 세계의 〈고도를 기다리며〉"라는 말을 탄생시켰을 정도로 그의 탁월한 연출력은 찬사를 받아왔다.

〈산불〉에서 〈댄싱 섀도우〉로

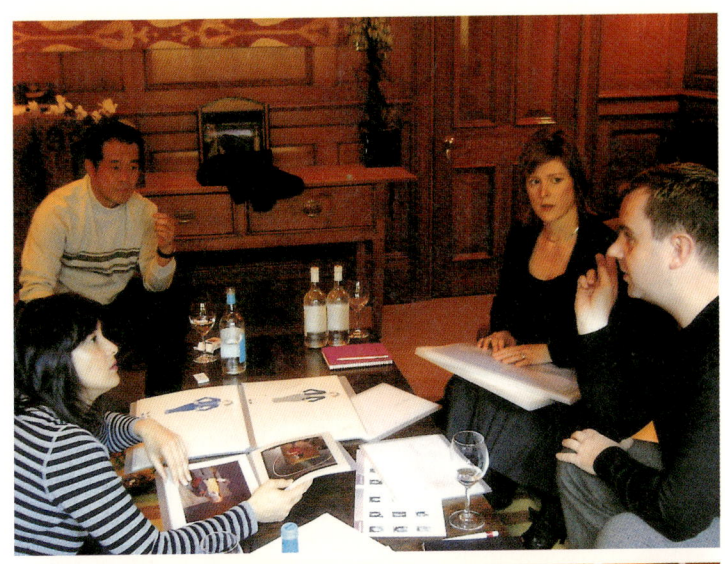

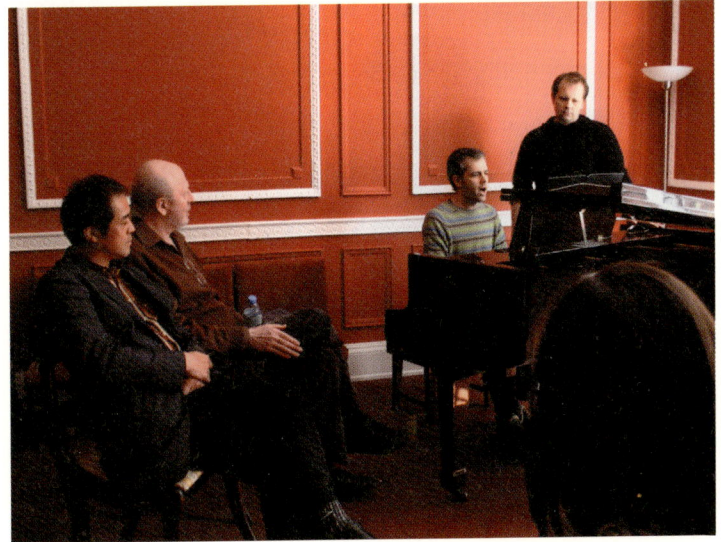

우리는 세계 수준의 뮤지컬을 만들기 위해
국내 스태프 인력만으로는 한계가 있다는 판단 아래
해외 스태프를 영입하기로 결정했다.

특히 한국 최초의 뮤지컬인 〈살짜기 옵서예〉를 연출했으며 수많은 연극과 뮤지컬을 무대로 형상화했다. 극단 산울림과 산울림소극장을 운영하며 한국 소극장 연극운동의 중심에 서 있는 분이기도 하다. 신시에서는 〈갬블러〉와 〈키스미 케이트〉의 연출을 맡기도 했다.

작가가 원하는 연출가는 뉴욕이나 런던에서 활동하면서도, 자기보다 나이가 어린 사람이었다. 그러니 임영웅 연출은 부담스러운 상대였을 것이다. 자신의 색깔이 훼손되는 것을 싫어하는 작가의 자존심이라고 할 수도 있고 이기심이라고 볼 수도 있다.

지금 결과적으로 보면 그때 작가의 요구를 수용하지 말고 묵살했어야 옳았는데 하는 후회와 아쉬움이 남아 있다. 그랬다면 원작 〈산불〉의 향기는 간직할 수 있지 않았을까. 프로듀서들에게는 이런 민감한 문제들을 판단하고 해결하는 것이 가장 부담스럽고 어려운 일이다. 우리 공연계의 전례로 보아 도의상 있을 수 없는 일이고 예의가 아니다.

나는 너무 죄송하고 송구스러워 차마 말씀을 드리지 못하고 속으로만 끙끙 앓았다. 그 무렵 우리는 〈갬블러〉 공연 때문에 일본 오키나와에 있었다. 나는 끙끙 앓으며 '견디고' 있었고 임영웅 연출은 '견디다 못해' 호텔 바에서 술 한잔 하자며 나를 불렀다. 위암 판정을 받은 때라 마시지는 못하고 술잔만 만지작거렸다.

"내가 지금 〈산불〉 때문에 굉장히 곤혹스럽다. 주위 사람들도 그렇고 기자들도 모두 내가 연출을 한다고 알고 있고 그래서 어떻게 돼가냐고 묻는데, 내가 할 말이 없어."

"그게, 저……, 작가가 자기가 편한 연출로 바꾸기를 원해서……, 죄

〈산불〉에서 〈댄싱 섀도우〉로

송합니다.”

“짐작은 했지. 내가 꼭 하지 않아도 돼. 하지만 그런 일은 깔끔하게 하고 넘어가야지. 그래서 내가 너를 보자고 한 거야. 스태프가 원한다면, 네가 편한 대로 작업해라. 나는 괜찮다.”

혼이 나야 마땅했다. 약 10분 동안 약이 되는 망치로 내 프로듀서로서의 정신이 두들겨맞았다. 그리고 그날 꼬리는 빨리 잘라내야 한다는 것을 배웠다. 꼬리를 잘라내지 않으면 점점 길어져 거기에 에너지를 뺏기게 된다. 혼은 났지만 막혀 있던 물꼬가 뚫리는 것처럼 속이 시원했다. 그 일로 임영웅 선생을 더욱 가깝게 모시는 계기가 되었다. 임영웅 연출가의 양해로 일단락 마무리가 되고 다시 작업이 재개되었다.

작가가 처음으로 써온 시놉시스는 원작에서 크게 벗어나지 않았다. 우리가 의도했던 방향 또한 잘 살려내기 위해 애쓴 흔적이 느껴졌다. 각 캐릭터들의 갈등구조는 원작 〈산불〉과 다름없이 탄탄하게 구축되어 있었고 스토리라인과 전달하려는 메시지 또한 명료했다.

하지만 극본 작업이 계속 업그레이드되는 과정에서 작가는 욕심을 조금씩 부리기 시작했다. 극본에 자기 색깔을 한 꺼풀씩 입히기 시작한 것이다. 〈산불〉의 주제의식은 남겨두고 전체의 작품 스타일은 '현대적 우화'로 풀어보자는 것이었다.

원작의 진중함을 희석시키려는 의도는 좋았지만 각 인물의 갈등구조나 토속적인 한국 정서가 없어져버릴 수 있는 위험성도 내포하고 있었다. 또 너무 보편적인 우화로 풀어내려다가 누구도 공감하지 못하는 경우가 되지는 않을까 걱정이 들었다.

이때부터 작가와 의견충돌이 잦아지게 되었다. 순탄하기만 했던 대본 작업이 난항을 겪기 시작한 것이다. 아리엘 도르프만은 좋은 의미에서 작가로서의 자기주장이 강하고 자신의 색깔을 갖고 있는 작품세계를 추구하는 사람이다. 그러나 작가가 자신의 독창성을 추구하면서부터 전혀 뜻하지 않는 상황이 전개되었다. 대본에 작가의 의도가 너무 많이 들어가는 바람에 설명하는 부분이 많아졌다. 때문에 분량이 기하급수적으로 늘어나고, 과감하게 정리를 해야 할 장면들이 생겨났다.

작가의 뜻대로 2차 대본을 완성한 후 서로 협의하여 판단하기로 했다. 2005년 3월, 런던에서 작가와 작곡가를 만났다. 어느 정도 극본과 음악이 진행된 시점. 어떤 음악이 나를 기다리고 있을까 기대하며 나는 런던으로 향했다.

작곡가는 나를 보자마자 피아노 옆으로 데리고 갔다. 드, 디, 어, 메인 테마곡이 완성되었다는 것이다. 그 노래의 제목은 'Dancing with my shadow'. '내 그림자와의 춤'이라는 뜻이다. 그는 피아노로 테마곡을 연주했다. 말주변이 없어 그때의 느낌을 장황하게 설명하지 못하겠다. 중요한 것은 그 음률이 내 가슴에 꽂혔다는 것이다. 멜로디의 반복. 고급스러운 느낌.

"오케스트라부터 모던팝까지, 다양한 음악을 통해 무지개 효과를 낼 생각이에요. 굳이 한국의 소리를 넣으려고 하지 않았어요. 세계무대를 겨냥한 작품이니까요."

테마곡은 기쁨, 슬픔 등 여러 가지 버전으로 변주될 것이며 '죽음의 춤'엔 탭댄스에 어울리는 경쾌한 음악을 넣어 비극을 축제와 희망으로 승화시키고 싶다고 했다. 작곡가는 또 숲이 불타는 장면, 죽은 자들이 되살아나는 장면의 음악은 웅장하고 인상적인 음악으로 구상하고 있다고도 했다.

이때를 계기로 〈산불〉의 제목을 〈댄싱 섀도우〉로 바꾸자는 의견이 나왔다. 처음에는 반대 의견을 냈다. 원작의 제목까지 바꾸는 것은 아무래도 원작자에 대한 예의(내가 존경하는 분에 대한 예의라기보다 모든 작가에 대한 예의)가 아닌 것 같았다.

모든 작가는 자신의 작품이 훼손되는 것을 싫어할 뿐 아니라 원작의 제목까지 바꾼다는 건 상상하기 힘든 일이다. 그러나 대본 작업이 진행될수록 원작과 각색된 작품 간에 균형이 맞지 않았다. 결국 〈산불〉을 모태로 새로운 〈산불〉을 만들어야 한다는 데 공감했다.

나는 풀기 어려운 숙제에 직면하고 말았다. 이 문제를 해결해야만 작업이 진행될 수 있는 처지였다. 그것이 프로듀서의 역할이다. 예술가들의 의견을 조율하고 때로는 프로듀서가 생각하는 방향으로 설득하고 합의를 이끌어내는 조정 역할이 필요했다. 가만히 생각하면 이런 난제들을 조정하고 해결하기 위해 프로듀서가 존재하는 것인지도 모른다. 만약 아무 문제도 생기지 않는다면? 프로듀서의 존재는 아주 하찮아지지 않을까.

해결해야 한다는 건 알겠는데 해법이 보이지 않았다. 문제를 해결할 묘안이 떠오르지 않을 때는 솔직하게 원작자에게 모르겠다고 털어놓는 것이 상책이다. 혼자 끌어안고 있다고 해결되는 것도 아니었다. 임영웅 연출이 준 교훈도 있었다. 나는 프로듀서로서는 원작자와의 마찰을 각오하고, 양아들로서는 아버지에게 혼날 각오를 하고 선생을 찾아갔다.

"선생님, 저……, 제목을……."

"무슨 말인데 그렇게 뜸을 들여?"

"〈산불〉이라는 제목이 뮤지컬로 각색된 작품과 균형이 맞지 않습니다. 제목을 바꾸어야 할 것 같습니다."

나는 눈을 질끈 감은 초등학생처럼 겨우 말을 마쳤다. 그런데 선생의 반응은 예상에서 완전히 빗나갔다.

"나는 원작에 연연하지 않아. 네가 이 작품을 잘 만들 거라고 믿고 있고 작가나 작곡가 역시 세계적인 예술가들이니 원작자로서 만족스러울 뿐이야."

새로운 제목을 붙이는 것은 당연하고 〈댄싱 섀도우〉로 바꾸는 것이 좋겠다는 말씀까지 하셨다. 연극과 뮤지컬은 장르가 다르기 때문에 옳다고 판단되면 적극적으로 추진해나가라고 하셨다. 선생은 처음부터 한국에 국한되지 않는 보편성을 가진 작품을 염두에 두었다고 말했다. 그 순간 커다란 돌덩이를 내려놓는 것 같았다.

후에 작가 아리엘 도르프만은 이렇게 회고했다.

"한 작가가 자신의 작품을 다른 작가에게 맡기는 것은 쉽지 않다. 차범석 작가는 나에게 '당신 작품을 읽어봤고 당신 연극을 보았다. 당신을 믿는다. 내 아이를 받아 달라'라고 했다. 나는 원작자의 배려에 감동했다. 그 말이 한 예술가가 동료 예술가에게 보내는 최고의 신뢰와 찬사라는 것을 알기 때문이다."

런던 회의에서 우리는 워크숍을 가지기로 했다. 작품 각색에 대한 한

계와 범위를 의논하고 작품 방향을 점검하기 위해서였다. 아울러 극본이 가진 문제도 워크숍 이후에 다시 의논하기로 했다. 두 사람 모두 워크숍의 필요성에 대해 공감했다.

03

꽃, 마음에서 무대로

브로드웨이나 웨스트엔드의 작업방식 중 아직 우리나라에
정착되지 않은 것이 바로 사전 워크숍 과정이다. 이 워크숍
과정을 통해 〈댄싱 섀도우〉가 더욱 생명력을 얻어가고 있
다는 것을 알았다. 내가 원하던 것은 바로, 과정의 즐거움,
과정에서 보이는 뮤지컬의 완성도였다. 그것이 실제 무대
에 올랐을 때 관객들을 감동하게 만들 힘이기 때문이다.

국 내 최 초 의 런 던 워 크 숍

나는 한국보다는 워크숍 문화에 익숙한 런던에서 하는 것이 좋겠다고 판단했다. 이를 위해 브로드웨이나 웨스트엔드에서 실력 있는 연출가를 섭외해달라고 런던의 지인들과 에이전시에 요청했다.

영어권 뮤지컬 시장에 뛰어들기 위해서는 영어로 현지 사람들에게 작품을 선보이는 과정이 필수적이라 생각했던 것이다. 국내보다 훨씬 더 많은 예산이 소요되는데도 런던을 선택한 것은 세계 뮤지컬의 중심부에서 〈댄싱 섀도우〉의 출발을 알리자는 의도가 있었다. 뮤지컬의 본고장이라는 상징성을 염두에 두었던 것이다.

원래 내 욕심은 영어 버전과 한국어 버전을 동시에 완성하는 것이었다. 왜냐하면 한국어 버전만으로는 영어권에 진출하기 어렵다고 보았기 때문이다. 나중에 번역을 할 수도 있겠지만 처음부터 서로의 감성에 기반을 둔 언어로 시작하는 것이 좋겠다고 판단했다. 한국어 버전은 일본과 중국에 진출할 수 있다. 영어 버전은 관심을 갖는 프로듀서가 생기면 대본과 음악만 라이선스로 수출할 수 있다.

우리는 런던 워크숍에서 영어 버전을 완성하고 마지막날 관심 있는 프로듀서들과 연출가들을 초청하기로 했다. 여기에도 적지 않은 예산이 투입되겠지만 작품을 알리기 위해서는 반드시 거쳐야 할 과정이었다.

프랭크 던롭을 워크숍의 연출로 선정했다. 그는 〈요셉 앤드 어메이징 테크니컬러 드림코드〉의 오리지널 연출가이자 에딘버러 페스티벌의 예술감독을 11년 동안 지낸 경륜 있는 예술가이다.

2005년 9월, 2주간의 워크숍이 열렸다. 그 사이 작가는 3차 대본을 완성한 상태였다. 나는 워크숍의 마지막에 진행될 총연습을 참관하기 위해 런던으로 향했다. 원작자인 차범석 선생도 동행을 했다. 선생은 여행 내내 허리 통증이 심해 무척이나 고통스러워하셨다.

3일간의 공개 워크숍 중 하루만 런스루를 관람했고 만찬에도 간신히 참석할 정도였다. 허리가 아파 식사시간에 레스토랑까지도 거동하기가 힘들었던 모양이다. 끼니 때마다 신시 단원들이 식사배달을 챙겨야 했다.

선생은 귀국하는 비행기에서 한숨도 주무시지 못하고 통로를 왔다 갔다 하셨다. 나중에야 알아차렸지만 암이 뼈로 전이된 상태여서 허리가 아팠던 것이다. 그걸 전혀 감지를 못하셨던 것이었다. 선생은 나지막한 목소리로 말했다.

"이번이 마지막 여행이 될 것 같다. 이렇게 비행기 타기가 힘드니 이제 좋은 연극, 좋은 무용, 좋은 뮤지컬도 다 봤다. 그게, 참……, 아쉽다."

9개월 후 원작자는 그렇게 기대하던 〈댄싱 섀도우〉를 끝내 보지 못하고 작고하셨다. 참으로 안타까운 일이었다. 작업 과정에 참여하셨더라면 작품이 전혀 다른 방향으로 전개되는 것을 제어할 수 있는 역할을 해주셨을 텐데 아쉬울 뿐이었다.

내가 런던 연습장에 갔을 때 워크숍 공연을 위한 리허설이 한창이었다. 그때 들려오는 노랫소리. 넓은 리허설 룸에서 '포레스트 파이어'라는 노래가 합창으로 불려질 때 전율을 느꼈다. 비로소 꿈이 현실로 바뀌어가고 있었던 것이다.

최소한의 무대와 의상만을 갖춘 채 오디션에서 선발한 런던 배우들을 통해 대사와 음악, 장면과 장면의 유기적인 결합 여부를 검토했다. 런던 웨스트엔드에서 활동하는 실력 있는 배우들과 함께 준비한 워크숍은 마치 리허설과 같이 무대세트나 조명, 의상, 분장 등 하드웨어 없이 순수하게 배우들만으로 진행되었다.

피아노 반주에 맞춰 배우들은 노래를 했고 연출에 의해 정해진 간단한 장면블로킹과 배우들 스스로가 만들어낸 움직임이 전부였다. 지금까지 대본과 음악 작업을 눈과 귀로 직접 보고 들으며 더 견고하게 수정해나가는 작업이었다.

브로드웨이나 웨스트엔드의 작업방식 중 아직 우리나라에 정착되지 않은 것이 바로 이런 사전 워크숍 과정이다. 나는 이 워크숍 과정을 통해 〈댄싱 섀도우〉가 더욱 생명력을 얻어가고 있다는 것을 알았다. 내가 원하던 것은 바로, 과정의 즐거움, 과정에서 보이는 뮤지컬의 완성도였다. 그것이 실제 무대에 올랐을 때 관객들을 감동하게 만들 힘이라는 것을 알고 있었기 때문이다.

워크숍을 관람한 현지 공연관계자들은 무엇보다 동서양의 정서를 절묘하게 결합한 작곡가의 음악에 깊은 인상을 받았다고 했다. 뮤지컬 〈블러드 브라더스〉의 프로듀서 톰 얼하트는 '완벽하게 아름다운 음악'이라며 극찬을 아끼지 않았다. 아리엘 도르프만과 에릭 울프슨은 "머릿속에서만 맴돌던 문제점들을 실제 무대 위에서 확인하는 중요하고 가치 있는 과정이었다"라며 이번 워크숍에 무척 만족해했다. 워크숍을 통해 부족한 점을 발견하고 실제 무대에 올려졌을 때 관객들을 사로잡을 수 있는 아이디어들이 보강되었다.

런던 워크숍에서 각색된 작품에 원작자는 어떤 반응을 했는지는 본 제작 진행에서 중요한 대목이다. 원작자가 조선일보에 기고한 리뷰를 보면 〈산불〉에서 〈댄싱 섀도우〉로 전환과정을 원작자가 어떤 마음으로 지켜봤는지 잘 표현되어 있다.

한국적 비극, 증오가 희망으로 성장
"양부모가 키워준 딸년('산불') 시집보내는 생부모 꼴이네."

지난 9월 20일, 런던행 비행기에서 나는 이런 생각을 했다.

신시뮤지컬컴퍼니가 내 대표작 '산불'을 뮤지컬로 공연하기로 계획한 것은 5년 전의 일이었다. 그 동안 뮤지컬 '갬블러'의 작곡가 에릭 울프슨, 연극 '죽음과 소녀'의 작가 아리엘 도르프만, 영국 연출가 프랭크 던롭이 참가한다는 소식과 짧은 만남만 가졌을 뿐 의견 교환이라곤 없었다. 나는 세계무대에서 검증된 그들의 능력과 작가정신을 믿을 수밖에 없는 처지였다.

사실 내 희곡이 어떤 모양새로 변했을까 하는 기대감 한쪽엔 불안감이 있었다. 제목을 〈그림자와의 춤〉으로 알려왔을 뿐 내용에 대해선 이렇다 할 언급이 없었으니 갈증이 심했다.

영국에 도착하자마자 대본을 받고 밤새워 읽은 나는 이튿날부터 사흘 동안 〈그림자와의 춤(Dancing with Shadow)〉의 실체를 만났다. 세트도 의상도 없는 워크숍이었지만 삼십대부터 육십대까지 24명의 현지 배우들은 진지했다. 1960년대 초에 쓴 〈산불〉은 전쟁의 비극을 그렸지만 정치적, 성적 제약을 받았

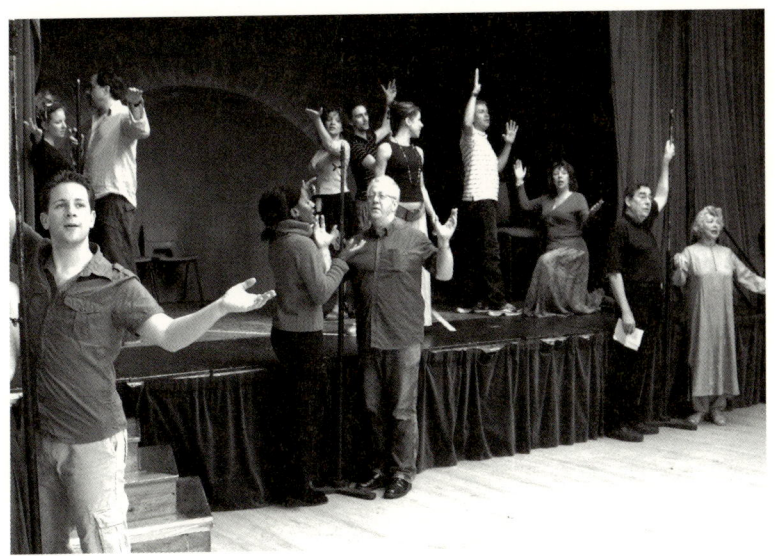

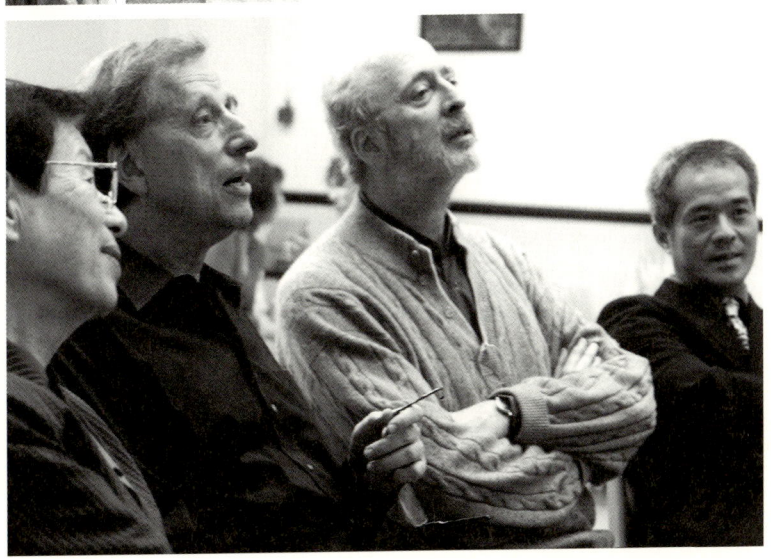

런던 웨스트엔드에서 활동하는 실력 있는 배우들과 함께 준비한 워크숍은
마치 리허설과 같이 무대세트나 조명, 의상, 분장 등
하드웨어 없이 순수하게 배우들만으로 진행되었다.

던 작품이다. 도르프만이 손질한 뮤지컬 대본은 뼈대는 원작과 같지만 보편적인 정서를 잘 표현한 우화(寓話)형식이었다. 점례와 사월이의 대립구도는 여전하다. 그러나 증오보다는 이해와 융화를 통해 비극을 누그러뜨리고 미래지향적으로 끝내는 게 인상적이었다.

음악도 떠들썩한 뮤지컬과는 이별했다. 워크숍이라 피아노 반주만 들을 수 있었지만 멜로디가 차분했고 서정적이었으며 동양적이라는 느낌까지 풍겼다. 나무로 있다가 걸어나와 연기를 하고 다시 배경 속으로 들어가는 배우들은 부지런히 움직이는 세트처럼 역동적이었다.

〈그림자와의 춤〉은 몇 가지 숙제를 던진다. 우리가 오래 전부터 금과옥조로 여겨온 '한국적' 이라는 개념에 궤도수정이 필요하다는 것이다. 극적 사건은 한국 땅에서 한국 사람들이 저지른 행위지만 이 땅에만 국한된 것이 아니기에 더 넓은 보편성과 세계성에 눈을 떠야 한다. 나 자신도 마찬가지다. 흑백논리에 묶여서 힘의 대결에 안주해버렸던 속성을 버리며 희망적으로 바꿔놓은 종결부는 놀라운 발견일 정도로 흡족했다. '어른을 위한 동화' 로 성장한 딸년을 본 생부모의 심정이다. (조선일보 2005년 9월 27일)

연 출 가 폴 게 링 턴 의 합 류

런던 워크숍 동안 극본과 음악의 큰 뼈대가 완성되었다. 우리는 모두 워크숍에 만족했다. 프랭크 던롭은 작품을 해석하는 능력이 탁월했다. 오히려 작품의 기본 골격은 워크숍 연출가가 정리한 대본이 훨씬 뮤지컬

스러웠다. 이것만 보면 프랭크 던롭을 서울 본공연에 연출가로 선택하는 것이 옳았다. 그러나 내가 생각하기에 그에게는 꽤 치명적인 약점이 있었다.

그것은 각 파트의 크리에이터들과의 소통 문제였다. 워크숍 공연은 훌륭했으나 현장에서 지켜보니 크리에이티브팀들과 삐걱거리는 것이 느껴졌다. 나 혼자만의 착각일까 싶어 런던, 뉴욕의 지인들에게 자문을 구했다. 평가를 종합한 결과는 부정적이었다. 물론 프랭크 던롭은 작가의 연극 같은 대본을 뮤지컬로 멋지게 재해석해냈다. 놀랄 만큼 리더십을 발휘하여 좋은 뮤지컬로의 희망을 보여준 연륜과 카리스마를 겸비한 능력 있는 사람이었다. 그러나 나는 이 창작 초연에서는 모든 스태프들의 의사를 원활히 수렴하고 창의적으로 발전시킬 수 있는 연출가가 필요하다고 생각했다. 그래야 한 사람에 의한 작품이 아니라 시스템에 의한 작품이 태어날 수 있기 때문이다.

나는 〈맘마미아!〉로 나와 인연을 맺은 연출가 폴 게링턴을 떠올렸다. 그의 작품 성향과 스태프들과의 커뮤니케이션 능력을 주변인들로부터 다시 점검해본 후, 2006년 2월 〈맘마미아!〉 협력 연출가였던 폴 게링턴을 〈댄싱 섀도우〉의 연출로 최종 결정했다.

연출이 합류함으로써 이 작품은 새로운 전환점을 맞이하게 되었다. 우선 런던에서의 미팅을 계획했다. 폴 게링턴은 나와 친분이 있었지만 작가들과는 작업을 해본 적이 없었다. 때문에 이들이 서로 편하게 커뮤니케이션을 할 수 있도록 해야 했다.

또한 이번 미팅에서 뮤지컬 〈댄싱 섀도우〉의 구체적인 제작 스케줄을 협의할 수 있도록 국내 스태프들 중 제작감독, 기술감독 및 음악감독과 조명감독을 함께 동행하기로 했다. 2006년 4월, 코벤트가든 호텔, 국내 스태프들이 함께한 자리에서 우리는 모두 즐겁게 작업을 해나갈 수 있을 것이라는 확신을 가지게 되었다.

폴 게링턴은 연출가로서 자신이 뮤지컬 〈댄싱 섀도우〉 음악에 대해 가지고 있는 생각을 작곡가에게 설명하고 작곡가는 연출의 의견을 충분히 받아들였다. 이렇게 작가들과 연출가의 격의 없는 의견 개진은 워크숍보다 발전된 대본이 나올 수 있을 것이라는 기대감을 불러일으켰다.

뮤지컬 〈댄싱 섀도우〉는 극본과 작곡 이외에도 뮤지컬의 중심지인 런던과 뉴욕에서 활동하고 있는 연출가를 필두로 하여 안무, 무대디자인, 의상디자인, 편곡, 음악 슈퍼바이저, 조명, 음향 등 스태프 구성이 완료되었다. 이들 해외 스태프 역시 모두 런던과 뉴욕에서 왕성하게 활동하고 있는 실력 있는 전문가들로서 연출가인 폴 게링턴이 추천하여 합류하게 되었다.

이들은 국내 스태프들과 함께 협력하여 작품을 완성해갔다. 해외 전문 스태프를 영입, 런던에서의 첫 워크숍, 서두르지 않는 수년간의 제작 스케줄에 따른 치밀한 제작 등 뮤지컬 〈댄싱 섀도우〉가 걷고 있는 길은 지금까지 그 어떤 한국의 뮤지컬들도 시도해보지 못한 선진 뮤지컬 제작시스템의 첫 경험인 셈이다.

마지막 극본의 완성

음악, 대본, 극본이든 조명이든 막이 오르기 전까지 완성이란 말을 쓸 수는 없다. 마지막 순간까지 최고의 작품을 위해 수정을 거듭한다. 어떻게 보면 완성이란 말 자체를 쓸 수 없을지도 모른다. 막이 오른 후에도 수정이 가능하기 때문이다.

아리엘 도르프만은 런던 워크숍 전에 3차 대본까지 완료했다. 그리고 워크숍 이후에 다시 대본을 수정했다. 최종 정리된 대본은 다음과 같다.

작가는 뮤지컬 속 이야기를 '동화'라고 표현할 만큼 전쟁과 갈등을 간접적으로 그려냈다. 6·25전쟁 당시 소백산맥 아래 한 촌락은 가상의 마을 '소박'으로 옮겨졌고 전쟁 중 이데올로기 갈등보다는 파괴되는 인간성과 사랑, 그리고 우리들의 영혼에 주목했다.

내용도 전쟁으로 여인들만 남아 있는 마을 설정과 여기 숨어들어온 한 남자 솔로몬, 그리고 그를 사이에 둔 두 여인, 나쉬탈라와 신다의 욕망이 그려지는데, 인물의 설정은 원작과 같지만, 뮤지컬은 구체성을 걷어낸 우화가 됐다.

태양 군대와 달 군대가 번갈아 점령하는 과부들의 마을에서 숲을 지키려는 쪽과 나무를 팔아 생존하려는 쪽이 승자 없는 싸움을 벌이는데 한 탈영병이 들어오면서 삼각관계가 짜인다. 현대와 전통, 정신과 물질, 개발과 보존 등의 대립 구도로 극의 밀도를 높였고, 숲의 나무들이 합창과 군무를 보태는 앙상블 역할을 한다.

작가는 "과거를 지향하는 쪽과 미래를 지향하는 쪽의 이런 갈등은 특히 현대화 속도가 빨랐던 한국 같은 나라들이 겪는 진통"이라며 "한국적 색깔은 표백됐을지 몰라도, 그들의 비극은 세계가 귀담아 들어야 할 경종이 될 것"이라고 말했다. 결말도 원작과는 달랐다. 원작에서 비극적 최후를 맞이하는 사월이 역할의 신다는 아이, 즉 희망을 낳기로 결심하고, 마을 아낙들과 미래에 대한 희망의 노래를 함께 부른다.

작가는 이런 변형에 대해 "무대 위에서는 누구도 완전히 선하거나 악하지 않다. 전쟁은 비극적이지만 사랑과 희망에 대한 이야기를 꺼낼 수 있는 통로이기도 하다"라고 강조했다. "〈댄싱 섀도우〉라는 제목 또한 뮤지컬의 시각적 상상력을 자극하기 위한 상징적인 메시지를 내포하고 있다. 〈댄싱 섀도우〉는 이 작품이 함께 춤출 수 있는 누군가를 끊임없이 찾고 있는 외로운 사람들에 대한 이야기임을 뜻한다."

결론적으로 아리엘 도르프만의 새로운 〈산불〉은 원작이 가지고 있는 주제의식과 기본 플롯은 그대로 남겨둔 채 작품이 가지고 있는 시대적 한정성과 지역색을 탈색시켰다. 대신 '현대적인 동화'의 모티브를 핵심으로 시공에 구애받지 않는 보편성을 추구, 한국의 이야기가 세계의 이야기가 될 수 있도록 했다. 가장 큰 변화는 원작 〈산불〉의 주요 소재인 산의 의미를 거주하는 곳 이상의 의미로 증폭시킨 것이다. 〈댄싱 섀도우〉에서의 산은 마을 사람들의 영혼의 안식처이자 근본이며 정신적인 지주로 보존해야 할 절대가치이다. 때문에 전쟁으로 인한 산불은 인간성과 절대가치의 파괴를 뜻한다.

두번째로 〈산불〉의 극중 인물들의 관계를 재정리하여 양씨와 점례, 최씨와 사월이 두 집안의 대결구도였던 산불의 원작을 숲을 수호하려

꽃, 마음에서 무대로

는 나쉬탈라와, 도시를 동경하여 숲에 대한 숭배를 잊어버린 신다와 어머니 마마아스터의 대립과 갈등으로 만들어 갈등의 밀도를 높였다.

점례, 사월의 남자이자 인텔리인 규복은 목수 솔로몬으로 설정하여, 숲을 파괴하는 운명을 괴로워하는 사람으로서 나쉬탈라와의 비극적 사랑을 증폭시켰다. 솔로몬을 극의 초반부터 등장시켜 나쉬탈라, 신다와의 러브스토리의 깊이를 부각시켰다. 그리고 국군과 북한군의 이념적 대립을 태양군과 달군으로 변화시켜 우화적이고 동화적인 설정으로 뮤지컬의 재미를 가미시켰다. 같은 배우가 연기하는 두 군대는 이데올로기적 대립이 실제로는 아무 의미 없음을 역설하고, 꼭두각시로서의 군대를 부각, 전쟁의 허무함을 강조한 것이 극본의 가장 큰 변화들이다.

연극, 영화, 뮤지컬 등 세계에서 인정받고 있는 훌륭한 작품들은 문학성을 바탕으로 한 갈등과 대립구조가 잘 구축되어 있다. 〈댄싱 섀도우〉는 인간의 대립, 전쟁과 평화의 대립, 사랑의 대립, 그리고 절망과 희망의 대립을 극적으로 표현해야 했다. 코믹하거나 진지함 속에서도 항상 느낄 수 있는 탄탄한 대립양상이 뮤지컬 〈댄싱 섀도우〉에서 중요한 키워드였던 것이다. 대본이 완성됨에 따라 극본 요소요소에 포진해 있던 곡들의 주 멜로디도 확실한 구색을 갖추기 시작했다.

소기의 목적을 달성한 만족스러운 워크숍 후, 작품에 대한 구체적 계획과 진행이 필요해졌다. 이제 완성된 대본을 통해 무대의 실현을 꿈꿔야 할 시점, 곧 한국에서도 서서히 뮤지컬 〈댄싱 섀도우〉를 위한 준비를 시작해야 할 시점이었다.

04

꽃이 피어날
터를 다지다

7년이라는 서두르지 않은 제작기간, 극본과 음악이 완
성된 후 런던 워크숍, 공연 1년 전에 진행된 오디션과 쇼
케이스 기획으로 끊임없이 언론의 화제가 되어온 것은
작품의 인지도를 높여주고 신뢰를 갖게 해주는 동시에
작품의 스케일을 관객들에게 깊이 각인시키는 계기가
되었다.

언론사와 공동주최

창작뮤지컬 〈댄싱 섀도우〉의 공연장소가 예술의전당 오페라극장으로 결정된 것은 2006년 4월쯤이었다. 예술의전당은 2007년 기획공연으로 라이선스 뮤지컬보다는 창작뮤지컬의 활성화를 위해 과감하게 〈댄싱 섀도우〉를 선택했다.

몇 개의 작품이 후보로 경쟁했지만 오랫동안 준비해왔기 때문에 작품을 이해할 수 있는 자료가 충분했다는 것이 유리하게 작용했고 신시뮤지컬컴퍼니의 제작능력이 높게 평가되었다. 또한 워크숍을 통한 검증이 이루어졌고 보통 창작뮤지컬에서 가장 취약한 음악의 완성도 면에서 특히 인정받았다.

예술의전당은 특히 이 공연을 위해 극장을 2개월 이상 비워주었다. 창작뮤지컬로는 참으로 유례없는 장기간이었으며 그만큼 〈댄싱 섀도우〉가 신뢰받고 있다는 증거였다.

공연할 시기와 장소가 확정되면서부터 본격적인 제작시스템이 가동되기 시작했다. 스태프 구성을 재정비했고 오디션과 쇼케이스 기획부터 본공연 준비에 박차를 가하기 시작했다.

〈댄싱 섀도우〉의 특수한 상황은 조선일보사와의 공동주최라고 할 수 있을 것이다. 일반적으로 뮤지컬은 특별한 상황이 아니면 언론사와 공동주최하는 예가 흔치 않은 일이다. 특히 이 작품은 차범석의 〈산불〉을 세계거장들이 참여하여 뮤지컬로 제작한다는 발상이 신선하게 받아들여졌고 우리의 문화상품을 만들 때가 도래했다는 것에 공감했던 것 같다.

언론사 입장에서는 질 좋은 공연을 독자들에게 소개하는 것은 일거양득의 효과가 있기 때문이다. 프로듀서 입장에서 어려운 점은 어느 한 언론사에서 투자하고 공동으로 추진했을 때 타 언론사에서 외면받지나 않을지 고민되는 건 사실이다.

그래서 이런 점을 염두에 두고 숙고한 끝에 조선일보사에 제안을 하게 되었고 좋은 우리 뮤지컬을 만들어보자며 흔쾌히 답변을 해주었다. 그리고 방송사는 SBS에서 함께 참여하게 되었다. SBS 사업팀 실무진에서도 오랫동안 제작과정을 지켜보았고 신시에 대한 믿음이 있었기에 공동작업을 하는 데 어려움은 없었다.

그 동안 한국 뮤지컬 발전을 위해 주도적 역할을 해온 극장, 언론사들이 창작뮤지컬의 발전을 위해 한 배를 탔다는 것은, 그만큼 한국을 대표할 만한 새로운 뮤지컬의 탄생을 염원하고 있다는 증거였을 것이다. 각 분야의 전문가들이 모였다는 것은 시스템적으로 완벽한 구성을 이룰 수 있다는 뜻이니, 결국 프로듀서로서는 책임감과 자신감을 가지고 추진해 갈 수 있는 힘이 생겼다.

350여 명이 모인 오디션

2005년 3월 런던 미팅 때 거론했던 오디션과 쇼케이스 일정을 결정하고 공식화했다. 오디션을 통해 선발된 배우들과 함께 멜로디가 완성된 뮤지컬 넘버 중 몇 곡만을 연습하여 안무와 함께 우리말로 선보이는 쇼케이스와 기자회견을 갖기로 했다.

〈댄싱 섀도우〉의 공개 오디션이 2006년 6월 19일부터 25일까지 일주일간 예술의전당 연습실에서 열렸다. 이 작품에 참여를 희망한 오디션 지원자는 무려 350여 명, 오디션장의 열기는 뜨거웠다.

경력이 있는 배우든 그렇지 않은 배우든 〈댄싱 섀도우〉의 캐릭터에 가장 합당한 사람을 선발하는 것이 오디션의 목적이었다. 나쉬탈라의 순수함과 의지, 신다의 관능미와 이중적인 성격, 솔로몬의 우유부단함과 로맨틱함, 마마아스터의 카리스마. 그것은 배우의 에너지와 시너지 효과를 이루어야 했다. 관객들이 열광하는 스타보다는 극의 흐름을 지켜나가고 배역과 함께 녹아들 수 있는 사람이야말로 이 작품에서 필요한 배우였다.

초연을 1년 앞두고 오디션을 통해 선발된 배우들로 쇼케이스와 함께 기자회견을 갖는다는 것은 이례적인 일이었다. 오디션에 최종합격한 배우들이 일주일간의 훈련으로 쇼케이스를 갖는 것이었다.

오디션 현장은 그야말로 치열했다. 내로라하는 국내 뮤지컬배우들이 총집합했다. 오디션 심사는 연출가 폴 게링턴, 협력연출 김재성, 음악감독 박칼린 등 세 명이 맡았다. 결국 최종선발된 배우 29명이 확정되었다. 그 중 앙상블 23명과 주요 배역 6명이 캐스팅된 것이다. 나중에는 스윙(코러스 대역)도 추가로 선발되었다.

비중이 큰 마마아스터(원작의 사월이 엄마 '최씨') 역에는 연극, 뮤지컬, 마당놀이, 국악, 텔레비전을 넘나드는 출중한 배우 김성녀 선생이 캐스팅됐다. 모든 배역은 공개오디션을 거쳤지만 김성녀 선생과 서희승

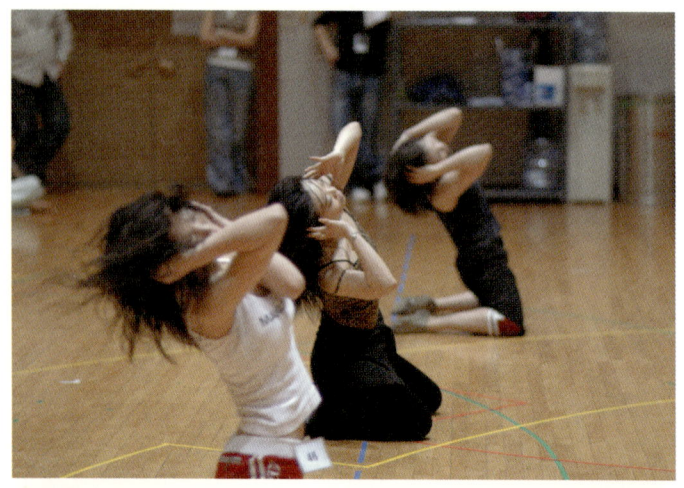

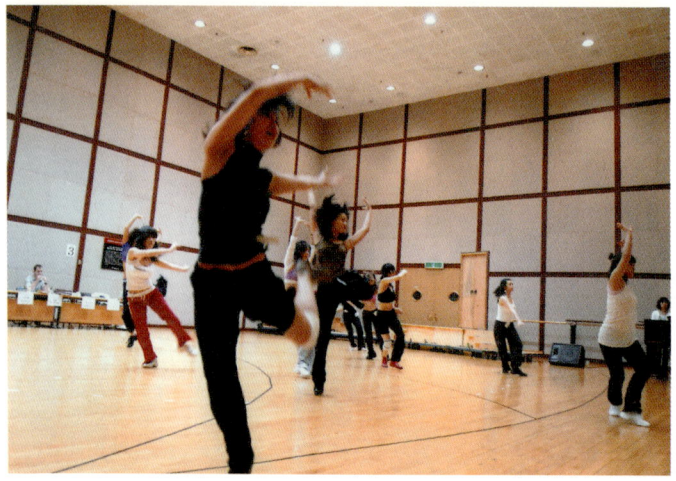

〈댄싱 섀도우〉에 참여를 희망한 오디션 지원자는
무려 350여 명, 오디션장의 열기는 뜨거웠다.

형은 나와 작가의 추천으로 확정되었다.

연출가는 출국하기 전 김성녀 선생을 처음 보는 순간 대만족을 표시했다. 〈댄싱 섀도우〉에 확정된 출연진은 탄탄한 중견배우와 뮤지컬 전문배우로 구성되었다. 다양한 연령의 실력 있는 배우들이 뽑혔고 쇼케이스를 준비하게 된 연출팀과 배우들 모두 〈댄싱 섀도우〉에 대한 기대감과 호기심으로 가득했다.

신다(원작의 '사월') 역에는 〈맘마미아!〉〈아이다〉로 뮤지컬 스타로 자리매김한 배해선이, 나쉬탈라(원작의 '점례') 역은 〈미스사이공〉의 히로인 김보경이 거머쥐었다. 남자 주인공 솔로몬(원작에서는 '규복') 역에는 〈드라큘라〉로 가능성을 인정받았던 신성록이 낙점됐다. 그리고 태양군과 달군을 넘나드는 장교 역은 성기윤이 맡았다.

특히 앙상블에는 과부와 군인 등 일인다역을 필요로 하기 때문에 연륜 있는 배우들이 합류한 것이 특색이었다. 정영주, 황현정, 김경선, 고명석 등 다른 작품에서 주조연을 맡았던 기량 있는 배우들이 자진하여 참여의사를 밝혀와 견고한 앙상블팀을 구축할 수 있었고, 이기적으로 치닫는 각박한 뮤지컬계에 큰 귀감이 된, 신시의 보이지 않는 조직력과 힘이 느껴지는 대목이었다.

또 하나의 실험, 쇼케이스

오디션과 함께 무대구현을 위해 실질적인 창작 작업에 필요한 크리에이티브팀의 구성 또한 구체화되어야 했다. 이에 대해 연출가는 우선적으로 쇼케이스만을 위한 안무가 선정을 제안했다.

연출가와 함께 작품을 해석하여 대사와 음악으로 표현하지 못하는 텍스트를 춤으로 이끌어내는 작업을 해야 하는 안무가의 선정은 연출가뿐 아니라 제작자 입장에서도 신중히 고려해야 하는 선택이었다. 하지만 나는 이를 전적으로 연출가에게 일임했다. 그의 연출력을 신뢰해서이기도 했지만, 무엇보다도 연출가와의 호흡이 가장 중요하다고 판단했기 때문이다.

연출가는 안무가 니콜라 트리헨느를 쇼케이스에 참여시켰다. 그는 안무가로서 연출가와 함께 독일 함부르크에서 오픈한 뮤지컬 〈더티댄싱〉을 작업했고 영국에서 오랫동안 〈맘마미아!〉로 호흡을 맞춰왔던 스태프였다. 그 자신이 영국 웨스트엔드에서 과거 유명한 댄서이자 뮤지컬배우로서 화려한 경력을 자랑하는 안무가였다.

연출가와 안무가, 그리고 국내 협력 연출, 음악감독, 조안무 등 크리에이티브팀은 지금까지 나온 대본과 음악을 분석하고 각 분야의 입장을 조율하며 쇼케이스를 준비했다.

기존에 공연되던 뮤지컬이 아니었기 때문에 〈댄싱 섀도우〉는 무한한 상상력과 가능성을 열어주었다. 이것은 즐거운 동시에 고통스러운 과정이었다. 연출가는 한국적인 정서가 배어 있으나 한국적인 것을 뛰어넘는 작품을 만들고 싶은 마음을 쇼케이스에 담으려 했다. 쇼케이스는 또 하나의 실험인 셈이었다. 연출가는 "쇼케이스에서 보이는 것이 〈댄싱 섀도우〉의 전부가 아니다. 앞으로 남은 기간 동안 분명 지금 보이는 것

꽃이 피어날 터를 다지다

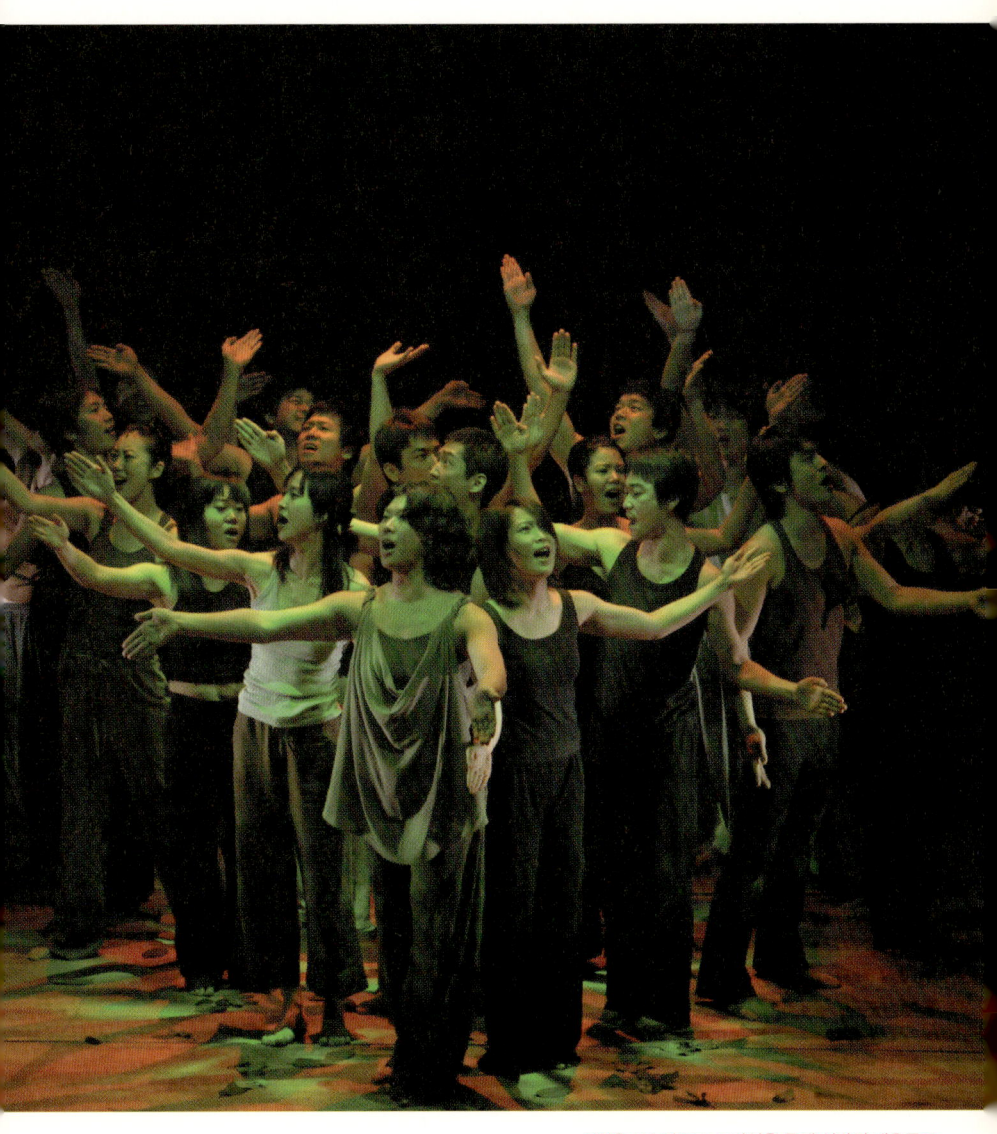

초연을 1년 앞두고 오디션을 통해 선발된 배우들로
쇼케이스와 함께 기자회견을 갖는다는 것은 이례적인 일이었다.

과는 다르게 수정되고 안무도 바뀌고 작품의 컨셉트도 바뀔 수 있다. 우리는 이 극이 무대에서 어떤 이미지를 선사할 수 있는지 타진해보려는 것이다"라고 말했다.

총 여섯 곡의 노래가 선택되었고 거의 배우들만으로 작품의 분위기를 전달하고자 했다. 〈댄싱 섀도우〉의 배경인 숲을 표현해주는 나뭇잎 그리고 피아노 두 대와 영상 프로젝터가 무대세트의 전부였다. 가능하면 배우의 느낌과 음악이 전면에 나설 수 있도록 한 것이다. 그래야 수정할 점을 더 세밀하게 발견할 수 있기 때문이다.

안무가 니콜라 트리헨느가 해석한 이 작품의 안무는 참으로 신선했다. 이 작품이 갖고 있는 메시지를 현대적인 안무를 통해서 표현하는 것이었다. 별다른 도구가 없이도 배우들이 갖고 있는 훌륭한 신체만을 통해서 나무들의 모습, 나무에 갇혀 있는 영혼의 고통, 즐거움, 두려움을 표현하는 데에 충분했다.

2006년 7월 3일 월요일 오후 2시 30분. 이미 예술의전당 자유소극장 로비는 북적이고 있었다. 연극계 원로들, 문화 예술계 인사들, 극장 관계자 및 각 언론의 기자들을 비롯하여, 300여 명의 거물들이 대거 참석했다. 쇼케이스에 오신 분들을 맞이하면서 차범석 선생의 빈 공간이 더욱더 크게 느껴졌다. 초대받은 뮤지컬동호회 회원들과 배우들까지, 이들 모두가 공연의 시작을 숨죽여 기다리고 있었다. 바로 이날이 〈댄싱 섀도우〉가 한국 관객 앞에서 첫 모습을 드러내는 날이었다.

호기심 가득한 관객들이 모두 입장하고, 객석의 불빛은 어두워졌다. 잠시 극장 안은 정적 속에 멈췄다. 피아노 소리. 그에 맞춰 배우들의 노

꽃이 피어날 터를 다지다

래가 시작되고 무대가 서서히 밝아오며 배우들의 움직임이 보이기 시작했다. 1년 후인 2007년 7월, 예술의전당 오페라하우스에서 그 화려한 막을 올리게 될 〈댄싱 섀도우〉의 본격적인 제작 시작을 이날의 쇼케이스와 기자간담회를 통해 공식적으로 알린 것이다.

각 인물의 사랑, 갈등, 질투, 좌절의 섬세한 감정의 변화가 담긴 잔잔하고 애절한 멜로디의 솔로곡들, 전쟁에 남편을 잃은 여자들의 슬픈 삶의 노래, 영혼이 살아 숨 쉬는 숲의 합창, 나쉬탈라의 갈등을 담은 테마곡 등 〈댄싱 섀도우〉의 주제의식과 성격을 보여주는 여섯 곡의 노래들이 배우들의 움직임과 어우러져 소개되었다.

예술의전당 자유소극장의 작지만 무대를 주목하기에 더할 나위 없이 효율적인 공간 덕택에 배우들의 아름다운 움직임과 목소리는 객석을 가득 메운 관객들에게 큰 감흥을 불러일으켰고, 관객들의 꿈꾸는 눈빛은 이미 1년 후 〈댄싱 섀도우〉의 성대한 무대를 향해 있었다.

한 단계, 또 한 단계, 〈댄싱 섀도우〉는 성공적인 본공연을 위해 힘차게 진행되고 있었다.

최 상 의 작 품 이 최 선 의 홍 보

〈댄싱 섀도우〉의 화룡점정은 관객이 완성할 것이다. 그것은 관객을 극장으로 오게 하는 노력으로부터 시작된다고 하는 것이 정확한 표현일 것이다. 좋은 공연을 볼 수 있어야 관객 또한 뮤지컬을 함께 만들어갈 수 있기 때문이다. 공연예술이 대중의 힘을 얻는 것은 함께 공감하고 참여하는 것이다. 홍보는 열렬한 관객을 위해 문을 열어주는 것이다.

뮤지컬 공연을 준비하면서 시즌마다, 공연마다 항상 새로운 이벤트를 통하여 전략을 세워왔다. 모든 작품마다 특수한 상황에 맞춰 적절한 선택을 하는 것이 필요했다. 적절한 시즌 선택이나 크리에이티브팀 구성, 캐스팅 구성 등 어떻게 틀을 짜느냐도 매우 중요하지만 공연을 보러 올 관객들에게 화제를 불러일으키지 못한다면 흥행은 보장할 수 없게 된다. 〈댄싱 섀도우〉의 화제성은 무엇인가. 제작자로서 〈댄싱 섀도우〉 속에 빠져 있을 수 있는 여지에 주목했고, 객관적으로 관객의 입장에서 우리 뮤지컬의 의미와 재미를 바라보려 노력했다.

뮤지컬 홍보의 첫번째 수단은 작품 자체가 상품이 되는 것이다. 우선 〈댄싱 섀도우〉는 우리 희곡 작품 〈산불〉을 바탕으로 만든 뮤지컬이다. 작품의 기틀이 튼튼하니, 그 부분에서는 자신이 있었다.

또한 7년이라는 서두르지 않은 제작기간, 극본과 음악이 완성된 후 웨스트엔드에서 활동하는 배우들과 함께한 런던 워크숍, 공연 1년 전에 진행된 오디션과 쇼케이스 기획으로 끊임없이 언론의 화제가 되어온 것은 작품의 인지도를 높여주고 신뢰를 갖게 해주는 동시에 작품의 스케일을 관객들에게 깊이 각인시키는 계기가 되었다.

- 차범석의 〈산불〉을 원작으로 한 뮤지컬
- 7년간의 긴 시간 동안 정성들인 웰메이드 뮤지컬
- 세계 유명 스태프들이 대거 투입된 글로벌 뮤지컬
- 런던 워크숍으로 입증된 아름다운 음악과 극본의 완성도

꽃이 피어날 터를 다지다

• 공연 1년 전에 진행된 오디션으로 선발된 맞춤 배우

이 다섯 가지 포인트는 프로모션, 홍보 각 분야에서 〈댄싱 섀도우〉의 완성도와 규모, 그리고 다른 뮤지컬과의 차별화를 설명하는 데 가장 효과적인 것이었다.

〈댄싱 섀도우〉는 작품의 완성도를 위해 대형 라이선스 공연에 비교할 만큼 많은 제작비를 투자해야 했다. 그러나 홍보에 대한 투자도 대형 라이선스 뮤지컬에 못지않았다. 〈댄싱 섀도우〉는 초연작일 뿐만 아니라 그 제목조차 생소한 창작품이다. 대형 라이선스 뮤지컬에 익숙한 일반 관객들에게 작품의 제목과 이미지를 각인시키는 것은 그 무엇보다 중요한 일이었다.

창작뮤지컬을 만들면서 가장 어려운 작업 중 하나는 포스터 등에 쓰일 메인 이미지와 로고를 만드는 일일 것이다. 〈오페라의 유령〉의 마스크, 〈캣츠〉의 고양이 눈, 〈라이온킹〉의 사자 머리 등 더이상 설명이 없이도 작품을 설명해주는 이미지를 창출한다는 것은 매우 어려운 일이었다. 나는 〈댄싱 섀도우〉의 메인 이미지를 이만익 화백에게 의뢰했다. 나쉬탈라와 신다, 그리고 솔로몬의 사랑과 갈등을 담아낸 압축적인 이미지를 부탁했다.

이만익 화백의 이미지는 그 자체만으로 사람들의 눈길을 끄는 힘이 있었다. 한국적이며 등장인물의 관계에 궁금증을 불러일으키는 구도가 있었다. 그러나 반면에 유화색채였기 때문에 너무 토속적이고 무게가 느껴지며 답답한 느낌이 드는 부분도 있었다. 이 이미지를 활용할 것이

냐 하는 것은 실제 포스터가 제작되고 작품의 홍보가 시작될 무렵까지의 지속적인 논란거리였다.

　그러나 이런 논란에 종지부를 찍는 것 또한 프로듀서의 할 일이다. 기획팀에게 더 나은 대안에 대해 여러 차례 의견을 소집한 뒤 시안을 거듭해볼 것을 주문했다. 디자인 사무실에서는 수많은 이미지를 만들었다. 퇴짜 또 퇴짜, 여러 차례 이미지 시안을 비교검토 해본 뒤 기획실의 모든 사람들은 그래도 이만익 화백의 이미지만큼 단기에 사람들 뇌리에 빨리 각인될 수 있으며 작품의 내용을 효과적으로 인지시켜주는 이미지는 더 이상 없다는 결론을 내렸다.

　이제 이 이미지를 가지고 어떻게 효과적이고 진부하지 않게 젊은 감각의 포스터를 만들어내느냐가 주된 작업이었고 3개의 디자인 회사에 의뢰하여 가장 시각적으로 좋은 포스터를 완성해냈다.

　특히 이번 공연에서 새롭게 시도한 것은 TV용 스팟광고였다. 아직 공연 장면이 있을 수 없는 창작 초연 뮤지컬은 보통 보도를 위한 설정 화면을 만들기 마련인데, 우리 〈댄싱 섀도우〉는 그런 어색한 설정을 하지 않고 작품의 규모감과 글로벌한 스태프들이 만든 믿음직한 작품이라는 컨셉트를 알릴 수 있도록 서정적이고 중후한 느낌을 표현하려 노력했다.

　기존 TV 스팟광고와는 다르게 컴퓨터그래픽으로 작업하는 등 정성을 기울였고, 작품의 내용을 전부 드러내지 않고 고급스러운 궁금증을 유발한 것이 큰 호응을 얻었다. 광고제작비에 다른 때보다 많은 투자를 한 것의 가치가 입증된 셈이다.

　주된 타깃에 따라 어필하는 방식도 달랐는데, 메인 타깃인 사오십대

꽃이 피어날 터를 다지다

중년 관객에게는 차범석 선생의 〈산불〉, 알란 파슨스 프로젝트의 에릭 울프슨이 관심과 흥미를 유발시킬 수 있다고 생각했다. 또한 글로벌한 스태프들이 모여 제작하는 완성도 높은 창작뮤지컬이라는 점, 그리고 예술의전당 오페라극장의 긍정적인 이미지와 한국 최고극장으로서의 신뢰도는 작품선택의 유리한 영향을 미칠 수 있었다. 같은 맥락에서 〈맘마미아!〉〈아이다〉〈시카고〉 등 중년 관객들을 사로잡았던 작품들을 제작한 신시뮤지컬컴퍼니에 대한 정확한 정보를 제공하는 데 집중했다. 특히 조선일보의 사고와 신문광고 등이 큰 영향을 발휘했다.

한국의 뮤지컬 문화를 이끄는 이삼십대를 위해 온라인 홍보는 필수적이다. 〈댄싱 섀도우〉의 홈페이지는 그래서 더욱 고민이 되었다. 이만익 화백이 심혈을 기울여 완성한 〈댄싱 섀도우〉의 일러스트는 홈페이지의 메인 컷으로 사용했을 때, 자칫 너무 한국적이거나, 너무 무거워 보일 수 있었다. 때문에 세련된 블랙을 주조로 깔고 플래시 작업을 통해 많은 리듬감을 홈페이지 전반에 설정하고, 홈페이지의 디렉토리를 보여주는 메인바에는 명도를 높인 화려한 색감으로 포인트를 주어 생동감 있는 홈페이지를 만들어냈다.

홈페이지를 통해 모집한 500여 명의 〈댄싱 섀도우〉 서포터즈는 작품에 지속적인 관심을 갖고 입소문을 내는 제2의 홍보팀이었다. 물론 우리도 서포터즈들에게 공연 진행과정을 지속적으로 알려주고 이벤트를 벌이는 등 꾸준히 관심거리를 제공했다.

또한 쇼케이스 초대를 통해 작품에 대해 많은 관심을 갖고 있던 온라인 뮤지컬 동호회를 중심으로 한 입소문 홍보에 주력했다.

일차적으로 관객들에게 이미지와 공연에 대한 정보를 알리고 난 후에는 TV 스팟광고, 신문광고, 옥외광고 등의 입체적 노출을 통해 지속적으로 각인을 시키는 작업이 필요했다. 대형 뮤지컬들은 불문율처럼 거쳐가는 매체광고인 버스정류장 아일랜드 광고, 현판, 가로등 배너, 시민 게시판, 전광판 등에 노출하여 작품의 규모가 대형 라이선스 뮤지컬들에 못지않음을 알렸고 각종 외식업체, 편의점, 대형 서점, 백화점과 연계한 프로모션으로 서울 시내 어디에 가든지 〈댄싱 섀도우〉 이미지를 한 번쯤은 보고 나올 수 있도록 했다.

공연이 임박해오면서 프레스콜 전 다시 한번 관객들의 주의를 환기시켜야 할 시기가 도래했다. 때마침 국립극장에서는 연극 〈산불〉이 공연되고 있었고, 〈댄싱 섀도우〉의 작가 아리엘 도르프만이 프레스콜과 오프닝 공연 참석을 위해 방한 예정이었다.

나는 아리엘 도르프만의 방한 일정을 앞당겼다. 〈댄싱 섀도우〉의 개막 직전, 국립극단에서 만들어진 연극 〈산불〉 공연은 관객들의 관심을 끌기에 충분하다. 원작 〈산불〉이 뮤지컬 〈댄싱 섀도우〉로 어떻게 재구성되었는지 관객들에게는 화제가 될 것이고 흥미로운 비교가 될 것이었다.

아리엘 도르프만과 나는 연극 〈산불〉 관람 후 무대에서 임영웅 연출과 주요배우들과 기념촬영을 하고, 그날 저녁 바로 언론사 기자들과 간단한 인터뷰를 진행했다. 〈산불〉의 각색과 '뮤지컬화'를 주도한 사람의 연극 〈산불〉 체험기는 기자들에게 좋은 기삿거리였다.

이후, 공연에 임박하여 프레스콜 리허설과 프리뷰, 개막공연 등 숨 가쁜 행사준비와 함께 언론 리뷰를 위한 발 빠른 사진 촬영과 릴리즈를 진

꽃이 피어날 터를 다지다

행했다. 〈댄싱 섀도우〉가 오픈하고 그 주의 모든 언론매체에는 호의적이든 아니든 간에 〈댄싱 섀도우〉의 아름다운 무대 이미지가 대서특필되었다.

지난 수십 년간 대중매체는 놀라울 만큼 발전을 거듭해왔다. 하지만 공연에서 홍보 마케팅의 목적은 그다지 변하지 않았다. 지금도 많은 사람들에게 작품을 알리고 티켓을 구매하도록 유도하는 것을 그 목표로 삼고 있기 때문이다. 관객들이 무엇을 좋아하고 무엇을 싫어하는지만 알 수 있다면 모든 홍보 마케팅은 성공할 수 있을 것이다. 그러나 관객들의 요구를 외면하고 비현실적인 목표를 세우거나 질 낮은 작품을 만들때는 어떠한 홍보 활동도 별 도움이 되지 못한다. 재미없는 작품에 관객이 들지 않는 것은 당연한 일이다. 최선을 다해 좋은 공연을 만든다는 자세를 갖고 있다면 많은 비용을 들이지 않고도 효과적인 홍보를 할 수 있다는 것이다. 결국 최상의 작품이 바로 최선의 홍보인 것이다.

05

꽃망울이
터지기 직전

지금 이 순간, 그저 한 명의 스태프로서 앉아 있다. 리허설을 즐길 뿐이다. 실수에 함께 웃고, 다시 긴장하고, 그러나 잊지 않는다. 이 낡은 마룻바닥에서 흘리는 눈물과 시간을. 사람들의 기대를. 이 열정 어린 리허설의 노력을 물거품으로 만들 수 없다는 의지. 과정은 곧 결과다. 과정에서 실패하면 결과는 볼 필요가 없다.

마지막 음악의 완성

뮤지컬 〈댄싱 섀도우〉의 작곡가로 에릭 울프슨을 선정하게 된 것은 그가 뮤지컬 음악을 제대로 알기 때문이다. 뮤지컬 음악은 쉬워야 한다. 쉬운 음악을 만든다는 건 어렵다. 음악적 역량이 필요하다는 뜻이다. 팝 시절 에릭 울프슨의 곡들도 그랬듯이 그의 첫 뮤지컬인 〈갬블러〉를 통해 한국에 먼저 소개된 작곡가의 멜로디들은 한 번만 들어도 귀에 박히는 노래들이다. 서정적이며 로맨틱하기도 하고, 쉽게 따라 부를 수 있는 노래들이지만 그렇다 해서 가볍지도 않은 노래들. 바로 이 점을 고려해서 에릭 울프슨을 선택했다.

워크숍과 쇼케이스를 통해 이미 모든 사람들의 마음에 파고들었던 에릭 울프슨의 음악은 숲의 신비로움과 로맨틱한 사랑의 화음을 세련된 팝과 고급스러운 클래식 사이를 넘나드는 세미팝클래식으로 꾸며졌다.

〈댄싱 섀도우〉는 묘하고 몽롱하며, 로맨틱한 동시에 추상적이며 정열적인 곡들을 요하는 작품이다. 그것을 얻기 위해 우선 작곡가는 대본을 보고 배우들의 노래를 먼저 만들었다. 처음 곡들이 나왔을 때만 해도 연출이나 안무자가 선정되지 않았던 때라 작곡가는 대본에 충실하여 곡들을 썼고 거기에 음악감독 박칼린이 한글 가사를 붙였다.

뮤지컬이란 언제나 그렇듯이 '협동' 과정을 통해 만들어지는 공연물이다. 음악슈퍼바이저 닉 핀로 그리고 편곡자 페린 맨저가 크리에이티브팀에 합류하면서 멜로디의 틀만 있던 〈댄싱 섀도우〉의 노래들이 제 모습을 갖추기 시작했다.

작곡가는 작가의 '어른들을 위한 동화'로 풀어내고자 했던 작품의 컨셉트에 맞춰 한정된 음악적 장르를 벗어나 다양한 장르의 멜로디를 만들었고 그 결과 대중들의 귀에 쉽게 익숙해질 수 있는 음악이 탄생했다.

기본 멜로디가 완성된 후, 이 음악을 연주할 오케스트라의 편성을 정해야 했는데 수많은 대화와 아이디어회의를 거쳐 작곡가, 음악감독, 슈퍼바이저는 편곡자와 함께 〈댄싱 섀도우〉의 음악을 현악기 섹션, 혼, 클라리넷과 색소폰, 플루트, 아시안 플루트, 피아노, 건반, 그리고 다양한 월드 퍼커션을 포함한 14인조의 오케스트라가 연주하는 것으로 결정했다.

그뒤로 몇 달을 거쳐 작곡가의 노래들이 드라마틱한 형체를 갖기 시작했다. 서곡, 대사 밑에 흐르는 배경음악, 장면전환음악, 춤곡들과 함께 드라마를 받쳐주는 음악이 완성되었다. 박칼린 감독은 외국 스태프들과 끊임없이 협의하면서 최선을 다해 음악 컨셉트를 정했다.

영혼의 숲을 연상케 하는 오프닝 장면에 나오는 '숲 속의 메들리(Songs of the Forest Medley)'는 오케스트라와 배우들의 화음으로 살아 있는 영혼을 가진 숲으로 완성된다. 아름답고 서정적인 선율로 숲의 안식을, 불협화음을 통해 숲의 분노를 표현한 음악이다.

마마아스터의 사상과 캐릭터를 확연히 드러내는, 시니컬하면서도 재미있는 '먼저 선수를 쳐(Do It to You)'와 '엄마 알아 엄마 믿어(Mama Knows Best)', 과부들의 성욕을 코믹하게 나타내는 '난 남자가 필요해(I Need a Man)' 등 과부들의 노래는 탱고, 삼바, 캉캉의 경쾌한 리듬으로 극의 재미와 흥을 더해주었다. 우아한 클래식인 듯, 편한 팝인 듯, 동양의 미스터리가 담긴 악기 편성과 편곡으로 묘하게 시공간을 넘나드는 음악들이 만들어졌다.

2막 오프닝을 장식하는 사랑의 듀엣 '널 보면(Looking at You)'은 아름다운 멜로디로 관객들의 감성을 포근하게 감싸안을 만큼 따뜻한 곡으로 만들어졌다. 나쉬탈라의 주제곡 '내 그림자와의 춤(Dancing with My Shadow)'은 한 번 들으면 잊을 수 없는 멜로디로 여러 장면에서 편곡 변주되어 작품 전체에 녹아들어가 통일감을 전달해줄 수 있게 했다.

런던에서 연출가와 음악슈퍼바이저 닉 핀로는 음악 구성을, 독일에서 페린 맨저는 편곡을, 또 크리스는 건반에 필요한 〈댄싱 섀도우〉만의 특수음을 컴퓨터 프로그래밍하고 있는 동안, 서울에서는 악보편집자 서유진이 매일같이 새롭게 날아오는 노래, 가사, 오케스트라 악보를 하루하루 업데이트시켜 악보집을 만들었다.

음악팀은 〈댄싱 섀도우〉만의 특수 건반을 위해 장비를 만들고, 박칼린은 배우들의 음악 연습과 뮤지컬 연주자들로 구성된 14인조의 오케스트라 연습을 시작하면서 〈댄싱 섀도우〉의 음악이 완성되었다. 연습과정에서 남자주인공 솔로몬의 노래가 더 필요함을 느낀 박칼린은 새로운 곡을 부탁했다. 작곡가는 자신의 미발표곡 중 솔로몬 캐릭터에 적합한 노래를 보내왔다. 이곡이 바로 알란 파슨스 프로젝트 앨범에 새롭게 수록된 '대답 없는 질문들뿐(No Answers Only Questions)'이다. 그러나 결과적으로 각각의 음악들이 드라마를 쫓아가다보니 분위기를 전환시킬 수 있는 임팩트가 없었다는 것이 허점으로 작용했다.

다시 말해 좀 거칠어도 강렬하고 파워풀한 합창곡 한두 곡으로 관객들의 가슴에 불을 지필 수 있는 뮤지컬 넘버가 없는 것은 아쉬웠다. 결국 관객들의 감정선을 자극하는 노래가 없었다는 것이다. 연출이 폴 게링턴으로 선정되면서 새로운 해석이 오히려 장해가 되었던 것이다. 워크숍 때 좋았던 합창곡을 삭제한 것이 좋지 않은 결과를 가져왔다.

〈댄싱 섀도우〉의 메인 테마곡은 '내 그림자와의 춤'이다. 인간의 외로움과 영혼의 가치에 대한 곡이다. 이 곡은 때로는 솔로몬과 나쉬탈라의 러브송이 되어 극한의 상황에서 숲과 인간과 사랑과 존재를 표현한다. 그들은 일체가 된 듯 하나의 멜로디로, 하나의 주제를 향해 나아간다.

작가의 변화된 극본은 작곡가의 듣기 편하고 감각적인 멜로디를 강조하는 아름다운 음악을 만나 더욱 빛을 발휘했다. 작곡가는 귀에 듣기 편한 음악이 가장 관객들의 마음을 사로잡게 될 것이라는 믿음이 있었다. 그것이 뮤지컬의 핵심이라고 생각했다.

한 번 들으면 누구나 마음속에 남을 수 있는 음악이 바로 〈댄싱 섀도우〉의 음악에 바탕이 되는 생각이었다. 또한 그는 오케스트라보다는 사람의 목소리로 감동을 주는 작품을 만들기 위해 노력했다. 작곡가는 실제로 인물들의 사랑, 갈등, 질투, 좌절의 섬세한 감정의 변화는 잔잔하고 애절한 멜로디로, 마마아스터의 카리스마를 이야기하고 여자들의 외로움을 호소하는 노래는 코믹하고 경쾌한 선율로, 영혼이 살아 숨 쉬는 숲의 합창은 오케스트레이션과 거대한 코러스의 화음이 빛나는 클래식한 선율로 다양한 음악세계를 일구었다.

꽃망울이 터지기 직전

안 무 가 가 바 뀌 다

쇼케이스를 마치고 영국으로 돌아간 니콜라 트리헨느는 영화 〈맘마미아!〉 안무 작업 스케줄과 겹쳐 본공연에 안무가로서 참여하지 못한다는 안타까운 소식을 전해왔다. 그녀의 창의적인 작품해석이 아까웠기 때문에 그녀의 빈자리가 못내 아쉬웠다.

연출은 많은 안무가들을 섭외 시도한 끝에 크리스 베일리를 본공연의 안무가로 선정했다. 크리스 베일리 또한 웨스트엔드에서 활동하는 안무가였다.

우리는 〈댄싱 섀도우〉를 '댄스 뮤지컬'이라고 표현했다. 이는 작품의 제목에서 말해주듯 뮤지컬 〈댄싱 섀도우〉에서 춤은 음악 못지않은 스토리 전달자 역할을 하며 작품을 풀어나가는 중요한 표현방법이었던 것이다.

크리스 베일리는 주인공 나쉬탈라와 솔로몬의 사랑에는 격정적인 탱고로 보는 이들의 마음을 흔들었다. 영혼의 숲을 위해서는 바람을 타고 부유하는 듯한 서정적인 춤사위를, 그리고 마을 여인들이나 군인들은 포크댄스나 캉캉 등 마을의 토속적인 느낌과 함께 서로를 유혹하고 싶어하는 그리고 그 유혹에 넘어갈 듯한 인물들의 모습을 선보이며 다양한 볼거리를 제공하기도 했다.

결과적으로 말하면, 공연이 실제로 무대에 올려졌을 때 관객들은 크리스 베일리의 안무를 상당히 좋아했다. 실제로 〈댄싱 섀도우〉는 한국 뮤지컬대상에서 안무상을 수상하기도 했다.

그러나 이미 쇼케이스 때의 안무가 니콜라의 창의적인 춤사위에 매혹된 바 있었던 나는 크리스 베일리의 안무가 탐탁지 않았다.

물론 무대 디자인의 방향성 때문이기도 했으나, 크리스 베일리의 안무는 너무 현실적이며 고전적이지 않았나 하는 생각이 든다. 주요 무대인 '영혼의 숲'은 거대한 숲의 형상과 함께 배우들의 아름다운 몸짓으로 살아 있는 숲의 모습으로 구성해야 했다. 그러나 크리스 베일리의 안무는 숲의 영혼을 표현하는 장면에서는 그다지 정교하지 못했다. 드라마틱한 몸짓으로 숲의 평온함을 보여주고 격렬한 몸짓으로 숲의 분노를 표현하는 등 배우들의 여러 몸짓으로 숲의 감정을 그려내는 데는 역부족이었다. 드라마를 쫓아가는 창의적인 표현력이 부족했던 것이다. 음악과 어우러지며 드라마 안에 녹아들어 작품을 더욱 빛나게 해주고 효과적으로 설명해주는 안무가 되기보다는 그냥 춤을 추기 위한 안무로서 아쉽게 끝나지 않았나 하는 생각이 든다.

무대의 형상화

이 작품의 장치는 동화 속의 책장을 넘기듯 이야기가 펼쳐지는 것이 특색이라 할 수 있다.

작품의 배경은 가상의 어느 공간. 그것은 지금, 혹은 과거, 나의 눈앞, 혹은 보이지 않는 그곳, 소박. 뮤지컬 〈댄싱 섀도우〉는 죽은 자들의 안식처이자 아직 태어나지 않은 자들이 모여 있는 공간인 '영혼의 숲'과 여

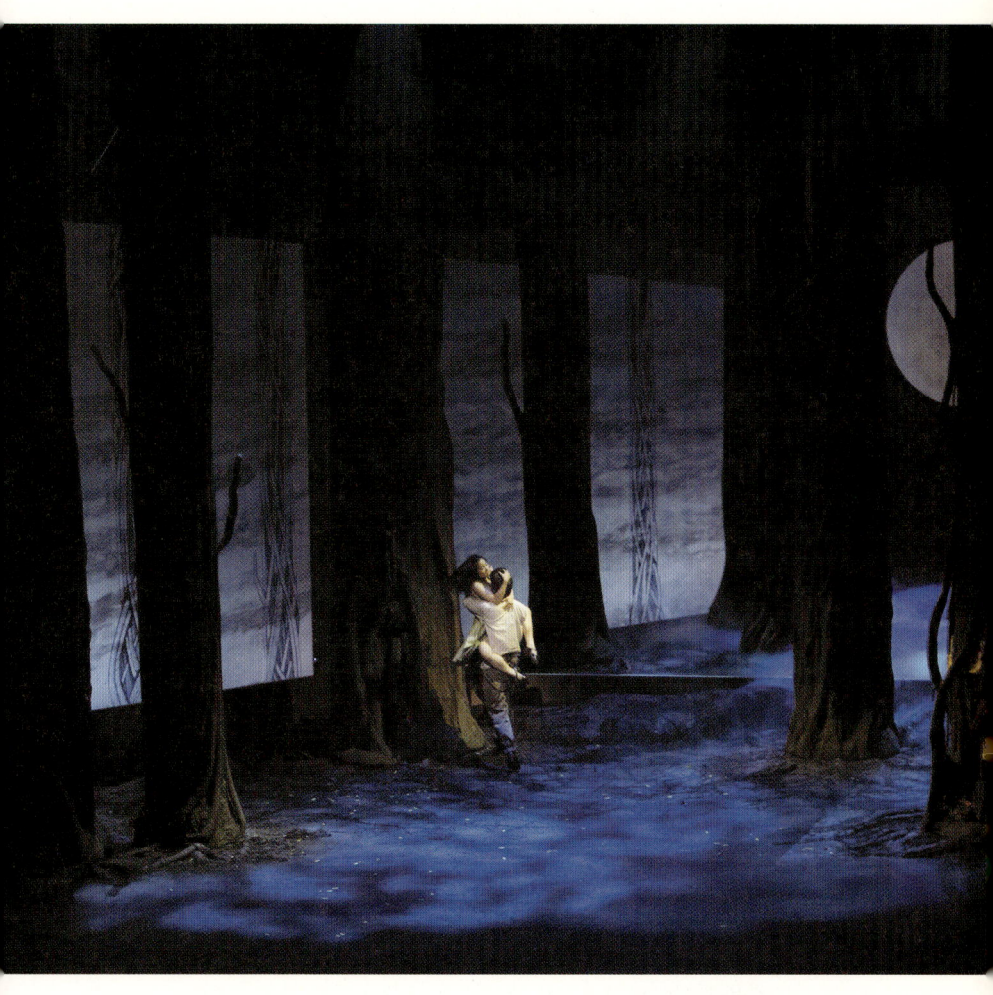

높이 9미터의 커다란 나무 17그루는
지금까지 한 번도 본 적 없는 수직적인 무대를 꽉 채워
숲의 풍성함과 웅장함으로 관객을 압도한다.

인들의 삶의 터전인 '마을' 이라는 공간을 통해 이야기가 전개된다.

연출자와 무대디자이너 니키 셔우는 이 작품의 주 배경인 숲을 사람을 끌어들이는 공간, 그리고 따뜻하고 아늑한 그러나 한편으로는 무서운 장소로 표현하고자 했다. 높이 9미터의 커다란 나무 17그루는 지금까지 한 번도 본 적 없는 수직적인 무대를 꽉 채워 숲의 풍성함과 웅장함으로 관객을 압도한다.

반면 과부들의 삶의 터전인 마을은 전쟁으로 폐허가 되어 낡은 집들의 모습을 형상화하며 원근법을 이용하여 하나의 큰 집이 아닌 마을 전체를 상징적으로 설정했다.

커다란 나무로 가득 찬 숲 속에서 영혼들이 살아 움직이는 '영혼의 숲' 과, 과부들이 직접 마을을 짓고 꾸려나가는 모습, 그리고 서서히 밀려오는 숲이 불타는 모습은 신비로운 조명과 함께 충격적일 만큼 강렬하게 연출되었다. 시뻘건 불길이 솟아오르고 연기가 사방으로 흩날리는 순간 17그루의 크나큰 나무들이 공중으로 사라진다. 순식간에 무대는 황폐한 잿더미와 타다 남은 나무밑둥만 남겨둔 장면전환은 이 작품의 하이라이트이자 압권이라는 찬사를 받았다.

무대디자이너인 니키 셔우가 의상도 함께 디자인하여 무대와 통일성을 주었다. 무대의 큰 나무들은 막이 올라가는 순간 객석을 압도한 장점도 있었지만 우리 정서에 다가오지 않는 이질감도 느껴졌다.

또한 시각적으로 신선해 보이기도 했지만 시종일관 극을 그늘지게도 했다. 그리고 마지막 장면에서는 수많은 기억들의 정서를 표현하기 위해 특수영상을 사용했다. 전쟁으로 잿더미가 된 영혼의 숲이 다시 형상

꽃망울이 터지기 직전

화되고 새싹들이 돋아나는 환희의 장면이 이 영상으로 연출했다.

자 연 빛 의　무 대 조 명

공연에서 무대장치와 조명의 조화는 그 작품의 질적 수준을 결정한다. 조명디자이너 사이먼 코더는 거대한 나무들의 입체감과 배우들의 몸짓을 잘 조화시켜 살아 움직이는 듯 숲의 감정을 그려냈다. 형광빛을 없앤 특수 조명기계는 자연의 빛을 세련되게 표현했으며 산불이 마치 폭풍에 휩쓸려 밀려오는 것처럼 환상적인 효과를 선보였다.

　제작팀은 이 작품의 무대를 꾸밈없는 자연 그대로의 모습으로 생생하게 표현하기 위해서는 조명이 더할 나위 없이 중요하다는 인식을 같이 하고 있었다. 조명디자이너 사이먼 코더는 한국에 없는 조명기기의 필요성을 역설했다. 〈댄싱 섀도우〉의 무대를 효과적으로 살리기 위해서는 인위적이지 않고 자연빛의 효과를 낼 수 있는 특수조명이 필요하다는 것이었다.

　그 조명기를 제작한 외국회사의 도움을 받아 여러 나라에 수소문해 보았지만 장비구입이 쉽지 않았다. 조명회사인 토탈코리아 신재 사장의 국제적 네트워크의 노하우를 발휘한 끝에 그 조명기를 보유하고 있는 홍콩 회사를 찾아냈다. 그 회사와 협의를 통해 'ETC Source 4 Revolution'이라는 무빙라이트 6대를 구입하여 공수해왔다. 천신만고 끝에 찾아내기도 했지만 기계장비 비용 또한 만만치 않아 엄청난 비용

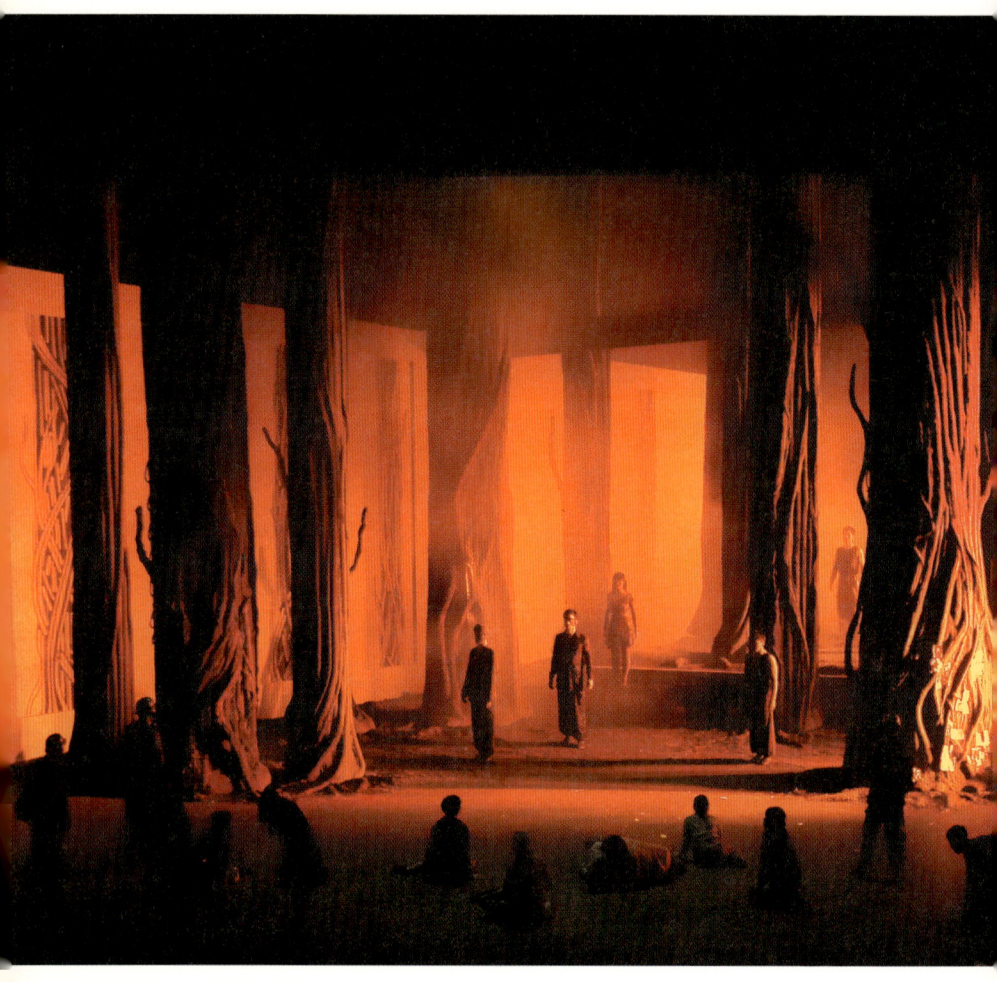

무대조명은 영혼의 숲뿐만 아니라
산불이 밀려오는 느낌이나
다 타고 재만 남은 숲의 피폐함을
실질적으로 표현하며 극적 효과를 높여주었다.

이 소요되었다.

　이 특수조명의 장점은 기계에서 발생하는 형광빛을 눌러 자연스런 빛을 투사하여 다양하게 변화된 진짜 숲의 환상을 제공할 수 있다는 것이다. 영혼의 숲뿐만 아니라 산불이 밀려오는 느낌이나 다 타고 재만 남은 숲의 피폐함을 실질적으로 표현하며 극적 효과를 높여주었다. 결과적으로 객석에서는 시각적인 풍성함을 느낄 수 있었다. 무엇보다도 이 작품에 격조와 세련됨을 느낄 수 있었다면 그 공은 조명의 덕분이었다. 〈댄싱 섀도우〉에서 사이먼 코더를 조명디자이너로 기용한 것은 큰 수확이었다. 그는 고급스러운 빛을 낼 줄 아는 실력 있는 디자이너이다. 그는 이 작품에 빛만으로 충분한 무게감을 실어주었다. 때로는 흩날리는 듯한, 때로는 미묘한 색깔 톤으로 밀려오는 듯한 빛은 빛에도 사연이 있다는 것을 느끼기에 충분했다.

상징적이면서 실용적인 의상

아름드리 고목나무가 채우고 있어 고대의 신비감마저 주는 〈댄싱 섀도우〉의 무대와 달리 의상은 우리가 능히 상상할 수 있는 고대나 중세 의상이 아닌 이질적이고 현대적인 의상으로 디자인되었다. 전쟁의 느낌을 가장 극적으로 표현할 수 있는, 2차대전 당시의 느낌을 반영한 40, 50년대의 의상을 연상시키는 디자인이었다.

　이는 뮤지컬 〈댄싱 섀도우〉가 강조하는 것으로, 시공간을 초월하여 현재도 세계 어디선가 끊임없이 발생하여 세계인들을 비극으로 몰아넣은 전쟁의 흉폭함을 강조하기 위한 설정이었다.

뮤지컬 〈댄싱 섀도우〉의 의상 컨셉트는 크게 26명의 배우들(남녀 각각 13명)이 전쟁 속의 승리와 패배를 통해 인간의 가장 기본적인 심리와 사랑을 표현하는 데 중점을 두었다. 이 작품에서는 어느 캐릭터도 유독 튀거나 현란하지 않은 디자인을 사용했고 원단과 컬러 역시 자연스러운 소재와 색감을 사용했다.

가장 연장자이자 우두머리 격인 마마아스터는 강한 이미지를 위해서 디자인과 원단을 다른 인물보다 좀더 강하게 사용했다. 솔로몬을 사랑하는 두 여자, 나쉬탈라와 신다의 너무나도 상반된 캐릭터다. 나쉬탈라는 최대한 자연에 가까운 자연스럽고 심플한 디자인과 그린과 브라운을, 신다는 과감한 노출과 레드를, 치마보다는 바지를 선택했다.

자유로운 영혼의 소유자인 타마르의 경우엔 현실과는 동떨어진 디자인에 패치워크기법으로 여러 가지 원단을 사용했고 솔로몬과 타마르, 나쉬탈라의 마지막 장면에는 최대한 나무를 표현하는 데 신경을 썼다.

여자들의 기본의상들은 40, 50년대 원피스의 기본 실루엣을 바탕으로 했다. 원단 역시 면소재로 색상은 전체적으로 튀지 않은 파스텔톤을 기본으로 했다. 캐릭터 상으로 시골여자들의 의상이기에 기본 원피스에 카디건과 재킷을 입으면 외출복이 되거나 마을에서 춤을 추는 장면의 의상이 되는 것이다. 계절이 겨울이 되면 두꺼운 코트로 변화를 주었다. 재킷과 카디건, 코트의 색은 그레이, 네이비블루, 브라운, 베이지를 기본으로 했다.

꽃망울이 터지기 직전

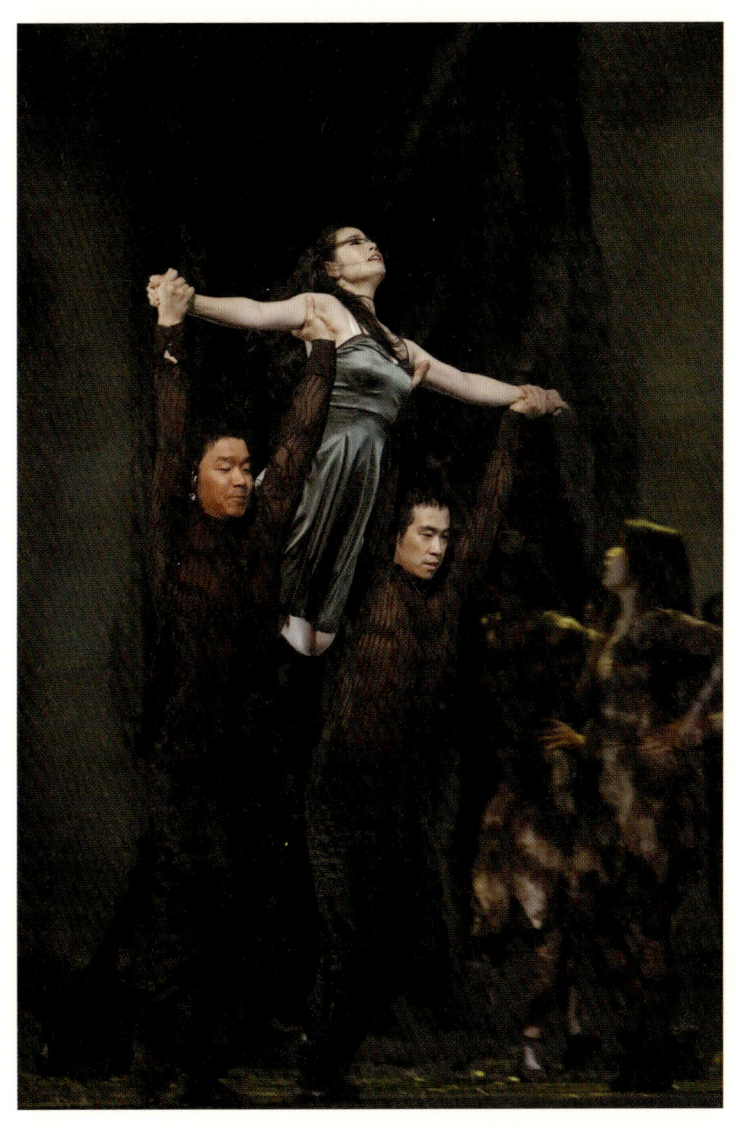

앙상블의 핵심이라 할 수 있는 나무 의상은
인간이 나무의 형상과 영혼이 되어가는 의상이므로
최대한 나무 느낌의 원단을 찾는 데 주력했다.

이 작품의 공간을 가상적으로 설정한 탓에 의상에서도 허점이 드러났다. 마을아낙들은 유럽풍도 남미풍도 아닌 국적불명의 의상으로 관객들에게 의문을 불러일으켰다. 그밖에 남자들의 기본의상은 군복을 기본으로 하되 태양군일 때와 달군일 때는 견장과 모자의 형태로서 구분을 지었는데 땀을 흡수하기 쉬운 면소재로 셔츠와 바지와 재킷을 제작했으며 색상은 그레이를 기본색으로 했고 여기에 하사관은 일반군인과는 다른 모자로, 캡틴은 완장과 블랙 롱코트로 차별화를 주었다.

앙상블 의상의 핵심이라고 할 수 있는 나무 의상은 인간이 나무의 형상과 영혼이 되어가는 의상이므로 최대한 나무 느낌의 원단을 찾는 데 주력했다. 디자인에서는 여자의 부드러움과 여성성을 강조한 디자인과 남성의 심플하면서도 강한 이미지를 나타낼 수 있는 디자인을 바탕으로 독특한 원단과의 매치가 중요했다. 물론 배우들의 안무에도 용이하게 한다는 전제적인 의상 컨셉트에서 전체적으로 고민한 흔적을 엿볼 수 있었다.

최신 장비의 음향

뮤지컬 〈댄싱 섀도우〉는 최신의 음향장비와 기술이 적절히 접목된 공연이다. 이 공연에 사용된 장비들은 음향디자인이 가장 까다롭다는 뮤지컬 〈맘마미아!〉에 사용된 장비들을 거의 모두 사용했다. 물량 면에서만 보더라도 엄청난 장비가 설치된 것이다. 아마도 국내 창작뮤지컬에서 이만한 장비가 투입된 일은 없었을 것이다. 그래서 많은 예산이 투자될 수밖에 없었다.

우선 사람의 뇌에 해당하는 콘솔은 우리나라에 두 대밖에 없는 캐닥사의 J타입의 콘솔을 사용했는데, 이 콘솔은 디지털 콘솔이 대세를 이루고 있는 요즈음에도 미국의 브로드웨이와 라스베가스, 그리고 영국의 웨스트엔드 등지에서 뮤지컬에 가장 많이 사용되고 있는 장비이다.

또한 스피커 시스템은 라쿠스틱스 사의 라인 어레이 시스템을 사용했다. 이 시스템은 1992년 프랑스의 핵물리학자 두 명이 발표한 WST이론에 근거하여 개발된 스피커 시스템인데, 지금은 거의 모든 공연용 스피커 제조업체들이 이 이론에 근거하여 독자적인 스피커를 만들어낼 만큼 당시는 물론 지금도 음향학계에서는 획기적인 시스템이다.

〈댄싱 섀도우〉에는 이 라쿠스틱스 사의 KUDO라는 스피커를 사용했는데, 이 스피커는 이 회사의 라인 어레이 시스템 중 가장 최신의 스피커로서, 스피커의 좌우각도를 비대칭으로 가변할 수 있어서 예술의전당처럼 직사각형의 객석구조를 가진 곳에서 힘 있으면서도 깨끗한 사운드를 낼 수 있는 시스템이다.

뮤지컬 〈댄싱 섀도우〉는 숲 속의 마을이 배경이며 정극이라기보다는 판타지적인 느낌이 강한 뮤지컬로, 극 중에는 숲이 말하거나 숨을 쉬는 것 같은 느낌이 필요했다. 이런 소리는 객석의 서라운드 스피커를 사용하여 객석 전체가 숲 속인 것처럼 느껴지게 했다. 이를 위해 1층에 12개, 2, 3, 4층에 각 10개씩 총 42개의 서라운드 스피커를 사용했다.

또 무대 안에도 이펙트 스피커를 두어 멀리서 들리는 포탄 터지는 소리나 먼 곳에서 다가오는 군인들의 함성소리 등을 원근감 있게 표현했다. 이런 음향의 모든 것들은 영국의 음향디자이너 리차드 브루커와 국내 극장 사정에 능통하고 〈맘마미아!〉부터 호흡을 맞춰온 한국의 음향 디자이너 김기영 감독이 협력하여 좋은 앙상블을 이뤄낸 결과이다.

분장과 미용으로 마무리

무대와 의상을 총괄하며 〈댄싱 섀도우〉 미술 분야의 슈퍼바이저인 니키 셔우와 한국의 분장팀은 수차례 미팅을 통해 서로의 의견을 조율해나갔다. 니키는 역시 해외 크리에이티브팀이 참여하는 대개의 작품이 그렇듯이 메이크업을 하지 않을 것을 요구했다. 이 부분이 해외 스태프들이 관여된 공연 때마다 한국 스태프와 외국 스태프가 부딪치는 점이었는데, 서양인의 구체적인 얼굴 윤곽과 동양인의 부드러운 얼굴 윤곽이 무대 위에서 어떤 차이가 있는지에 대한 경험 부족에서 나오는 마찰이었다. 우리 분장팀은 동양인의 특성을 설명하여 어느 정도의 무대 메이크업이 필요할 수밖에 없다는 설득을 했고, 결국 한국 스태프가 원하는 방향으로 결정되었다. 무대의 배경이 자연을 강조한 숲을 기본으로 하고 있으며 전쟁 후라는 것을 생각하여 배우의 얼굴을 자연스럽게 보여주는 메이크업을 하는 것으로 결정되었다.

기본적인 구성원인 마을 사람들의 연령과 성별을 구분하여 자연스러움을 벗어나지 않는 범위에서 분장 컨셉트를 정했다. 단, 전쟁 후의 상황인 극중 엔딩 부분에서 미래의 희망을 예고하며 새로운 삶을 선택하는 성격을 지니고 있는 신다라는 인물만을 별도로 생각하여 화려하고 여성미를 강조한 메이크업을 했으며 긍정적인 결말을 예고하는 인물의 성격에 초점을 맞추었다.

극중 주요무대인 '영혼의 숲'에 등장하는 정령, 즉 나무의 혼령으로 여주인공인 나쉬탈라와 교감이 가능한 배역들은 많은 아이디어를 통하여 결정되었다. 숲의 영혼으로 무대배경과 융화되며 의상과 동일한 재질과 색감을 유지할 수 있는 방향을 선택하는 과정에서 한국 분장팀의 의견이 수용되었다. 인물의 변화를 5분 동안 해결해야 하기 때문에 의상과 같은 소재를 채택하여 메이크업과 의상을 연결시켜 하나로 보이는 효과를 내자는 것이다. 가장 중요한 과제는 정령들이 과격한 춤을 추는 과정에서 얼굴과 분리되지 않도록 하는 것이므로 채택한 소재에 특수가공처리를 하여 완성도를 높일 수 있게 했다.

헤어스타일로는 무대에서 나무와 동일한 형태를 표현하고자 했다. 이 과정 역시 춤을 추며 연기하는 데 배우의 본래 머리와 분리되지 않으며 방해되지 않는 가발을 착용하기로 했다. 본인의 머리카락과 자연스럽게 연결되며 채도를 어둡게 하기보다는 명도를 낮추어 자연스러움을 강조한 것이다. 단색이 아닌 세 가지 컬러를 사용하여 부드러움과 자연스러움을 강조했다.

제작감독의 역할

뮤지컬 〈댄싱 섀도우〉를 총괄하면서 제작일정과 인원을 구성하고 제작
회의를 주관하는 책임자는 유석용 제작감독이었다. 〈댄싱 섀도우〉는 여
러 분야의 스태프들로 구성되어 있으며 해외 스태프들이 참여하면서 그
업무들은 더욱 세분화되었다. 제작감독은 기술감독과 무대감독의 업무
를 조율하고 시스템의 상호교류를 원활하게 이끌어가는 역할을 한다.
뮤지컬 〈댄싱 섀도우〉의 제작 스타일은 라이선스와 창작의 중간지점에
있었다. 장면을 구축하는 연습과정이나 무대에 올라가기까지의 과정은
여느 창작품과 다를 바 없었으나 대본이나 음악이 80퍼센트 이상 정리
된 상태에서 시작했다. 이미 워크숍과 쇼케이스 작업을 통해 작품의 예
술적 가능성을 검증받았으며, 디자이너와 스태프가 사전에 결정되어 연
습 첫날 무대와 조명 디자인을 출연진 및 다른 스태프에게 프레젠테이
션하여 연습의 시작 단계에서 작품이 공간적, 시각적으로 어떻게 구현
될 것인가에 대한 연출계획을 미리 짜놓았기 때문이다. 연습 첫날 이렇
게 구체적 생각을 가질 수 있었던 것은 그 동안 국내 제작시스템에서는
보기 드문 일이었다. 모든 파트가 창작의 어수선함을 겪는 여느 창작품
과 달랐다.
　이 작품에서 무대감독팀의 역할은 다음과 같이 나누어 설명할 수 있
겠다. 오디션 진행과 더불어 연습진행자로서의 역할은 준비시간이 많이
소요된다. 연출부, 제작부와 함께 연습실에서의 연습과 무대에서의 연
습일정에 관한 마스터플랜을 세운 후 여기에 준하여 연습을 진행시켜야

했다. 여기서 유석용 제작감독의 역할은 연출가 못지않은 중요한 역할을 잘 수행해주었다.

무대감독팀은 무대디자인이 미리 결정된 덕에 바닥 마킹을 함으로써 연출 및 안무자, 배우들의 연습을 도와줄 수 있었다. 이 작품에서는 나무와 집이 중요한 장치가 되었기에 연습장치 목록을 작성해 제작팀에서 마련토록 했다.

연습은 여느 뮤지컬과 마찬가지로 음악연습으로 시작했다. 중간 전환 음악이나 마지막 곡은 연습과정중 정리되었다. 그러고 나서 장면과 안무 연습이 진행되었다. 그러나 음악연습도 병행되었다. 영어가사가 이미 한글로 번역되어 있었으나 음악과의 부조화 또는 의미 전달 등에 이상이 있는 부분을 고치고 이미 입에 밴 가사를 새로운 가사로 바꾸는 시간이 필요했다.

장면연습에서 대사를 수정하는 일도 있었다. 연습 중 지나치게 관념적이거나 배우들의 동기부여가 어려운 부분을 작가에게 의뢰하여 대본을 첨삭하는 과정이 이루어졌다.

실제 이 과정에서 두 장면의 드라마 부분이 추가되기도 했다. 무대감독팀은 연출부와 협의하여 수정된 대본을 배우들에게 숙지시키고 음향팀에게 전달하는 일을 맡았다. 또한 장면연습과 안무연습이 분리되어 진행되었기에 안무에 전념한 앙상블 배우들이 장면에 적응할 수 있도록 연결지점을 찾아주기도 했다.

작품에 참여한 모든 팀들끼리 팀별 커뮤니케이션을 중재하는 일이 중요한 임무였다. 연습기간 중 변화된 사항을 연습일지에 기록하여 공지하는 일이다. 연습기간 중 초기에 결정된 무대디자인에서 달라진 점, 소품 및 의상 가운데 배우들의 연기를 도와주어야 할 부분, 보완해야 할 부분 등을 관련 부서에 전달했다. 또한 역으로 디자인이 실현되는 과정에서 바닥 재질, 등·퇴장로, 의상의 특징, 소품의 크기나 모양 등을 연출 및 안무자에게 확인시켜서 연출동선이나 안무에 반영하도록 했다. 특히 안무가 소품을 활용한 것이 많았고 무대장치의 활용도가 높았기 때문에 작은 변화에도 예민해야 했다.

런스루가 진행될 무렵에는 분장, 음향, 조명, 의상 등 관련 스태프가 참관할 수 있도록 이를 사전에 공지했다. 창작품이라 기획팀의 관심도 컸기에 홍보 관련 참관도 많았던 터라 가장 큰 집중을 요구하는 런스루가 차분하게 진행될 수 있도록 참관 일정을 별도로 작성해서 진행했다.

유석용 제작감독은 무대리허설 진행의 총감독으로서 제작팀은 물론이고 기술팀 등 모든 팀들을 관장했다. 연출은 음악과 안무가 장면 속에 녹아들면서 장면의 전환도 암전 없이 배우들에 의해서 이루어지기를 바랐으므로 배우들이 안전하게 전환할 수 있는 데 역점을 두고 드라이테크(배우 없이 무대 세팅만 체크하는 과정)를 실행했다. 배우들이 장치를 끌고 나오는 동안(물론 실제 전환은 크루들이 했다) 상부세트 전환이 매끄럽게 연결될 수 있도록 하기 위해, 그리고 음악과 잘 맞아떨어지게 하기 위해 전환시점을 잡는 데 상당한 시간이 소요되었다.

장면전환이 완료된 후 장치 장식을 배우들이 했기에 누가 무엇을 어디에 달 것인지를 연출 및 안무자가 정리하고 무대감독팀은 소품팀과 협의하여 배치요령을 숙지하게 했다.

배우들과 함께 무대연습을 하는 과정에서 마지막 장면이 결정되었다. 컨페티나 불꽃, 영상 등은 무대에서의 효과를 확인한 후 사용방법이 결정되었다.

기술연습, 장면연습, 드레스리허설 등을 순차적으로 진행하면서 사이 시간에 필요한 음향 녹음, 의상 수정 등 제반 사항을 관리, 감독했다.

큐 진행자로서의 역할 또한 제작감독의 통솔 하에 큐시트가 정리되었다. 부감독과 조감독이 무대와 객석에서 연습을 진행했다. 조명디자이너로부터 조명 큐시트를 넘겨받은 후 프롬프트북을 만들어 리허설이 원활하게 진행될 수 있도록 만전을 기했다. 물론 이들 스태프는 영상 오퍼레이터까지 겸했다.

공연의 퀄리티를 유지하는 일은 어찌 보면 가장 어렵고 중요한 일이겠다. 이 작품은 크리에이티브팀이 외국인들이다보니 오프닝 이후 모두 출국하면, 이때부터 무대감독팀의 부담이 더 커지게 된다. 공연의 모든 부분에 대한 관리 책임을 떠맡아야 하기 때문이다. 음악감독, 연출자, 안무자가 당부한 요소들 위주로 공연기간 중에도 매일 연습을 진행한다. 듀엣안무와 리프트가 많았기에 매일 몸 풀기 후 무대에서 연습했고 서곡과 엔딩곡도 매 공연 전에 연습했다. 무대, 조명, 음향 등 스태프 분야의 점검 및 관리, 스윙 연습, 보고서 및 자료작성 등은 여느 공연에서와 마찬가지로 계속된다.

모든 제작, 기술팀은 유석용 감독의 지휘감독 아래 원활하게 진행되었다. 유감독이 대표로 있는 M-ACS 프로덕션 회사 식구들은 헌신적으로 이 작업에 참여해주었다. 이들은 신시 작품과도 인연이 깊다. 어쩌면 뮤지컬 작업에서 한 식구라고 해도 틀린 말이 아닐 것이다.

연습과정, 새롭고 특별한 여행

'낯설지만 친근한 동화의 시작'

첫 리허설이 시작되던 날, 연출가 폴 게링턴은 흥분된 어조로 말했다.

"자, 이제 우리 새롭고 특별한 여행을 시작합시다."

연출가와 무대디자인을 맡은 니키 셔우는 배우들에게 그 동안 더욱 발전시킨 〈댄싱 섀도우〉의 밑그림을 보여주었다. 전쟁의 공허함과 과거나 영적 조상들을 보존하는 동화 같은 이야기, 그리고 우연한 사랑이 길을 찾아나서는 이야기라는 것이 그의 설명이었다.

중요한 것은 인간의 존엄성에 대한 이야기라는 것이다. 결국 〈댄싱 섀도우〉는 휴먼스토리다. 실수를 할 수도 있고 최선을 다하지만 실패도 할 수밖에 없는 인간. 쉽게 부서질 수 있는 절박한 사람들에 대한 이야기이다. 그 안에 있는 많은 사람에 집중하며 힘 있고 심플한 주제를 가지고 사람들의 마음에 다가가기 위한 이야기이다.

〈댄싱 섀도우〉에서 마을과 숲은 이 뮤지컬의 중심이 되는 장면이다. 숲은 다양한 용도로 쓰인다. 따뜻하고 친근한 공간인 동시에 무섭고 어두운 공간, 영혼들이 사는 공간이기도 하다. 또한 전쟁으로 인해 남편을 잃은 부인들이 사는 외로움의 공간이다. 달군과 태양군의 반목에 휩싸여 자신들이 가진 소중한 숲을 잃어버리고 있는 인간들의 공간이기도 하다. 이 숲의 사람들은 바로 우리일 수도 있고, 어느 나라의 또는 어느 시대의 누군가가 될 수도 있다. 연출가는 누구나 쉽게 이해할 수 있도록 최대한 친근한 이야기가 될 수 있도록 노력할 것이라고 말했다.

이 동화적 상상력은 극의 흐름과 무대, 연출에 이르기까지 〈댄싱 섀도우〉를 이끄는 환상적인 배경이 된다. 어둡고 칙칙한 전쟁 이야기를 넘어서 판타지를 꿈꾸는 외로운 인간들의 〈댄싱 섀도우〉가 될 것이라는 말이다. 연출은 '이것은 하나의 커다란 동화책이다'라는 말로 요약했다.

무대의 각 부분들은 동화 속에 나오는 장면들을 응용했고 동화 속에 나오는 언어들도 숨어 있다. 이 커다란 동화책의 첫 페이지는 '생명의 숲'이다. 첫 장면에서 연출은 '마법처럼 나타나도록' 주문한다. 마치 숲이 살아나는 것처럼 음악과 무대세트를 연결했다.

모든 것은 꿈꾸듯이 일어난다고 부가 설명이 따른다. 이 때문에 중성적이고 대지의 느낌이 나는 색상을 선택하고 각각의 집들은 현실에 있는 집 같기도 그림 동화 속에 있는 집 같기도 하다.

예술의전당 소극장 연습실에서는 배우들이 낡은 마룻바닥을 돌고 있다. 오전 10시부터 시작되는 첫 리허설. 영혼의 숲을 온몸으로 느껴보라는 연출가의 말에 따라 침묵과 호흡만으로 움직이는 배우들. 러브송을 연습하는 피아노가 있는 연습실에서는 주연배우들의 목소리가 울린다.

영국에서 연출가에 이어 안무, 음악감독이 속속 내한하면서부터 연습은 본격적으로 시작되었다. 오전 10시부터 오후 6시까지 강훈련이 반복되었다. 이 작품에 참여한 모든 배우들은 대형 창작뮤지컬의 완성을 위해 모든 열정을 쏟아부었다.

크리에이티브팀들도 배우들의 헌신적인 모습에 만족감을 표시했다. 〈댄싱 섀도우〉에 참여한 모든 배우들은 〈맘마미아!〉 때 연출가 폴 게링턴과 작업을 해본 경험이 있었다. 그래서인지 연습실의 분위기는 활기가 넘치고 화기애애했다.

외국 크리에이티브팀들은 6주 만에 작품을 완성하기 위해 연습스케줄을 능률적이고 효율적으로 활용했다. 그래서 세 개의 연습장이 필요했다. 예술의전당 오페라연습실, 발레연습실과 연극연습실을 모두 사용하면서 앙상블팀은 안무를, 연출가는 장면연습, 그리고 음악감독은 노래연습을 쉴 틈 없이 이어갔다.

낡은 마룻바닥에는 춤과 노래의 파편들이 땀과 시간과 함께 떨어진다. 아직 아무것도 시작되지 않았지만, 마룻바닥 깊숙이 진짜 이야기가 스며들어간다. 어찌 보면 이것이 화려한 무대 위보다 더욱 진짜가 아닐까. 이들은 모두 〈댄싱 섀도우〉의 맡은 역할이 되기 위해 마음을 비우고 배역을 담는 중이다.

누군가 수천 번 뛰어올랐을 맨발의 자국들, 고통들, 좌절들, 낮은 한숨 같은 것들. 그리고 빛나게 날아오를 어느 멋진 날의 무대 위를 상상하는 벅찬 기대들. 이것이 무대를 준비하는 사람들의 마음가짐일 것이다. 그들은 노래를 부르고 또 부르고 기침하고 간간이 물을 들이킨다. 음악감독은 몇 번씩 피아노를 멈추게 하고, 나는 숨죽여 그 풍경을 응시한다.

나의 머릿속은 복잡하다. 최대 규모의 창작뮤지컬인 동시에 선진시스템을 도입한 최초의 대형 창작뮤지컬로 자리매김의 역할을 할 수 있을지, 과연 손익분기점을 넘길 수 있을지, 첫 공연의 평가는 어떨지 여러 가지 생각이 교차한다.

그러나 지금 이 순간, 그저 한 명의 스태프로서 앉아 있다. 리허설을 즐길 뿐이다. 실수에 함께 웃고, 다시 긴장하고. 그러나 잊지 않는다. 이 낡은 마룻바닥에서 흘리는 눈물과 시간을. 사람들의 기대를. 이 열정 어린 리허설의 노력을 물거품으로 만들 수 없다는 의지. 과정은 곧 결과다. 과정에서 실패하면 결과는 볼 필요가 없다. 어떤 분야든지 그렇겠지만 가장 혹독한 비평가는 내부에 있다. 가장 깊숙한 내부. 배우 자신, 제작자 자신에게 있다.

또다른 연습실에서는 음악감독이 주연배우들과 함께 노래를 연습하고 있다. 나쉬탈라는 연이어 메인 테마곡을 연습한다. 그녀의 청명한 목소리가 외치고 있다.

"나, 그림자와 함께 춤추고 있네."

미끄러져 흐르는 그녀의 목소리는 외롭지만 소명을 가진 여인 나쉬탈라의 마음을 대변해주고 있다.

배우들은 연습의 순간 순간에도 상상을 하고 있다. 무대와 의상, 그리고 그 이야기 속에 들어가 있다. 배우가 노래할 때 이야기를 유도하고 그것을 조율할 수 있는 것이 바로 연습의 과정이다. 리허설이 바로 무대를 위한 숨 고르기이고 재창조의 과정인 것이다.

배우들은 연출자와 함께 극의 새로운 이미지를 함께 만들어간다. 음악감독과 함께 노래 속에 녹아드는 배우들의 감정을 테마곡과 계속해서 조율하며 꿰맞추고 있었다. 음악감독은 솔로몬의 노래 '대답 없는 질문들뿐'에서 허공 중에 질문을 툭툭 던져놓는 노래라는 주문을 한다.

음악감독은 배우들의 노래에 극의 흐름을 연신 담아주고 있었다. 솔로몬의 울림이 있는 목소리는 너무나 로맨틱하여 오히려 이 노래에서는 로맨틱한 무드를 조절할 필요가 있었다. 이렇듯 배우와 스태프는 아주 작은 순간들도 놓치는 법이 없다. 완벽을 향하여 끊임없이 나아가는 것. 그것이 최고의 아티스트가 되는 길일 테니 말이다. 같은 장면을 여러 번 반복된 연습에도 불구하고 배우들은 짜증스럽거나 지친 내색을 전혀 하지 않았다.

〈댄싱 섀도우〉의 대장정은 6주 동안 수많은 과정을 반복하며 이제 클라이맥스로 가고 있었다.

마지막 단계, 런스루

리허설을 거듭할수록 배우들은 극에 몰입해갔다. 앙상블을 만들어내기 위해 고도의 집중력을 발휘한다. 마마아스터는 전쟁 중에 살아남고자 몸부림치는 인간적인 모습과 욕망과 후회가 휩싸이는 복합적인 리더의 성격답게, 나쉬탈라는 숲에 대한 소명과 사랑에 대한 열정에 휘말린 순수한 여인답게, 신다는 우정과 욕망, 그리고 사랑 앞에 거침없는 여인답게, 솔로몬은 전쟁의 가장 큰 피해자로서 좌절과 슬픔과 사랑에 의한 갈등으로 휘청이는 청춘답게 변해갔다.

다른 배역들도 마찬가지였다. 마을여인들은 때로는 흥겹고 때로는 두려움으로 극의 흐름을 연결지어갔고, 군인들과 타마르 노인은 극의 주

꽃망울이 터지기 직전

제를 더욱 강렬하고 박진감 넘치게 만들어주었다.

런스루는 조각조각 연습하던 것을 비로소 처음부터 끝까지 꿰맞춰보는 작업이다. 런스루에서는 기술적인 무대전환, 의상, 조명, 음향 등과 밸런스를 맞춰야 하기 때문에 모든 사람들에게 긴장되고 예민한 연습과정이라 할 수 있다. 무엇보다 이 과정에서 중요한 것은 극의 전체적인 흐름이다. 배역에 빠진 배우들이 비로소 전체의 뮤지컬 흐름에 리듬을 넣어가는 과정이기도 하다.

연출가는 각자의 위치에서 열정을 쏟아부어 숲의 울림과 움직임을 표현하라고 주문한다. 안무가는 배우들의 에너지가 너무 퍼지지 않게 포크댄스로 몸 풀기를 제안한다. 군인들과 마을여인들은 포크댄스를 추며 활기를 되찾는다.

런스루가 시작되었다. 〈댄싱 섀도우〉의 런스루는 무대 메커니즘이 돋보이는 다른 뮤지컬보다는 수월하게 진행되었다. 무대는 웅장해 보였지만 자동전환이 몇 장면밖에 없는 단순한 무대장치였다. 나쉬탈라의 손을 통해 숲이 호흡하고 깨어나기 시작하는 첫 장면으로, 잊혀진 숲이 부르는 노래, 전쟁과 죽음으로 고통 받은 사람들의 노래가 연이어 울려퍼졌다.

나는 이 작품의 유료공연 횟수를 늘리려는 강박관념에서 벗어나기 위해 노력했다. 초연인 이 작품은 많은 연습량이 필요했으므로 우선 수익에 대한 욕심을 버리고 흥행에 전전긍긍하지 말아야겠다는 생각이었다.

무대장치, 조명장치, 음향설비장치 설치를 2주로 잡았고 테크니컬 리허설 1주, 런스루 연습 1주, 총 4주간의 준비기간을 비워뒀던 것이다. 아마도 연습을 위해 예술의전당 오페라극장을 4주씩이나 빌린 것도 처음이 아닌가 생각된다. 작품의 좋고 나쁨을 떠나 첫날 공연에서 우왕좌왕하는 모습들을 타 공연장에서 수없이 보아왔기 때문이다. 장치전환이나 조명의 흐름이 삐걱거려 무대감독의 화난 목소리가 객석에 꽂히는가 하면 스태프들이 부산하게 뛰어다니는 것을 보며 민망할 때가 종종 있었다. 〈댄싱 섀도우〉는 철저하게 반복된 런스루를 거쳐 이런 우려는 말끔히 씻어버렸다.

꽃망울이 터지기 직전

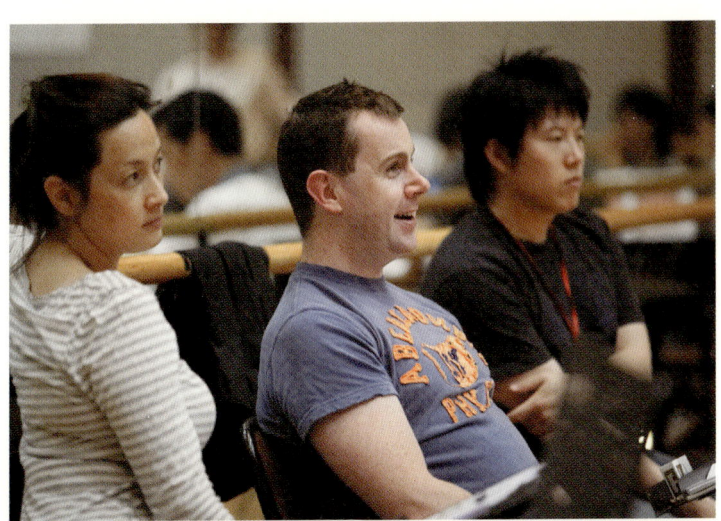

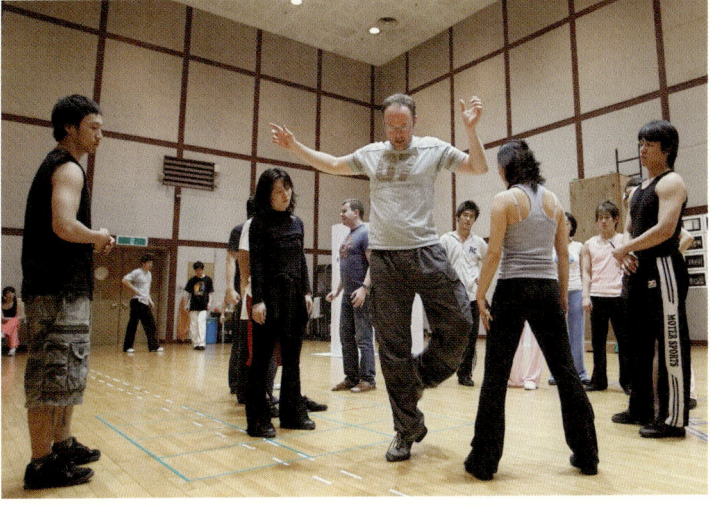

06

꽃, 무대에서
관객들의 마음으로

〈댄싱 새도우〉만큼 평가가 극과 극으로 갈라선 작품은 일찍이 없었던
것 같다. 호평을 하는 관객과 혹평을 하는 관객들이 반반씩 공존했기
때문이다. 이런 현상은 그만큼 많은 사람들이 훌륭한 대형 창작뮤지
컬을 기다리고 목말라하고 있었다는 증거일 것이다. 거기에 한국 뮤
지컬의 희망이 있다.

거기에 희망이 있다

2007년 7월 8일, 예술의전당 오페라극장. 나는 또다시 객석 뒤에 섰다.

7년간의 준비, 45억 원의 제작비, 해외 유명 아티스트들이 참여한 새로운 제작방식의 시도가 지금 개막의 징소리를 기다리고 있었다. 〈댄싱 섀도우〉가 〈명성황후〉의 뒤를 잇는 국민적 창작뮤지컬이 될 것인가, 아니면 실속 없이 '소문난 잔치'에 그칠 것인가. 문화예술계, 언론, 일반 관객들의 눈에는 기대감이 가득했다. 초조하고 긴장된 순간, 두려움, 불안 그리고 기대감이 온몸을 감싸고 있었다. 드디어 막이 올랐다.

깊게 드리워진 나무들과 숲이 어둠 속에 은은한 잿빛으로 펼쳐졌다. 그 숲 속에서 갈등하고 방황하며 질긴 생명력을 보여주는 인간의 모습들이 깊은 숲 그림자와 함께 드러났다. 김성녀 선생과 과부들의 경쾌하고 위트 있는 노래가 끝나자 뜨거운 박수가 터져나왔다. 이어 김보경과 신성록의 사랑을 표출하는 춤과 감미로운 노래에 더 큰 호응을 해주었다.

인터미션을 알리는 막이 미끄러지듯이 떨어졌다. 이 시간이면 언제나 나의 귀는 임금님의 당나귀 귀보다 더 커진다. 관객들이 한두 마디씩 주고받는 이야기들에 〈댄싱 섀도우〉의 앞날을 짐작할 수 있는 힌트가 있다. 극장 로비에서 만난 관계자들의 표정은 두 갈래로 나뉘었다. 작품에 들어간 정성을 보고 안도하는 사람들이 있는가 하면 우려 섞인 표정이 역력한 사람들도 있었다.

2막이 시작되었다. 2막에서 배해선이 '이 끔찍한 세상'을 열창했을 때 큰 박수가 터졌다. 극의 중심을 잡아준 김성녀 선생, 그녀의 진솔한 메시지에 흐느끼는 관객들도 많았다. 산불로 인하여 다 타고 재만 남은 자리에서 희망을 노래할 때 관객들은 긴 박수와 환호성을 보냈다.

공연이 끝나고 객석과 무대가 하나가 되는 순간, 앙코르 노래가 울려퍼지고 첫 공연의 막이 내려왔다. 대형 창작뮤지컬 한 작품을 만들기 위해 투자하고 노력했던 세월들이 주마등처럼 스쳐지나갔다. 이 작품의 좋고 나쁨을 떠나서, 혹은 성공과 실패에 상관없이 첫 공연은 성공적으로 끝났다. 특히 다양한 버전으로 장면마다 각 인물의 감정을 표현한 음악이 고급스러웠다는 호평을 받았다. 모두들 메인 테마곡 '내 그림자와의 춤'의 아름다운 선율이 마음에 남는다고 했다.

하지만 이 작품에 대한 반론도 거셌다. 특정 시대와 장소에 얽매이지 않는 동화로 바뀌면서 오히려 공감을 이루지 못한 메시지의 한계도 노출되었다. 원작의 정서가 느껴지지 않는다는 것이 모든 사람들의 평가였다.

〈댄싱 섀도우〉만큼 평가가 극과 극으로 갈라선 작품은 일찍이 없었던 것 같다. 호평을 하는 관객과 혹평을 하는 관객들이 반반씩 공존했기 때문이다. 이런 현상은 그만큼 많은 사람들이 훌륭한 대형 창작뮤지컬을 기다리고 목말라하고 있었다는 증거일 것이다. 거기에 한국 뮤지컬의 희망이 있다.

이렇듯 첫 공연을 마치고 많은 감동의 메시지와 우려의 메시지를 동시에 들을 수 있었다. 뮤지컬 〈댄싱 섀도우〉는 또다른 실험적인 형식으로 발전시키고 수정해가야 하는 숙제를 첫 공연을 통해 얻은 것이다. 한번의 모험과 시도로 그쳐서는 안 되기 때문이다.

꽃, 무대에서 관객들의 마음으로

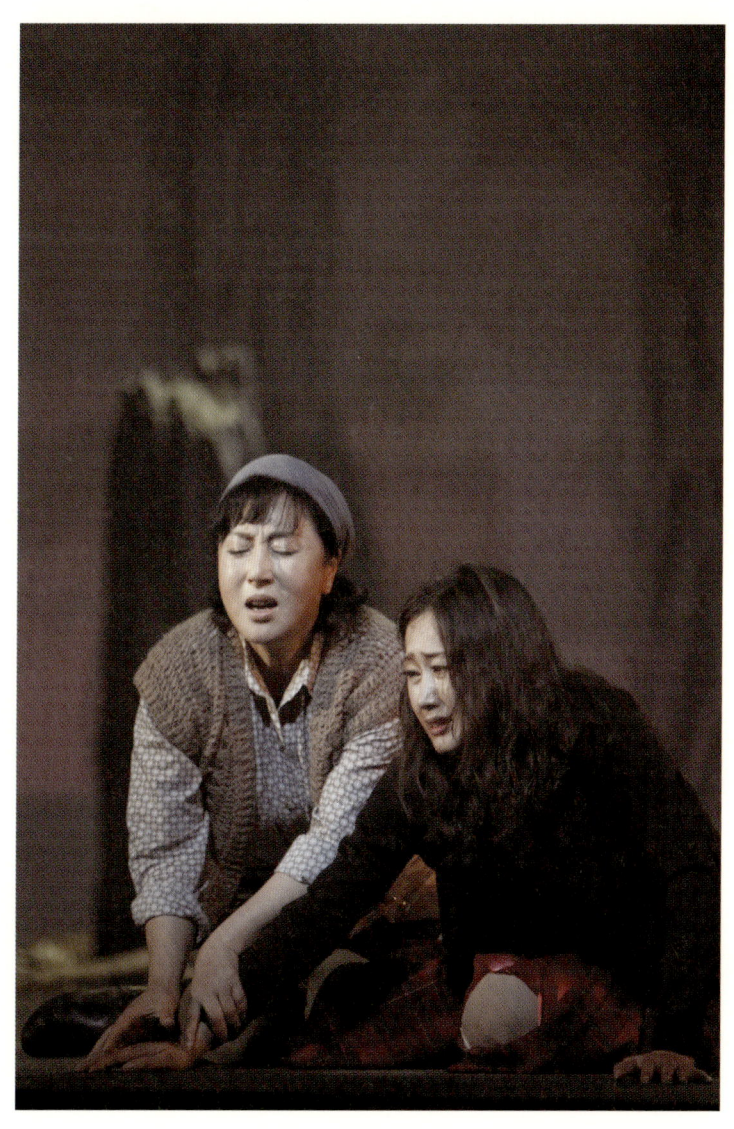

극의 중심을 잡아준 김성녀 선생,
그녀의 진솔한 메시지에 흐느끼는 관객들도 많았다.

희 미 한 주 제

〈댄싱 섀도우〉가 막을 열었을 때, 가장 쟁점이 되었던 것은 원작과 비교되는 공연의 주제였다.

차범석의 원작 〈산불〉은 전쟁의 상황 속에서 피폐해져가는 인간군상들의 애욕을 사실적으로 묘사한 것으로 인간에 초점을 맞춘 것이었는데, 뮤지컬 〈댄싱 섀도우〉를 관람한 사람들은 대부분 이것이 인간 말고도 환경에 대한 이야기라고 말한다.

그것은 각색을 거치면서 지역색과 시대상이 없어진 '동화'로 변모하면서 인간의 심리적 갈등에 중점을 두었던 원작의 주제가 희석되었기 때문이다. 세계적 보편성을 얻기 위해 한국적인 정서를 버린 것이 가장 큰 실수였다.

제작과정에서 우려했던 문제들이 끝내 현실로 표면화되었던 것이다. 새롭게 각색된 극은 어딘가 정체성을 상실한 듯했다. 시각적·청각적으로 풍성한 고급스러운 연극 한 편을 본 것 같으면서도 무언가 허전함이 느껴졌다.

작가는 진정으로 환경 이야기를 하고 싶었던 것일까. 그렇지는 않았던 것 같다. 아리엘 도르프만의 생애는 전쟁과 위협, 죽음으로 점철된 삶을 살아왔다. 그가 많은 작품들 속에서 진정으로 하고자 했던 이야기는 전쟁이 인간에게서 앗아가는 중요한 것들, 그것들 중 환경이 있을지라도, 인간이라면 절대 놓치지 말아야 할 소중한 것들에 대해 이야기하고 싶었던 것이다. 인간의 영혼이 깃든 신령한 숲에 대한 묘사와 전개를 봐도 그가 말하고자 하는 문제는 인간의 과거에서부터 이어온 영혼과 가치에 대한 것이었다.

연 출 의 단 절

인간에 대해 초점이 맞춰줘야 했을 공연이 왜 환경뮤지컬로 생각될 정도로 바뀌게 되었을까. 그것은 연출방법과 무대구성의 단조로움 때문이었다.

실제로 우리가 2005년 9월 런던에서 진행되었던 워크숍은 이 무대에 대해 큰 희망을 품을 수 있을 만큼 낙관적이었다. 런던 워크숍 때 손질한 대본에는 환경에 대한 이미지가 이 정도로 부각되지 않았다. 워크숍 연출인 프랭크 던롭은 2주간의 작업에서 베테랑답게 불필요한 사족들을 없애 뮤지컬로서 제법 괜찮은 뼈대를 완성했다.

나는 워크숍과 본공연의 연출을 달리함으로써 연출의 지속성을 단절시키는 실수를 저질렀던 것이다. 연출이 바뀌면서 이 작품을 연극적인 해석으로 접근한 것이 화근이었다. 조그만 교회 강당에서 진행된 워크숍은, 무대나 조명 등 시각적인 것에 의존할 수 없었고 배우들의 몸짓과 연기, 그리고 음악으로 모든 것이 진행되었다.

사람들의 몸짓이 바로 나무가 되어 죽은 내 남편과 이웃의 영혼이 깃든 신령한 숲으로 표현되었다. 그 인간으로 이루어진, 아직도 살아 있는 신령한 숲이 한 남자와 두 여자가 벌이는 애증과 갈등을 지켜봤다. 그리고 이 신령한 숲은 우리의 가족이 살고 있는 그 숲을 지키려는 나쉬탈라의 신념에 정당성을 부여하고 남자로 인해 그 신념을 저버리는 나쉬탈라를 부끄럽게 만들었다. 또 신령한 숲의 사랑을 받지 못하는 신다의 외로움과 그로 인한 솔로몬에의 집착에도 수긍을 할 수 있는 매개체가 되었다.

워크숍과는 달리 실제 무대화된 숲은 너무 압도적이고 사실적이었기 때문에 인간의 영혼이 깃들어 있는 숲으로 관객들에게 설명되기에 어려움이 있었다. 이러한 상황에서 주인공들의 숲과 나무에 대한 언급은 관객들에게 그냥 숲을 보호하고자 하는 제스처로 보임으로서 이 작품의 진정한 주제를 오인하게 만들었다.

붙박이 무대의 한두 장면 정도 무대전환의 아이디어가 있었다면 거대한 장치는 훨씬 빛을 발했을 것이다. 대형 뮤지컬에서 기발한 무대 메커니즘의 쇼를 포기한 것 자체가 한계를 드러낸 것이 아니었을까.

이 웅장한 숲의 무대는 숲의 신령들을 표현하기에는 창의력이 부족한 안무로 인해 더욱 불친절하고 무딘 무대로 전락하고 말았다. 결국은 작품의 주제를 표현하는 데 가장 극적으로 도움을 주어야 할 무대와 안무가 제 역할을 하지 못했던 것이다.

워크숍 당시부터 가장 기대를 모았던 음악도 편곡의 과정을 거치면서 더욱 풍성해지기보다는 압축되어 웅장한 대작 뮤지컬에 어울리지 않는 모습으로 변질되어버렸다. 가장 큰 실수는 워크숍 때 좋았던 웅장한 합창곡 세 곡을 삭제한 점이다. 뮤지컬 〈갬블러〉에서 보았던 작곡가의 풍부하고 장엄한 음악 스타일을 없애버린 것이다. 이것은 뮤지컬로서 장

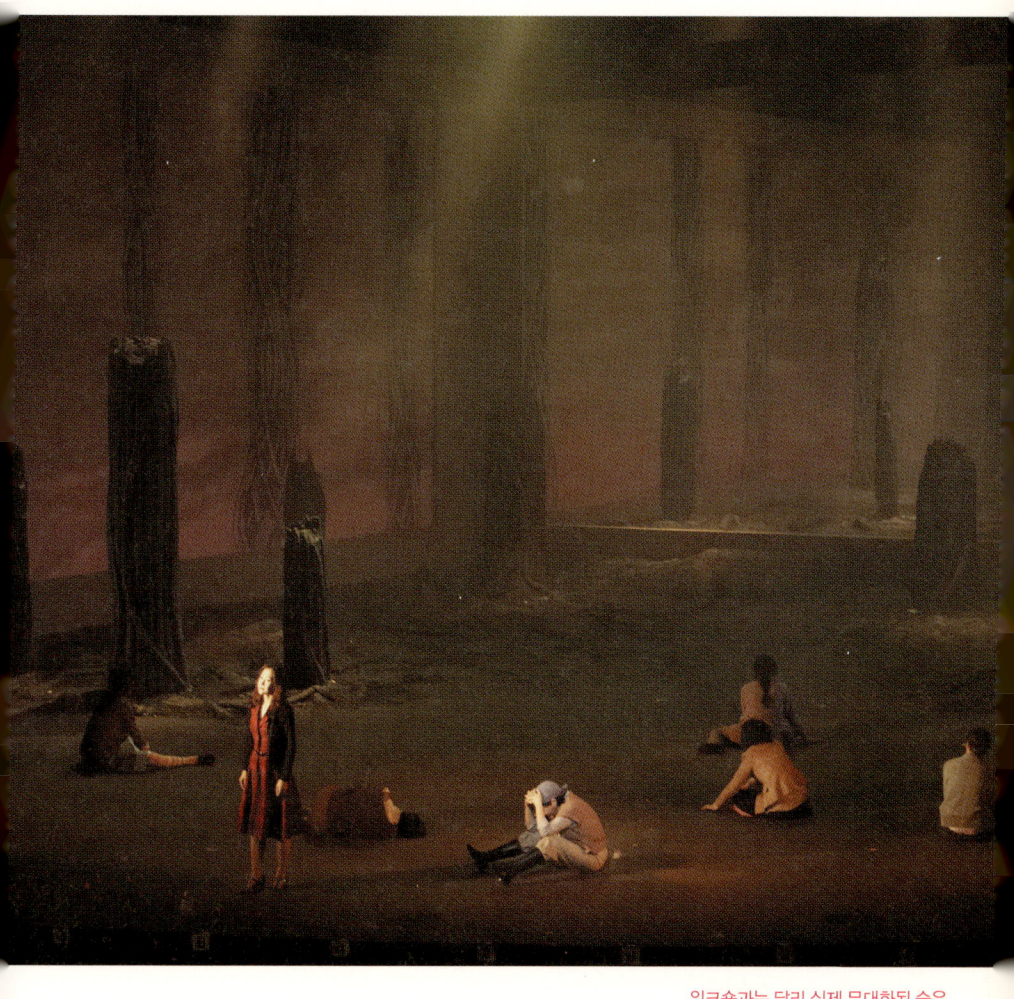

워크숍과는 달리 실제 무대화된 숲은
너무 압도적이고 사실적이었기 대문에
인간의 영혼이 깃들어 있는 숲으로
관객들에게 설명되기에 어려움이 있었다.

점을 버린 것이나 마찬가지였다.

2시간 40분의 대형 공연 안에 관객들을 압도할 수 있는 합창곡이 단한 곡도 없거니와 배역들의 갈등구조와 극의 배경을 설명해줄 수 있는 친절한 곡조차도 없는 것이 큰 아쉬움으로 남았다.

비슷한 내용과 분위기의 마마아스터의 두 곡을 좀 더 압축하고, 세 남녀 주인공 나쉬탈라, 솔로몬, 신다의 상황과 갈등을 노래하는 트리오나 듀엣곡, 그리고 가장 큰 대립을 이루는 나쉬탈라와 마마아스터의 노래 배틀을 늘리는 것을 놓치고 말았다. 숲과 마을 사람들의 그 동안의 교감을 나타내는 곡과 나쉬탈라와 숲의 교감, 그리고 나쉬탈라의 배신과 어지러운 상황에 대한 숲의 경고 등이 노래로 들어가 있다면 더욱 숲과 마을 사람들과의 관계가 관객들에게 쉽게 동화되었을 것이다.

주제를 잘 살려내지 못한 연출의 컨셉트와 무대 메커니즘의 아이디어 부재는 각색자의 많은 메시지를 압축시키는 데 한계를 보여주었다. 이렇듯 가장 핵심적인 중요한 파트들이 제 역할을 충실히 못함으로써 전체적으로 〈댄싱 섀도우〉는 대형 작품임에도 불구하고 관객들에게는 불친절한 작품이 되어버린 것이다.

그것은 충분한 커뮤니케이션의 부재에서 비롯된 것 같다. 2005년의 워크숍이 끝난 후에 런던의 프로듀서들은 많은 조언을 해왔다. 내용적인 부분에서 꼭 채워져야 하는 허점에 대해 언급했으며, 인물들의 갈등구조와 상황의 당위성에 대해 좀더 설명이 필요하다는 것에 대해 모두 공감했다. 특히 한국관객을 위한 공연에서는 더욱 한국인의 정서에 맞는 직접적인 설명이 필요했음에도, 워크숍 이후 대본 방향은 별로 발전적이지 못했다. 배삼식 등 한국 작가들이 참여했지만 손을 대는 것에도 한계가 있었다.

커 뮤 니 케 이 션 의   실 패

연출과 극본, 음악, 그외 중요 스태프들을 모두 해외 인물들로 짜면서 해외에서 이뤄지는 작업이 점점 많아졌고 결과적으로 한국 스태프와 교감할 수 있는 길은 더욱 좁아졌다. 실질적으로 뮤지컬 〈댄싱 섀도우〉에는 한국의 능력 있는 스태프들이 모두 참여했지만, 외국 스태프들과 협력하여 주도적으로 작품을 이끌어갔는가 하는 면에서는 그 역할을 다했다고 볼 수 없다.

이는 한국 스태프가 나태해서라기보다는, 외국 스태프에게 너무 많은 권한이 주어졌기 때문이라고 볼 수 있을 것이다. 오히려 한국의 기존 스태프들보다 협력 작업이 익숙한 외국 스태프들에게 한국적 정서와 한국 관객들의 성향을 가장 많이 분석하고 있는 한국 스태프들의 참여를 적극적으로 유도할 수 있는 장치가 필요했다. 특히 프로듀서와 외국 스태프들과의 교감이 좀더 빈번할 수 있었다면 대중과 좀더 친밀한 작품으로 완성될 수 있었을 것이다.

대형 창작뮤지컬 〈댄싱 섀도우〉에는 극본, 음악, 연출, 편곡, 안무, 무대, 의상, 조명, 음향 등 총 아홉 개의 핵심적인 부분에서 외국 스태프가 수장이 되었다. 이는 한국의 정서와 관객의 정서를 더욱 반영할 수 없는 원인이 되었을뿐더러 제작비가 커지는 요소로 작용했다. 〈댄싱 섀도우〉의 총 제작비 부분에서 이들에게 지출된 금액은 체재비, 로열티를 포함하여 모두 20퍼센트 정도의 규모에 해당된다.

창작뮤지컬이라는 점을 감안한다면 새로운 콘텐츠 개발이라는 측면에서는 결코 많은 제작비가 소요된 것은 아니다. 그리고 기본적으로 크리에이티브팀이 외국인들로 짜여 있지 않았다면 과연 이 정도의 수준작이 완성될 수 있었을까 하는 점에서 보면 당연한 것으로 생각될 수 있다. 그러나 과연 모든 외국 스태프들이 꼭 필요한 스태프들이었는가에 대해서는 좀더 많은 고민이 필요했을 것 같다.

공연은 끊임없는 진화가 필요한 작업인 데 반해, 개막 공연을 마치고 돌아가는 외국 스태프들에게 공연의 수정에 대한 책임을 물을 수 없었던 것도 아쉽다. 해외 스태프들은 공연 오픈 다음날 모두 자국으로 돌아가야 했기에 공연이 지속된 2개월 동안 작품의 추후 발전에 대한 수정작업을 전혀 할 수 없었다. 이 애프터서비스 부분에 대한 특단의 조치를 취한 후에 외국인들을 섭외하고 공연에 참여하게 했어야 했다.

주 관 객 층 설 정 의 실 패

뮤지컬 〈댄싱 섀도우〉의 주 관객층은 누구일까. 60년대에 탄생한 〈산불〉을 기억하는 관객일까. 아니면 세계적 극작가 아리엘 도르프만과 에릭 울프슨을 기억하는 사십대 지식층일까. 아니면 새로운 한국 뮤지컬의

꽃, 무 대 에 서 관 객 들 의 마 음 으 로

탄생을 손꼽아 기다렸던 선험적 관객층인 이삼십대일까. 〈댄싱 섀도우〉의 기획팀도 주 타깃을 설정하고 그에 따른 마케팅을 하기 위해 노력했으나, 합당한 주 관객층을 설정하는 데 실패하고 말았다.

마케팅적 측면에서 해외의 경험 많은 뮤지컬 스태프들이 참여하는 대작 뮤지컬의 탄생이라는 큰 화두에는 뮤지컬에 적극적인 이삼십대 관객들이 가장 먼저 반응을 보였다. 항상 새로운 뮤지컬을 가장 먼저 리뷰를 하는 이 젊은 관객들이 공연 전 마케팅의 주된 타깃이었는데, 그들에게 드러난 〈댄싱 섀도우〉의 이미지는 그들의 정서와는 상충되는 것이었다.

〈댄싱 섀도우〉의 포스터 등 인쇄물에서 직접적으로 쓰인 이만익 화백의 메인 이미지는 토속적 이미지로 젊은 감각과는 거리가 멀었고 뮤지컬 〈명성황후〉와도 비슷해 참신성에서도 주목받지 못했다. 작품의 규모감을 나타내는 것에는 어느 정도 효과가 있었던 것으로 평가되지만, 전체적으로 젊은 관객들의 눈길을 끌기에는 다소 부족함이 있었다.

사실 시놉시스를 처음 받아보았을 때, 세계적인 명화 〈반지의 제왕〉 못지않은 대형 판타지의 탄생이 기다려졌다. 그만큼 신비로운 느낌의 배경과 무대 설정이 돋보이는 시놉시스였는데, 막상 무대화되었을 때에는 '우리 시대의 우화'라는 아리엘 도르프만의 부제가 무색할 정도로 현실적인 무대와 의상, 현실적 인물들이 무대를 장악하고 말았다.

뜨뜻미지근한 세 남녀의 사랑의 갈등은 젊은 관객들의 심금을 울리기엔 강도가 부족했으며, 전쟁의 폭풍에 휩쓸리는 인간군상들의 모습에 몰입하기엔 설명이 너무 적었다. 또한 우리의 영혼과 가치 있는 것의 보존에 대한 이야기는 (환경 뮤지컬로 오인될 만큼) 너무 진부한 느낌으로

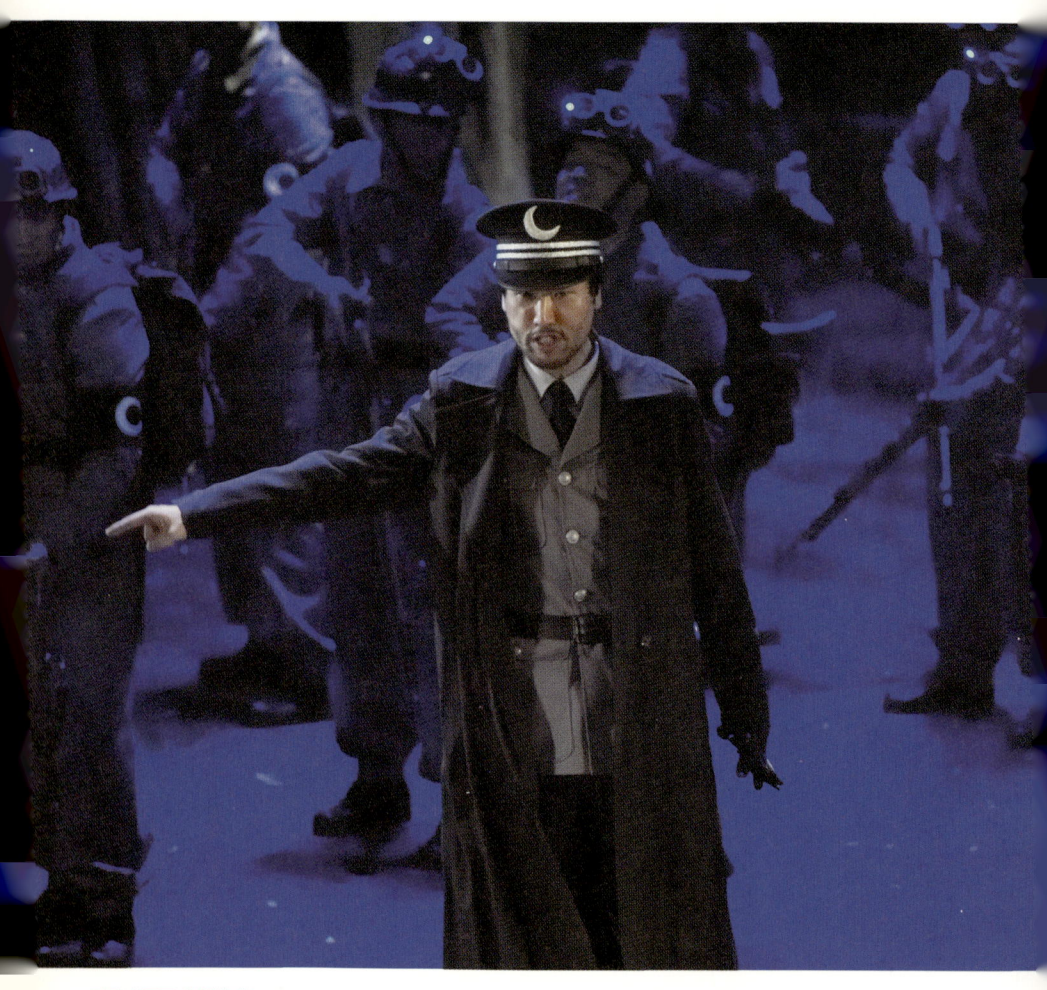

전쟁의 폭풍에 휩쓸리는
인간군상들의 모습에 몰입하기엔
설명이 너무 적었다.

너무 많은 이야기만 나열해 신구세대 모두에게 부담스러워졌다.

　이처럼 어느 연령층의 관객에게도 어필하지 못한 공연은 기술적으로는 초연된 창작뮤지컬로서 어느 정도 안정된 무대를 완성했으나, 그 내용적인 면에서는 수많은 과제를 남겼다.

참 담 한　결 과　후　희 망 이 란　용 기

뮤지컬 〈댄싱 섀도우〉는 첫 기획단계에서는 아주 소박하고 평범하게 출발했다. 이 작품이 처음으로 기획된 1999년에만 해도 20억 규모의 제작비면 충분하다고 판단했다. 그 당시 뮤지컬 한 편에 20억 규모의 제작비를 쏟아붓는 것도 엄청난 예산이었다.

　그러나 해외 스태프들이 참여하면서부터 작품규모가 매우 커졌다. 첫 기획보다 예산이 배가 늘어난 것이다. 해외의 거물 작곡가와 작가가 합류하고 또다른 해외 스태프들을 영입하면서 글로벌 뮤지컬로 추진하게 되었다. 이들과 작품의 제작진행이 거듭될수록 예산은 기하급수적으로 늘어갔다. 예산 증가는 프로덕션과 프로듀서에게는 큰 부담이 아닐 수 없지만 제작과정이 순조롭게 진행됐기에 모두가 욕심이 생겼던 것이다.

　제작비 예산이 눈덩이처럼 불어난 데는 여러 가지 원인이 작용했겠지만 첫째는 이 작품을 장기적인 안목을 가지고 오랫동안 준비한 점, 둘째는 대본 완성작업, 런던 워크숍, 쇼케이스 등 작품을 만드는 기초 작업에 계획했던 것보다 많은 예산이 투입된 점을 들 수 있다. 셋째는 국내 스태프보다 해외 스태프 위주로 작품을 운영한 결과 항공료 및 체재비등이 추가되어 제작비 증가의 결정적인 원인이 되었다. 한국 · 미국 · 영국 · 독일 등의 다국적 스태프들이 참여한 관계로 미팅 때문에 왕래하는 출장비용 또한 많이 지출되었다. 그밖에도 대형 창작뮤지컬의 초연임에도 불구하고 국내사상 초유의 장기공연을 했다는 점을 들 수 있다.

뮤지컬 〈댄싱 섀도우〉는 예술의전당 오페라극장에서 70일간의 일정으로 기획되었다. 이 작품의 제작 진행 기사가 계속해서 언론에 소개되면서 공연계의 화제가 되고 몇몇 극장에서 이 공연 유치에 관심을 갖기 시작하면서부터 장기일정을 추진할 수 있었다.

규모가 커진 이 작품은 개막공연을 위한 장치설비의 셋업과 리허설 기간만도 4주의 일정이 소요됐다. 완벽한 공연을 선사하기 위해 충분한 준비가 필요한 데는 모두가 공감하지만 국내극장 형편상 쉬운 일은 아니었다. 외국의 여건에서야 이런 일이 놀랄 일도 아니지만 오직 프로듀서의 뚝심으로 이러한 제작시스템을 고집스럽게 밀고 나갔던 것이다.

비록 공연결과는 만족스러운 성공을 거두지 못했지만 제작시스템의 새로운 문화를 만들어 명품 대형 창작뮤지컬을 탄생시켜보겠다는 꿈과 열정 때문에 상상할 수 없는 제작비를 투자했던 것이다. 선진 뮤지컬의 제작시스템 시도는 국내 무대기획 스태프, 배우들에게 큰 경험이 되었을 것이라 생각한다. 우리가 얻은 노하우는 앞으로의 대형 창작뮤지컬 제작에 큰 보탬이 될 것이고, 이러한 실험과 도전이 계속될 때 그 꿈이 이루어질 날이 멀지 않았다는 자신감을 얻는 것은 돈으로 환산하기 어려운 큰 수확이었다.

꽃, 무대에서 관객들의 마음으로

이렇게 많은 예산이 투자된 이 작품의 자금 조달과 투자 유치에 대하여 궁금해하는 사람들이 많았다. 요즘 뮤지컬계에서는 소위 '투자를 잘 유치해야 훌륭한 프로듀서'라 한다. 그러나 투자 유치 이전에 예산지출의 투명성과 도덕적인 경영으로 회사의 신뢰를 얻는 것이 중요하다. 프로듀서는 개성이 제각각 다른 예술가들의 마음을 통합하는 인적 운영능력이 뛰어나야 하지만 예산의 운영능력 또한 뛰어나야 한다. 현장을 읽는 안목이나 작품해석력도 갖춰야 하지만 도덕적인 예산운영이야말로 프로듀서가 갖춰야 할 첫번째 덕목인 것이다.

요즘 국내에는 뮤지컬에 관심을 갖는 투자회사가 많이 생겨났다. 이 작품도 쇼케이스를 마치고 공연 오픈 전까지 투자제안이 꽤 많이 들어왔다. 투자사 입장에서는 앞으로 신시뮤지컬컴퍼니와 관계도 중요했을 것이고 이 작품에서 손실을 입는다 해도 〈맘마미아!〉〈시카고〉 등에서 손해난 액수를 회복할 수 있다는 판단에서였을 것이다. 하지만 〈댄싱 섀도우〉는 겨우 10퍼센트 정도만 투자 유치를 허용했을 뿐 모든 제안을 거절했다. 까다로운 조건의 투자는 결국 독이 된다는 것을 경험했기 때문이다.

이 작품은 성공할 확률보다 실패할 확률이 높다고 판단했기 때문에 투자회사에 부담을 안기는 것 또한 서로 부담으로 작용할 수밖에 없다. 그것은 우리 공연계가 근본적으로 안고 있는, 원금을 회수하는 투자 문화에 기인한 것이다. 결국 투자자본 손실금은 빚으로 남는 것이다. 그 손실의 책임과 부담은 다음 작품으로 계속해서 이어질 수밖에 없는 것이 현실이다. 이런 투자 문화에서는 국내 프로덕션들이 자생력을 키워나가고 홀로 설 수 없는 것이다.

물론 이 작품으로 엄청난 금액의 손실을 입었지만 투자를 유치하지 못한 아쉬움보다는 오히려 자부심이 크다. 프로듀서는 책정된 예산안에서 항상 새로움을 추구하고 혁신적인 작품이 생산되기를 원한다. 예산이 많이 드는 새로운 작품에 도전하는 것은 항상 위험성을 내포하고 있기 마련이다. 그런 점에서 프로듀서는 '갬블러'나 마찬가지이다. 투자 유치에 혈안이 되는 것보다 도전의식을 갖고 실패해도 좋다는 마음을 가져야 하는 것이 프로듀서이다. 그래야만 자생력을 갖출 수 있다.

특히 〈댄싱 섀도우〉처럼 창작뮤지컬의 경우 성공적인 결론을 꿈꾸고 작품을 시작하면 더 큰 낭패에 직면할 수 있다. 최악의 상황을 생각하고 마음을 비우고 시작해야 한다. 외부자본을 투자받아 장밋속으로 환상을 가지기보다는 좋은 작품으로 승부하겠다는 목표를 가져야 한다.

모든 사람들은 돈에 대해 관심이 많다. 제작비가 얼마나 들었으며 얼마를 벌었고, 아니면 얼마를 손해봤는지 궁금해한다. 뮤지컬 〈댄싱 섀도우〉 또한 어느 정도가 실패했으며 얼마의 빚을 졌는지가 관심의 대상이 되었다. 그 이유는 제작 프로덕션의 존폐와 프로듀서의 미래와 직결되기 때문이다. 공연계 몇몇 지인들은 공연성과에 대해 신시와 나를 진심 어린 마음으로 걱정해주었다. 내게 크나큰 용기도 심어주었다. 분명 신시는 위기에 봉착해 있었던 것이다. 신시의 위기설이 항간의 소문으로 떠돌고 있다는 얘기도 들었다.

이 시점에 우연찮게도 서울연극협회 이사회 일정이 잡혀 있었다. 나는 거의 모든 이사분들이 참석하여 순간 당황했다. 내가 서울협회 회장

직을 맡으면서 이렇게 모든 분들이 참여한 것은 처음 있는 일이었다. "아니, 오늘 무슨 일 있습니까? 왜 이렇게 출석률이 좋습니까? 처음 있는 일입니다"라고 덕담을 건넸다. 이사 중에 박용수 형이 내 말을 받았다. "오늘 혹시 중대발표가 있지 않을까 해서 궁금해서 나왔지." 〈댄싱 섀도우〉가 속된말로 쫄딱 망해서 신시가 어려운 나머지 협회장 직을 사퇴할 거라는 소문이 있었던 모양이다.

"그런 소문이 있어요? 걱정하지 마십시오. 신시, 절대 문 안 닫습니다. 충분히 이겨낼 수 있어요. 이사님들, 다들 염려해주시고 지지해주셔서 감사합니다." 나는 웃으면서 그분들에게 고마움을 표시했다.

〈댄싱 섀도우〉가 끝나고 얼마 후부터는 두 달간 술을 멀리했다. 난 어려움에 부딪쳤을 때는 오히려 술을 삼가는 습관이 있다. 술을 한없이 먹다보면 알코올중독이나 폐인이 될 것 같은 생각에 문득 놀라기 때문이다. 그리고 담담한 심정으로 하나하나 정리해나갔다. 쉽지 않겠지만 이겨낼 수 있다는 자신감이 마음 한구석에 자리잡고 있었다.

정산 결과는 참담했지만 그리 비관할 정도까지는 아니었다. 창작 초연치고는 꽤 많은 3만6천 명의 관객을 유치하여 20억 원의 입장 수입을 올린 것이다. 제작비가 과다하게 투자되었고 예상했던 것보다 수입이 적은 건 사실이지만 모든 가능성은 충분히 열려 있는 셈이었다. 적자폭은 컸지만 한 번의 실패로 이 작품에 대한 꿈과 이상을 접어버리기에는 너무 많은 것들을 배우고 투자했다. 작품의 제작 과정과 결과에 대해 여러 관점에서 볼 때 이 작품의 지속적인 발전 가능성을 확인할 수 있었다. 예산 측면에서도 작품의 규모를 축소하고 노하우를 보유한 국내 스태프로 구성하여 작품을 발전시킨다면 많은 예산을 절감하고 더 발전된 공연을 만들 수 있을 것이다. 〈명성황후〉가 끈기와 뚝심으로 오늘날 빅히트 상품이 된 것처럼 말이다.

아직 끝나지 않은 이야기

〈댄싱 섀도우〉는 아직 끝나지 않았다. 지금껏 이야기한 시행착오와 한계들이 곧 출발점이기 때문이다. 평가의 엇갈림, 흥행의 실패에도 불구하고 〈댄싱 섀도우〉는 많은 성과를 남겼다.

먼저 선진 뮤지컬 제작시스템에 한걸음 가까이 다가갔다. 기존의 국내작품에서 보기 힘든 세련된 스타일로 창작뮤지컬의 가능성을 보여줬다는 평가도 받았다. 그만큼 사전 제작에 많은 시간과 예산을 투자하지 않고서는 결코 좋은 작품을 만들어낼 수 없다는 것을 증명해주었다.

대본과 음악이 완성된 후 워크숍을 거치는 등 국내 창작뮤지컬로서는 드물게 제작시스템의 정석을 밟아 초연임에도 불구하고 상당한 수준의 완성도를 이룩했고, 대형 창작뮤지컬 부재의 갈증을 해소시킬 수 있는 계기를 마련했다고 볼 수 있다.

대형 창작뮤지컬에 대한 잠재적인 수요가 충분하고 〈댄싱 섀도우〉처럼 다양한 시도가 이루어진다면 머지않아 〈명성황후〉의 파괴력을 뛰어넘는 '킬러콘텐츠' 작품 탄생도 기대해볼 만하다.

그리고 무엇보다 가장 큰 성과는 새로운 도전에 대한 경험이다. 이것은 신시만의 경험이 아니라 한국 뮤지컬 전체의 경험이다.

2개월간의 공연이 막 내리고, 무대 철수가 이뤄지고 있을 때 나는 기술감독에게 〈댄싱 섀도우〉 무대를 불태워버릴 것을 지시했다. 우리 공연팀 모두 적잖이 당황한 눈치였다. 그도 그럴 것이 인건비까지 포함하면 5억여 원을 들여 정성스럽게 만든 무대였기 때문이다. 창고에 보관해두었다가 다음 공연에 쓰지 않고 없애버리다니 놀랄 만도 했다. 그렇지만 나는 그것이 옳다고 생각했다. 당분간 쉽게 극복이 안 될 정도의 큰 시련을 안겨준 무대가 미워서가 아니었다. 그것이야말로 새로운 출발을 하기 위한 첫걸음이라고 생각했다. 결국 무대를 불태우는 데만도 500만 원이라는 거금이 들었다.

나는 원작에서 다시 출발하여 〈댄싱 섀도우〉를 새롭게 무대에 올릴 것이다. 그 새로움이 진짜가 되기 위해서는 옛 무대에 연연하게 되면 안 된다.

〈댄싱 섀도우〉는 앞으로 1000석 내외 규모의 극장에서 관객의 입맛 바꾸기 시도로 계속될 것이다. 그저 웃고 즐기는 오락 중심의 뮤지컬이 아니라 진지한 주제를 가지고 감정선을 자극해주기를 바라는 관객이라면 실험적인 뮤지컬의 등장이 반가울 것이다. 이 작품을 세계적 보편성보다는 먼저 우리 관객들이 공감할 수 있는 뮤지컬로 재탄생시켜야 한다. 그래서 대중성과 예술성이 팽팽한 균형을 갖출 때 비로소 〈댄싱 섀도우〉는 무한한 가능성을 갖는 것이다.

낯설지만 친근한 동화 〈댄싱 섀도우〉의 진정한 출발은 이제부터 시작이다.

DANCING SHADOW

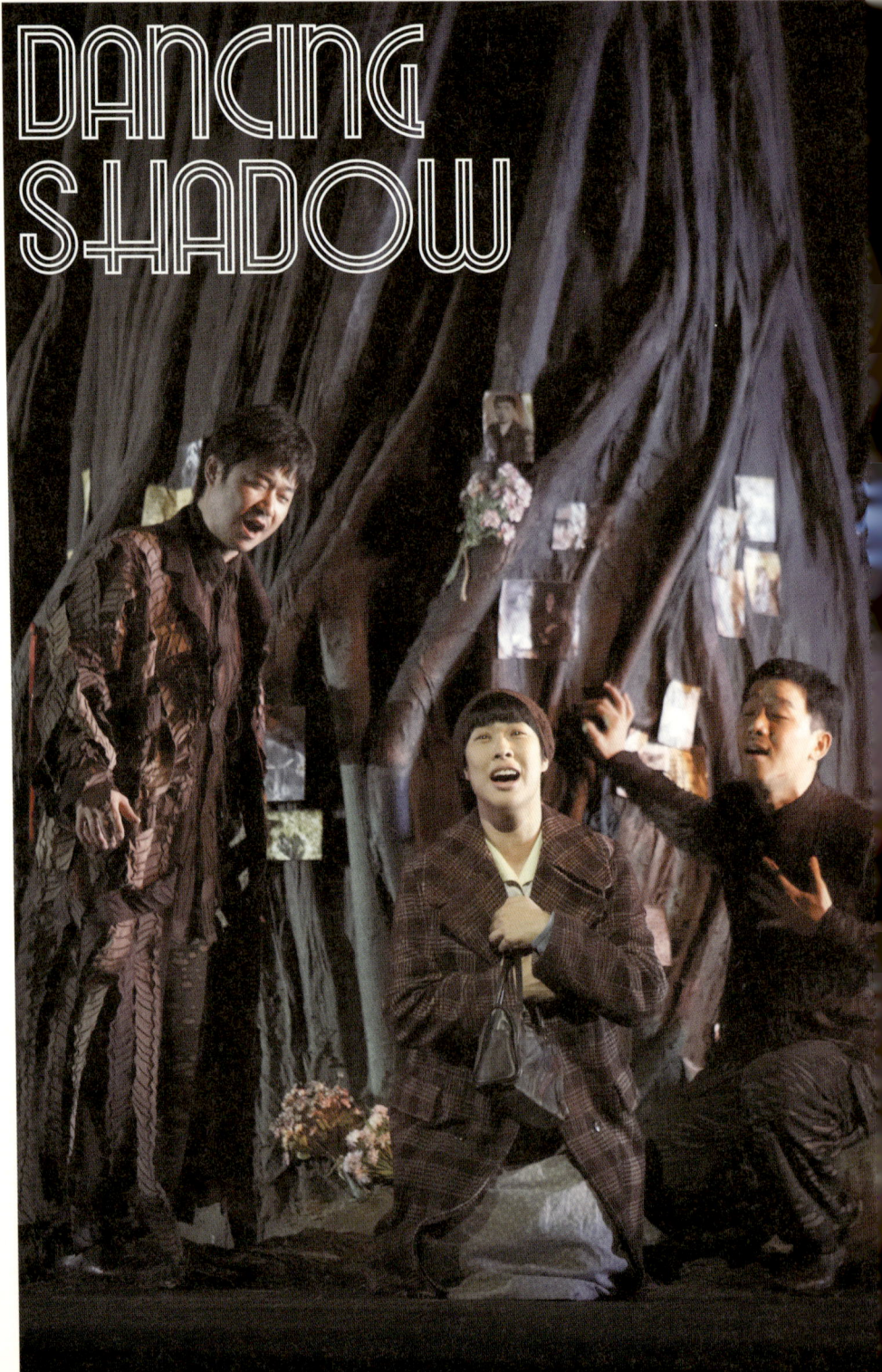

우리 작품 〈산불〉을 재창조한 대형 창작뮤지컬

〈댄싱 섀도우〉

고 차범석 선생은 국립극장으로부터 창작극 의뢰를 받고는 10년간 품속에 간직하고 있던 이야기를 희곡으로 풀어냈다고 한다. 고향 목포에서 교편을 잡던 시절 가까운 사람들에게서 보고 듣고 했던 이야기를 영암 월출산에다 작가적인 상상력으로 옮겨심은 것이 〈산불〉이라는 것. 저술 당시엔 정치적 · 성적 제압이 많던 시대라 〈산불〉은 남북 냉전 이데올로기라는 무거운 주제에 묶여 민족적 비극으로 이해하는 경우가 더 많았다. 그러나 극한 상황에서 드러나는 인간 본성에 대한 탐구와 인간의 애욕과 갈등의 양상에 대한 세밀한 관찰과 묘사는 이 작품이 오늘날까지 생명

력을 가질 수 있는 큰 이유가 되기도 한다.

6 · 25 전쟁이 터지자 두메산골까지 전쟁의 그림자가 드리워져 남자란 남자는 모두 죽거나 떠나고 여자들만 남은 과부마을. 그 마을에 한 남자가 내려오면서 일어나는 과부 여인네들의 심리와 욕망은 주변 사건들과 맞물리면서 극적 완성도를 극대화시킨다. 탄탄한 이야기와 대사, 빈틈없는 캐릭터와 구성으로 〈산불〉은 '해방 이후 사실주의 희곡의 최고봉'이라는 찬사를 들었고, 아직도 많은 신진 극작가들에게 신선한 자극이 되고 있다.

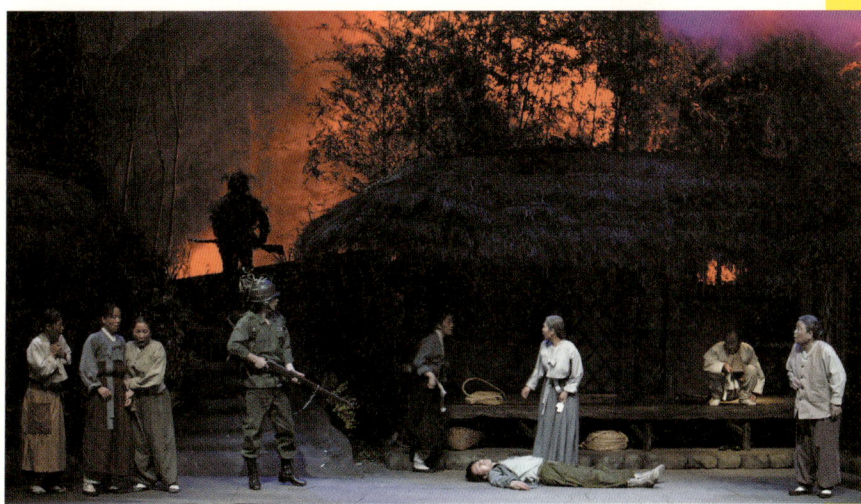

희곡 〈산불〉의 줄거리

작품의 무대는 6·25 전쟁 빨치산이 출몰하는 촌락이다. 전쟁으로 남편을 잃은 과부들만이 사는 이 곳에서 여인들은 목숨을 부지하기 위해 양쪽 군에 어쩔 수 없이 협력하고 있다. 그런 현실 속에서도 꿋꿋이 살아가는 여인들, 점례와 사월, 쌀레네. 힘든 현실뿐만 아니라 이들에게는 여자로서 아니 인간으로서 참을 수 없는 욕구, 욕정의 문제도 고스란히 남아 있다. 그런데 어느 날 인민군들과 산속에 숨어살던 국민학교 교사인 규복은 굶주림과 상처, 이데올로기의 갈등으로 인해 마을로 내려오게 되고 그를 점례가 돌봐주게 된다. 점례의 도움으로 마을 대밭에 기거하게 된 규복. 이들은 곧 사랑하는 사이로 발전한다. 이때 역시 과부인 사월이가 둘의 관계를 눈치채고, 반 협박으로 규복과의 관계에 끼어들어 이들은 이상한 삼각관계가 된다. 몇 달 뒤, 사월이는 임신을 하게 되고 어쩔 수 없는 현실 속에서 점례와 사월, 규복은 고통스러워한다. 사월이 심한 입덧으로 동네 사람들의 눈치를 받을 때쯤 공비소탕으로 목적으로 국군들이 마을 대밭에 불을 지르려 한다. 만류하는 양씨와 여인들, 결국 규복이는 대밭을 뛰어나오다 죽고, 사월이도 양잿물을 먹고 자살한다. 망연히 타는 대밭을 바라보는 여인들과 규복의 시체 앞에서 넋 나간 듯 서 있는 점례. 이 모습을 끝으로 연극은 막이 내린다.

〈댄싱 섀도우〉의 줄거리

남자들은 모두 전쟁으로 목숨을 잃고 과부들만 남은 마을에 태양을 섬기는 '태양군' 과 달을 숭배하는 '달군' 이 번갈아 찾아들고, 그들의 횡포 아래 여자들이 하루하루를 연명하고 있다. 마을 뒷산, 할아버지 나무가 있는 숲은 영혼들이 쉬고 있는 특별한 곳이다. 숲은 조상들의 영혼과 앞으로 태어날 아이들의 영혼이 숨 쉬고 있다고 노래한다. 숲의 수호자이자 숲의 메시지를 알아듣는 유일한 사람 나쉬탈라는 사람들의 몰이해와 비난 속에 숲만이 자신의 안식처이며 혼자 있는 시간, 자신의 그림자와 춤을 추듯 살아가는 자신의 상황을 노래한다.

마을의 여자들이 앞으로 살아갈 일을 걱정하자 나쉬탈라의 고모인 마을 촌장 마마아스터는 아낙들을 야단치며 곧 들이닥칠 달군을 위해 군수품을 서둘러 준비하라고 한다. 군수품이 약속된 분량에 못 미치자 마마아스터는 나쉬탈라를 비난한다. 그녀가 준비 못한 분량의 옥수수를 대신해 해오기로 한 나무들이 보이지 않는 것이다. 그녀는 숲의 나무를 다치게 할 수 없었다고 고백하지만 마마아스터는 감상으로 치부한다. 태양군 부대가 들이닥치자 마마아스터는 담배와 다른 일용품, 할아버지 나무로 만든 조각상을 대신 선물하여 위기를 모면한다. 분위기가 풀리자 여자들은 남자가 없어 잠이 오지 않는다며 군인들에게 장난을 걸지만 대장은 "전시에 여자 몸에 손을 댈 수 없음"을 일깨우며 여자들의 장난기를 일소한다.

그러나 나쉬탈라와 신다(마마아스터의 딸, 나쉬탈라의 사촌)는 태양군이 끌고 온 달군 탈주병 솔로몬에게 특별한 감정을 느낀다. 이 와중에 정신이상인 나쉬탈라의 아버지 타마르가 장군 행세를 하며 대장에게 시비를 건다. 그의 광기를 참아주던 대장은 결국 농담이 지나쳐지자 화를 터뜨린다. 태양군이 돌아가자마자 마마아스터와 마을아낙들은 저녁때쯤 또 들이닥칠 달군 부대를 맞을 준비를 한다. 마마아스터는 나쉬탈라에게 오늘 분량을 채우지 못한 대신 나무 두 그루를 해오라고 강요한다. 나쉬탈라는 자신이 지켜야 할 숲을 베어야 하는 처지에 가슴 아파한다. 마을 아낙들은 해결사 노릇을 하는 마마아스터를 칭찬하면서 숲을 지킨다는 명목으로 늘 비협조적인 나쉬탈라를 비난한다.

마마아스터와 신다는 전쟁 전 도시에 살던 시절을 그

리워하고, 마마아스터는 나쉬탈라로부터 숲의 권리를 빼앗아 도시로 돌아갈 방도를 찾으려 한다. 신다는 숲에서 돌아온 나쉬탈라를 만나 가장 친한 친구로서 자기 엄마한테 숲을 넘기고 무거운 책임을 벗으라고 조언한다. 나쉬탈라는 그럴 수 없다며 최근 들어 불안해진 영혼의 숲을 걱정한다. 둘은 우정을 나누며 함께 할 앞날을 그려보지만 도시를 동경하는 신다와 숲을 지켜야 하는 나쉬탈라의 운명은 너무도 다르다. 함께 노래하다가 신다가 잠든 사이 나쉬탈라는 마을로 도망쳐온 탈주병 솔로몬과 마주치게 되고 그를 집 안에 숨겨준다. 얼마 후 달군 병사들이 들이닥쳐 솔로몬을 찾는다. 나쉬탈라는 수색을 시작하려는 달군 대령을 막기 위해 숲의 나무를 세 그루까지 베어도 좋다고 허락한다. 병사들이 나무를 베는 동안 나쉬탈라와 솔로몬은 사랑에 빠진다. 나쉬탈라와 솔로몬의 관계를 눈치챈 신다는 말없이 지켜본다.

미래에 대한 불안도 커간다. 갑자기 은신처에 신다가 나타나 새 소식을 전한다. 태양군과 달군의 내전이 끝나고, 두 군대가 합쳐진 연합군과 외국침략군 간의 새로운 전쟁이 시작될 것이며 탈주병 색출작업이 시작될 것이라고. 더욱이 나쉬탈라에게서 숲을 뺏으려고 마마아스터가 정신이상자인 타마르의 서명을 받으려 한다고 전한다. 나쉬탈라는 숲을 구하기 위해 급히 마을로 돌아가고 신다는 억지로 솔로몬 곁에 남아 그가 원치 않는 육체관계를 시작한다. 나쉬탈라는 마마아스터와 숲의 소유권을 놓고 크게 다툰다. 마마아스터는 외국군이 들어오면 숲은 벌목될 것이라며 숲을 일부라도 지키는 유일한 길은 자신에게 소유권

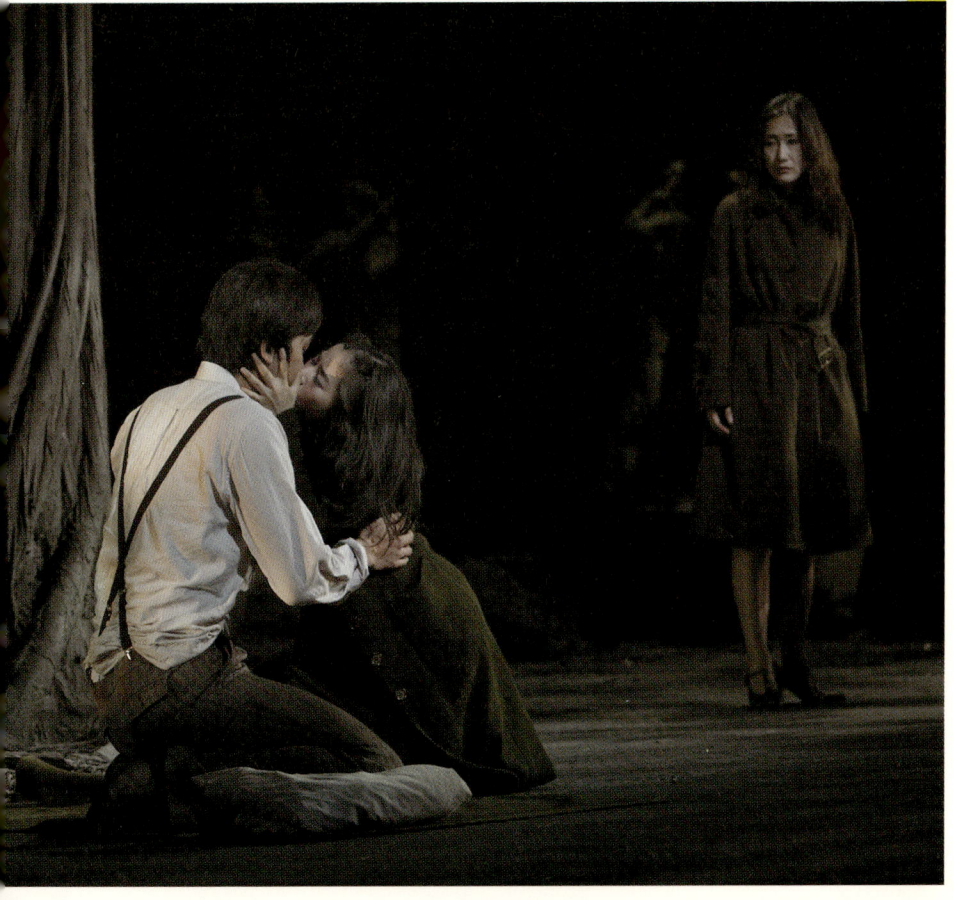

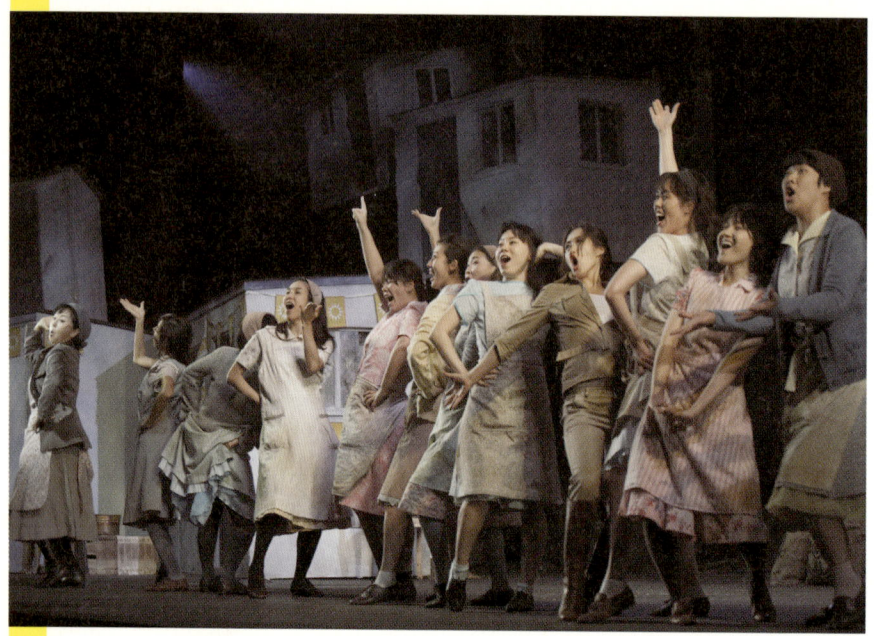

을 넘기는 것이라 주장한다. 하지만 나쉬탈라는 모두 숲을 뺏기 위한 술수일 뿐이라며 제안을 거절한다. 얼마간 시간이 흘러 이른 봄날, 하루씩 번갈아 솔로몬과 지내던 나쉬탈라와 신다 간에 말다툼이 벌어진다. 나쉬탈라는 솔로몬이 신다를 사랑하지 않는다며 그녀가 떠날 것을 부탁한다. 신다는 임신했음을 고백하고 솔로몬을 포기할 수 없다며 셋이 함께 도시로 떠나자고 한다. 둘 사이에서 고뇌하는 솔로몬은 목숨의 연명을 위해 숨어살지만 결국 살아날 길이 없는 자신의 처지에 괴로워한다. 솔로몬이 자신을 사랑하지 않음을 알게 된 신다는 아기를 지우겠다고 하고 나쉬탈라와 솔로몬은 아기만은 살려야 한다고 그녀를 말린다.

연합군이 마을에 도착, 외국군이 진입할 것을 대비해 숲을 소각하기로 했음을 발표한다. 나쉬탈라는 숲을 수호하기 위해 대령을 설득하려 하지만 소용없다. 손에 넣으려 애쓰던 숲이 날아가게 될 상황이 되자 이성을 잃은 마마아스터는 모든 것이 나쉬탈라 탓이라며 숲에 남자를 숨겨두고 모두 고생하는 동안 사랑

타령이나 하고 있었음을 비난한다. 이 말을 들은 대령은 탈주병을 찾기 위해 숲에 불을 놓으려는데 솔로몬이 제 발로 숲에서 나와 숲을 살려달라 애원한다. 숲은 영혼의 안식처이며 모두의 미래라고, 숲이 없어지면 세상은 종말을 맞이할 것이라고. 대령은 일언지하에 거절하며 결국 숲에 불을 놓고, 다시 숲으로 도망간 솔로몬과 그를 뒤쫓아 간 나쉬탈라, 화염에 휩싸이며 목숨을 잃는다. 불타는 숲을 보며 망연자실해진 마을 사람들. 마마아스터는 자신의 욕심 탓에 숲을 잃게 된 것을 후회하고 마을 아낙들은 앞으로 살아갈 날을 걱정한다.

이때 나쉬탈라와 솔로몬은 다 타버린 잿더미 속에서 다시 살아나는 새로운 희망을 노래한다. 마마아스터는 사랑하는 남자와 가장 친한 친구를 잃은 신다를 위로하며 아기를 살리자고, 그 아기만이 우리의 희망이라고 설득한다. 결국 나쉬탈라와 솔로몬의 희망의 노래 속에, 신다는 새날이 오고 있음을, 새로운 구원이 자신을 기다리고 있었음을 깨닫는다.

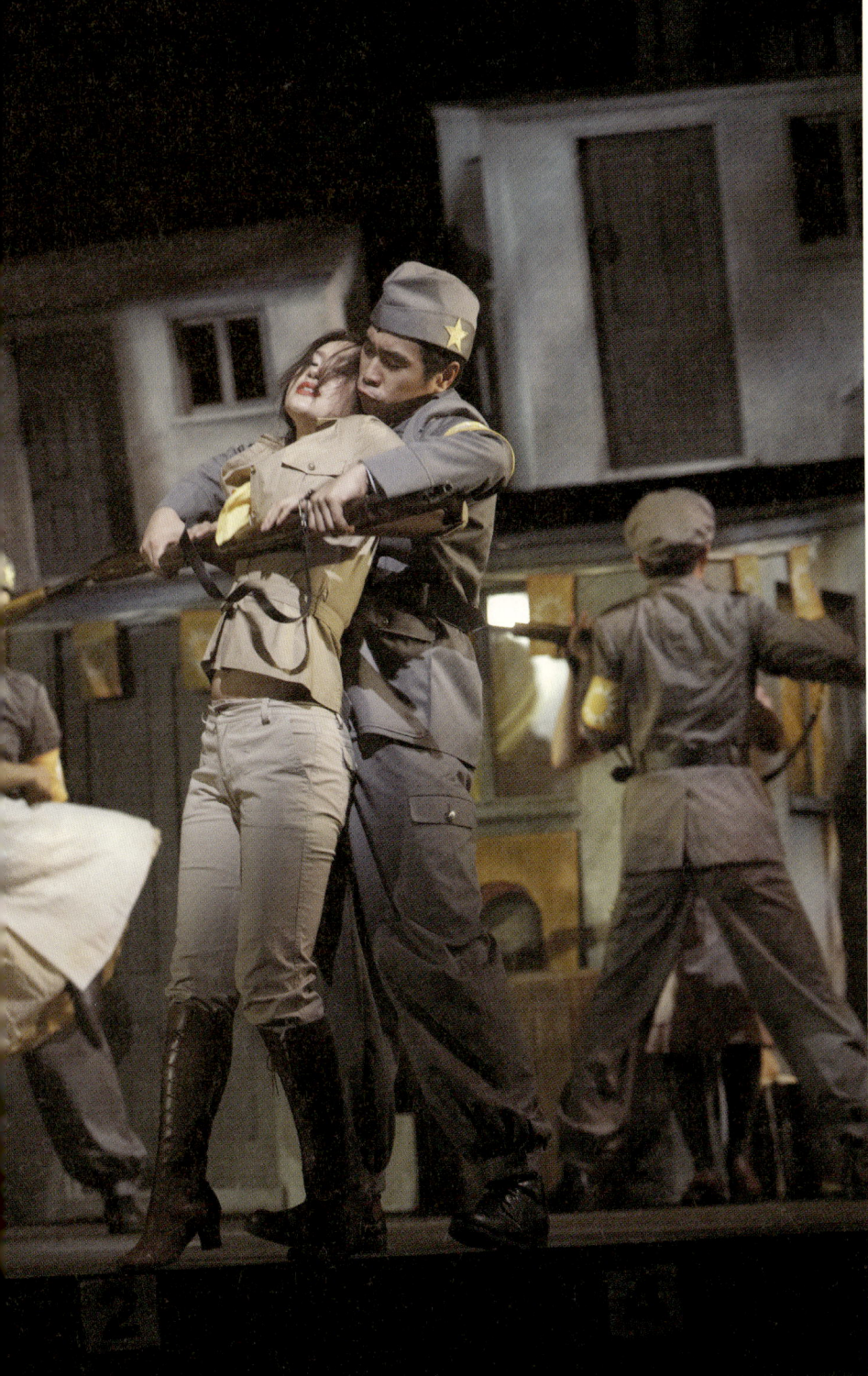

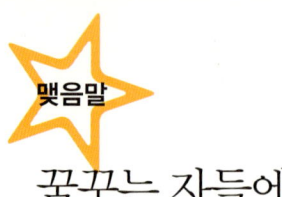

꿈꾸는 자들에게 희망을

우리 뮤지컬은 대단히 빠른 속도로 발전해왔다. 세계에서 주목받는 뮤지컬 국가가 된 것도 바로 얼마 전의 일이다. 그만큼 우리 뮤지컬은 이제 예술적인 가치나 문화생활에서 떼어놓을 수 없는 장르가 되었다. 우리 뮤지컬은 불과 10여 년 전만 해도 연극의 한 부류로 인식되어왔다. 그러나 이제 한국 뮤지컬은 공연예술의 주도적인 독립장르이다. 그것은 모두 관객들의 사랑 덕분이다. 관객 여러분이 만들어주신 명예이다.

지금까지 이 책에서 나는 단역배우로 시작하여 연극 조연출 그리고 뮤지컬 프로듀서가 되기까지의 과정을 솔직하게 담았다. 그리고 아직도 진행중인 뮤지컬에 대한 애정과 꿈을 표현했다. 그 동안 제작한 작품들의 제작과정에서부터 뒷이야기까지 있는 그대로 세상에 내놓으려고 애썼다. 감추고 싶은 이야기도 많았으나 솔직함이 최선이라고 생각했고 그래야 한다고 믿었다.

프로듀서란 직업은 한마디로 표현하기 어렵다. 작품의 발상에서부터 '쫑파티'까지 그리고 제작의 정산까지 그 과정은 엄청나게 복잡한 일이다. 어쩌면 큰 배를 만들거나 항공기를 만드는 일과 맞먹는지도 모르겠다. 이들 산업은 수많은 기계와 부품과 나사가 동원되어 완성된다. 반면 뮤지컬이라는 하나의 작품은 수많은 인간의 감정과 정서 그리고 상상력을 모으고 달래고 정리하여 만들어진다. 수많은 배우, 스태프, 작가, 홍보 마케팅 담당자까지 서로 유기적으로 얽혀 있는 신경선까지 합하면 그 감정의 수를 셀 수나 있을까. 특히 한국에서의 뮤지컬 프로듀서는 어려운 과정의 길을 감내해야 하는 운명을 타고난지도 모르겠다. 무한 책임의 한복판에 서 있는 것만 같다.

책에서 소개한 작품들을 제작한 것은 프로듀서로서 꿈꾸는 일이었다고 생각한다. 그러나 나는 뮤지컬 꿈을 꾸면서 때론 상처입고 때론 절망하면서 깊은 수렁에 빠지기도 했다. 그 절망의 끝엔 무엇이 있었을까. 그때마다 내가 만든 작품들이 다시 나에게 희망을 주고 새로운 꿈을 꾸게 만들어주었다. 〈더 라이프〉가 〈갬블러〉에게, 〈갬블러〉가 〈렌트〉에게, 〈렌트〉가 〈맘마미아!〉에게, 〈맘마미아!〉가 〈아이다〉에게, 작품이 작품에게 희망을 던져준 셈이다. 한 작품이 결국 다른 새로운 작품을 만나게 해주고 그 작품이 또다른 작품을 낳으며 콘텐츠 가족이 된 셈이다. 그렇게 해서 신시뮤지컬컴퍼니는 관객들의 사랑을 받는 많은 콘텐츠를 갖게 되었다.

국내 뮤지컬은 지난 5,6년 사이 해외 유명 뮤지컬을 중심으로 시장을 확대해왔고 문화산업으로서 가능성을 발견했다. 그런데 이제는 들여올 해외 작품이 없다. 이대로 가면 국내 뮤지컬은 서서히 혹은 급작스럽게 고사하고 말 것이다. 대형 창작뮤지컬 제작의 활성화가 필요한 이유다.

우리의 정서와 색깔과 선율로 만들어진 글로벌 뮤지컬이 탄생되어야 할 것이다. 순수 창작뮤지컬뿐만 아니라 지구인들이 함께할 수 있는 뮤지컬을 우리의 예술혼과 기술적 에너지와 열정으로 만들어가야 할 것이다.

한국인의 상상력은 국제경쟁력이 있다고 늘 생각해왔다. 그 상상력에 불을 지피고 불꽃을 피울 수 있도록 전남 해남 출신의 촌놈인 나는, 또다시 희망을 노래할 것이다. 소쩍새의 울음을 환한 뮤지컬의 웃음꽃으로 피우기 위해…….

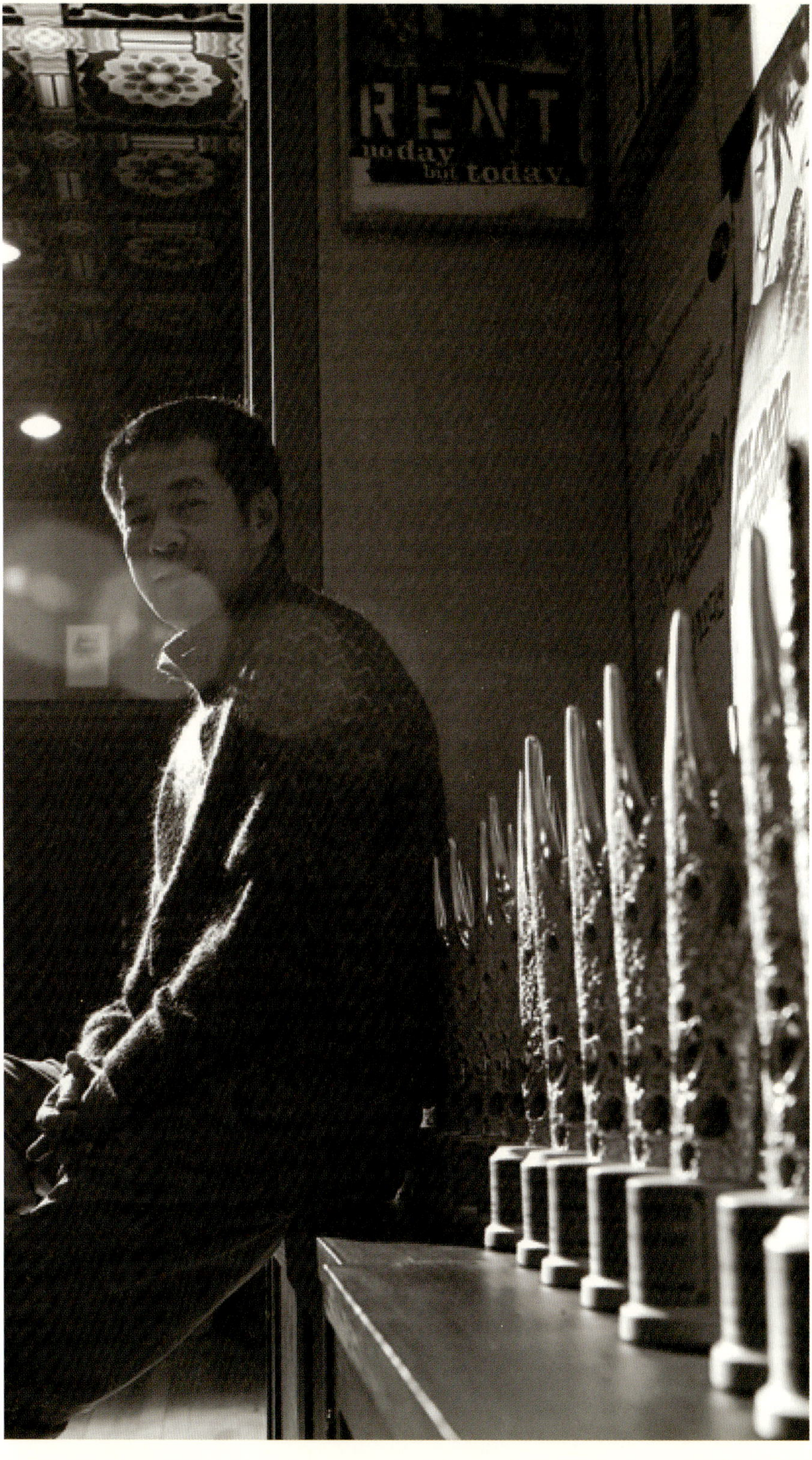

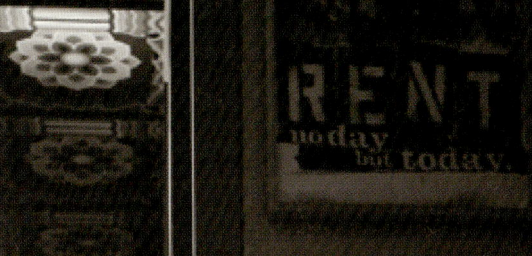

뮤지컬 드림
© 박명성 2009

초판1쇄   2009년 2월 20일
개정판1쇄 2013년 9월 20일

지은이   박명성
펴낸이   김정순
책임편집 김경태
디자인   김진영 모희정
마케팅   김보미 임정진 전선경
펴낸곳   (주)북하우스 퍼블리셔스
출판등록 1997년 9월 23일 제406-2003-055호

주소   121-840 서울시 마포구 양화로 12길 24(서교동 395-4) 선진빌딩 6층
전자우편 editor@bookhouse.co.kr
홈페이지 www.bookhouse.co.kr
전화번호 02-3144-3123
팩스   02-3144-3121

ISBN   978-89-5605-694-4 03810

이 도서의 국립중앙도서관 출판시도서목록(CIP)은 e-CIP 홈페이지(http://www.nl.go.kr/cip.php)에서
이용하실 수 있습니다. (CIP제어번호 : CIP2013017377)